MARIA J. PFANNHOLZ
Heimatkrimi

WALDHERZ Der Journalist Jo Murmann will nach einem Herzinfarkt kürzer treten und arbeitet Teilzeit in einer Lokalredaktion. Spielerisch beginnt er gemeinsam mit seinem Kollegen Niki Lehner, Ideen für einen Heimatkrimi zu entwickeln. Doch die Realität holt die Fantasie bald ein: Als der Förster Herrigl am Kegelberg zu Tode stürzt, geht die Polizei von einem Unfall aus. Mit der Zeit aber verdichten sich die Hinweise darauf, dass etwas an dieser Sache faul war. Jo Murmann folgt den Spuren dieser Tragödie. Kostete dem Förster der Streit mit den Almbauern den Kopf oder war es ein Unfall?

Die Suche nach der Wahrheit führt Murmann tief in die dörflichen Konflikte und weit hinauf in die Intrigen der Hauptstadt. Dabei kann er sich auf die Freundschaft seines Kollegen, den Rat seiner Frau, einer Psychologin, und den Witz seiner Fantasie verlassen.

Maria J. Pfannholz wurde in München geboren. Sie studierte Forstwissenschaften an der LMU München und widmete sich nach dem Staatsexamen der Schriftstellerei. Neben Fachliteratur erschien von ihr 1989 der Science-Fiction-Roman »Den Überlebenden«, für den sie den Preis für den besten deutschen SF-Roman des Jahres sowie den Europäischen-SF-Encouragement-Award bekam. Mit Ehemann und drei Kindern siedelte sie für zwei Jahre nach Bhutan über, wo sie versuchte, einen Versand für handgewebte Stoffe aufzubauen. Nach ihrer Rückkehr nach Bayern promovierte sie mit einer Analyse von Märchen und Mythen im Fach Forstpolitik und engagierte sich ehrenamtlich im Naturschutz. Sie lebt heute in der Nähe von München.

MARIA J. PFANNHOLZ
Heimatkrimi

Kriminalroman

Besuchen Sie uns im Internet:
www.gmeiner-verlag.de

© 2014 – Gmeiner-Verlag GmbH
Im Ehnried 5, 88605 Meßkirch
Telefon 0 75 75 / 20 95 - 0
info@gmeiner-verlag.de
Alle Rechte vorbehalten
1. Auflage 2014

Lektorat: Claudia Senghaas, Kirchardt
Herstellung: Mirjam Hecht
Umschlaggestaltung: U.O.R.G. Lutz Eberle, Stuttgart
unter Verwendung eines Fotos von: © Schwoab – Fotolia.com
Druck: GGP Media GmbH, Pößneck
Printed in Germany
ISBN 978-3-8392-1534-0

Personen und Handlung sind frei erfunden.
Ähnlichkeiten mit lebenden oder toten Personen
sind rein zufällig und nicht beabsichtigt.

1. KAPITEL

Es war am untersten Huhn in der Hackordnung hängen geblieben. Nun saß die Volontärin heulend in der Küche: »Ihr Sohn ist tot und ich soll da hingehn und klingeln und dann ...« Sie zog unter Tränen eine absurde Grimasse und piepste mit verstellter Stimme: »Hallo, wie geht's Ihnen jetzt? War er gleich tot oder isser noch ein bisschen gekrabbelt, hammse nich ein Bild von der Firmung ...« Sie brach ab und schob wütend die Pizzaschachtel weg, die Lehner ihr anbot. Alle anderen hatten Termine vorgeschützt, Murmann hatte sich sogar schlichtweg geweigert.

»Weißt' was, Maderl«, sagte er jetzt und hoffte, dass er alt genug war, dass sie ihm das ›Maderl‹ als väterlich durchgehen ließ, »weißt' was, Maderl, fahr da hin, dass du weißt, wie das Haus ausschaut, dann kommst' zurück und sagst, dass niemand daheim war.«

»Geht das? Ich mein, fliegt das nicht auf?« Die Bernbacher sah ihn erstaunt an.

»Wie soll das auffliegen? Der Chef kennt die Leut nicht und wir sind die einzige Zeitung im Landkreis. Was wir nicht schreiben, ist nicht passiert. Fertig.« Der letzte Satz, den Murmann schon allzu oft selbst gehört hatte, war ein Originalzitat des leitenden Redakteurs.

Am Küchentisch herrschte die gleiche gespannte Stille wie vorhin in der Redaktionssitzung. Murmann probte den Aufstand und keiner wusste so recht, wie man sich dazu verhalten sollte. »Irgendwas werden wir aber bringen müssen«, sagte Hannelore Spittler schließlich. Sie war die dienstälteste Redakteurin, die Seele des Schiffs. Die

Meuterei und die Loyalitätskonflikte, in die sie alle stürzen würde, beunruhigten sie. Nervös zerknüllte sie eine Papierserviette, strich sie wieder glatt, nahm ihre randlose Brille ab und begann sie zu putzen.

Den Göttern der Unterwelt muss ein Blutopfer gebracht werden, dachte Jo Murmann bitter und amüsiert zugleich. Laut sagte er: »Die Leute könnten ja wirklich nicht daheim sein, oder? Was machen wir dann? Dann könnten wir auch bloß den Polizeibericht ein bisserl wortreich gestalten und eine dramatische Schilderung des Unwetters vorausgehen lassen. Das wär doch eine ideale Aufgabe für eine Volontärin.« Er erhob sich und nahm die Kaffeetasse mit. An der Tür drehte er sich noch mal um: »Heut Abend treff ich in meiner Schafkopfrunde einen Förster, ich kann ja dem Chef einen Artikel über Bäume im Sturm anbieten und welche Äste besonders gern auf Leute fallen, die unbedingt im Sauwetter durch den Wald joggen gehen.«

Sabine Bernbacher sah ihm dankbar hinterher, schickte dann aus ihren großen blauen Augen einen provozierenden Blick in die Runde: »Der hat Rückgrat.«

»Der hat vor allem eine reiche Frau«, sagte Lehner, »dem kann wurscht sein, wenn er fliegt.«

*

Die Bemerkung war übertrieben. Jos Frau hatte das Haus ihrer Eltern geerbt, eigentlich ein Konglomerat aus Wohnhaus, Brennholzschuppen, einer alten Wellblechgarage und einem Garten, der allmählich seine Form verlor. In die früher sorgfältig gepflegten Gemüsebeete schickten die wilden Erdbeeren ihre Ableger hinein und was die neuen Besitzer laienhaft und zögernd an Salatpflänzchen setzten, wurde umgehend von den Nacktschnecken niedergemacht. Die Wicken betrieben ihre Invasion unterirdisch. Ihre Wurzeln schoben sich von der Hecke aus in die Blumenbeete, die Ranken wanden sich die Stängel der Rittersporne, der Iris und der Feuerlilien hoch und hissten dann oben die Siegesfahnen ihrer weißen Blüten.

Ratlos und ein wenig träge hatten sich Jo und seine Frau in dem alten Tuffsteinhaus verschanzt und ertrugen die grüne Belagerung und den Verlust des nachbarlichen Respektes mit der Hoffnung, dass sie die Kurve ins Landleben schon noch kriegen würden. Sie waren schließlich hier aufgewachsen, aber Ausbildung und Beruf hatten sie in die Großstadt gespült in einem Alter, bevor die gärtnerischen Instinkte erwachen und der geduldige Blick, der das Wachstum der Pflanzen verfolgt. Dann hatte das Schicksal kurz hintereinander zwei dicke Wegweiser in ihren Lebenspfad gerammt: Der erste war schwarz: Jo hatte einen Herzinfarkt. Er war spät von einer Ausschusssitzung des Landtags zurückgekommen, noch rechtzeitig hatte er den 80-Zeiler über die geplante Kürzung der Sozialleistungen getippt und als der Rahmen des Layouts am Bildschirm endlich grün erschien, die 80 Zeilen der Spalte genau gefüllt waren, fuhr der Schmerz in den linken Arm und die Luft hatte plötzlich nicht mehr genug Sauerstoff. Der zweite Wegweiser war vergoldet: Man hatte Birgit eine Stelle in der Leitung der Psychosomatischen Klinik in Werdenheim angeboten. Also machten sie die große Rochade: Sie zogen zurück zu den Stätten ihrer Jugend, Birgit arbeitete nun Vollzeit und Jo ergatterte eine Teilzeitstelle beim ›Werdenheimer Boten‹. Dass eine Stelle frei war, verdankten sie dem Umstand, dass der einzige Konkurrent des Werdenheimer Boten seine Lokalredaktion schließen musste und der Bote seine Anzeigenkunden erbte.

Von seinem Schreibtisch aus konnte Jo nun die Linden auf dem Marktplatz von Werdenheim sehen, die Rathausuhr und die Tische des Cafés gegenüber. Es hätte kaum einen größeren Kontrast geben können zur Stahl- und Glasfassade, die noch vor einem Vierteljahr sein Blickfeld ausgefüllt hatte. Dieses Bild des Marktplatzes und der Linden war für ihn zum Sinnbild geworden für seine neue Perspektive und die Aufforderung, sein Leben neu zu erfinden.

Es war später Nachmittag geworden, als er zuletzt noch die Meldung über die Restaurierung der Mariensäule tippte und zusammenpackte. Immer noch klassisch, der Notizblock. Vieles andere am Beruf hatte sich geändert, aber das war geblieben: Notizblock und Stift. Es war die unabdingbare Vorarbeit schon am Ort des Geschehens, die Gedanken zu ordnen, Unwichtiges von Wichtigem zu unterscheiden.

Bevor er ging, schaute er noch bei Lehner vorbei. Niki Lehner war Teil der Konkursmasse der Konkurrenz. Der Bote hatte ihn wegen seiner Erfahrung in der örtlichen Szene übernommen und auch Jo Murmann hatte bei seiner Bewerbung davon profitiert, dass er noch soziale Kontakte hier hatte, Schulkameraden und Fußballfreunde, die nun in Vereinen und Gemeinderäten saßen und als Informanten taugten.

»Ave«, sagte Lehner. »Morituri te salutant, die Todgeweihten grüßen dich, mein Held. Hat der Chef dein Versöhnungsbröckerl angenommen, das Förster-Rendezvous?« Er blinzelte hinter seinen Bergen ausgedruckter E-Mails und Pressemitteilungen hervor, die von seinen silbergerahmten Familienfotos gekrönt waren. Jo mochte ihn gut leiden. Er sah aus wie ein abgemagerter Zoolöwe, der schrecklich Kopfweh hat. In der Regel sah man von ihm nur die wolligen, rot-blonden Haare, weil er den Kopf tief über die Texte gebeugt hatte; wenn er auftauchte, massierte er sich meist die Nasenwurzel mit Daumen und Zeigefinger, kniff die Augen zu und suchte nach einer Formulierung, dabei machte er den Eindruck, als ob er gegen eine ungeheure Zerstreutheit ankämpfen müsse. Wenn er sprach, murmelte er, machte Pausen, als ob er den Faden verloren hätte, verlor ihn aber nie.

»Er hat«, sagte Jo, »gnädig. Weil ich den Kommentar übernommen hab für heute. Ich habe das Ergebnis des Architektenwettbewerbs für die Sparkasse kommentiert.«

»Und? Was steht uns bevor?«

»Drei Entwürfe kriegt der Aufsichtsrat vorgelegt. Der erste ist ein postmoderner Erkersalat, der zweite ein sogenannter konsequenter Bau, das heißt, eine Schuhschachtel aus Beton, und der dritte …« Jo verdrehte die Augen und machte eine Kunstpause. »Also, wie soll ich das beschreiben: Der Bau soll ein Symbol für materielle Werte sein.« Lehners Augen begannen sich schon entsetzt zu weiten. »Also die Winkel sollen ihn so ein bisschen wie einen Kristall ausschauen lassen und dann soll er so ein bisschen glänzen.« Lehner ließ stöhnend seinen Kopf auf die Tischplatte sinken. »Zu dem Zweck wird er weiß gekachelt.« Lehner winselte. »Und damit der Lokalbezug gegeben ist, bekommt er auf die Spitze einen goldenen Wetterhahn.« Lehner hob den Kopf, verzog das Gesicht zu einem stummen Schrei und brachte damit Jo so zum Lachen, dass der vorschlug, statt seines

Kommentars eine kleine Fotostrecke von Lehners Grimassen abzuliefern.

»Ja, freilich, Superidee. Dann kündigt die Sparkasse als unsere größte Kundin sämtliche Anzeigen und wir können den Laden hier auch zumachen. Na, sag, was hast du geschrieben?«

»Ich habe bemängelt, dass öffentliche Bauträger nicht die CO_2-Bilanz der Gebäude verlangen. Keine Bauenergiekostenrechnung, keine Verwendung von Holz, keine Solaranlagen, nix.«

Lehner nickte. »Das ist allgemein genug und hellgrün, das lässt dir der Herzog durchgehen.« Der leitende Redakteur war politisch anders eingestellt als Lehner und Jo beziehungsweise die Zeitungen, für die sie vorher gearbeitet hatten, und die beiden teilten das Problem brüderlich.

»Freilich lässt der Chef das durchgehen.« Jo rutschte von der Schreibtischkante. »Letzten Sonntag hat der Pfarrer gegen Atomkraft gepredigt. Da steht der alte Kerl in seinem spätrömischen Gewand unter den Barockengeln, predigt gegen Atomkraft und ich hab mir gedacht, jetzt ist es aus mit den Meilern, jetzt ist es wirklich fertig. The times, they are a changing.«

*

›The times, they are a changing‹. Jo legte den alten Bob-Dylan-Song in die Stereoanlage ein und machte sich daran, Salatblätter zu rupfen, Tomaten und Paprika zu schneiden. Er war heute dran mit der Zubereitung des Abendessens. Jahrelang hatte er in einem solchen Fall einfach Brot, Butter, Käse und Wurst hingestellt, die Teller schräg auf den Tisch rutschen lassen wie Frisbees und vielleicht noch einen Senf aufgemacht. »Skorbutessen«, hatte Birgit manchmal lächelnd, manchmal wütend diese lieblosen Arrangements genannt. Aber ihre didaktischen Versuche, irgendetwas daran zu ändern, waren stets gescheitert. Jo folgte dem überlieferten Beispiel seines Großvaters, der den Salat seiner sehr fortschrittlichen Gattin mit der Gabel auf dem Teller herumgeschoben und dabei gemurmelt hatte: »Oamoi mecht i oan grawln seng, so an Vitamin.« Er hatte niemals einen Vitamin krabbeln sehen, er musste aber auch niemals das Essen herrichten und er hatte niemals einen Herzinfarkt bekommen, sondern war, hochbetagt, friedlich eingeschlafen. Seinem Enkel aber war der Tod in die Rippen gesprungen, er hatte an seinem Bett gesessen, wenn man denn diese Hightech-Liege ein Bett nennen konnte, während sein Leben nervös in den Geräten herumpiepte und auf den Bildschirmen Zacken kritzelte. Seitdem beteiligte sich Jo kleinlaut an der Umsetzung allgemeiner Weisheiten über gesunde Lebensweise, obwohl er sie trotzig als Ablasshandel bezeichnete.

Der Salat war fertig und Birgit kam ausnahmsweise rechtzeitig heim. Jo hatte angekündigt, mit dem Essen nicht zu warten, weil er zu seiner Schafkopfrunde wollte. Sie traf sich alle zwei Wochen in einer Jagdhütte am Kegelberg und Jo freute sich auf den kleinen Ausflug ins Gebirge.

Birgit und Jo saßen am Tisch in dem kleinen Erker, an dem außen der wilde Wein wuchs. Der Kater Leutselig-Schnurrenberger hatte es sich auf dem Fensterbrett gemütlich gemacht, aber Jo konnte den Frieden der Szene nicht würdigen.

»Absperrbandjournalismus. Immer diese Fotos mit den rot-weiß-gestreiften Absperrbändern, dahinter der Rücken von einem Polizisten und das Einfamilienhäuschen, in das das Schicksal eingebrochen ist. Huhu, wie gruselt uns so angenehm, dass es uns nicht getroffen hat.

Der Herzog wollte unbedingt ›die Sache persönlicher gestalten‹, weil der Tote ein bisserl VIP ist im Landkreis, ein Bandleader. ›Kapellenblasn‹ nennt die sich, glaub ich, so nach dem Motto: Blaskapelle auf den Kopf gestellt. Jedenfalls, der Herzog wollte, dass wir der Familie auf den Pelz rücken.«

Birgit hörte nur mit halbem Ohr hin, weil sie damit beschäftigt war, die Salatblätter mithilfe des Bestecks kleiner zu falten. »Sag mal«, unterbrach sie ihn. »Kannst du die Stücke nicht irgendwie mundgerecht machen?«

»Mundgerecht?« Jo blickte auf seinen Teller, gabelte dann ein veritables Stück Paprika auf und schob es problemlos zwischen die Zähne. »Ist doch mundgerecht«, sagte er kauend.

Sie schaute ihn an. »Ich wunder mich immer wieder, wie weit du dein Maul aufsperren kannst. *Mein* Mund ist aber nicht so groß.«

Sie segelten unaufhaltsam auf eine Loriot-Szene zu.

»Welcher Mund gibt hier die Salatnormen vor?«

»Der kleinste natürlich.« Sie grinste. »Wie wär's mit einer Salatschablone? Wir legen sie auf die Schüssel und nur die Stücke, die durchpassen, kommen rein.«

»Salatschablone.« Er starrte sie fassungslos an. »Ich bin verrückt nach deiner Salatschablone. Süße rosenfarbene Salatschablone, kumme, kumm, mach mich gesund.«

Die nächsten Minuten konnten sie nicht weiteressen, weil sie immer wieder losprusteten. Als sie sich schließlich gefangen hatten, kam sie doch auf das Thema zurück, das Jo angeschnitten hatte. Es war wohl ihrem Beruf als Psychologin geschuldet, dass sie nichts so ganz überhörte und eine Art Zwischenlager unterhielt, das sie noch einmal durchkramte, ehe sie Dinge vergaß.

»Der Mann ist aber doch im Wald gestorben, von einem Ast erschlagen. Also bleiben dir die Absperrbänder am Einfamilienhäuschen erspart.«

Er seufzte und sagte die nächsten Sätze nicht, weil Birgit sie schon hundertmal gehört hatte. Früher hatte es das in einer seriösen Zeitung nicht gegeben. Sie hatte meist nur möglichst nüchtern den Polizeibericht gebracht, aber im Kampf um Käufer und Anzeigen hatte man dem Boulevard mehr und mehr nachgegeben.

»Die Redaktion im Chiemgau drüben, die haben im Sommerloch dieses arme Mädel. Zuerst vermisst, dann tot gefunden. Die Geschichte hat es natürlich bis in den Hauptteil der Zeitung geschafft, aber im Lokalteil bringen sie jeden zweiten Tag die Teddybären und Kerzen und die weinenden Freundinnen an der Fundstelle. Man liest diese Artikel und man schämt sich dafür, dass man sie gelesen hat. Es muss ein archaisches Bedürfnis geben, das Schreckliche in der nächsten Umgebung zu beäugen«, sagte er schließlich.

Birgit zuckte die Schultern. »Warum gehst du dicht an einen Abgrund heran? Nur Neugier? Es ist doch nicht nur die Frage, was da unten ist, sondern die Grenze zieht dich an. Dieses ›Zum Glück nicht ich!‹, in dem steckt ein Stück Selbstdefinition. So bin ich, das ist normal, und so ist das andere, das ich ganz und gar nicht sein will. Im einfachsten Fall: Ich bin lebendig, der ist tot.«

»Der einfachste Fall?« Jo schnaubte. »Irgendwann ist jeder tot, wie ich zu meiner unsäglichen Überraschung merken musste. Nein, der einfachste Fall von Abgrenzung ist der perverse Serienmörder. Nie, nie, nie werde ich sein wie er.«

Sie lächelte und tupfte sich den Mund mit der Serviette ab. »Stimmt.«

»Was stimmt? Dass das der einfachste Fall ist oder dass ich nie einer sein werde?«

»Probier's doch.«

»Was?« Jetzt waren sie wohl ganz durchgedreht in dieser Klinik. Veranstalteten sie für die armen Mobbingopfer, die sie scharenweise behandeln mussten, Selbsterfahrung als Jack the Ripper?

»Du solltest einen Krimi schreiben, das meine ich. Das voyeuristische Vergnügen der Leserschaft kannst du so befriedigen, ohne einem Menschen damit zu schaden, keinem Opfer und keinem Leser. Nebenher kannst du noch vollkommen legal jemanden über den Jordan befördern, der wie dein Chef aussieht, und kannst außerdem noch Geld verdienen damit. Wie ich gehört habe, ist es ein recht einträgliches Geschäft für deine Berufskollegen geworden, diese Lokalkrimis zu schreiben.«

»Verdien ich nicht genug? Ich dachte, unser finanzielles Arrangement hier ist klar. Wenn du meinst, ich brauche als Teilzeithausmann eine Nebenbeschäftigung, wer soll dann den Garten machen?«

»Der Mörder natürlich. Der Mörder ist immer der Gärtner.«

*

Er war ein bisschen beleidigt gewesen. Er reagierte meist recht empfindlich auf Vorschläge seiner Frau, die ihm allzu psychologisch erschienen. Es war seine Sache, wie er seine neue Rolle ausfüllte. Aber als er in Richtung des Kegelberges fuhr, auf dem Weg zu seiner Schafkopfrunde, merkte er, dass dieser Vorschlag ein recht ansteckender gewesen war.

Die rot-weißen Absperrbänder flatterten. Dahinter waren nur schemenhaft weiße Overalls der Spurensicherer zu erkennen. Kommissar ... Wie konnte dieser Kommissar heißen? Bayerischer Name natürlich, ›Höllgruber‹ oder so. Also: *Kommissar Höllgruber pfiff leise durch die Zähne, als der den goldenen Wetterhahn sah, der mit den Schwanzfedern voraus im Rücken des Toten steckte. Sein Assistent trat auf ihn zu: »Das Opfer ist ein bekannter Architekt. Er joggt jeden Tag diese Runde ...«*

An diesem Punkt brachen seine Überlegungen ab, weil er in die gekieste Forststraße einbog, die offene Schranke passierte und sich nun ganz auf den Weg konzentrieren musste, der sich mit unzähligen Kurven in Bachrinnen hinein und hinaus schräg den Kegelberg hochhangelte. Der Kegelberg war eher ein Vorberg, bewaldet bis obenhin, aber doch mit imposanten Felsabbrüchen auf seiner Südseite, wo der Griesbach sein Bett zwischen Kegelberg und Saukogel gegraben hatte. Jo hatte sich mit seinem Freund Klaus eine halbe Stunde früher verabredet, weil er noch ein paar Worte mit ihm wechseln wollte, ehe die anderen beiden Spieler eintrafen.

Klaus Herrigl war schon da, sonst wäre die Schranke nicht offen gewesen. Er stand in der Tür der Hütte, aus deren Inneren der vertraute Geruch von Herdrauch und alten Matratzen zog. Sein Hund stand neben ihm, ein großes, struppiges graues Tier, das Jos Gefühl nach immer misstrauisch schaute. Klaus hatte ihn ›Aufi‹ getauft und

17

dessen Zwillingsbruder ›Abi‹. Es war eine Art linguistisches Experiment, wie viel Verwirrung diese beiden bayerischen Worte für ›hinauf‹ und ›hinab‹ stiften würden, wenn man Hunde mit diesen Namen in einer Gebirgslandschaft rief. Abi war inzwischen gestorben und Aufi fristete sein etwas griesgrämiges Alter nun einsam. Er galt als schwieriger Hund und Jo, der immer mit seiner Angst vor Hunden zu kämpfen hatte, hielt gern Abstand zu ihm.

Sie setzten sich auf die Bank in die Strahlen der Abendsonne und lehnten sich an die dunkelgraue, rissige Wand der Hütte, der Hund legte sich in den trockenen Staub unter dem Vordach. Klaus war Jos Klassenkamerad gewesen bis zur mittleren Reife. Dank seiner mehr als rebellischen Pubertät und seinem cholerischen Temperament war er dann aus dem Gymnasium geflogen. Die körperliche Anstrengung und die praktisch-notwendige Hierarchie einer Waldarbeiterlehre hatten schließlich seine Energie so weit gezähmt, dass er anschließend das Fachabitur und die Ausbildung zum Förster durchstand. Heute hätte man jemanden wie ihn wahrscheinlich mit Ritalin traktiert. Seine Impulsivität war ihm vom Gesicht abzulesen, die fast schwarzen Augen sprangen von einem Punkt der Aufmerksamkeit zum nächsten, leuchteten schnell auf und verdunkelten sich wieder unter den dichten Brauen. Seine lebhafte Mimik stand im Gegensatz zur Ruhe der Landschaft, deren Waldkulissen sich vor ihnen in Abstufungen von Grün und Blau zwischen die stille Hüttenbank und das Gesprenkel der Ortschaften schoben. Hier schien die Welt verlässlich und immer dieselbe, der Tod und die Zeitung sehr weit weg. Aber als Jo nach dem Unglück fragte, wusste Klaus schon Bescheid.

»Oh mei, ich hab's schon gehört. Das ist immer eine sauungute Sach. Wenn der gute Mann auf einem Weg unterwegs war, dann gibt's noch ein Nachspiel.«

»Warum ein Nachspiel?«, fragte Jo.

»Ah, wegen der Scheißverkehrssicherungspflicht.«

Das mit einer Verbalinjurie verzierte Wort leitete eine Erörterung über die juristischen Feinheiten im Umfeld von fallenden Bäumen und Ästen ein: »Wenn du in den Wald reinlaufst, dann laufst' in die Natur und da gehst' eben das Risiko ein, dass dir was drauffallt. Bloß …«, Klaus machte eine Kunstpause, »wenn …«, noch eine Kunstpause, »einer da einen Weg reinbaut, hat er als Grundbesitzer die Verantwortung, weil er den Menschen sozusagen in die Gefahr hineinlockt.«

»Die Kieselsteinspur von Hänsel und Gretel?«

»Genau. Wie die Kieselspur vom Hänsel im Hexenwald. Und dann muss es der Waldbesitzer sicher machen und entlang vom Weg alle morschen Bäume und Äste wegschneiden. Das ist die Verkehrssicherungspflicht. Das heißt, wenn, also wenn der gute Mann quer durch den Wald gejoggt ist, ist der Waldbesitzer aus dem Schneider, wenn er aber auf einem Weg war, dann hat er schlechte Karten.«

»Aber es war doch ein furchtbares Gewitter!»

»Wurscht. Da hat es Urteile gegeben, das glaubst du nicht.«

»Aber das ist doch nicht realistisch.« Jo fing an zu protestieren, brach aber ab, weil er anscheinend nur offene Türen einrannte.

»Realistisch? Ich frag mich langsam, was die Gesetze überhaupt noch mit Realität zu tun haben. Da hätt ich was anderes für dich zum Schreiben, was Handfestes, was man öffentlich machen sollt. Den Toten kannst' nimmer lebendig machen, aber da muss was geändert werden, dringend.«

Jo zog es innerlich ein bisschen zusammen. Das war eine Situation, die er hasste. Jemand erwartete von ihm das Heil der empörten Öffentlichkeit, den Deus ex Druckmaschine, der es richten sollte, und das meist dann, wenn das Kind schon im politischen Brunnen lag. Aber weil Klaus sein Freund war, folgte er ihm, als er aufstand und ein Stück weiter die Straße entlang bergauf marschierte, während Aufi wie ein Schatten an seiner rechten Seite blieb und Klaus daher vorzugsweise auf der linken Seite lief. Klaus referierte noch etwas über tote Bäume, tote Äste und tote Fußgänger, bis sie den Punkt erreichten, wo die Straße hart am Rand eines Abgrunds eine Haarnadelkurve vollführte. Von dort stiegen sie zu Fuß senkrecht den Hang hoch, immer am Rand des Felsabbruchs entlang. »Es is ned weit«, versicherte Klaus seinem schon schwerer atmenden Freund, der auch nicht das richtige Schuhwerk trug und sorgfältig seine Füße zwischen Wurzeln und Steinen setzte. Nach kaum 150 Metern schnitt ihnen der Abgrund quasi rechtwinklig den Weg ab. Der Berg endete jäh wie ein Pult und eröffnete den Blick in das dahinterliegende Griesbachtal und den imposanten Gegenhang, der sich bis zum Gipfel des Saukogels auftürmte. Der Rand dieses Pultes verlief mehr oder weniger glatt bis auf einen Felssporn, der wie eine Kanzel waagrecht ins Leere ragte, und auf diese traten sie nun hinaus. Jo war einigermaßen schwindelfrei, aber dieser Platz machte ihn doch etwas nervös. Tief unten am Fuße der Wand schlängelte sich der Griesbach sein Tal hinab der Schöllach entgegen, die seine Wasser dann aufnahm und nach Norden durch Schöllau floss. Auf der anderen Seite des Griesbachs verlief ein Weg. Jo kannte ihn, es war der Weg auf die Saukogelalm. Klaus schaute nicht in die Tiefe, sondern auf den Berg gegenüber. »Da!«, rief er und zeigte auf den Hang. »Siehst' den Weg im Hang?«

Jo nickte. »Der zweigt im Tal ab und geht von da auf die Griesalm.«

»Genau. Und was ist rechts und links vom Weg?«

»Ja, äh, Wald.«

»Denkst du! Seit Herbst 2010 ist das kein Wald mehr. Aus.« Klaus hielt sich nicht mit einer Erklärung auf. »Und da?« Er schwenkte seinen empört ausgestreckten Arm nach links und höher. »Da oben unter der Nordwand?«

»Na ja. Halb Wald, halb Geröll, halb Gras.«

Klaus ignorierte, dass es so viele Hälften gar nicht gab. »Das ist Schutzwaldsanierungsgebiet. Die alten Bäume sind nach und nach ausgefallen, junge sind keine mehr nachgekommen, zuerst nicht, weil das Wild alles wegbeißt, später nimmer, weil der Schnee im Winter rutscht und die Verjüngung rausreißt. Du weißt ja, was unten im Schöllachtal los ist, wenn Hochwasser ist, wenn Muren oder Lawinen den Bach zuschütten und aufstauen, und zuletzt kommt das ganze Wasser auf einmal. Zwischen die alten Bäume haben wir Verbauungen rein, im Schutz von den Verbauungen dann die jungen Pflanzln gesetzt, dass der Schnee sie nicht mitnimmt. Ein sausteiler Hang, eine Knochenarbeit, im Sommer, in der Hitz, du kannst es dir nicht vorstellen, Zigtausende Euro Steuergelder. Dazu die Jagd, nix für Hobbyjäger, in dem Gelände kein Wochenendvergnügen. Und jetzt …« Klaus drehte sich abrupt um. »Und jetzt!« Er schrie fast.

Jo verzog sich vorsichtig ein paar Schritte von der Hangkante weg, das war ihm zu viel ungebremste Emotion am Rand einer Senkrechten. »Und jetzt?«

»Kein Wald mehr im Sinne des Gesetzes.« Die verhängnisvollen Worte fielen als schriftdeutsches Zitat. »Aus. Jeder Arsch kann den roden, wenn's ihm einfällt, wenn ihn der Sturm schmeißt, passiert nix, wenn ihn die Gamserln auffressen, auch nix. Aus.«

Mitten im dramatischen Höhepunkt seiner Ausführungen dudelte die Melodie von ›Oh, du lieber Augustin, alles ist hin, hin, hin …‹ Jo verbiss sich ein Lächeln, während Klaus das Handy aus der Jackentasche fischte. Es war schwarz und mit einem Einhorn in Rosa und Silber verziert. »Meine Tochter …«, sagte Klaus ein wenig verlegen wegen des Aufklebers und zugleich stolz auf den Beweis der kindlichen Zuneigung. Zwei Kinder hatte er. Die Tochter und einen Sohn, der wohl die Unruhe und das Draufgängertum des Vaters geerbt und einen hohen Preis dafür gezahlt hatte. Er war mit dem Skateboard auf einer von der Dorfjugend selbst gebauten und ganz und gar nicht TÜV-geprüften Rampe unterwegs gewesen und so unglücklich gestürzt, dass er querschnittsgelähmt war. Mit manchen Leuten ging das Schicksal grob um.

Der Anruf kam von der Hütte, die beiden anderen Spieler waren eingetroffen. Jo und Klaus traten den Rückweg an, vorsichtig und stumm, abwärts über die Wurzeltreppen, gepolstert von altem Laub. Als sie auf der Forststraße nebeneinander laufen konnten, setzte Klaus zu einer Erläuterung an. »Die Flächen haben Almbauern am Landwirtschaftsamt als Weideflächen angegeben und

EU-Subventionen dafür kassiert. Auch rechts und links vom Weg, wo beim Almauftrieb eine Kuh vielleicht mal ein Halmerl nascht. Bei der Sanierungsfläche reine Fantasie, da lauft keine Kuh rein in das Geröll. Egal. Sie haben kassiert. Der blanke Subventionsbetrug. Und dann, wo die Forstpartie ihnen Schwierigkeiten gemacht hat, sind sie den politischen Weg gegangen.«

Klaus schob das Kinn vor und dehnte die Vokale so grob wie möglich: »›I hob fei die Händinumma vom Ministapräsenten. I hob mit dem scho im Huppschrauba telefoniert!‹« Jo konnte sich vorstellen, welchen Typ er imitierte. »Den Schmarrn magst' immer nicht glauben, wenn sie damit kommen. Aber scheint's, stimmt's doch. Ich Beamtendepp hab keine Händinumma, aber die. In Berlin ist die Novellierung des Waldgesetzes angestanden, was für eine Gelegenheit, wo doch die Landwirtschaftsministerin pfeilgrad aus Bayern ist. Dann haben sie eine Ergänzung ins Waldgesetz gemacht, dass alle Flächen, die als Weide subventioniert worden sind, nimmer als Wald gelten. Dann war der Hafen gflickt.«

Auf der Bank saßen der Lauterbach Konrad und Hans Send. »Du hast die Hütte offen lassen. Wir haben das ganze Bier schon weggetrunken.« Lauterbach hob grinsend die Flasche, während er Aufi den Kopf tätschelte. Der Hund hatte ihn, wie Jo neidisch bemerkte, durch leichtes Schwanzwedeln zur Kenntnis genommen. »Ich bin ja zu Fuß da. Klimaschutz durch Alkohol.«

»Kunststück, wenn ich dich fahr«, ließ sich Send vernehmen. Er faltete die Hände vor dem Bauch und schaute ebenso gutmütig wie selbstzufrieden unter seiner blonden Struwwelfrisur hervor. »Wo treibt ihr euch denn rum?«

»Ich hab ihm die INVEKOS-Flächen zeigt«, antwortete Klaus knapp und unverständlich.

Lauterbach seufzte. Der Send Hans zog fragend seine Augenbrauen hoch. »INtegrales VErwaltungs- und KOntrollSystem für die Agrarpolitik der EU«, übersetzte Lauterbach den Begriff lakonisch. Er war auch in die Försterei gegangen, aber über Abitur und Universität. Inzwischen war er eine höhere Charge irgendwo im Ministerium, wohnte jedoch immer noch in Jachenkirch und pendelte nach München. Mit Klaus verband ihn die gemeinsame Jugend in Schöllau und die Jagd am Kegelberg, mit seiner Studentenzeit sein Pferdeschwanz, den er hartnäckig weiter trug, obwohl er inzwischen schon ein wenig ausdünnte. Lauterbach rumpelte hoch und trat mit den Bergschuhen gegen die Schwelle, um den Staub abzuklopfen und gleichzeitig das Thema zu beenden. »Lass gut sein, wir werden uns noch lange genug damit rumärgern. Ich mag heut nicht dran denken.«

Klaus angelte die vier Schnapsgläser aus dem Hängeschränkchen, verziert mit den Ludwig-Schlössern: auf dem einen eine Ansicht von Neuschwanstein, auf dem anderen Herrenchiemsee, das Schachenhaus sowie Schloss Linderhof. Dann schraubte er die Flasche mit dem Obstler auf und musste einfach noch etwas loswerden: »Das sag ich dir, wenn wieder mal Hochwasser ist im Schöllachtal, wenn s' wieder einfliegen, die Herren Politiker mit ihrem Huppschrauba, und ›schnelle, unbürokratische Hilfe‹ versprechen, dann kotz ich.«

»Klaus!«, mahnte Lauterbach. »Langt schon.« Er hob sein Glas zum rituellen Beginn des Abends.

*

Das Knattern des Hubschraubers hallte von der Bergwand wider. Nur mühsam konnte Jo vor der zerklüfteten Kulisse die Maschine erkennen, die allmählich an Höhe gewann. Erst als sie über den Grat gegen den Himmel flog, sah er, dass unter ihr an einem Seil ein Mensch hing. Das Seil war ein rot-weißes Absperrband und plötzlich sah er den Menschen gestochen scharf und sein Gesicht ganz nah. Es war Klaus. »Du musst was schreiben!«, schrie der, zuerst noch hörbar, dann wurde das Knattern des Helikopters immer penetranter.

Es war der Wecker.

Jo schraubte mühsam sein Wachbewusstsein zusammen. »Was für eine Scheißidee mit diesem Krimi«, sagte er schließlich laut. Aber seine Frau war schon längst aufgestanden und yogierte auf der Matte in ihrem Arbeitszimmer. Birgit war zwar etwas rundlich, aber dennoch extrem beweglich. Meine Güte, diese Selbstdisziplin. Sie würde sicher 100 Jahre alt werden. Oder auch nicht.

Jo schob den Schutt des Traumes beiseite und klaubte Erinnerungen zusammen. Mehr als dieses eine Glas Schnaps hatte er nicht getrunken und natürlich trotzdem wieder beim Kartenspiel verloren, ungefähr 15 Euro. Er hatte ein lausiges Gedächtnis, so glaubte er wenigstens, ein lausiges Gedächtnis für einen Journalisten zumindest. Ohne Notizblock musste er immer Bruchstücken hinterherrennen, einzelnen Schnappschüssen, die er wie verstreute Karteikarten in eine Reihenfolge zu bringen versuchte.

Er fing von hinten her an: Die erste Karteikarte war die Heimfahrt, die Prozession der Straßenpfosten im Scheinwerferlicht, die zweite das Verlassen der Hütte, als Klaus noch die Gläser im Dunkeln am plätschernden Brunnen abspülte und der Lichtkegel der Stirnlampe von Lauterbach sich schon den Wanderweg hinuntertastete, der von der Hütte senkrecht ins Tal führte.

Dann erstand die Stimmung in der Hütte wieder in ihm, das vertraute Spiel mit den alten, zerfledderten Karten, die Ansagen wie ›I spui mit der Schellnsau‹, die strategischen Überraschungen.

Durch den Wirbel der Spielkarten ploppte dann der Moment gespannten Schweigens in sein Gedächtnis, als Klaus und Lauterbach konzentriert ihr Kartenblatt zu fixieren schienen, aber eine Atmosphäre von ihnen ausging, die in etwa besagte: ›Noch ein Wort und es wird extrem ungemütlich.‹ Der Send Hans hatte mit einem anzüglichen Blick auf den als Sitzgelegenheit dienenden Bettkasten gemeint, man könne so eine Jagdhütte ja auch für anderes nutzen als fürs Kartenspielen – oder so ähnlich.

Hans war ein Depp, beschloss Jo nicht zum ersten Mal. Er war einer dieser Kerle, die nie ganz erwachsen werden, weil sie nach dem Abitur eine kurze Schleife durch ein Sportstudium drehen und dann wieder in der Schule landen, diesmal im Lehrerzimmer, wo sie den burschikosen Sonnyboy abgeben, der keine gefährlich schlechten Noten vergeben muss und den Jungs imponiert.

»Depp«, sagte Jo, den Abend abschließend, in den Rasierspiegel.

*

In der Redaktion griff er sich erst die letzte Ausgabe des Boten vom Regal, holte sich dann eine zweite Tasse Kaffee und begutachtete den Lokalteil. Es war nicht zu fassen: Sie hatten den Chiemgau dramaturgisch eingeholt. FALLENDER AST TRIFFT WERDENHEIMER INS HERZ. Das Bild zeigte brennende Kerzen an einer dicken Buche, keine Teddys, dazu war der Tote wohl zu alt geworden, aber die Fans hatten bemalte Herzen deponiert und Schilder mit Aufschriften wie ›Milo, wir werden dich nie vergessen‹. Die Nachricht musste sich wie ein Lauffeuer verbreitet haben.

Er ging über den Flur in das Zimmer, das sich Hannelore Spittler mit der Bernbacher Sabine teilte. Sie hatten ihre Schreibtische einander gegenüber und Hannelore versorgte ihr Küken mit journalistischem Know-how und extra scharfen Lutschbonbons.

Als Jo eintrat, nickte Hannelore ihm kurz zu, ohne ihr Tippen zu unterbrechen. Wie immer, wenn sie konzentriert arbeitete, hatte sie die Schuhe ausgezogen und ihre nylonbestrumpften Zehen um das Gestell des Bürostuhls gefaltet. Die Bernbacherin begrüßte Jo strahlend.

»Na«, sagte er, »das ging ja doch ganz gut mit ›dem Affen ein bisschen Zucker geben‹. War die Spurensicherung schon fertig?«

»Spurensicherung? Ich weiß nicht, ob die dort war. Wie ich dort war, war da nix.«

»Wie nix?«

»Ja, nix halt. Bloß Autospuren, wahrscheinlich vom Sanka, ziemlich tief eingegraben in die Erde. Da ist ja sonst bloß so ein Jogging-Pfad. Ich hab auf der Polizei gefragt. Man findet die Stelle, wenn man den Autospuren nachgeht.«

»Dass die Fans das schon alle wissen.«

Die Bernbacherin lächelte breit und wurde gleichzeitig ein bisschen rot. Die Spittler hörte auf zu tippen, es wurde ein halbes Grad kälter.

»Hast du nachgeholfen?«, fragte sie. Die Bernbacherin errötete noch heftiger.

»Vielleicht hättest du doch lieber zu den Eltern gehen sollen«, sagte Jo, drehte sich um und ging in sein Zimmer zurück. Vom Regen in die Traufe, entweder eine persönliche oder eine journalistische Schweinerei, man konnte es sich aussuchen.

Er überflog seine E-Mails und die Pressemitteilungen, die hereingekommen waren. Dann öffnete er das Programm mit dem Layout und begann, den 60-Zeiler zu füllen, der ihm für seine abgebrochenen Äste zur Verfügung stand. DER TOD AUS DEN WIPFELN. Das war schon mal gut. Aber dann reute es ihn, dass er seinen Notizblock nicht mitgenommen hatte. Wie war das noch mal gewesen: Für den Naturschutz brauchte man alte Bäume mit vielen Höhlen und Vögeln drin und Käfern dran, aber wenn sie dann jemandem drauffallen, war das wieder eine Sache für den Staatsanwalt.

Lehner schob sich herein und setzte sich, saß stumm da, bis Jo aufblickte. »Kunstnacht«, murmelte er düster. »Wir bekommen wieder eine Kunstnacht.«

»Weiß ich doch. Schlimm?«

Lehner massierte die Nasenwurzel. »Drei Vernissagen hintereinander, wahrscheinlich alle mit Blumenaquarellen, eine im Café, eine in der Raiffeisenbank und die dritte im Foyer vom Rathaus. Dazu billiger Prosecco und eine Rede vom zweiten Bürgermeister.«

»Abendtermin?«

»Am Freitag. Mein Sohn hat Geburtstag, ich hab versprochen, dass wir ins Erlebnisbad fahren, was ich ja eigentlich hasse. Und ob ich da rechtzeitig wieder rauskomme, ist fraglich. Nimmst du mir den Termin ab?«

Freitag war eigentlich Jos freier Tag. »Na ja, vielleicht kommt Birgit mit.«

Lehner schenkte ihm einen ebenso dankbaren wie melancholischen Löwenblick. »Über Picasso schreiben kann jeder Idiot. Aber wir Lokaljournalisten, wir müssen uns echt was einfallen lassen.«

»Birgit meint, ich soll einen Lokalkrimi schreiben.«

»Ha! Hast du schon mal einen gelesen?« Das Thema schien Lehner zu gefallen, er lebte merklich auf. »Wir könnten zusammen einen schreiben, als ein Autorenkollektiv. Natürlich eine Serie.« Er stand auf und schlenderte zur Tür: »Kunstnacht«, sagte er, »das ist schon mal sehr gut. Heutzutage hat man diese Ein-Wort-Titel: ›Föhnlage‹, ›Niedertracht‹, ›Erbarmen‹ und so weiter. ›Kunstnacht‹, sehr gut«, murmelte er zufrieden. »Blut auf der Leinwand, vergifteter Prosecco, wunderbar.«

Jo schaute ihm amüsiert hinterher. Es hatte auch ihn erwischt, der Krimi-Virus war hochvirulent.

Gegen 10 Uhr wanderten alle in den Konferenzraum und setzten sich an den Tisch. Sie waren elf Leute, als Letzter schob sich noch der Fotograf durch die Tür. Er war kahl rasiert, trug eine Hose im Safari-Look mit einer Menge Taschen sowie Stiefel und eine Tarnjacke, dazu stets einen etwas gelangweilten Ausdruck, als wäre er auf Heimaturlaub aus einem Krisengebiet und leide nun darunter, dass er statt Talibans und Kalaschnikows den Almauftrieb fotografieren musste.

Herzog, der leitende Redakteur, die fitnessgestählte Brust im schwarzen T-Shirt, die schmale Brille als intellektueller Glanzpunkt in seinem markanten Profil, eröffnete die Redaktionssitzung. Wie immer begann er mit einer kurzen Blattkritik vom Vortag und schenkte der

Bernbacher ein wohlwollendes Lächeln, das sie scheu erwiderte. Sie sah blass aus, die Spittler hatte ihr offensichtlich den Kopf gewaschen.

»Da müssen wir natürlich dranbleiben«, sagte er. »Vielleicht spielt der Rest der Band zur Beerdigung oder so. Die ›Kapellenblasn‹ vor der Friedhofskapelle. Nur allzu passend.«

Lehner und Jo wechselten einen Blick.

Die rot-weißen Absperrbänder flatterten. Kommissar Höllgruber blickte fragend auf den Gerichtsmediziner, der sich kopfschüttelnd aufrichtete. »*Ein Knebel aus Zeitungspapier, ungewöhnlich.*«

»*Jedenfalls kein Raubmord*«, *bemerkte Höllgruber,* »*die Leiche trägt ihre Rolex noch.*«

Jo rief sich zur Ordnung und konzentrierte sich.

»Unsere Serie müssen wir auslaufen lassen«, fuhr Herzog fort. »›Wunderbare Werkstätten‹ hat großen Anklang gefunden. Aber jetzt läuft das schon ziemlich lang und die Werkstätten werden immer gewöhnlicher. Wir brauchen ein neues Thema. Brütet da mal ein bisschen drüber, Leute. Dann sind da noch zwei Themen für den südlichen Landkreis, die wir ins Auge fassen müssen.« Jo, die Spittler und die Bernbacherin gingen innerlich in Habachtstellung. »Die Vogelbergbahnen planen eine neue Lifttrasse und Schneekanonen. Natürlich wird das ein Geschrei geben mit dem Naturschutz, voraussichtlich über Wochen. Aber wir werden nicht mehr wie früher jedem Blümchen hinterherschreiben. Tempi passati.«

Herzog bezog sich auf seinen Vorgänger im Amt, den Jo gar nicht gekannt hatte.

»Andererseits, Respekt vor Ehrenamt und Bürgersinn müssen wir schon zeigen. Ich würde sagen, wir geben

Naturschutzthemen ein bisschen Raum. Da ist eine Einladung vom Naturschutz zu einer Besichtigung der Jachensee-Insel und den Auerochsen drauf. Jemand sollte da hin.«

Jo nickte freiwillig. Die Jachensee-Insel war ein netter Ausflug. Seit seiner Kindheit war er dort nicht mehr gewesen. Herzog heftete seine wasserblauen Augen auf Jo: »Gut, machst du es. Es gibt übrigens schon wieder was für unseren Försterspezialisten. Wir haben mit der Post ein Stück interessante Information hereinbekommen.«

Während Jo noch im Kopf sortierte, wie er das mit dem ›Försterspezialisten‹ auffassen sollte, schob Herzog ein Foto über den Tisch. Es war eine Infrarotaufnahme eines Mannes beim Wasserlassen. Sein Urin plätscherte auf eine Art Fass am Boden, im Hintergrund des Bildes sah man Baumstämme. Herzog schob einen Brief hinterher. »Das Schreiben behauptet, dass es sich bei diesem Mann um einen Forstbeamten handelt, der mittels Geruchsbelästigung das Wild von einer Fütterung vergrämt und den Hungertod der Tiere in Kauf nimmt. Ist das vielleicht dein Bekannter?«, fragte er.

Jo zuckte die Schultern: »Könnt’ er sein oder auch nicht. Nachts sind alle Katzen grau.« Aber der Crocodile-Dundee-Hut, den Klaus bevorzugte, war selbst mit den Falschfarben klar zu erkennen.

»Fest steht bloß, dass der Briefschreiber, wie heißt er noch mal«, Jo verrenkte den Hals, um den Briefkopf zu lesen, »der gute Doktor Hebel schon ein älterer Jahrgang ist. Jüngere Leute erledigen solche Denunziationen per Internet.«

*

»Dann hat er das Foto und den Brief wieder eingesammelt. Wortlos.« Jo kicherte.

Birgit nippte am Rotwein und streichelte den Kater etwas geistesabwesend. MUTIGER JOURNALIST ÄRGERT LEITENDEN REDAKTEUR, diese Sorte Schlagzeile war sie inzwischen gewohnt.

»Und? Hast du ihn gewarnt?«

»Wen?«

»Na, den Klaus!«

Der mutige Journalist bröselte etwas an den weniger mutigen Rändern. »Ich wusste nicht, wie ich das machen sollte. Von wem, wenn nicht von mir, kann Klaus die Info haben, wenn er beim Herzog anruft, um sich zu beschweren? Ich kann der Firma nicht voll in den Rücken fallen. Ich bin aber schließlich doch raus zum ›Hörnchen-Kaufen in der Bäckerei‹. Und hab ihn mit dem Handy angerufen.«

»Ah«, Birgit wechselte beim Kraulen vom Kopf des Katers unter sein Kinn.

»Die Geschichte hat den Klaus nicht im Mindesten beunruhigt, im Gegenteil. Er hat fett gelacht und gesagt, er wüsste genau, von wem der Scheiß kommt, der könne ihm gar nichts. Es war ein bisserl schwer, ihn zu verstehen, im Hintergrund haben ein Haufen Leute und Maschinen gelärmt. Jedenfalls sinngemäß, glaub ich, hat er gesagt, dass er, der Klaus, bieseln könnte, wo es ihm passt, besonders auf Fütterungen im Frühling. Dass der Hebel eine Kamera installiert hat, um rauszukriegen, um welche Zeit die Viecher kommen, würd ihm gleichsehen, dem faulen Sack. Ich hab versucht, den Klaus zu warnen. Ein Bild ist ein Bild, das bleibt den Leuten im Kopf, egal, was drunter steht. Aber dann kam raus, dass er es eh schon weiß, weil der Herzog schon in der Forstverwaltung angefragt hat, was sie denn dazu sagen.«

»Der Herzog hat also recherchiert?«

»Hm. Am Nachmittag ist dann diese Frau durch die Redaktion marschiert, mit der gleichen grau-grünen Jacke, in der Klaus immer rumläuft. Sie hat die Sorte Adlernase, die ich unwiderstehlich finde, aber die heutzutage gern wegoperiert wird. Nun, sie ist schon nicht mehr so jung, da besteht immerhin die Hoffnung, dass sie ihrer Nase die Treue hält.«

»Und sonst?« Birgit war hellhörig geworden. »Sonst noch was Unwiderstehliches?«

»Dunkelblaue Augen. Mehr dunkel als blau.« Jo seufzte in sein Bierglas.

»Verliebt«, stellte Birgit nüchtern fest.

»Sie hat mit Herzog die Klingen gekreuzt. Ich muss gestehen, ich hab mich bei der Tür rumgedrückt, ich hatte also, äh, ziemlich lang am Kopierer zu tun. Es ging um Persönlichkeitsrechte, Recht am eigenen Bild und so, und dann hat sie gesagt, der Herzog soll sich gut überlegen, wie weit er Arbeitszeit investieren will in die Story, weil, wenn das eine Fütterung wär und es liegt weit und breit kein Schnee auf dem Bild, dann wär die sehr wahrscheinlich illegal, weil Fütterungen ausdrücklich nur in Notzeiten erlaubt sind. Und wenn das so ist, dann werde es eher für den Briefschreiber unangenehm und dann wiederum wär es fraglich, ob das dem Mehrheitseigner der Zeitung gefällt.« Jo kicherte. »Herzog hat empört zurückgewiesen, dass sich der Fürst Steineck in die Zeitung einmischt, aber sie war schon dabei, einen alten Dampftopf aufzumachen, man hört das am Ton, so langsames Zischen beim Druckablassen.

Sie hätte mit großer Verwunderung nach einer Erklärung dafür gesucht, dass seine Zeitung letzten Winter über verhungerte Hirsche berichtet hat, die sich nach ihrem grausamen Tod in Luft auflösten. Kein Mensch hat sie zu Gesicht bekommen außer dem natürlich völlig unvoreingenommenen, uneigennützigen Informanten, einem Jäger und Neffen des Fürsten. Der Herzog hat gemeint, es könnten doch Füchse oder so die Kadaver gefressen haben, aber das war für sie eine Steilvorlage. Das wären wohl schon riesige Füchse, die ganze Hirsche verdrücken und anschließend noch den Schnee sauber lecken. Dann hat sie, bevor das ganze Gespräch aus der Kurve geflogen wär, den Waggon wieder in die politische Schiene gehebelt: Sie hätten halt den gesetzlichen Auftrag, den Grundsatz ›Wald vor Wild‹ durchzusetzen und das sei doch nicht dadurch zu erschweren, indem man die Förster als Tierquäler darstellt, und man sei doch in einer Demokratie auf die Presse angewiesen und gedeihliche Zusammenarbeit etc.«

»Eindeutig aus der Führungsebene«, sagte Birgit.

»Klaus' Vorgesetzte, hundertpro.«

Sie wechselte vom Kinn des Katers zu seiner Schwanzwurzel und er verfiel in Ekstase. »Willst du jetzt Förster werden?«, fragte sie anzüglich.

»Alle Männer wollen Förster werden, das weißt du doch«, sagte Jo zärtlich.

Dann seufzte er noch einmal abgrundtief. Birgit wandte sich, fast schon ernsthaft irritiert, nach ihm um, aber es war nicht der Eros, der ihn quälte: »Klaus hat die Gelegenheit genutzt. Er hat mich noch mal eingeladen auf die Hütte. Er ist auf einem Kreuzzug. Ich soll was schreiben. Du meine Güte. Soweit ich begriffen habe, wegen der

Änderung des Bundeswaldgesetzes, ich kleiner Lokal-
schreiber soll ihm da helfen.«

*

Wieder war er früh dran im Schöllachtal, aber das war gut
so. Über dem Saukogel stieg eine Gewitterwolke hoch,
wie eine Explosion in Zeitlupe schob sich die weiße Säule
Dampfballen um Dampfballen in den Himmel, an anderen Stellen des Gebirgskammes wuchsen ihre kleineren
Geschwister heran, es würde noch ordentlich krachen
heute. In der Ortschaft musste er sich aber in Geduld üben,
denn es war Stallzeit und die Bauern trieben die Kühe ein.
Im Schritttempo zockelte Jo hinter und mit den Tieren, die
ihn teilweise überholten, seinen Rückspiegel etwas verstell-
ten und allenthalben in der mäßigen Aufregung ihrer Wan-
derschaft große Fladen auf den Asphalt platschen ließen.

Eine riesige Hand legte sich auf die Kante seiner Autotür und ein breites Gesicht erschien im offenen Fenster.
»Ja, der Muri, ja da verreckst, der Muri.«

Jo, alias Muri, einst hoffnungsvoller Nachwuchs-
linksaußen des FC Werdenheim, bevor er in die Großstadt zog und dort der Dekadenz des Fechtsports erlag,
kannte diese Pranke nur allzu gut. Sie hatte zu einem
gewaltigen Torwart gehört, dessen schiere Muskel- und
Knochenmasse, gepaart mit einer erstaunlichen Behän-
digkeit, jeden Vorstoß in den Strafraum zu einem Kamikaze-Unternehmen werden ließ, sie war das gar nicht so
geheime Erfolgsgeheimnis des SV Schöllau.

»Sepp«, erinnerte sich Jo, »der Bichl Sepp!«

Sepp ließ seine Kühe ziehen und machte es sich, an
Jos Auto gelehnt, häuslich gemütlich. Jo war mehr oder

weniger gezwungen auszusteigen, um die Bekanntschaft auf Augenhöhe zu erneuern. So tat sich der Bichl Sepp leicht, sein Leben sozusagen en passant vorzustellen: Hinter den Kühen her kam eine braun gebrannte Frau, deren Freundlichkeit und Lächeln die fleckige Kittelschürze überstrahlte, sowie ein Sohn, der das Höhlenbärenskelett seines Vaters geerbt hatte.

So ein Glück, dass sie sich getroffen hätten, meinte der Sepp, sie wären die Woche über auf der Saukogelalm gewesen, um das Dach neu zu decken. Jo solle doch hereinkommen und derweil warten, bis sie mit dem Stall fertig seien. Seine Tochter würde ihn schon unterhalten, sie sei jetzt die letzten Tage oft allein herunten gewesen und sei nach ihrer Hotellehre doch nun den Umgang mit Menschen gewohnt: »… aa mit so a bisserl Großkopferte, wia du jetzt oana bist.«

Das ›Großkopfert‹ war nett gemeint, signalisierte aber auch die Warnung vor einem sozialen Unterschied. Jo konnte und wollte nicht ablehnen, ohne zu versprechen, ein andermal vorbeizuschauen. Und er würde reichlich Zeit dafür einplanen müssen. Die Gastfreundschaft der Bichls kannte er und den Standard-Spruch von Sepps Mutter: ›Satt gibt's ned, hungrig oder krank.‹

Von den Kühen war schon längst nichts mehr zu sehen, nur eine Spur von Erd- und Grasstückchen und ihre Fladen erinnerten an ihre Prozession, als Jo das Auto anließ. Sepp beugte sich noch einmal zum offenen Fenster herunter. »Fahr ned z'schnell auf der Forststraß. Es san allaweil wieder Gspinnerte unterwegs. Mir is heit aufm Weg von der Alm hinter a Kurvn fast a Münchner neigfahrn. Auf ana gsperrtn Straß und fahrt wiera Depp. Erst kemman s' ned ausm Bett und dann mittags no schnell zum

36

Saukogelanstieg hinterpreschn. Leit gibt's, des glaubst' ned.«

›Leut gibt's, des glaubst' ned.‹ Den Spruch wiederholte Jo, als er an der verschlossenen Schranke der Forststraße stand. Was sollte er jetzt machen? Hatte Klaus den Termin vergessen? Das war doch schwer glaubhaft, nachdem er solchen Wert darauf gelegt hatte. Bei Klaus' Handy ging nur die Mobilbox dran, am Festnetz endlich erwischte er seine Frau Lena, die er nicht besonders gut kannte. Sie war keine Hiesige. Jo erinnerte sich beim Klang ihrer Stimme verschwommen an eine etwas herbe Blonde. »Ich weiß schon, dass er noch einen Termin auf der Hütte hat bis um acht«, sagte sie. »Er wollte zum Abendessen heimkommen, aber er ist immer noch nicht da und ich erwisch ihn auch nicht am Handy. Wahrscheinlich ist er gleich oben geblieben und weiß nicht, dass jemand die Schranke zugemacht hat.«

Jo schaute zu den Wolken hoch. Die nächste hatte schon die Stratosphäre erreicht und begann, sich ambossförmig auszubreiten. Wie viel Zeit blieb ihm noch? Er schalt sich selbst einen sturen Idioten, als er seinen Wagen am Wanderparkplatz abstellte und die Serpentinen des Wanderweges hochstieg. Er sollte sich bewegen, aber nicht abhetzen.

Kommissar Höllgruber beugte sich über die nicht allzu schlanke Leiche. »Wozu rufen Sie mich zu einem ganz normalen Herzinfarkt!«, fauchte er den Gerichtsmediziner an.

Einfach ein blöder Tod. Er zwang sich, gleichmäßig und überlegt zu gehen, die Tritte sorgfältig und nicht zu hoch zu wählen. Wenn es sein musste, dann wurde er eben nass.

Und wenn Klaus gar nicht da war, die Hütte verrammelt?

»*Ein normaler Herzinfarkt?*«, *fauchte der Gerichtsmediziner zurück.* »*Die Fingernägel sind fast alle abgebrochen bei dem Versuch, die Hüttentür durchzukratzen.*«

Doch die Wolken ließen sich Zeit. Sie hatten heute besonders viel vor, schoben immer mehr Masse in den Kopf ihres Ambosses, der sich zunehmend finster und breit vor die Sonne schob. Jo war durchgeschwitzt, als er die letzte Kehre hochstieg und zu seiner großen Erleichterung Klaus' Auto vor der Hütte stehen sah. Aufi, der im Gepäckraum saß, schien weniger erfreut. Als er Jo erblickte, raste er wüst bellend an die Scheibe.

»Blödes Vieh«, dachte Jo, als er die Klinke der Hüttentür niederdrückte und in die sichere Zelle trat.

2. KAPITEL

Klaus war nicht da.

Auf dem Tisch stand ein Schnapsglas, eine Umhängetasche lag auf der Bank. Jo trat wieder in die Tür und schaute hinaus, ein Windstoß fuhr herein, die Wipfel schwankten und rauschten plötzlich, als ob sie aufstöhnten. Wo immer Klaus auch steckte, es war für ihn Zeit, schleunigst zurückzukommen.

Ein weiterer Windstoß fuhr in die Hütte, Jo holte ein Bierglas, füllte es am Brunnen und setzte sich draußen auf die Bank, um auf Klaus zu warten. Aber der Wind kam ungemütlich, Jos nass geschwitzter Rücken wurde kalt und er verzog sich ins Innere der Hütte. Dort saß er, während die Böen immer kräftiger um die Wände fauchten und der Donner hinter dem Berggrat herumgrollte. Dann prasselten die ersten Tropfen gegen das westliche Fenster. Das Inferno brach nicht plötzlich los, marschierte in geordneter Frontlinie heran. Und je näher es rückte, desto unsicherer wurde Jos Ärger über Klaus' Abwesenheit und wechselte sich mit echter Sorge ab. Der Kerl hatte ja nicht einmal seine Jacke dabei, sie lag neben Jo auf der Bank.

Der Regen rauschte jetzt herunter, es wurde dämmrig, die Wolken brachten einen frühen Abend. Jo kramte in der Tischschublade erfolgreich nach Streichhölzern, drehte, wie er es bei Klaus gesehen hatte, die Gaszufuhr der Lampe auf, aber nichts kam aus der Leitung. Er suchte und fand die Gasflasche, drehte den Verschluss auf, aber die Lampe verweigerte weiter den Dienst. Die Donner wurden kürzer und lauter und immer wieder leuchteten die Fenster auf und zeigten ein fahl erhelltes Waldpanorama, in dem die Bäume wild ihre Äste schwenkten. Dazwischen schien jemand eimerweise Wasser an das Glas des westlichen Fensters zu schmeißen. Am Fensterbrett erschien ein Rinnsal; er sollte doch besser die Läden schließen, du meine Güte, dachte Jo.

Er warf die Jacke von Klaus über, zog die Schultern hoch, damit er das Kleidungsstück über den Kopf ziehen konnte, und öffnete die Tür. In dem Moment zerriss die Luft vom Himmel zur Erde und aus dem Spalt brüllten Licht und Lärm ununterscheidbar. Der Regen rauschte die Wunde zu und als sich Jos Ohren von ihrer Betäubung erholt hatten, hörte er den Hund gotterbärmlich im Auto heulen. In diesem Augenblick bekam Jo wirklich Angst. Er starrte in die Regenwand hinaus und begriff, dass etwas definitiv schiefgelaufen war. Er schloss die Tür, lehnte sich dagegen und legte eine Liste seiner Hilflosigkeiten an:

Erstens: Klaus war irgendwo da draußen ohne seine Jacke.

Zweitens: Der Hund starb im Auto vor Angst, aber er, Jo, war zu feige, ihn rauszulassen.

Drittens: Es regnete noch immer rein.

Viertens: Er musste irgendwie Licht anmachen.

Er holte sein Handy heraus. Das Display leuchtete, eine Funzel der Zivilisation, die ihn bald im Stich lassen würde, wenn er nicht handelte. Der Gedanke überwand die Scheu, Hilfe zu holen. Er rief zuerst Klaus' Frau an. Wenn er gehofft hatte, sie würde seine Sorgen beruhigen, irgendwas von einer Höhle erzählen, in die sich ihr Mann vielleicht geflüchtet hatte, so hatte er sich getäuscht. Sie wollte sofort die Bergwacht alarmieren. Gerade noch, dass er sie dazu bringen konnte, nicht gleich aufzulegen, sondern ihm zuerst zu verraten, wie man das Licht anmachte. So tastete er sich dann im schwachen Schein des Displays die Gasleitung entlang, bis er den separaten Absperrhahn fand, von dem sie ihm erzählt hatte. Endlich zischte das bläuliche Licht vom Glühstrumpf und Jo suchte etwas, das er sich um die Beine wickeln konnte, wenn er sich nun in den Regen wagte, um den Fensterladen zu schließen. Er wollte nicht unbedingt mit nassen Hosen dastehen, wenn die Bergwacht anrückte. Der blaue Überwurf, auf dem Jo beim Kartenspiel gesessen hatte, war nicht mehr am Bettkasten, er fand im Schrank eine etwas mufflig riechende Wolldecke.

Bis er Motorengeräusch hörte und die Scheinwerfer eines Autos durch den Regen schnitten, hatte Jo den westlichen Laden geschlossen und beschäftigte sich damit, den Herd anzuheizen. Es hätte gemütlich sein können, aber es war nicht gemütlich, ganz und gar nicht. Und die innere Ungemütlichkeit nahm dann äußere Gestalt an, als die Insassen des Autos durch den Regen liefen. Er hörte Rufe, Aufi bellte, Türen schlugen und dann erschienen sie in der Hüttentür, Aufi voraus, dahinter Lena Herrigl und ein Mann in einer Art offiziösen Grünkluft, die Jo neu war.

Aufi würdigte Jo keines Blickes. Vielleicht war das auch ein Entgegenkommen von dem Hund. Lena Herrigl schüttelte Jo kurz die Hand, seine Erinnerung an sie war korrekt gewesen, sie war blond, wie echt, konnte Jo nicht sagen, und hatte einen herben Zug um den Mund. Der Mann in Grün war nicht die Bergwacht, sondern der Mann mit dem Schlüssel für die Schranke. Die Bergwacht würde während des Sauwetters nicht ausrücken. Irgendwie war da immer dieser Kinderglaube: Man ruft an, es kommt jemand, der alles weiß und kann, und dann wird alles gut. Höllgruber wird den Mörder finden. Aber das Schicksal spielte in einer anderen Liga. Die Bergwacht wollte nicht in die Verlegenheit kommen, sich selbst retten zu müssen. So drückte sich jedenfalls der grüne Mann aus, der sich als Förster des Staatswaldes mit dem Namen Pfister vorstellte. Den försterlichen Kompetenzwirrwarr zu klären, war nicht der rechte Augenblick. »Er hat ja nicht einmal seine Jacke dabei!«, rief Lena Herrigl, als sie das tropfnasse Stück über dem Herd hängen sah. Aufi schüttelte sich und spritzte die Umstehenden voll, keiner beachtete ihn. Lena ließ ihren verzweifelten Blick durch die Hütte schweifen. »Aber sein Taffbuck ist weg.«

Bevor Jo sich erkundigen konnte, was ein Taffbuck sei, war wieder das Heulen eines Autos zu hören, das sich die Straße hochkämpfte. Sie liefen zum Fenster. Der Regen schien inzwischen etwas nachzulassen. Der Scheinwerfer streifte die Hütte, der Wagen hielt, ein einzelner Mann duckte sich zur Wagentür heraus und sprintete zum Eingang. Er trug die Farben der Hoffnung, die blau-rote Jacke der Bergwacht mit dem Edelweiß-Emblem. Aber als er sich vorstellte, wurde Lena Herrigl aggressiv. »Vom Kriseninterventionsteam? Ich brauch doch kein Kriseninterventionsteam, die Krise ist da draußen, irgendwo da draußen ist mein Mann und die Bergwacht schickt mir einen Psychologen!«

»Ich bin kein Psychologe. Ich bin a Bergwachtler. Und es geht mir auch um Ihren Mann, da können S' sicher sein«, sagte Sammy Wittig und aus seinen tief liegenden Augen sprach ein so freundlicher Ernst, dass die Spannung gleich etwas abnahm. »Bevor das Gewitter durch-

42

gezogen ist und die Kollegen losgehen, können wir schon mal ein bisserl vorarbeiten.«

Er brachte alle dazu, sich an den Tisch zu setzen, Teewasser summte am Herd, in dem nun ein ordentliches Feuer brannte, und unter Sammys Fragen und Nachfragen fügte sich ein Bild des vergangenen Tages: Klaus war schon gegen Mittag hinaufgefahren, um einen Jagdbegang vorzubereiten.

Pfister dolmetschte den Begriff: »Auf dem Jagdbegang geht er mit andern Waldbesitzern und Jägern durch sein Revier und zeigt denen, wie sich bei ihm der Wald verjüngt; was für Baumarten sich ansamen und nachwachsen und wie viele verbissen, also vom Wild gefressen werden. Klaus und der Lauterbach jagen wie die Teufel, in ihrem Revier wachsen sogar die Eiben nach.«

»Ist er da abseits vom Weg unterwegs?«, fragte Sammy.

»Wenn er Beispielflächen aussucht, wahrscheinlich.«

Sammy schwieg kurz. Jedem wurde klar, dass das ein Problem war.

»Und wann wollte er zurück sein?«, fragte er Lena.

»Zum Abendessen, schon um halb sechs, weil er noch mal los muss, weil er mit einem Zeitungsmenschen reden muss.«

Jo räusperte sich. »Der Zeitungsmensch bin ich. Wir waren um halb sieben heroben verabredet. Er war aber nicht da und die Schranke war zu.«

Pfister war neugierig: »Wollen S' über die Jagd schreiben?«

»Er wollte mir was über irgendwelche Flächen erzählen, Inwekos oder so.«

Wumms! Alle fuhren zusammen. Lena hatte mit der flachen Hand auf den Tisch gehauen. »Immer noch der

Schmarrn. Ich hab's ihm gesagt, er soll aufhören damit. Die Scheißstreiterei.«

»Es war nicht meine Idee«, versuchte Jo, sich aus der Schusslinie zu bringen.

Lena war nicht mehr zu bremsen: »›Der Herrigl ist gegen uns‹, haben die Almerer gehetzt, mir selbst ist es ja wurscht, wenn mich keiner mehr grüßt, aber als sie angefangen haben, die Kinder in der Schule zu schneiden, da hab ich zum Klaus gesagt, dass jetzt Schluss ist.«

Jo konnte sich vorstellen, dass ihr das ans Mark ging. Dass Manuel als Rollstuhlfahrer in der Dorfschule und später am Gymnasium in Werdenheim voll akzeptiert wurde, das hatte Klaus mit Stolz und Erleichterung erzählt.

Sammy legte ihr begütigend die Hand auf den Arm. »Hoffentlich können S' ihn bald selber ausschimpfen.« Lena fing sich wieder und nickte. »Er wollte also wegen einer strittigen Sache mit der Zeitung reden«, nahm Sammy den Faden wieder auf.

Jo wollte ungern nur eine Zeitung sein. »Wir sind Klassenkameraden gewesen und schafkopfen jetzt miteinander. Von der strittigen Sach' weiß ich noch kaum was. Er hat mir letztes Mal nur von Weitem am Saukogel Wälder gezeigt, die jetzt keine mehr sein sollen.«

Pfister nickte: »Die Sanierungsflächen, des wurmt ihn unheimlich.«

An dem Punkt zog Sammy die Bremse und kam wieder zum Thema zurück: »Er ist also nicht zum Essen gekommen.«

»Nein«, antwortete Lena. »Ich hab mir gedacht, dass ihn was aufgehalten hat, aber sein Handy war ausgeschaltet. Es war ja noch hell, ich hab mir nix dabei gedacht ...«

»Also, er ist vormittags rauf und war die ganze Zeit im Wald unterwegs.«

»Nein.«

»Nein?«

»Ich war um zwei heroben. Er hat seine Brotzeit vergessen, ich wollte sie ihm bringen.« Sie schien verlegen. »Da war er auch nicht da. Aber der Hund war weg. Ein Stamperl und das Taffbuck waren da.«

»Das was?«

Das Taffbuck, stellte sich heraus, war weder ein Haustier noch ein Haarspray. Es war eine Art geländegängiger Laptop und schrieb sich wohl ›Toughbook‹.

»Ja, also, wie ich gekommen bin, war da kein Laptop«, stellte Jo fest. »Bloß das Schnapsglas.«

»Das heißt«, Sammy schloss die Augen und konzentrierte sich, »er muss später zurückgekommen sein, um seinen Computer zu holen. Und was war mit dem Hund?«

»Sein Hund war im Auto, als ich raufkam«, sagte Jo.

»Er hat ihn also zurückgebracht und ins Auto gesperrt«, folgerte Sammy. »Wieso braucht er im Wald einen Computer und keinen Hund?«

Lena erklärte, dass Klaus manchmal den Hund ablege, wenn er ihm nicht richtig gefolgt hatte und Herr und Hund eine Weile sozusagen die Schnauze voll hatten voneinander. Pfister vermutete, dass Klaus die Flächen, die er beim Jagdbegang vorzeigen würde, im GPS festlegen wollte, wofür er das Toughbook brauchte.

Sammys Handy klingelte. Die Bergwacht kündigte sich in einer halben Stunde an. Laut Regenradar würde dann auch der Himmel aufklaren. Sammy ging mit Lena die Kleidung und das Schuhwerk durch, die Klaus anhatte. Lena war sich mit dem Hemd nicht sicher, ob es das hellgrüne

Polohemd war oder doch das braune Leinen. Bei den Schuhen nahm sie an, dass er Bergstiefel trug, aber sie wusste es nicht sicher. Sammy schlug vor, dass er nachher zusammen mit ihr nach Hause fahren könnte, um nachzuschauen.

Das Wasser kochte, Jo fand zwei alte Hagebutten-Teebeutel in der Anrichte, aber nur eine Kaffeekanne, was eigentlich ziemlich egal war. Sie saßen mit den dampfenden Tassen am Tisch und Jo stellte fest, dass Sammy etwas wie Ordnung in eine Ausnahmesituation gebracht hatte. Da hielt draußen der Kleinbus der Bergwacht und nicht nur der. Dahinter kam – allmählich bildete sich schon eine Schlange parkender Autos – die Polizei.

*

Die Beamten der alpinen Einsatzgruppe trugen die dritte Schattierung von Grün. Aufi schien die Farbe nicht zu mögen. Er hatte sich von seinem Gewittertrauma so weit erholt, dass er die Menschenmenge, die mit ihren schweren Schuhen in die Hütte trampelte, knurrend in Empfang nahm. Pfister redete ihm gut zu, was nicht viel half, erst ein Machtwort von Lena brachte ihn zum Schweigen, zur Vorsicht band sie seine Leine am Bettpfosten fest. Das war es, was Jo an den Hundeviechern nicht mochte. Sie waren einfach Hierarchiedeppen.

Nun wurde es eng. Die Einsatzleiter von Bergwacht und Polizei quetschten sich an den Tisch, die anderen standen. Kommissar Höllgruber war schon beim ersten Gewitter-Donner in der Versenkung verschwunden, vielleicht saß er mit Durchfall draußen auf dem Plumpsklo. Dass nun ein Kollege von ihm am Tisch saß, war schnell erklärt: »Die Suche nach vermissten Personen ist grundsätzlich die Aufgabe der Polizei«, stellte der Beamte fest. Jo hatte seinen Namen nicht deutlich verstanden, taufte ihn im Stillen wegen seiner beeindruckenden Nase ›Depardieu‹. Der Bergwachtleiter, gesegnet mit einer gewöhnlichen Nase, stellte sich als Gustl Maier vor. Er war ein ruhiger, stämmiger Typ, der sich zunächst auf die Rolle des Zuhörers beschränkte.

»Wir von der alpinen Einsatztruppe arbeiten mit der Bergwacht auf Augenhöhe«, erläuterte Depardieu das Verhältnis. Dass er aber etwas anderes war als der nette Sammy, wurde schnell klar, seine Fragen hatten Ecken und Kanten. Lena und Jo wiederholten ihre Aussagen und nun kamen die Nachfragen: »Da waren also ein Schnapsglas und der Computer. Sie haben die Brotzeit gebracht, wann war das?«

»Um zwei, halb drei.«

»Und als Sie gekommen sind«, Depardieu wandte sich an Jo, »da war der Computer weg, das Schnapsglas da, der Hund auch und die Brotzeit gegessen?«

»Der Computer war nicht da, der Hund im Auto. Und die Brotzeit?«

»Die hab ich wieder mitgenommen …«, fiel Lena ein.

»Mitgenommen?«

»Der Klaus war ja nicht da und wollte eh um halb sechs wieder daheim sein. Und dann lässt er die Brotzeit noch liegen und sie vergammelt. Sie wissen ja, wie die Mannsbilder sind.« Eine kühne Aussage in einer Hütte voller Testosteron.

»Ist sonst noch was in der Hütte von ihm oder fehlt was?«

»Die Jacke ist da.« Sie hing schlapp über dem Herd, ein dienstbarer Geist mit schlechtem Gewissen.

»Und dann noch die Tasche.« Die hatte sich in ein Eck des Bettes verzogen.

Es war die Computertasche. Sie schauten sich betreten an. »Braucht er die nicht?«

»Na ja, vielleicht hat er das Toughbook in seinem Rucksack«, meinte Pfister.

Lena wusste nicht, ob er einen Rucksack dabeihatte.

Jedenfalls, stellte Depardieu fest, hatte die Hütte die ganze Zeit offen gestanden. Den Computer konnte auch jemand geklaut haben. Er blickte seufzend in dem Raum umher, wo inzwischen der Einsatzleiter Maier eine Karte an die Wand gepinnt und angefangen hatte, nach Pfisters Angaben das Jagdrevier abzugrenzen und die möglichen Routen zu diskutieren. Seine Zurückhaltung hatte er abgelegt und offenbarte nun eine ganz und gar nicht berglerisch-bedächtige Entscheidungsfreude.

»Die Spurensicherung können wir uns grad schenken, 120 Leut trampeln umeinand«, seufzte Depardieu. »Haben Sie das Schnapsglas angelangt?«

»Rübergestellt auf die Anrichte«, gestand Jo.

Noch ein abgrundtiefer Seufzer. »Na ja, pack mers halt ein. Und wenn dann der Computer ned auftaucht, müssen S' halt in die Werdenheimer Dienststelle kommen zum Fingerabdruck.« Er schüttelte noch einmal den Kopf. »Eigentlich auch ein Schmarrn. Wenn einer zum Klauen herin war, schenkt er sich kaum ein Stamperl ein und lasst es dann stehen. So blöd ist kein Mensch.«

»Also die Tasche ist da«, setzte er das Thema fort. »Sonst noch was da oder weg?«

»Der Bettbezug.« Jo kam sich wie ein Wichtigtuer vor, kaum dass er es gesagt hatte. »Vorgestern beim Schafkopfen war da ein blauer Überzug«, ergänzte er lahm. Es war einfach lächerlich. Klaus schritt mit blauem Umhang durch den Wald wie ein Musketier, lag im Wald, in einen Bettbezug eingewickelt.

»War der mittags noch da?«

»Ich ... ich weiß nicht.« Lena wirkte verwirrt.

»Hätte Ihr Mann ihn irgendwann nach dem Schafkopftreff noch abziehen können?«

»Gestern war er nicht heroben. Er war bei der Forst- und Holzmesse in München.«

Das also war die Geräuschkulisse beim Telefonieren gewesen.

»Und gleich nach dem Kartenspielen?«

Jo versuchte sich zu erinnern. »Rein theoretisch, nachdem er die Gläser am Brunnen gespült hat, da war ich schon gefahren.«

Depardieu fand den Punkt nicht ergiebig und wechselte das Thema: »Hatte Ihr Mann suizidale Tendenzen?«

Lena schaute ihn blank an, Jo blickte zu Sammy hinüber, der unmerklich die Schultern zuckte.

»Ob er mal von Selbstmord gesprochen hat«, verdeutlichte Depardieu.

Lena schüttelte heftig den Kopf. »Nie, nie.«

Jo sekundierte. »Das schaut ihm überhaupt nicht gleich. Und außerdem wollte er mich ja unbedingt sprechen.«

»Wäre es möglich, dass Ihr Mann eine Geliebte hat?«

Lena lief dunkelrot an. »Der liegt da draußen nass irgendwo im Dunkeln und Sie stellen mir unverschämte Fragen!«

Depardieu war unbeeindruckt. »Wir sind schon mal wochenlang rumgelaufen, Hubschrauber und so weiter, und dann hatte der Mann eine Wohnung in Wien, von der die Frau gar nichts wusste.«

49

»Mein Mann hat keine Wohnung in Wien!« Lena bleckte die Zähne fast so gut wie der Hund.

»Schon gut.« Depardieu lächelte leicht. »Es ist einfach so: Dies ist ein freies Land. Manchmal gehen Leute und wir können ihnen keine Vorschriften machen, wann und wie.«

Klaus' Ausbleiben, eine höchst persönliche Angelegenheit, war im Kopf dieses Mannes ein Ereignis unter vielen, die mit dem Zerbrechen gewohnter Strukturen zu tun hatten.

Er wandte sich noch einmal Jo zu: »Sie sind bei der Zeitung. Es ist Ihnen klar, dass Sie hier alles außer der Tatsache, dass Ihr Freund vermisst ist, als vertrauliche Hintergrundinformation behandeln müssen, solange der Grund seines Ausbleibens nicht geklärt ist.«

Jo nickte.

»Ja, und bitt' schön, laufen S' uns ned die Bude ein, bis wir ihn gefunden haben«, setzte Maier nach.

Er fing an, die Suchtrupps einzuteilen, je zwei von der Bergwacht mit einem Polizisten. »Wir können in der Nacht mit zehn Mann die Steig ablaufen, wenn s' ned ausgsetzt sind«, wandte er sich an Lena. Unter dem Knacksen und Quäken der Funkgeräte waren weitere Autos eingetroffen. Die Hüttentür öffnete sich und ein Pandämonium brach aus. Aufi schoss unter der Bank hervor, offenbar entschlossen, einen Suchhund zu töten, der es gewagt hatte, über die Schwelle zu kommen. Das Tier blutete an der Pfote. »Da hat einer nach der Brotzeit am Brunnen scheint's seine Flaschen in den Wald geschmissen«, schimpfte der Hundeführer.

Das verletzte Tier in Ruhe zu verarzten, war nicht möglich, solange Aufi tobte. »Der Hund is neben der

Kapp«, stellte Pfister fest. Lena machte die Leine los, zischte: »Fussss«, und führte den Hund eng am Bein ins Freie.

Der Regen hatte aufgehört. Die kalten, bläulichen Strahlen der Stirnlampen wanderten durchs Dunkel, als sich die Suchtrupps formierten. Pfister wollte sich anschließen, aber der Einsatzleiter versuchte, es ihm auszureden. Jo war erleichtert: Keiner erwartete, dass er hier heldenhaft mitmachte. Nur der Förster blieb zunächst hartnäckig: Er könne doch mit dem Hund suchen. Es seien zwar nach dem Gewitter keine Spuren mehr da, aber vielleicht sei Klaus ja an dieselbe Stelle zurückgegangen, nachdem er Aufi zum Auto gebracht hatte. Er holte sogar Klaus' Jacke aus der Hütte, hielt sie dem Hund unter die Nase. Aber auf alle Aufforderungen hin »Such's Herrle! Such verlorn!« winselte Aufi nur und schaute sehnsüchtig auf die Autotür. Dieses Tier wollte heim, das war klar.

Depardieu ging mit Lena noch den Wagen durch, aber sie fanden nichts von Bedeutung. Lena ließ den Hund ins Auto und fuhr gleichzeitig mit Sammy los, um zu Hause Kleidung und Schuhe zu überprüfen und den Rucksack zu suchen. Jo fiel siedend heiß ein, dass er eine Mitfahrgelegenheit brauchte.

»Sie sind zu Fuß heroben?« Depardieu war hellhörig.

»Die Schranke war zu.«

»Ich hab die Schranke zugemacht«, erklärte Pfister. »Heut war Holzabfuhr. Bis fünf war die Straße für die Laster offen, dann hab ich abgesperrt.« Pfister bot Jo an, ihn hinunterzufahren, hatte aber keine Eile damit. Er ging noch einmal zum Einsatzleiter der Bergwacht, um ihm den Hütten- und den Schrankenschlüssel zu überlassen.

51

Gustl Maier stand im Finstern vor der Hütte und unterhielt sich leise mit einem Kollegen.

»Den find ma nia«, hörte Jo. »Wenn der nimmer schrein ko, find ma den nia. Grea ozogn, abseits vom Steig im Woid. Wenna nimma schrein ko, dann find den hechstns amoi a Schwammerlsuacha.«

Die Sätze fielen wie ein Fallbeil in die Kulisse gesellschaftlicher Ordnung und Strategie. Hinter den Stimmen der Suchtrupps, die langsam verhallten, hinter dem Brummen der Automotoren, die bergab noch zu hören waren, breitete sich ein anderer Klangteppich: Die Berghänge gurgelten, in den Bäumen wisperten die Tropfen abwärts in einer Sprache, die nicht die des Menschen war, eine völlig andere Ordnung schuf sich erneut, die den Körper eines Mannes unter ihren Mustern verschwinden lassen konnte.

3. KAPITEL

Der Wecker hatte Birgit erbarmungslos in die Arbeit geschickt, nachdem Jo ihr bis spät noch von den Ereignissen erzählt hatte. Dann hatte er wach gelegen, bis er endlich lange nach Mitternacht doch eingeschlafen war. Nun saß er bei einem späten Frühstück und überlegte. Heute war sein freier Tag und er wusste nicht, war das nun ein Fluch oder ein Segen. Er wollte nicht als Journalist über seinen vermissten Freund schreiben, aber andererseits wollte er auf dem Laufenden bleiben. Die Vorstellung, friedlich im Garten herumzukratzen und erst am nächsten Tag in der Zeitung zu lesen, was passiert war, behagte ihm überhaupt nicht.

Erste Option, die journalistische: Er konnte Lehner anrufen und ihn bitten, ihn auf dem Laufenden zu halten. Zweite Option, die persönliche: Er konnte Lena anrufen. Er war genug in die Sache involviert, es wäre fast unhöflich, sich nicht zu erkundigen. Beide Strategien schlugen fehl. Lena war nicht zu Hause oder ging nicht ans Telefon und Lehner wusste nur, dass die Bernbacher nach Rücksprache mit Herzog auf eine SMS hin die Redaktion verlassen hatte. Die Redaktionskonferenz hatte noch nicht stattgefunden.

»Komm mit«, sagte Jo zu Leutselig-Schnurrenberger, »und bring mir bei, wie man den relaxten Hausl macht.« Er ging in den Garten, zog die Arbeitshandschuhe an und fing an, mit der Harke ein wenig zwischen den Stockrosen herumzukratzen. Die Wicken hatten elend lange Wurzeln, er brachte immer nur einen kleinen Teil heraus. Eine Hausnummer weiter war der Nachbar im Garten unterwegs. Er hatte irgendein Mittel, das er auf die Löwenzähne im Rasen sprühte. Wie meistens ging seine Frau hinter ihm her und zwickte hier und dort was an Büschen und Stauden herum, während ihr Mann mit sonorer Stimme Kommentare von sich gab. Jo verzog sich auf die andere Seite des Gartens, wo das Grundstück an die Garage des unteren Nachbarn angrenzte. Die Bergers hatten eine extra lange Garage, in die auch die Mopeds der zwei Teenager hineinpassten. Jo rupfte zerstreut ein paar Pflanzen aus, die seiner Meinung nach nicht ins Beet gehörten, dann warf er die Harke hin, ging ins Haus und suchte nach der Telefonnummer der Bergwacht Schöllau.

Er erreichte den Einsatzleiter und lief ins offene Messer: »Sie! Ich hab gmeint, wir hätten was ausgemacht!«

»Was?«

»Was? Dass Sie keinen Presserummel machen!«

»Hab ich doch nicht! Ich bin heimgefahren und war heut nicht in der Redaktion.«

»Aha! Und warum sind uns bei der Bergung diese Urschl samt dem Fotografen zwischen die Füß rumglaufen? Ha!«

»Bergung? Sie haben ihn gefunden?«

»Tun S' doch ned so unschuldig!«

»Ich tu ned unschuldig!« Jo schrie fast. »Der Klaus ist mein Freund. Was für eine Bergung?«

Es herrschte Schweigen am anderen Ende der Leitung. Jo setzte sich. »Was für eine Bergung?«, fragte er noch einmal leise.

»Es tut mir leid«, sagte Maiers Stimme nun völlig verändert. »Ihr Freund ist tot.«

*

»Gut, dass Ihnen der Gustl meine Nummer gegeben hat. Blöd, dass ich vergessen hab auf der Hütte oben, dass ich Ihnen die gleich selber lass.«

Sammy rührte im Kaffee. Sie saßen im Bergwachthaus an einem der Tische im Gruppenraum. Es war schon später Nachmittag, die Westsonne fiel durchs Fenster auf die Karte des Einsatzgebietes, die in der Mitte hing, und die Stecknadeln warfen lange, dünne Schatten über das Papier. Eine große schwarze steckte im Griesbachtal, zwischen den dichten braunen Strichen, die die Felswand des Kegelbergs markierten, und dem blauen Band des Baches.

Klaus war höchstwahrscheinlich von derselben Felskanzel abgestürzt, auf der Jo mit ihm gestanden hatte. Die Polizei hatte den Absturzort rekonstruiert und die Felskanzel nach Spuren abgesucht, aber nach dem Starkregen keine finden können.

»Dass sein Hund ihn da unten gefunden hat, ist ein Wunder.«

»Sein Hund? Der Aufi? Ein großer, grauer.«

»Hm, genau. Der Förster, Pfister heißt er doch ...«

Jo nickte.

»... und noch einer, der mit dem Herrigl das Jagdrevier hat, einer mit Pferdeschwanz ...«

»Lauterbach.«

»Genau. Die wollten heut früh suchen helfen. Wir haben die Suche um 2 Uhr nachts abgebrochen, sobald es hell worden ist, sollt' es mit so 40 Mann wieder losgehen. Da sind die beiden angekommen. Es ist dann immer schwierig, man darf die Leute auf keinen Fall irgendwohin schicken, wo's gefährlich ist, aber man kann sie auch nicht verarschen und irgendwo spazieren gehen lassen. Na ja, die zwei haben gleich gesagt, sie wollen den Wand-

55

fuß absuchen, da war zwar schon ein Trupp von uns, aber der Gustl hat nichts dagegen gehabt. Der Griesbach hat noch Hochwasser von dem Gewitter, sie sind auf einer Brücke dann drüber, auf der anderen Seite dann das Tal hoch. Der Hund hat gezogen, hat der Pfister gesagt, es war grad unheimlich. Da war so ein Erlengebüsch, da ist der Herrigl reingerutscht. Es ist ein Wunder, dass sie ihn gefunden haben.«

»Selbst mit dem Hund?«

»Da kannst' mit einem Hund drei Meter an einem Toten vorbeilaufen, wenn der Wind falsch steht.«

Das Schweigen des Todes, dachte Jo, dieser abgegriffene Gemeinplatz füllte sich mit einer beklemmenden Bedeutung. So tot konnte er sich Klaus noch nicht vorstellen. Er verlor sich in Erinnerungen und begann unvermittelt zu erzählen: »Dabei hab ich ihn erst seit ein paar Monaten so richtig wieder kennengelernt. Meine Frau und ich waren wandern, den Kegelberg hoch, ich soll mich doch bewegen. Da war der Klaus bei der Hütte. Ich war ja jahrelang weg, in München, beruflich. Und dann redet man halt und er hat mich zum Schafkopfen eingeladen, das haben wir in der Schul schon immer gern gespielt. Der Klaus war dann nicht mehr auf der Schule, aber der Lauterbach hat noch Kontakt zu ihm gehalten, die alte Schöllauer Mafia sozusagen, die sind hier zusammen aufgewachsen. Irgendwie hat er mir imponiert. Er hat es nie leicht gehabt mit sich selber und hat doch seinen Platz gefunden.«

Jo schwieg, nahm einen Schluck Kaffee. Er war enorm stark, ein richtiges Gebräu, um sich Nächte um die Ohren zu schlagen.

»Eigentlich möchte ich einen Nachruf auf ihn schreiben. Oder wenn das nicht geht« – vielleicht passte das Herzog nicht in den Kram – »dann wenigstens mich wegen der Sache kundig machen, die ihn umgetrieben hat. Er wollte mir ja gestern was von seiner Arbeit erzählen. Und ist nicht mehr dazu gekommen. Ich glaub, das will ich noch nachholen, als eine Art Trauerarbeit.«

Sammy lächelte. »Ich hab dem Gustl gesagt, dass Sie in Ordnung sind. Der war zuerst dermaßen narrisch. Der hat gemeint, dass ihr den BOS-Funk abhört in der Redaktion.«

»Was?«

»BOS-Funk, Behörden-Organisationen mit Sicherheitsaufgaben. Es gibt Redaktionen, wo der Funk immer lauft, so nebenher. Offiziell ist das verboten, aber die Geräte gibt's inzwischen für wenig Geld am Markt. Dann kann's sein, dass die mit dem Mikrofon schneller bei den Angehörigen sind wie wir. Oder der Fernsehhubschrauber schneller als der von der Polizei.«

Jo schaute Sammy fassungslos an. Irgendwas war ihm offensichtlich bisher entgangen in der Branche.

»Eigentlich darf man am Funk kein' Namen nennen und keine Ortsangaben, aber wir Bergwachtler, wir sind ned so routiniert, da kann's schon passieren, dass einem was rausrutscht.«

Jo seufzte und schwieg. Niemandem war bloß so was rausgerutscht. Offensichtlich hatte die Bergwacht ein Leck. Offensichtlich hatte dieses Leck die Handynummer der Bernbacherin, aber das sagte Jo nicht. Er konnte der Kollegin keinen Informanten verbrennen.

Endlich raffte er sich auf, eine, wie er dachte, kindliche Frage zu stellen: »War der Klaus … war … war er …?«

Sammy kannte die unvollendete Frage. »Er war gleich

tot. Die Kollegen haben den Arzt nimmer gerufen, er hat mit dem Leben nicht vereinbare Verletzungen.« Die letzten Worte waren offensichtlich ein Zitat aus irgendwelchen Vorschriften.

»Sonst muss immer ein Arzt den Tod feststellen?«

Sammy nickte.

»Und jetzt?«

»Die Staatsanwaltschaft hat ihn nicht freigegeben. Er muss noch nach München, zur Obduktion.«

»Warum? Ist was unklar?«

Sammy zuckte die Schultern. »Ich weiß ned. Vielleicht, weil der Computer weg ist. Der war nicht zu finden, bloß das Handy, in der Hosentasche, total kaputt.«

Es hatte wohl schon nicht mehr klingeln können, als Jo die Nummer gewählt hatte. Die Mobilbox, ein virtueller Grabstein. Jo versuchte, nicht daran zu denken, wie jemand ausschaute, wenn das Handy in der Hosentasche kaputt war.

»Dann werden s' mich zum Fingerabdrucken auf die Polizei bestellen, wegen dem Schnapsglas«, meinte er.

»Vielleicht sollten Sie der Polizei noch erzählen, dass Sie mit Herrigl auf der Felskanzel gewesen sind«, schlug Sammy vor.

»Meinen Sie, das ist wichtig?«

Sammy lächelte. »Was weiß ich, ich bin kein Polizist.«

»Und jetzt haben Sie ihn gleich nach München gebracht?«

»Noch nicht. Wir haben ihn in die Leichenhalle von Jachenkirch gelegt, die haben eine Kühlkammer. Es ist Wochenend, da gehts eh nicht so schnell mit der Obduktion. Bei uns im Landkreis haben wir ein relativ gutes Verhältnis zur Polizei. Die lassen uns den Toten anlangen und ein bisserl das Blut und den Dreck abwischen, damit die Angehörigen den sehen können. Drüben in Berchtesgaden zum Beispiel, da sind sie pickelhart, da geht gar nichts.«

Sammy nahm einen Schluck Kaffee.

»Und die Angehörigen? Wenn der so schlimm verletzt ist?«

»Es ist wahnsinnig wichtig, dass die den sehen. Der alte Polizeispruch ›Behalten Sie ihn Erinnerung, wie Sie ihn kannten‹, das ist Unsinn, das sagen Polizisten, wenn sie schon zu viel gesehen haben im Beruf, denen langt es selber, verstehen Sie. Aber die Angehörigen müssen begreifen können, dass der tot ist. Wenn ihn die Polizei nicht freigegeben hat, dann kann kein Bestatter ihn herrichten, außerdem kostet der was. Ich putz den Toten ein bisserl ab, die schlimmsten Stellen mit einem Verband abdecken, das mach ich nimmer, das war schlecht, weil die Angehörigen dann nicht glauben, dass er gleich tot war, auch eine Wolldecke ist schlecht, sonst denken die: ›Warum? Hat er doch noch gefroren?‹ Ich deck jetzt bloß noch die offenen Stellen mit einer Folie ab, dann ein weißes Tuch. Das weiße Tuch versteht jeder. Und dann können sie ihn wenigstens anlangen.«

Er streckte seine sehnigen Klettererhände über dem Tisch aus und tastete in der Luft einen imaginären Körper entlang. »Und dann kann man drüber reden: ›Da, am Knie, da hat's ihn schlimm erwischt, gell.‹ ›Ja freilich, des waren halt schon fast 90 Meter.‹«

Sammy hielt inne und sah Jo an: »Entschuldigen S'. Macht's Ihnen was aus?«

Jo stellte überrascht fest, dass es ihm nichts ausmachte. Im Gegenteil, es war der Einbruch der praktischen, unerschrockenen Menschenliebe in das Bergwerk von

Chaos und Tod, jemand, der einen an der Hand nahm in der Finsternis und geradeaus durchmarschierte.

»Meinten Sie grad Klaus mit dem Knie und so? Ist er schlimm zugerichtet?«

»Hm. Es hat ihn schon auch am Kopf erwischt, ich war mir nicht so sicher, ob ich ihn der Frau zeigen soll, aber es gibt eine Regel: Der Maßstab bin immer ich. Was ich aushalt, das halten die Angehörigen auch aus. Ich hab ihm die Haar ein bisserl drübergstrichen. Und wissen S', was sie gesagt hat, wie sie ihn gesehen hat? ›Er ist doch ein schöner Mann.‹ Das war, was sie gesehen hat.«

*

»Stimmt«, sagte Birgit, »er war ein schöner Mann.«

»Komisch, war mir nie aufgefallen.«

Birgit lächelte ihr Na-klar-typisch-Männer-Lächeln mit dem melancholischen Anflug, der dem Anlass angemessen war.

»Wenn ich ihn noch nie gesehen hätte vorher, aber so war er immer noch der Klaus von früher.«

Nun musste Jo zugeben, dass Klaus mit den Jahren nur gewonnen hatte, die Nervosität mit Kraft gekoppelt, die dunklen Augen mit Intensität, und der Anflug von Grau in den dichten Haaren hatte so etwas wie Lebenserfahrung darübergelegt, wenn das auch bei den wenigsten Menschen mit tatsächlicher Weisheit einhergehen mochte.

Jetzt lag dieser Körper unter einem weißen Tuch, dessen Bedeutung jeder verstand.

Jo seufzte. Leutselig-Schnurrenberger stand von der Fensterbank auf, sprang auf den Fußboden, streckte sich ausführlich, spazierte dann zu Jos Sessel, nahm kurz Maß und schnellte sich auf Jos Schoß, wo er sich umständlich niederließ.

»Was sind denn das für neue Sitten?« Jo war verblüfft.

»Er kommt, weil du traurig bist. Katzen mögen das.« Birgits Freundinnen hätten ›negative Energie‹ gesagt. ›Katzen mögen negative Energie.‹ Jo war allergisch gegen diese Sorte Psycho-Elektrik.

»Wir hatten heute Neuaufnahme von Patienten. Von zehn Leuten acht Depressive beziehungsweise Burnout. Ich kann dir sagen, in dem Feld, das die verbreitet haben, hätte sich ein Königstiger wohlgefühlt.«

Leutselig-Schnurrenberger legte den Kopf auf die Pfoten und begann, seinem Namen Ehre zu machen. Jo beäugte ihn misstrauisch, er wollte nicht gern die Ladestation eines Psycho-Elektrik-Parasiten abgeben.

»Wie wär's mit einer Partie Scrabble?«, schlug Birgit vor. Das Wortlege-Spiel war das einzige Spiel, bei dem sich Jo und sie nicht grausam stritten und daher kultivierten sie es öfter. Aber Jo brummte unschlüssig.

Das Telefon klingelte. Es war Lehner. Kunstnacht! Jo hatte es total vergessen. Er versuchte abzusagen, aber Lehner hatte schon seinen Kindern versprochen, nach dem Badevergnügen ins Kino zu gehen, und Birgit sekundierte im Hintergrund, es sei besser, einer sinnvollen Beschäftigung nachzugehen, als Trübsal zu blasen.

Jo schubste den Kater vom Schoß. »Der Akku ist voll, Herr Schnurrenberger, es reicht.« Und zu Birgit gewandt, setzte er hinzu: »Du fährst. Ich muss mir einen ansaufen. Vielleicht schreibst du besser gleich den ganzen Artikel.«

»Dein Job«, versetzte sie ungerührt.

*

Der erste Empfang war im ›Haus des Gastes‹. Im Foyer hingen tatsächlich Blumenaquarelle. Jo unterdrückte ein Stöhnen. Wahrscheinlich hatte Lehner diesen Kindergeburtstag erfunden. Der zweite Bürgermeister hielt die Rede; der Sekt war pappsüß, es war kein Spaß, sich mit dem Zeug zu betrinken, Jos Gehirn beschwerte sich vorbeugend nach einem halben Glas. In so einem Fall half nur eines: sofort zu handeln. Jo machte die Vorsitzende des Werdenheimer Kunstvereins ausfindig, die ihn der Malerin vorstellte, und ließ sich dann die Lobeshymne auf die Bilder direkt in die Feder diktieren. ›In duftigen Farben hat die Künstlerin den Sonnenschein eingefangen, der auf den Blüten spielt ...‹ Dann entschuldigte er sich mit einem strahlenden Lächeln, suchte seine Frau, die gerade andächtig vor einem Abbild libellenumschwirrter Iris stand, und bugsierte sie energisch hinaus. Die Folgen nahm er in Kauf. Sie hasste es wie die Pest, von ihm bugsiert zu werden, und würde sich für den Rest des Abends dafür revanchieren.

»Die Bilder waren überhaupt nicht übel. Sie hat eine ausgezeichnete Technik, der Wechsel zwischen scharfen Kanten und verschwimmenden Übergängen war in jedem Fall kontrolliert und jede Überlappung hat gestimmt. Du verstehst halt einfach nichts davon.«

Birgit hatte recht, von Aquarellen verstand er nichts. Das machte die Sache nicht besser.

»Nö, ich versteh nur was von Haarfarben. Kannst du mir verraten, warum Künstlerinnen über 50 immer kopfvoraus im Hennatopf landen?«

Die Frage machte die Sache noch mal nicht besser. Birgit holte zum Konter aus. »Was ist die nächste Station? Hoffentlich Fußballbilder. Die spannendsten Tore des

FC Werdenheim als großformatige Wandfresken im Klo des Sportheims.«

Es war nicht das Klo im Sportheim, sondern ein Bazar im Pfarrsaal von St. Michael. Es gab Seidenmaltücher zu kaufen, bunt gefilzte Pantoffeln in Erdbeerform und Gulaschsuppe, die Jos Stimmung etwas verbesserte. Er verzog sich an einen seitlich gelegenen Tisch, lauschte mit halbem Ohr dem Flötenquartett und notierte: ›Wie vielseitig die künstlerischen Begabungen in Werdenheim sind, davon konnten sich die Besucher im Pfarrheim St. Michael überzeugen …‹ Als er seine Schüssel Suppe leer hatte, stand auch sein Text. Er fand Birgit an dem Tisch mit den handbemalten Postkarten. »Fertig?«, fragte er suggestiv. Sie kniff die Augen zusammen auf eine Weise, die ihn davon abhielt, ihr den leichten Schub am unteren Rücken zu verpassen, den sie ›vorwärtstätscheln‹ nannte. Ein Mann in der Aussegnungshalle reichte.

Aber sie kam gleich mit, saß dann im Auto und sah ihn prüfend an. »Tut mir leid. Es ist kein Abend für britischen Humor.« Er schüttelte etwas mühsam lächelnd den Kopf.

Der letzte Programmpunkt war die alte Fabrikhalle der Weberei. Der Ziegelbau hatte lange leer gestanden und war kaum beheizbar. Dennoch oder gerade deswegen hatte sich dort eine Werkstatt von Leuten etabliert, die für ihre Arbeiten Platz brauchten: ein Maler, der riesige Leinwände mehr oder weniger einfarbig gestaltete, eine Videokünstlerin, die ihre Werke zum Teil übereck auf weiß gekalkte Wandteile projizierte, und ein Bildhauer, dessen Holzobjekte Jo sofort faszinierten.

Es waren riesige Pflanzen und ihre Teile. Da lagen geknickte Gräser, ungefähr drei bis vier Meter lang, alle Blattknoten und Fasern sorgfältig gearbeitet. Da waren einzelne Blütenblätter, große, hauchdünne Schalen, die Maserung des Holzes wie Adern des feinen Gewebes, und da gab es welke Blätter, manche fast einen Meter lang, gewölbt und gedreht in unterschiedlichen Stadien der Austrocknung. Der Bildhauer selbst, ein irisch wirkender Hüne, war gerade mit einem Besucher ins Gespräch vertieft. Jo wartete in seiner Nähe und betrachtete ein zusammengerolltes Eichenblatt, das aus einem Baumstamm herausgearbeitet war.

Vergänglichkeit. Ein weißes Tuch, der Schnee. Jo verlor sich in Gedanken, aus denen ihn ein Ausruf Birgits herausholte: »Da ist doch der Landrat, oder?«

Sie meinte jedoch nicht den leibhaftigen Politiker, sondern das Bild auf der Video-Installation. Es zeigte in einer Endlos-Einstellung das Café am Marktplatz, Leute, die kamen und gingen, sich an den Tischen unterhielten. Darüber hatte die Künstlerin einen fallenden Regen von Zahlen und Symbolen gelegt, die ein wenig an die Ziffern im Vorspann des Filmklassikers ›Matrix‹ erinnerten. Doch hier taumelten nicht nur Zahlen, sondern auch Blümchen, Schlüssel, Herzen und Totenköpfe herunter, als ein Reigen geheimer Symbole, der dem Leben der Menschen unterlag. Der Landrat mit seiner markanten Mähne saß zusammen mit zwei anderen Männern etwas abseits. Den einen hatte Jo erst neulich gesehen: Es war der Direktor der Sparkasse. Den anderen, der einen schwarzen Rollkragenpullover und einen Präzisionsbartschnitt trug, kannte er nicht.

»Heilige und Landräte haben beide die wundersame Fähigkeit der Ubiquität«, sagte Jo.

»Der was?«

»Ubiquität. Das Erscheinen an mehreren Orten gleichzeitig. Und ... oh ...!« Jo verschlug es die Sprache, aber nur kurz. »Hier kommt noch eine wundersame Erscheinung, aber leibhaftig: die verehrungswürdige Adlernase und ihre Trägerin.«

Birgit, die sofort gespannt Ausschau hielt, konnte sie zunächst kaum sehen, weil die Frau durch die Projektion lief und die farbigen Lichter des Films über ihren Mantel glitten. Sie durchquerte die Halle, kam direkt auf sie zu, stellte sich auf die Zehenspitzen und küsste den Bildhauer.

»Es geht ihr einigermaßen«, hörte Jo sie sagen. »Lauterbach war auch da und ist noch bei ihr geblieben. Da konnte ich fahren.«

Jo zählte zwei und zwei zusammen: Als Klaus' Vorgesetzte war sie bei seiner Frau gewesen. Klaus' Tod hatte Jo heute Abend eingeholt. Er identifizierte mit einem Blick die Eheringe, trat auf das Paar zu und stellte sich und seine Frau vor. Die Adlernase und ihr Mann hießen Felleisen.

»Na, dann unterhaltet euch mal.« Die dunkelblauen Augen wurden fast schwarz vor Reserve, die Adlernase wandte sich diplomatisch ab.

Jo entschloss sich zur Blutgrätsche: »Ich würde Sie nachher gern sprechen. Ich möchte einen Nachruf auf meinen Freund Herrigl schreiben.«

»Ah, Sie wissen schon, was passiert ist? Nachruf mit Foto?« Der Ärger saß noch immer.

»Frau Felleisen, ich bin, war ein Freund von Klaus. Wir haben uns zum Schafkopfen getroffen. Er wollte, dass ich irgendwas über INVEKOS-Flächen schreibe, und ich war deshalb gestern Abend auf der Hütte und habe vergebens auf ihn gewartet. Heute Nachmittag war ich noch mal in Schöllau im Bergwachthaus. Mit der aktuellen Berichterstattung habe ich nichts zu tun. Die Sache geht mir zu nah. Aber ich möchte gern einen Nachruf schreiben, der ihm gerecht wird.«

»Ah, Sie sind der Zeitungsmensch, von dem Frau Herrigl erzählt hat?« Sie sah ihn an, sortierte etwas im Kopf um. »INVEKOS-Flächen? Das hat ihn immer noch umgetrieben?«

»Und er ist nicht mehr dazu gekommen, mir darüber zu erzählen. Er ist genau von der Wand abgestürzt, von wo aus er mir vor wenigen Tagen einige Flächen gezeigt hat.«

»Die Saukogel-Verbauung.« Die Felleisen schüttelte traurig den Kopf. »Hören Sie, Herr Murmann. Ich glaube, es ist erstens noch zu früh, die Untersuchungen sind noch nicht abgeschlossen, wie Sie wahrscheinlich wissen, zweitens sind Sie ja heute Abend nicht wegen Herrigl gekommen, sondern in einer anderen Mission.« Sie deutete auf die Skulpturen. »Kommen Sie am Montag in mein Büro, dort kann ich Ihnen manche Fragen vielleicht präziser beantworten.«

Der Bildhauer Felleisen erwies sich in Jos Augen nicht nur als begnadeter Künstler, sondern als ebensolcher Gastgeber. Er hatte ein ausgezeichnetes Fassbier angezapft, sie hatten auf den Holzklötzen in seiner Werkstatt herumgesessen und seinen Erklärungen über Holz und Wasser, Sonne und Erde und die Muster von Strömungen zugehört. Sie weckten in Jo eine vage Idee von etwas, was er schon immer begreifen wollte, doch von dem er nie gewusst hatte, wie überhaupt danach zu fragen war. Aber sein Verständnis war dann doch bei der Strömung des Bieres hängen geblieben.

Birgit klopfte ihm die Sägespäne vom Hosenboden, bevor sie ins Auto stiegen. »Na, das war ja doch erfolgreich. Ein sehr interessanter Mensch, dieser Felleisen. Und du hast ein Rendezvous mit der Adlernase ausgemacht.« Sie glitt hinters Steuerrad und kicherte. »Hast du gesehen:

Ihr Mann hat drei verschiedene Kettensägen, eine größer als die andere.«

»Mhm. Außerdem weiß er Sachen, die wir wissen sollten.«

»Was?«

Selbst beschwipst registrierte Jo befriedigt, dass es ihm gelungen war, seine Frau zu unterlaufen. Sie hatte ihm mit einem Chainsaw-Massaker gedroht und er hatte rückwärtsgehend klargemacht, dass ihr etwas entgangen war.

»Irgendwelche Sachen, die ich nicht weiß. Im Garten. Ich schau die Kräuter an. Sie schaun mich an. Ich versteh nix. Ich versteh einfach nix und sie machen, was sie wollen. Beim Nachbarn stehn sie rum wie im Kasernenhof, aber reden auch kaum mehr.«

»Du hast einen sitzen.«

»Wollt ich doch.«

Sie schwiegen, der Motor brummte.

»Für mich«, sagte Birgit, »hat er sich bisschen wie ein Anthroposoph angehört. Die haben es auch mit ihren Strömungsbildern.«

»Anphosothro… Anthrosoph…« Jo machte eine Pause, konzentrierte sich: »Anthroposophen haben keine Motorsägen und kein Fassbier. Die trinken Tee und basteln Wollzwerge.«

Birgit zitterte vor lautlosem Lachen. Jo lachte auch ein bisschen.

»Morgen … die Zeitung … Machst' dir Sorgen, was die Bernbacher geschrieben hat?«

»Nö. So, wie ich meine Pappenheimer kenne«, sagte Jo, »wird das hauptsächlich eine Geschichte über den Hund.«

*

DRAMA AM BERG
Jagdhund findet toten Herrn

Ein Foto präsentierte Aufi im Großformat, fast noch struppiger als sonst, die schlechte Laune gesteigert zu einer Art genervter Verwirrung. Das zweite Foto zeigte vor einem Gebüsch die übliche Ansammlung von Männern, die Westen in Warnfarben trugen und hingeordnet waren auf etwas, was verdeckt am Boden lag, einen Körper, den die Schwerkraft unter diesen Busch hineingefetzt hatte und den erst die unerschrockene Zuwendung von Sammy so geraderichten würde, dass man ihn den Angehörigen zumuten konnte.

Ergreifende Szenen haben sich gestern im Griesbachtal abgespielt. Der Förster Klaus Herrigl war am Donnerstagabend von einem Begang seines Pirschbezirks am Kegelberg nicht zurückgekehrt. Als seine Frau die Bergwacht alarmierte, tobte über dem Gemeindegebiet Schöllau ein Unwetter, das Bäume abknickte und Bäche über die Ufer treten ließ (siehe Bericht). Als die Rettungskräfte endlich ausrücken konnten, um den Kegelberg abzusuchen, war die Nacht bereits fortgeschritten. Um 2 Uhr wurde die Aktion zunächst ergebnislos abgebrochen. Bei Tagesanbruch beteiligten sich Forstdirektor Konrad Lauterbach und Revierleiter Herbert Pfister mit Herrigls Jagdhund Aufi an der erneuten Suche und gingen den Fuß der Kegelberg-Südwand im Griesbachtal ab. Mit unglaublichem Instinkt fand der Hund seinen Herrn im unübersichtlichen Gelände am Rande der Geröllkegel. Er war über die Wand abgestürzt und konnte nur noch tot aus einem Erlengebüsch geborgen werden. »Es ist schon ein kleines Wunder«, sagte der Einsatzleiter der Bergwacht, Gustl Maier, »der Mann ist ja da nicht hingelaufen und hat irgendwelche Spuren hinterlassen.« Auch die Hundeführer der Bergwacht waren beeindruckt. »Bei Lawinen ist das Gebiet beschränkt, in dem die Hunde suchen, da ist der Erfolg eher gegeben. Im Sommer, in weiträumigem Gelände, da muss man schon Glück haben. Aber heute war wohl noch was anderes als Glück im Spiel.« Dieses andere brachte Herbert Pfister auf den Punkt: »Zwischen Herrn und Hund, da ist ein Band, da versteht der Hund oft mehr davon als der Herr.«

Mit ihren blauen Augen hatte die Bernbacherin dem angesäuerten Gustl Maier doch einen brauchbaren Satz abgerungen. Nichts über den fehlenden Computer, keine Andeutung von Unklarheiten und Gott sei Dank keine Angehörigen. Das Drama des Absturzes und der treue Hund, das hatte genügt. Es war besser so.

Niki Lehner gönnte sich eine kurze Pause am Sonntagmorgen in der Redaktion. Jo war vorbeigekommen, hatte keinen Dienst, brauchte aber Gesellschaft. Sie hatten beide die Füße auf den Schreibtisch gelegt und ›woodsteinelten‹ ein wenig, wie sie es nannten. Natürlich lag in diesem Ausdruck ein gerütteltes Maß Selbstironie; Welten trennten sie von jenen berühmten Journalisten Woodward und Bernstein, die Nixon zu Fall gebracht hatten. Es war ruhig, viel war schon vom Freitag her vorgearbeitet worden, der Text der Serien eingefügt, die Veranstaltungshinweise etc., und es schien zu Lehners Glück, dass an diesem Wochenende nichts Neues hereinkam.

»Zuerst tut sie so gschamig und dann ist sie mittendrin in der grauslichen Sensation, die Sabine. Natürlich, wenn sie gleich da ist, dann muss sie nicht nachträglich Witwen schütteln gehen. Das ist wohl ihr Kalkül. Weißt du, wer ihr die SMS geschickt hat?«

Jo schüttelte den Kopf. »Es sind eine Menge fesche junge Kerle bei der Bergwacht und die Sabine ist ein fesches Maderl. Die geht auf die Disco und macht Connections, davon können wir alte Hasen nur träumen. Der Einsatzleiter war sauer wie sonst was. Wenn der den Romeo am Wickel kriegt, hat der nix zum Lachen.«

»Dann müssen wir halt wieder einen großen Artikel über ein Bergwachtjubiläum schreiben, dann passt's schon wieder.« Lehner massierte sich die Nasenwurzel und seufzte. »Und jetzt hast du also der Adlernase einen Nachruf zugesagt, einen Nachruf auf einen Kerl, von dem wir ein Pinkelfoto haben.«

Jo zuckte die Schultern. »Vielleicht ein Vorwand, mich mit den ganzen Andeutungen zu befassen, die da herumschwirren. Das Pinkelfoto, der Streit mit den Almbauern ...«

»Ah, der Kommissar ist unterwegs!« Lehner grinste.

»Oh, nein, die Polizei ist schon dabei, ich werd mich da nicht wichtigmachen.«

Lehner zog die Augenbrauen hoch.

»Vertrauliche Info«, sagte Jo. »Sie haben ihn zur Obduktion weitergeschickt. Er hatte seinen Computer dabei und der ist verschwunden.«

Lehner pfiff leise. »Und wir haben erst neulich über einen Krimi geredet. Ich hatte schon einen Kommissar. Sauerbier sollte er heißen.«

»Nein! Er heißt Höllgruber.«

Das künftige Autorenduo fixierte sich gegenseitig kampfeslustig, bis sich Jo das Lachen nicht mehr verbeißen konnte.

»Gewonnen«, sagte Lehner zufrieden.

»Na ja«, meinte Jo, »Höllgruber hat angesichts des konkreten Weltuntergangs den Dünnschiss gekriegt. Mach du nur weiter mit deinem Sauerbier.«

»Nicht so einfach. Es fängt schon mit dem Dialekt an. Wie schreibt man den Dialekt im Lokalkrimi? Wenn man das ernst nimmt, bekommt man schon die erste Vollbremsung. Nimm etwa die vielen Nasale im Bayerischen. Das Wort ›grea‹ für ›grün‹ zum Beispiel. Das ›a‹ ist ein Nasal.«

Lehner kritzelte ein ›ã‹ mit einem Extra-Kürzel auf ein Blatt. Jo richtete sich innerlich auf eine unverständliche Predigt ein. Lehner hatte Germanistik studiert, Jo war über die Journalistenschule ins Handwerk gekommen und hatte von Linguistik keine Ahnung.

»Das nun kann kein Mensch lesen«, fuhr Lehner fort. »Jemand, der Französisch in der Schule hatte, könnte das Wort mithilfe der französischen Rechtschreibung korrekt so schreiben.« Lehner schrieb ›gréin‹.

Jo hatte Französisch gehabt und bewegte stumm die Lippen. »Tatsächlich!«, sagte er überrascht. »Das Wort heißt so.«

»Wenn alle Schüler und Französischlehrer Bayerisch könnten, wie einfach wäre der Unterricht!« Lehner genoss sein kleines Zauberkunststück und setzte gleich noch nach. » Außerdem gibt es im Bayerischen das nicht-nasale ›a‹ in zwei Ausführungen. Sag mal in deiner Eingeborenensprache ›Madl‹.«

»Madl«, sagte Jo folgsam.

»Und jetzt sag ›Bach‹.«

»Bach«, sagte Jo und hielt verblüfft inne. Die ›a‹ waren völlig verschieden ausgefallen. Bei ›Madl‹ hatte er die Mundwinkel weit auseinandergezogen und einen hellen Laut von sich gegeben, das ›a‹ in ›Bach‹ hingegen war eigentlich fast ein ›o‹ gewesen.

»Merkst du's?«, triumphierte Lehner. »Und wie schreibt man diese differenzierte Indianersprache, bei der wir noch erkennen können, ob jemand aus Dachau oder Rosenheim ist? Ganz egal, wie viel Mühe du dir gibst, mit den gewöhnlichen Buchstaben wirst du nur Missverständnisse hervorbringen«, fuhr Lehner fort. »Also schreibt man meist Ludwig-Thoma-Bayerischer-Rundfunk-Einheitstranskription und ersetzt ein Wort wie ›abifoin‹ mit einem leicht Münchnerischen ›runterfalln‹. Und wenn man will, dass sich der Krimi auch an Menschen mit innerdeutschem Migrationshintergrund verkauft, reduziert man das Ganze auf einige Marker, die andeuten sollen, dass die Dialoge eigentlich im Dialekt stattfinden, ›ned‹ statt ›nicht‹ und so weiter, und diskutiert mit dem Lektor herum, ob die Grammatik bayerisch bleiben darf.«

Jo seufzte. »Du wirst ein extrem anstrengender Co-Autor, fürchte ich. Was sollen wir machen?«

»Fußnoten natürlich. Wir schreiben alles linguistisch korrekt und die hochdeutsche Übersetzung in Fußnoten.«

Lehner hatte ein Pokerface aufgesetzt, Jo sah ihn stumm an. »Wir werden einen Preis dafür kriegen«, fuhr Lehner schließlich fort. »Vom bayerischen Kultusministerium für hervorragende Leistungen in der innerdeutschen Desintegration, gleichzeitig begeht unser Verleger Selbstmord.«

»Super Plan. Wenn du die Dialoge machst, bin ich dabei.« Sie schüttelten einander die Hand.

Lehner schwang die Füße vom Tisch, die Arbeit rief. »Danke noch mal für die Kunstnacht. Dass sich in der alten Weberei eine Avantgarde eingenistet hat, ist mir neu. Bloß den Bildhauer, mir scheint, den kenn ich schon von irgendwoher. Vielleicht wegen seinem abartigen Vornamen: Fürchtegott. Wer tauft sein Kind ›Fürchtegott‹? Pastorenehepaare aus der Uckermark?«

»Kam mir nicht so uckermärkisch vor, eher irisch, groß, breit, Sommersprossen, rote Haare.«

»Schau mer mal schnell.« Lehner rief das digitale Zeitungsarchiv auf und gab ›Fürchtegott‹ ein.

Aus dem Amtsgericht:

ANGEKLAGTER FORDERT STRAFE

Werdenheim – Ein höchst ungewöhnlicher Angeklagter hat gestern im Amtsgericht einen milden Richter gefunden. Obwohl der Geschädigte bereit war, die Anzeige wegen Körperverletzung zurückzuziehen, da der Angeklagte Fürchtegott F. sich entschuldigt und Schmerzensgeld gezahlt hatte, forderte der Beschuldigte selbst eine Strafe für seinen Fausthieb. »Es ist

unverzeihlich, dass ich die Beherrschung
verloren habe«, befand er. Da er auch in
der Erziehung seinen Kindern Konsequenzen
des Handelns aufzeige, müsse er selbst
ebenfalls für diese Aggression die volle
Verantwortung übernehmen. Sein Opfer, der
Heizungsbauunternehmer Bernhard S., war
mit einem ausgerenkten Kiefer zu Boden
gegangen. Auf den Hintergrund der Auseinandersetzung wollten beide nicht eingehen. »Ich habe halt so dahergeredet«,
meinte S.

»Heiliger Strohsack«, dachte Jo. »Dieser Mann braucht
keine Kettensäge.«

»Ich wusste doch, er kommt mir bekannt vor. Kommissar Sauerbier hat ein Gedächtnis wie ein Elefant«, sagte
Lehner zufrieden. »Und mit diesem Vornamen kannst du
bei uns so was wie Datenschutz vergessen.«

»Großartig, Sauerbier«, sagte Jo. Er war aufgestanden und wanderte zur Tür, Lehner rief wieder das nor-
male Layout-Programm auf. »Na dann servus«, sagte
er, »einen schönen Sonntag noch. Hast noch was vor?«

»Kondolenzbesuch bei der Witwe. Irgendwie muss
ich doch. Ich war bei der Panik am Donnerstagabend
dabei, Klaus war mein Freund, ich sollte mich blicken
lassen.«

»Kinder?«

»Zwei.«

»Scheiße.«

*

Ja, Scheiße. Jo versuchte, sich seine Kindheit ohne den Vater vorzustellen. Es war ihm nicht möglich. Es war, als ob man eine Seite eines Mobiles einfach abgeschnitten hätte und alles schief hinge. Da wäre erst einmal dieser Mensch weg, dessen Geruch im Haus hing, der mit einem lachte und grantig war, und streng und großzügig, je nachdem, wie er es vermochte. Und dann ganz praktisch: Was hätte seine Mutter gemacht? Sie hatte noch das Hausfrauenmodell gelebt, sie hätte berufstätig werden müssen. Hätten sie in der Wohnung bleiben können? Wären die Großeltern eingesprungen? Und hätte er seinen beruflichen Werdegang so lässig angehen können, wie es in den 1970er- Jahren oft möglich war?

Nun ja, Klaus war Beamter, da gab es eine Witwen- und Waisenversorgung, aber wie üppig oder nicht üppig die ausfiel, wusste Jo auch nicht.

Nun saß er in Schöllau Lena Herrigl gegenüber und merkte, dass es für viele seiner Fragen einfach zu früh war. Klaus war noch nicht begraben, das Zeitfenster, das man betrachten konnte, war klein, weder Reminiszenzen aus der Schulzeit noch die Fragen nach der ferneren Zukunft waren angebracht. Sie saßen in der großen Wohnküche des Herrigl'schen Hauses, die Tür zum Garten stand offen, eine Rampe für Manuels Rollstuhl führte hinaus. Die Sonne schien auf den Rasen, Aufi döste in seinem Hundezwinger, ein leises Lüftchen wehte zur Küche herein. Wie oft mochte die Familie hier zusammengesessen haben, auf der Eckbank, an dem Tisch mit dem Wachstuch mit dem Rosenmuster. Lena hatte für sich und ihn Tee gemacht, einfach Beutel in zwei große Tassen versenkt, es war wie ein Anknüpfen an den Abend auf der Hütte. Nur war da jetzt keine Furcht mehr und keine Eile, sondern eine traurige Leere und ein scheues Tasten nach allen Seiten.

»Ist Sammy noch mal da gewesen?«

Sie nickte. »Kommt auch wieder.« Sie seufzte. »Er hat gesagt, pass auf, da kommt jetzt ein Sommer, ein Herbst, ein Weihnachten, ein Ostern ohne Klaus. Ein Jahr, in dem er bei jedem Fest fehlen wird. Überleg, wie das gehen kann, wie's dir leichter wird. Ich weiß nicht. Ich muss ihn erst überhaupt begraben. Der Scheiß-Computer. Wenn der nicht weg wär, dann würden sie ihn nicht aufschneiden.« Sie fing an zu weinen. Jo reichte über den Tisch und ergriff ihren Arm, hielt ihn, bis sie sich beruhigt hatte.

Sie schnäuzte sich. »Die blaue Decke, die war in der Wäsche. Ich hab sie gefunden und schon Bescheid gesagt auf der Polizei.«

»Tut mir leid, dass ich mich da wichtiggemacht hab«, sagte Jo.

Sie schüttelte den Kopf. »Das war halt so. Die Wahrheit.«

Sie hielt inne und schaute in den Garten hinaus, wo eine Amsel vorbeihüpfte, in den Rasen pickte und an einem Wurm zerrte. Ein Schatten flog über ihr Gesicht. »Die Wahrheit muss man aushalten.«

Was meinte sie damit? Den Unfall des Sohnes? Den Moment in der Leichenhalle, als sie über das Tuch tastete? Aber plötzlich schien es Jo, als ob unter ihrer Trauer etwas wie Zorn kochte. Die Härte in ihren Gesichtszügen fiel ihm wieder auf, aber er wusste beim besten Willen nicht, wie er diesen Teil ihrer Emotionen ansprechen sollte. Klaus' Ehefrau zu sein, war ja vielleicht auch nicht der einfachste Job gewesen.

In das Schweigen hinein klingelte es. Jo hörte, wie Lenas Tochter die Haustür aufmachte, dann kam sie in die Küche. Traudl war in dem Alter, in dem manche Mädchen wie Fohlen aussehen, mit einer Kinderbrust noch, die Gliedmaßen unverhältnismäßig lang und schlaksig und das Gesicht schmal. Sie war blass und stumm gewesen, als Jo gekommen war, aber jetzt leuchtete ein Funken Verwunderung und Neugierde in ihren Augen.

»Mama, der Simmerl und sein Vater sind da, die wollen dich sprechen.«

Lena ging zur Tür, Jo hörte, wie sie den Mann mit »Ja, Herr Brunner, was bringt Sie zu mir?« begrüßte und er darum bat, eintreten zu dürfen. Es wäre wichtig. Sie sprachen in der Diele, und Lena rief: »Gott sei Dank!« und kam in die Küche zurückgelaufen. Vor sich her trug sie einen Laptop, auf ihrem Gesicht strahlte eine große Erleichterung. »Der Computer!« Sie stellte ihn auf den Tisch und winkte ihren Besuchern einzutreten, sie kamen zögernd, Traudl bezog einen unauffälligen Horchposten neben der Tür.

Der Brunner und sein Sohn waren beide sichtlich verlegen. Der Mann trug selbst am Sonntag eine Latzhose und ein kariertes Hemd, aber die Sonntagsruhe war auf dem Land nicht mehr heilig, schon gar nicht, wenn man die Landwirtschaft im Nebenerwerb betreiben musste. Der Bub hatte verwurstelte Haare und eine gerötete linke Wange. Es sah aus, als ob ihm der Vater eine Watschen versetzt hatte, was bei seiner Statur sicher gesalzen ausgefallen war. Jo nahm an, dass es ziemlich sinnlos war, dem Mann zu erklären, dass Watschen inzwischen strafbar waren, noch dazu, da er versucht hatte, seinerseits eine Straftat des Sohnes zu sühnen: Der Simmerl hatte den Computer aus der Hütte geklaut.

»Los, erzähl.« Der Vater wischte dem Sohn schräg von

hinten eine Art angedeutete Kopfnuss mit der offenen Hand, eine Maßnahme, die er wohl schon öfter durchgeführt hatte und die derangierte Frisur des Delinquenten erklärte. Stockend und leise erzählte er, während sein Vater jede Pause, die ihm zu lang erschien, mit einem drohenden »Und?« abkürzte:

Er und seine Spezln wären mit den BMX-Radln auf dem Kegelberg gewesen. Sie wären wie immer auf der Forststraße hochgestrampelt und dann einen Dirt-Track runtergebrettert, den sie selbst angelegt hätten. Ja, und dann habe er bei der Hütte nur einen Schluck Wasser am Brunnen trinken wollen. Und da hätte das Auto gestanden und die Läden der Hütte wären offen gewesen. Da habe er halt neugierig reingeschaut. Und da wäre niemand gewesen. Bloß der Computer am Tisch. Wann das war? So vielleicht um 5 Uhr. Und dann war es halt so, dass der Jackl so eine Spielkonsole hatte, mit der er immer angab, und die meisten Freunde hatten daheim einen Computer, an dem sie die Spiele spielen konnten, und in der Schule, da würden sie auch schon mit den Teilen angeben. Und dann war die Tür offen und er habe sich gedacht, wenn man so eine Jagdhütte hat und ein Auto und so, da trifft's keinen Armen ... Da habe er den Computer mitgenommen. Wie er am Auto vorbei ist, hat der Hund drin gebellt, er hat Angst gehabt, aber gedacht, der bellt nur so, der hat nichts gesehen. Ein Stück den Weg hoch hat er den Computer unter die Wellblechabdeckung von einem Holzstoß getan und ist hinter den Spezln hergehetzt. Sein Rad habe ja keinen Gepäckträger, er wollte später mit einem Rucksack kommen. Und dann sei das Gewitter gekommen, er habe sich nicht mehr raufgetraut und wollte den Computer eigentlich gar nicht mehr holen, weil er halt Angst vor dem Hund gehabt hatte, dass der vielleicht noch da war, und weil, weil, ja weil er den Eindruck gehabt hätte, als ob es auch wegen ihm so donnerte und blitzte.

»Meine Güte«, dachte Jo, »der Bub ist wirklich katholisch aufgewachsen, dass es das noch gibt: Der Blitz erschlägt den Sünder.«

Dann hatte in der Zeitung gestanden, dass der Förster von der Kegelberg-Jagdhütte losgegangen ist und tot ist, und er hatte sich gedacht, dann ist der Hund weg und dem Förster nutzt der Computer auch nichts mehr, jetzt könnte er ihn grad so gut holen. Und er sei heute mit dem Rucksack rauf und wie er runtergekommen ist, hat ihn der Vater auf der Stiege erwischt und gemerkt, dass was nicht stimmt …

»Gott sei Dank, dass der Computer wieder da ist«, sagte Lena wieder. »Ich muss gleich der Polizei Bescheid geben.«

Die Augen des Vaters weiteten sich vor Entsetzen. »Muas des sei?«

»Ich mein doch nicht wegen dem Simmerl. Ich muss einfach Bescheid geben, dass der Computer wieder da ist. Die Polizei sucht den doch. Weil wir wissen, dass er auf der Hütte war, und dann war er weg und mein Mann ist abgestürzt …« Lena konnte für einen Moment nicht weitersprechen und Jo sprang ein: »Und die Frage war, ob der, der den Computer hat verschwinden lassen, auch den Herrn Herrigl …«

Unter ihrer gesunden Sommerbräune wurden sowohl Vater als auch Sohn totenblass. »Bittschön …«, stammelte der Mann, »bittschön, mei Bua …«

Es war herzzerreißend. »Natürlich hat er meinem Mann nix getan«, versuchte Lena zu beruhigen. »Aber die Polizei muss das wissen, damit sie aufhören zu suchen, und

79

vielleicht muss der Klaus dann nimmer nach München zum Aufschneiden ...« Wieder versagten ihr die Worte.

Der Simmerl war inzwischen grün im Gesicht: »Aufschneiden?«, krächzte er.

Es war Zeit für ein Kriseninterventionsteam, Jo musste irgendwas Sammy-Artiges unternehmen. Es war zwar nicht seine Küche, aber er schlug trotzdem vor, dass man sich gemeinsam an den Tisch setzen sollte. Auf Augenhöhe erklärte Lena dann die Sache mit der Obduktion.

»Ich hab eh nie verstanden, was die damit wollen. Wenn jemand meinen Mann runtergeschubst hätt, finden die das mit der Obduktion auch nicht raus«, meinte sie abschließend.

»DNA unter den Fingernägeln, das kommt doch alle Wochen im Fernsehkrimi«, dachte Jo. Laut sagte er: »Wie alt ist denn der Simmerl?«

»Dreizehn.«

»Dann is er eh ned strafmündig.«

»Des is doch wurscht«, insistierte der Brunner, »in die Akten hamm's ihn dann, in irgendeim Computer steht er dann.«

Jo sah, wie der Simmerl den Kopf drehte und kurz zu seinem Vater aufsah. Es war ein winziger Moment, in dem aber klar wurde, dass der Bub sehr wohl verstand, dass sein saugrober Vater ihn verteidigte, ja, dass seine Grobheit nur eine Facette seiner hilflosen Sorge war.

»Also, dass der Computer wieder da ist, muss die Polizei wissen. Aber ob der Simmerl eine Anzeige wegen Diebstahl kriegt, das entscheidet der, dem der Computer gehört«, meinte Jo.

Vater und Sohn wandten ihren bittenden Blick der Lena zu. Die schüttelte den Kopf: »Der gehört mir nicht.

Das ist ein Dienstcomputer, der gehört der Forstverwaltung.«

Die Adlernase. Da war sie schon wieder. »Dann rufen S' doch erst die Frau Felleisen an und dann die Polizei«, schlug Jo vor.

Es war gegen fünf, als alle Telefonate hin und her erledigt waren. Lena hatte auf schnelle Entscheidungen gedrängt. Die Felleisen erwischten sie auf ihrem Handy. Auf eine Anzeige würde sie verzichten, solange die Polizei nicht darauf bestand, aber wenn der Computer nicht mehr funktionieren würde wegen der feuchten Zeit im Holzstoß, müssten der Simmerl beziehungsweise seine Eltern Schadensersatz leisten.

Bei der Polizei war Depardieu von der alpinen Einsatztruppe nicht mehr zuständig, sondern das K1 in Werdenheim, und da saß am Sonntag der Kriminaldauerdienst am Telefon. Bei der Gelegenheit gab sich Jo einen Stoß und erzählte von seinem Ausflug mit Klaus auf die Felskanzel. Der Beamte nahm es zu Protokoll. »Es ist also anzunehmen, dass der Herr Herrigl diesen Aussichtspunkt öfter aufgesucht hat.« Es war mehr eine Feststellung denn eine Frage. Der Simmerl sollte am Montag auf die Polizei kommen, den Computer bringen und eine Zeugenaussage machen.

Der Brunner und sein Sohn verabschiedeten sich, der Brunner mit der ernsthaften und würdevollen Dankbarkeit, die seiner Rasse eigen war; der Simmerl wagte es inzwischen, sein reuevolles Haupt wieder gerade zu tragen. Zusammen gingen sie die Straße hinunter. 13, das war zu alt, um die Hand des Vaters zu halten, aber Jo hatte den Eindruck, der Bub hätte es gern getan.

Auch Jo brach auf. Bevor er den Motor startete, atmete er noch einmal durch. Aus. Da gab es nichts aufzuklären.

Klaus war einmal zu oft an seinen Aussichtspunkt gelaufen und hatte nicht aufgepasst.

»Höllgruber«, dachte Jo, »du kannst wieder rauskommen aus dem Plumpsklo, wir können wieder fantasieren gehen, die Realität wird uns nicht in die Quere kommen.« Aber Höllgruber rührte sich nicht. Jo hatte eine kurze Vision von einem Foto, das er gesehen hatte, von den Kellergewölben eines Klosters auf Malta: Da saßen die Mumien der Mönche auf Sitzen mit einem Loch drunter, damit sie im Zuge ihrer Selbstauflösung da allmählich reinbröseln konnten. Armer Höllgruber.

Jo drehte den Zündschlüssel und fuhr los. Er wollte zum Abendessen zu Hause sein, doch er hatte nicht mit den Tücken von Schöllau gerechnet und mit den Naturgewalten, die regelmäßig zur Stallzeit über die Straßen mäanderten. Zum zweiten Mal geriet Jo in den Mahlstrom der Wiederkäuer, die mit schwer pendelndem Euter nach Hause strebten, zum zweiten Mal lachte der Bichl Sepp durch die Windschutzscheibe und diesmal half kein Sträuben und es gab keine Ausrede: der Sepp überließ die Herde seiner Frau und seinem Sohn – diesmal war die Tochter auf der Alm – und schleppte Jo in seine Stube.

Die Stube hatte sich 30 Jahre kaum verändert. Dies lag vor allem daran, dass die wichtigsten Teile des Mobiliars fest eingebaut und, wie weiland die Lagerstatt des Odysseus, unverrückbar im Haus gegründet waren: Der Kachelofen im Eck, umgeben von einer Bank, die sich dann über zwei Seiten des Zimmers umlaufend hinzog, ein Schrankerl mit geschnitzter Tür, das in die Mauer eingelassen war, und an der Innenwand neben dem Ofen eine Einrichtung, die jeden Heimatpfleger in Ekstase versetzt hätte: Ein Kienspankamin, eine Mauernische, in die man zu Zeiten, als

Strom nur im Gewitter leuchtete und Kerzen teuer waren, harzhaltige Späne abgebrannt hatte, deren Rauch dann durch einen kleinen Kamin in der Mauer bis zum Abzug des Kachelofens geführt wurde. Der Kamin funktionierte noch und die Nische klebte voller Kerzenstummel.

Vielleicht waren die Vorhänge neu, das hätte Jo nicht sagen können, auf alle Fälle war der Tisch neu, ein massiver Traum aus fast weißem Ahornholz. Die Zeiten von Resopal waren vorbei.

Der Sepp schenkte dem Jo routiniert ein leichtes Weißbier ein, sich selbst ein dunkles, setzte sich dann auf die Bank, wandte sich Jo zu und es war klar, dass sie nun den Lauf der Zeiten besprechen würden, die Wege der Menschen und die Bahnen der Planeten. Draußen wanderte die Sonne über den Himmel dem Westen zu, ein leichter Wind kam auf und wisperte im Apfelbaum.

Und während Jo vom Donnerstag erzählte und vom Verlust seines Freundes, spürte er eine Betroffenheit und Anteilnahme, die ihn fast beschämte. Sepp lebte in einer Welt, in der Kleinkinder von umfallenden Traktorreifen erschlagen wurden, Ehefrauen unter den rutschenden Ladewagen gerieten und Söhne im Silo ersticken konnten. Eine Verkettung unglücklicher Umstände, ein Moment der Unaufmerksamkeit und man selbst oder ein Angehöriger konnte bei der täglichen Arbeit ums Leben kommen.

»Mir ham an Hubschrauba gseng und dass er was unten drohenga hod. Na hammas scho gwisst. Bloß die Dodn fliangs am Seil.«

Bloß die Toten fliegen sie am Seil. Jo traf es wie ein Schlag. Er hatte seinen Traum verdrängt. Er hasste Vorahnungen, Prophezeiungen, Löcher im Raum-Zeit-Kontinuum. Er wollte damit absolut nichts zu tun haben. Und lud zu seiner eigenen Überraschung das Problem beim Sepp ab: »Das hat mir träumt. Nach dem letzten Schafkopf. Dass der Klaus am Hubschrauber hängt.«

Der Sepp gab ihm einen prüfenden Blick, nahm einen langen Zug von seinem Bier und sagte dann mit der einfachsten Selbstverständlichkeit: »So was gibt's.«

So was gibt's. Fertig. Kein Problem. Das einzige Geheimnis war der Tod selbst, nicht aber, dass er stattfand und vielleicht einen Schatten vorauswarf. Und während Kommissar Höllgruber arbeitslos auf der Dorfstraße eine leere Dose vor sich her kickte, erzählte Jo von dem, was der Klaus im Traum geschrien hatte, und der Sepp erklärte dem Jo das Drama der INVEKOS-Flächen.

»Des Ganze is losganga 2004, wo s' die Almsubventionen umgstellt ham aus Brüssel. Vorher is ma pro Stück Vieh auf der Alm zahlt worn. Dann ham s' umgstellt und pro Hektar Fläche auszahlt. Und da is losganga.«

Der Konflikt, so erläuterte der Sepp, entzündete sich an der Waldweide. Die gab es meist in Staats- oder Gemeindewäldern, eher selten in privaten Wäldern, wie bei ihm auf der Saukogelalm oder beim Nachbarn auf der Griesalm.

»Dann ham s' die Förderungs-Anträg gstellt und es gibt hoid Leid, die ham des recht großzügig ogebn, wo eanane Kiah laufn im Woid. I mog des ned. I, wenn mein Mehrfachantrag mach, i geb eher zwenig o ois zfui, aber Hund gibt's überoi.«

Was ein Mehrfachantrag war, wusste Jo nicht, aber dass der Sepp eine grundehrliche Haut war, das wusste er schon noch. Ein Foul war ein Foul, eine Schwalbe war eine Schwalbe, und wenn der Ball von der Latte hinter die Linie geprallt war, dann war das auch ein Tor gewesen, selbst im Kasten vom Schöllauer Keeper namens Sepp.

»Und nacha ham s' des Geid kriagt, mehra wia friara, aber nacha ham s' vui wieder zruckzoin miassen. Weil der Rechnungshof kemma is und hod gsagt, im Woid gibt's koa Landwirtschaftsförderung. Bloß für d' Lichtweide, hod's ghoassn.«

Au wei. Das war natürlich bitter. Die Kohle schon auf dem Konto, der schöne Bankauszug schon daheim, und dann war's nix damit.

»Deswegn is losganga. Mir war des wurscht, weil i mit meine Almwiesn an der obern Fördergrenz bin, mehra kriag i eh ned. Aber drüben, auf der Griesalm, da ham s' an Woid abgholzt, damit s' mehra Förderung kriang. Des war nadierle illegale Rodung. Da Herrigl, der is ja eh leicht narrisch worn, hosdn ja kennt, der is dann nauf wia der Deifi und hod des eigstellt. Des is ned bloß auf der Griesalm so gwesn, überoi in die Berg hod des zündlt. Überoi is gstrittn worn, wo da Woid aufheert und die Wiesn ofanga.«

Das war also der Zündstoff gewesen, der Lena und ihre Kinder auch in Mitleidenschaft gezogen hatte: Landnutzung. Jo wusste es noch aus seiner ländlichen Jugend: Man konnte jemanden um Geld prellen, das war irgendwann vergessen, aber eine Garagenzufahrt war der Grund für endlose Fehden.

»Damit a Ruah is, ham s' dann in Brüssel durchgsetzt, dass ma für d' Weide im Woid aa no die Förderung kriagt, solang der Woid ned dicht is. A Bestockungsgrad vo vierzg, des war die Grenz.«

›Bestockungsgrad‹ kannte Jo nicht, nahm aber an, dass es Bäume auf 40 Prozent der Fläche hieß.

»Und damit des ned rückgängig gmacht wern ko, ham s' as dann ins neie Bundeswaldgsetz neigschriebn, dass de Flächen, wo sie ois Weide ogebn ham, nimmer ois Woid guit.«

Das war es. Gilt nicht mehr als Wald. Federstrich in Berlin mitten ins Herz des Försters.

Der Sepp kruschtelte in dem Stapel Zeitschriften, die sich auf der Bank im Herrgottswinkel angesammelt hatten wie Strandgut.

»Ah, da hab i's no.« Er schob Jo eine Ausgabe von ›Der Almbauer‹ hinüber: »Wenn's di interessiert, nimms mit.«

Damit war das Thema abgehakt. Die Bergflanken färbten sich langsam rot und die Schatten krochen aus den Tälern. Sie besprachen das Leben in der Stadt und am Land, die Milchpreise, die Zeitung und die Sparkasse. Die Stallarbeit war längst getan, Sepps Frau hatte sich umgezogen und dann eine gewaltige Brotzeit aufgefahren, während der Sohn damit beschäftigt wurde, den Nachschub an Getränken aus dem Keller zu holen. Jo musste sich widerwillig auf Limo verlegen, während Sepp ohne irgendwie erkennbaren Effekt auf sein Nervensystem bedächtig und systematisch eine Halbe nach der anderen genoss.

Frau Bichl war eine Hübsche. Ihr starkes, dunkles Haar und die schwarzen Augen verrieten das römische Erbe, das in manchen Ecken Süd-Bayerns noch hartnäckig über zwei Jahrtausende herumkreuzt. Dass sie auf ihr Aussehen hielt, zeigte der ebenso kleine wie kostbare Ohrschmuck und der Granatanhänger, der dann und wann im Ausschnitt ihrer Trachtenbluse aufblitzte.

Als die Bichlin endlich mit der Menge der Nahrungsmittel auf dem Tisch zufrieden war, setzte sie sich dazu und die Rede kam wieder auf den Todesfall.

»Die Lena und die Kinder«, seufzte sie. »Wia werd des weidageh mit dene. Was der Herrgott schickt, muas ma aushoitn.«

Jo wagte angesichts des weiblichen Mitgefühls eine

Frage: »Die Lena, die ist so a bisserl eine Harte, kommt mir vor. Wegen dem Unfall vom Manuel? Die hat es nie so einfach gehabt, oder?«

Sepp und seine Frau tauschten einen Blick. Ein Moment des Schweigens entstand.

»Mei, Weibergschichtn hod er hoid ghabt, der Klaus«, sagte der Bichlersohn in jugendlicher Unbekümmertheit.

Sein Vater runzelte die Stirn. »Gredt werd vui, wia der Dag lang is«, wies er ihn zurecht.

Sein Sohn lachte unbeeindruckt. »Oans muas ma sagn, der Klaus war immer für a Gschicht guat. Ohne den werds langweilig wern. Woast as no, die Sach mit dem Auerochsn? Alle san zum See grennt und ham des Loch gsuacht.« Er lachte wieder.

»Des is aa bloß a Gred gwesn. Nachgwiesen hams eam nia was«, versuchte der Sepp wieder zu dämpfen, aber jetzt waren sie Jo schon eine Erklärung schuldig.

Die drei Bichlers erzählten nun abwechselnd eine Räuberpistole: Es ging um die Insel im Jachenkircher See und die Auerochsen darauf, genau die Insel, der nun ein Zeitungsartikel gewidmet werden sollte. Auf dieser Insel gab es Wiesen und Wald und eine uralte Kapelle. Jo kannte sie, er erinnerte sich an einen Ausflug mit seinen Eltern. Die Kapelle war wahrscheinlich aus den Zeiten von weiland Sankt Bonifaz, also schier unglaublich steinalt, und obwohl er sie mit dem totalen Desinteresse besichtigt hatte, die kleine Jungs für Sakralbauten hegen, hatte er doch einen bleibenden Eindruck mitgenommen von gemeißelten Ungeheuern am Fuß der Säulen des Eingangs. Ein Bauer hatte die Insel mit seinen Kühen beweidet und zu dem Zweck gab es eine primitive Fähre. Als der alte Bauer starb, musste die Insel, die einer Münchner Brauereifamilie gehört, neu verpachtet werden. Es hatten sich einige Bauern und Schafhalter beworben, aber die Brauer gaben einem Auerochsenzüchter den Zuschlag. Man nahm allgemein an, dass der Hobbyzüchter, ein Rechtsanwalt namens Schmidt, eine bessere Verbindung zu den Münchner Großkopferten hatte, zum anderen genoss er den warmen Rückhalt des Landratsamtes.

Zusätzlich zu dieser Niederlage erbitterte es viele in der Gemeinde, dass diese Auerochsen nicht ganz ungefährlich waren, es gab Zwischenfälle und eine Schwerverletzte und die beliebte Badeinsel wurde nur mehr von beweglichen Leuten angerudert, die im Zweifelsfall schnell das Weite beziehungsweise ihr Boot aufsuchen konnten. Kaum jemand wagte es noch, Kinder auf die Insel mitzunehmen. Der Weg zur Kapelle war mit Warnschildern bewehrt worden, und es bedurfte einer gewissen mutigen Entschlossenheit, ihn zu begehen. Als Förster war Herrigl für den Wald auf der Insel zuständig und bald gab es zwischen ihm und dem Herrn der Ochsen Reibereien. Der verlangte immer wieder, dass seine Ochsen in den Wald hineindürften, weil sie den Schatten brauchten und weil die Auerkühe sonst ihre Kälber nicht gegen die Füchse verteidigen könnten. Diese schlichen sich angeblich im Schutz des Waldes heran und zogen sich nach ihren Attacken auf die lieben Kleinen hinterfotzig hinter die den Wald umgebenden Zäune zurück. Herrigl antwortete sinngemäß, dass der Rinderwahnsinn auf dem Umweg über die Auerochsen offensichtlich auch ihre Halter befallen konnte. Bei Worten blieb es nicht, der Rechtsanwalt schleppte Gutachten an und machte über das Landratsamt Druck.

Nun, eines Winters, der See war zugefroren, schaffte

der Herr der Ochsen wieder einmal Heu zu seinen Tieren und es fehlte der große Stier. Er suchte die ganze Insel ab und fand eine Spur, die auf das Eis hinausführte, und ein großes Loch. So weit, so tragisch. Nun aber war erstens der Herr Schmidt überzeugt davon, dass seine Tiere nie auf das Eis gehen würden, zweitens wurde der tote Ochse nie gefunden, drittens hatte jemand drei Nächte zuvor angeblich einen Schuss gehört und viertens behauptete der Volksmund bald, dass in der Wildkammer beim Herrigl ziemlich große Teile hingen. Klaus selbst hatte dem Sepp gesagt, dass das absoluter Blödsinn sei, weil es überhaupt nicht möglich war, einen Auerochsen ohne einen Kran zu heben oder zu zerlegen, ohne eine Blutlache zu hinterlassen, aber andererseits schien ihm das Gerücht zu gefallen und er dementierte nicht allzu heftig. Im Frühjahr gab er ein großes Grillfest mit Steaks, lieh sich dazu vom Westernklub einen Longhornschädel und hängte ihn über der Terrasse auf.

Über dieser Geschichte und einigen Ausschmückungen war es spät geworden. Als Jo aufbrach, brannten die Kerzen im Kienspankamin, draußen war es stockdunkel geworden, der Wind hatte aufgefrischt und rauschte in den Bäumen. Wieder marschierten die leuchtenden Straßenpfosten in der Nacht vorbei und Jo hing seinen Gedanken nach.

Das würde ein Nachruf werden! Verbieselte Fütterungen, Eislöcher in Auerochsengröße und Weibergeschichten. Die üblichen höflichen Verschlüsselungen hießen ›unangepasst‹ und ›streitbar‹. Man kannte ihn als unangepassten und streitbaren Menschen, hieß so viel wie: Es hat ständig Krach gegeben wegen und mit dem Kerl. Wie in aller Welt sollte Jo da posthum noch eine Lanze brechen für den Wald, der keiner mehr sein sollte?

4. KAPITEL

»Wir müssen den Todesstreifen erweitern«, sagte die Spittlerin und schaute unglücklich auf den Bildschirm. »Was mache ich jetzt mit der Gemeinderatsitzung von Jachenkirch?«

Der Gemeinde von Jachenkirch, die gerade heftig über die neue Seilbahnplanung auf dem Vogelberg diskutierte, war eine andere Gemeinde in den Weg gekommen: Die Fangemeinde von Milo selig, Bandleader der Kapellenblasn und Schwarm aller Mädchen von Werdenheim. Sie hatte am Wochenende wohl eine Sammlung veranstaltet und eine extragroße Todesanzeige nachgeschoben und deswegen musste der dafür vorgesehene Streifen auf der Seite sechs verbreitert werden.

Das Stammpublikum des ›Offroad‹, wo er regelmäßig aufgetreten war, hatte folgenden Text verfasst: ›Danke für alle Abende, an denen du uns mitgerissen hast, witzig, rotzig, sexy und virtuos. Denk nicht an unsere Trauer, sondern gib dein Bestes für die Engel.‹ Dazu ungefähr 50 Unterschriften, meist weibliche Namen.

»Gib dein Bestes für die Engel«, murmelte Lehner über Hannelores Schulter. »Ganz schön großzügig, die Mädels, und zweideutig auch.« Die Bernbacherin, die am Schreibtisch gegenüber telefonierte, errötete heftig, doch ihre Stimme hielt völlig stabil den liebreizenden Flötenton ein, mit dem sie ihren Gesprächspartner umwarb. »Und wie viele Schüler fahren jetzt noch mit dem Bus? … Aha …« Lehner hatte sie beobachtet, zog die Augenbrauen hoch, lächelte und schlurfte dann den

Gang hinunter und in Jos Zimmer, um ihn zur Konferenz abzuholen.

Der bestückte gerade den Runterläufer, eine schmale Spalte an der Außenseite, mit Kurznachrichten.

»Gib dein Bestes für die Engel«, sagte Lehner. Er langte über Jos Schulter und klickte die Seite sechs her. »Wär das kein Titel für einen Krimi?«

»Klingt eher wie ein alter UFA-Film mit Hans Albers.« Jo blies seinen Brustkorb auf, schob das Kinn nach vorn und raunte im Singsang: »Junge, gib dein Bestes, dein Bestes da droben ...«

»Junge, soll ein Engel, ein Engel dich loben ...«, fuhr Lehner fort.

»Kommt schon, ihr Blödmänner ...«, die Spittlerin streckte den Kopf zur Tür herein und unterbrach grob ihre Performance.

Es war kühler geworden und Herzog trug ein Sakko zum schwarzen T-Shirt. Er eröffnete die Konferenz mit einem positiven Kommentar zur Toter-Herr-und-Hund-Geschichte vom Samstag.

»Es gibt zwar keine grünen Teddybären und Herzen an der Fundstelle von toten Förstern, aber wir haben trotzdem ein Follow-up. Jo hat uns einen Nachruf versprochen.«

Herzog sagte nicht Nein zu einer Geschichte, aber die Bemerkung mit den grünen Teddybären musste wohl sein. »Ist eh nicht zeitnah, aber muss vor der Beerdigung da sein.«

»Heute Abend«, sagte Jo zu. »Und fragt bitte nicht, mit welchem Foto.«

Mittags rief er bei Lena an und erkundigte sich nach den biografischen Daten. Von ihr erfuhr er auch, dass die Staatsanwaltschaft die Akte geschlossen hatte und die Beerdigung am Mittwoch stattfinden sollte. Zu seiner großen Erleichterung konnte sie ihm ein Foto digital zuschicken, das hieß, Manuel konnte es. Sie gab den Hörer an ihn weiter und Jo verhandelte mit der etwas stimmbrüchigen Stimme am anderen Ende der Leitung über die Auflösung des Fotos und das Dateiformat. Naheliegend, dass der in seiner Bewegung eingeschränkte junge Mann im Virtuellen zu Hause war.

Am Nachmittag widerstand Jo der Versuchung, für die Adlernase eine Krawatte anzuziehen, überprüfte dennoch sein Aussehen und den Sitz seines Hemdkragens am Toilettenspiegel und fuhr dann aufs Forstamt.

Es lag im Erdgeschoss des Landwirtschaftsamtes, einem uninteressanten Bau aus den 6oer-Jahren. Im Eingang war ein Ständer mit Informationsflyern platziert und eine mit der Motorsäge aus einem dicken Stamm geschnittene grobe Pfauenskulptur, sicherlich keine Arbeit von Fürchtegott, sondern eine Demonstration handwerklichen Könnens der Waldarbeiter.

Anna Felleisen saß in einem Büro, das ziemlich schmucklos war bis auf die riesigen farbigen Landkarten, die, aus mehreren Teilen zusammengestückelt, bis an die Decke reichten. Nur am Fensterbrett lagen drei hölzerne Blütenblätter wie zierliche Schalen, rot gefärbt wie Rosenblätter. Das nun waren wohl Werke ihres Gatten.

Auf dem Schreibtisch stand Klaus' Computer. Er war hochgefahren und zeigte eine Tabelle.

»Er geht also noch?«, fragte Jo nach der Begrüßung. »Der Simmerl kriegt keine Kürzung vom Taschengeld?«

»Ob der Simmerl noch Taschengeld kriegt, weiß ich nicht. Jedenfalls muss er eine solche Watschen kassiert haben, dass er heute noch geschwollen war. Hat mir die Kripo erzählt.« Sie seufzte. »Der Dummkopf, was hätt er denn anfangen können mit dem Computer ohne Passwort.«

»Na ja«, meinte Jo. »Hackermäßig traut man den Kids heut ja alles zu, aber der Simmerl ist noch ein bisserl jung für solche Künste. Und Sie?«

»Kein Kunststück. Wir haben einen Systemadministrator für so was.« Dann wurde sie geschäftsmäßig. »Nun, Herr Murmann, was kann ich für Sie tun?«

»Oje!«, dachte Jo. »Wenn ich nicht gut verheiratet wär, weiß Gott, was du tun könntest für mich.« Laut sagte er: »Der Nachruf auf Klaus; ich werde ihn schreiben. Gibt es Dinge, auf die Sie Wert legen, die Sie in seinem Nachruf lesen wollen?«

Sie lächelte spöttisch. »Sie wissen, dass es Dinge gibt, die ich in seinem Nachruf nicht lesen will. Was werde ich auf seiner Beerdigung sagen? Dass er ein leidenschaftlicher Förster war, vor lauter Leidenschaft für seinen Wald manchmal unbequem.«

»Unbequem, aha«, dachte Jo. »Die Felleisen hat ihn schon drauf, den Diplomatensprech.« Laut sagte er: »Sein Werdegang war ja auch nicht bequem. Zuerst Waldarbeiter, dann zweiter Bildungsweg …«

»… aber nachher recht übersichtlich. Er hat Glück gehabt, hat eine Stelle in seiner Heimat ergattert und hatte dort bis zur Forstreform ein Staatswaldrevier, dasselbe, in dem jetzt die Saukogelverbauung und sein Pirschbezirk liegen.«

Forstreform. Jo erinnerte sich dumpf an ein Rauschen im Blätterwald, Stoiber auf Kanzlerkurs, ein Volksbegehren, das knapp gescheitert war.

»Dann, nach der Forstreform«, fuhr Felleisen fort, »hat er sich für eine Stelle bei der Verwaltung beworben, er wollte nicht zur BaySF, weil er befürchtete, dass er dann in Gewissenskonflikte käme.«

Jos Gesicht war ein einziges Fragezeichen. Die Felleisen seufzte. »Das ist jetzt für Außenstehende etwas trockene Politik, aber wenn Sie den Lebenslauf eines bayerischen Försters verstehen wollen, geht kein Weg dran vorbei. Das war für manche so grausam, ein Kollege hat mir seine Gewehre gebracht zur Aufbewahrung, weil er gefürchtet hat, er tut sich was an. Also.« Sie wandte sich der Wand mit der allergrößten Karte zu, wobei Jo bemerkte, wie rötliche Lichtpunkte auf ihrem zurückgesteckten Haar aufglommen. Sie hielt kurz inne, drehte sich noch einmal zu Jo um und sagte: »Der letzte Satz ist vertraulich. Ich dementiere ihn gnadenlos, wenn Sie ihn je benutzen.« Dann wies sie auf die Karte: »Hier ist mein Amtsbereich. Die gelben Flecken sind Staatswald. Sie sehen schon, dass es da im Süden in den Bergen ziemlich große Gebiete gibt, immerhin insgesamt zehn Prozent der Landesfläche. Die grünen Flecken sind Kommunalwald, gehören also Städten und Gemeinden oder auch Stiftungen und Kirchen, und schließlich die roten Partien sind Wälder in Privatbesitz.« Sie hielt inne und schien zu überlegen, ihre rechte Hand tippte nervös auf die Armlehne. »Machen wir's kurz. Es hat 2005 eine Umorganisation der Forstverwaltung gegeben, die alle diese Waldbesitzarten betroffen hat. Ich will nicht ins Detail gehen. Die einschneidendste Änderung betraf die Staatswälder. Ihre Bewirtschaftung wurde den Forstämtern entzogen und ausgelagert in eine sogenannte Anstalt öffentlichen Rechts, die Bayerischen Staatsforsten, kurz

BaySF. Der Rest ...«, die Felleisen räusperte sich kurz, suchte und fand aber kein anderes Wort, »... äh, der Rest der Forstverwaltung wurde den Landwirtschaftsämtern angeschlossen und soll von hier aus hoheitlich die Einhaltung des Waldgesetzes durch alle Waldbesitzer, also auch in den Staatsforsten, fördern und überwachen.«

Sie räusperte sich wieder, wandte sich von der Karte ab und Jo zu: »So weit die Politik. Persönlich hieß das für die meisten Förster, dass sie sich entscheiden mussten zwischen der BaySF und der Verwaltung. Klaus Herrigl fürchtete, dass die BaySF eine so profitorientierte Ausrichtung haben würde, dass er als Förster in Konflikt kommen könnte mit seinen Überzeugungen, sowohl was den Umgang mit dem Wald als auch den Umgang mit den Arbeitern anging. Er entschied sich für die Verwaltung.«

»Und warum ist das so schrecklich, dass man sich gleich erschießen muss? Ich meine, andere Leute stehen bei Umorganisationen einfach auf der Straße.«

»Das ist richtig.« Die Felleisen machte eine ungeduldige Handbewegung. »Vergessen Sie die Bemerkung vorhin.« Sie schaute ihn kurz scharf an und beschloss offenbar, dass sie die Sache mit den Gewehren etwas ausführlicher aus der Welt schaffen musste: »Das war erstens ein Extremfall, zweitens ein Mitarbeiter aus dem Kommunalwald, die hat es psychologisch besonders hart erwischt, aber diese Details interessieren hier nicht. Der Punkt ist ...« Sie heftete den Blick erneut auf Jo. »Der Mensch lebt nicht vom Brot allein. Sie, hoffe ich, auch nicht.«

»Nein«, sagte Jo und dachte: »Ich lebe grad von zwei dunkelblauen Augen.«

»Nun, wenn man Ihnen sagen würde, dass Sie jetzt

zwar nicht entlassen werden, aber künftig, sagen wir mal, nur noch in der Anzeigenabteilung arbeiten, dass Ihre Artikel überflüssig wären beziehungsweise für die Hälfte vom Geld von einem Praktikanten gestöpselt werden könnten …«

»Sie reden da von Dingen, die im Zeitungswesen so ähnlich durchaus unterwegs sind.«

»Und?«

»Ja, scheußlich«, sagte Jo freimütig.

Sie lächelte leicht, nickte und zog dabei ihre langen Augenbrauen hoch. »So ist es.«

»Also«, nahm sie den Faden wieder auf, »Herrigl ist zur Verwaltung gegangen, vermisste aber mehr und mehr die Arbeit im Staatswald. Nicht nur aus der Neigung zur Praxis, die er ja als gelernter Waldarbeiter sowieso hatte, sondern weil er meinte, dass unter den gegebenen Umständen die Praxis im Staatswald nicht mehr die Arbeit in den anderen Wäldern unterstützen kann. Der Staatswald soll laut Gesetz Vorbild sein, aber das Vorbild kann schlechter wirken, wenn es in einem anderen Haus sitzt. Also hat Herrigl den persönlichen Spagat versucht und im Staatswald am Kegelberg als Privatmann einen Pirschbezirk gepachtet, wie Sie ja wissen, zusammen mit Lauterbach. Und diesen Pirschbezirk hat er dann als Vorbild nutzen wollen für die Jagd in den Wäldern, in denen er als Berater tätig war. Er hat hervorragend gejagt. Sie hatten nicht nur Tannenverjüngung, sondern sogar Eiben konnten sich erfolgreich aussamen. Das ist eine blanke Kostbarkeit.«

Da war er wieder, der Lobgesang auf die Eiben. Jo rieb sich den Nasenrücken und versuchte zu kombinieren: »Das hat dieser Pfister auch erzählt. Ich hab nicht verstanden, wieso es da am Kegelberg zwei Förster gibt.«

»Einen Förster und einen privat jagenden Förster«, präzisierte Felleisen. »Pfister ist der BaySF-Förster am Kegelberg. Er ist sozusagen der Wald- und Holzförster dort. Und Herrigl war als Jagdberechtigter da, als Privatmann, der von der BaySF einen Pirschbezirk pachtet. Aber, und jetzt kommt mein Problem mit dem Unfall, wenn er am Donnerstag einen Jagdbegang vorbereitet hat, also seinen Pirschbezirk zu Beratungszwecken für andere Wälder nutzen wollte, dann war das ein Dienstunfall. Und deswegen muss ich einen Unfallbericht schreiben, was zusammen mit der Beerdigung meinen Zeitplan für diese Woche ziemlich belastet.«

Eine Ausladung. Die Adlernase wollte ihn loswerden. Jetzt musste er einhaken.

»Das heißt, wenn er ein Gewehr dabeigehabt hätte, wär er privat dort gewesen, weil er das Toughbook dabeihatte, ist es ein Dienstunfall?«

»So in etwa. Jedenfalls habe ich abgewartet, bis die Kripo die Akte schließt, aber jetzt muss ich den Bericht angehen.« Sie machte Anstalten aufzustehen.

»Er hat mich wegen der INVEKOS-Geschichte auf die Hütte bestellt. Ist das dienstlich oder privat?«

Sie fixierte ihn stumm. Dann sagte sie: »Ich muss mir zum Glück darüber den Kopf nicht zerbrechen. Er ist abgestürzt, bevor er Sie getroffen hat.«

»Und jetzt wollten Sie mir die INVEKOS-Sache erklären.«

»Das müssen wir wirklich ein andermal.«

»Gut, ein andermal. Ich nehme Sie beim Wort.« Jo erhob sich. »Und was kann ich schreiben? Dass er in Ausübung seines Dienstes ums Leben gekommen ist?«

Sie nickte. »Bei der Vorbereitung eines Jagdbegangs. Das

Fahrtenbuch ist eindeutig, die Computerchronik spricht auch nicht dagegen.« Sie war aufgestanden, zögerte aber einen Moment, bevor sie ihm die Hand gab. »De mortui nil nisi bonum. Über die Toten nur Gutes. Er hatte keinen einfachen Charakter, aber er war einer meiner besten Leute.«

»Ich habe mitbekommen, wie Sie ihn wegen des Fotos herausgehauen haben.«

»Er hat von mir schon auch was zu hören bekommen deswegen, das können Sie sich vorstellen.«

Jo stellte es sich lieber nicht vor. Die Adlernase auf 180, nicht angenehm.

»Jetzt tut es mir natürlich leid, dass mein letztes Gespräch mit ihm nicht gerade entspannt war.«

»Machen Sie sich keine Sorgen wegen des Nachrufs«, versicherte Jo. »Einer in Schöllau hat gesagt: ›Ohne den Klaus wird es langweilig werden.‹ Ich glaube, das wird der letzte Satz im Nachruf sein.«

Sie lächelte wehmütig und schüttelte Jo die Hand: »Manchmal hätte es für meinen Geschmack schon ein klein wenig langweiliger sein können.«

*

Auf dem Weg zurück in die Redaktion materialisierte sich Höllgruber auf dem Beifahrersitz. Spinnweben hingen von seiner Hutkrempe, an seinen Schuhen klebten feuchte Blätter und er roch ein klein wenig modrig. Er zündete sich eine Zigarette an.

Jo protestierte. »He, im Auto rauchen!«

Höllgruber lachte verächtlich. Mit jedem Zug aus der Zigarette verwandelten sich die Symptome organischen Verfalls in Attribute sozialen Ab- oder Umstiegs: Seine

Hutkrempe wurde etwas breiter und schwungvoller, seine Schuhe spitzer, der Modergeruch mutierte zu einer Melange aus Zigarettenrauch und erdigem Aftershave.

»Kommissar Sauerbier hat die Akte geschlossen, höre ich. War nicht anders zu erwarten.« Wieder lachte er höhnisch.

»Höllgruber, Sie haben wohl allen Grund, sich über die Polizei lustig zu machen. Wo waren denn Sie? Sie haben sich beim ersten Donnerschlag verkrümelt.«

Höllgruber nahm noch einen Zug aus seiner Zigarette und blies theatralisch den Rauch aus. »Wir Privatdetektive sind meistens ehemalige Polizisten mit einem tragischen Punkt in der Vergangenheit.«

»Privatdetektiv. Aha.« Jo dachte nach. »Sie haben wahrscheinlich ein schäbiges kleines Büro im Münchner Westend.«

Höllgruber nickte. »Die Eingangstür mit Milchglasscheibe, wo mein Name draufsteht: ›Höllgruber – Private Ermittlungen‹. Vorname? Ich schätze mal, früher ›Hans‹, jetzt ›Johnny‹.«

»Milchglasscheibentür? Wie in amerikanischen Filmen?«

»Meine Kollegen überm großen Teich inspirieren mich ungeheuer.«

»Na fein.« Jo grinste zufrieden. »Und wer hat Sie beauftragt?«

»Sie waren doch grade drin bei ihr. Ausführlicher Dienstunfallbericht. Überprüfung der Fahrtenbücher, Computerchronik. Wir kriegen jetzt raus, was die Bullen verpennt haben.« Höllgruber zog noch mal genießerisch an seiner Zigarette. »Meine Auftraggeberinnen sind immer ungemein attraktiv. Das hat unser Beruf so an sich.«

»*Ich nehme an, Privatdetektive sind nicht verheiratet*«, *meinte Jo.*

»*Nie. Einsamer Job.*« *Johnny Höllgruber beobachtete ihn aus den Augenwinkeln.* »*Sie haben einen nächsten Termin mit der Puppe eingefädelt. Dabei wissen Sie eh schon über die INVEKOS Bescheid.*«

»*Erstens muss ich ein Thema aus mehr als nur einer Sicht kennenlernen und zweitens: Puppe. Mein lieber Junge, das war 1930. Außerdem: Auftraggeberinnen hießen bei Philip Marlowe doch, glaube ich, ›the dame‹ oder so.*«

»›*Dame‹, die Übersetzung macht doch im Deutschen nix her.*«

Höllgruber und Jo kontemplierten ihr semantisches Problem ergebnislos.

»*Und Ehefrauen? Wie hießen die noch?*«, *fragte Jo.*

»*Bei Damon Runyon hießen die ›everloving wives‹. Eine ziemlich gefährliche Spezies. Doppelbödig.*«

Jo lächelte. »*Stimmt. Aber wie übersetzt man das?*«

*

»›Göttergattin‹ gibt es nicht. Das lass ich dir auf keinen Fall durchgehen.« Birgit schob kämpferisch ihr Kinn vor. »Wann endlich akzeptierst du, dass nur die Wörter gelten, die im Duden stehen?«

Jo setzte eine unbelehrbar-selbstzufriedene Miene auf, die Birgit in dem Fall zur Weißglut trieb. ›Göttergattin‹, ein fantastisches Wort, quer über das Scrabble-Brett bis hinauf zum Feld mit dem dreifachen Wortwert. Sie hatten die Umlege-Regel zugelassen, das hieß, dass man ein bereits vorhandenes Wort nicht nur verlängern durfte, sondern seine Buchstaben dabei vertauschen, und so hatte Jo aus dem Wort ›Gatten‹ ›Göttergattin‹ gebaut. Noch dazu gab es zehn Punkte extra für das Umlegen, machte nach Adam Riese 79 Punkte. Jo hatte so gut wie gewonnen.

»Der Duden«, sagte er genüsslich, »ist ein patriarchalisches Konstrukt.«

Das war Öl ins Feuer. »Du scheinheiliger Gelegenheits-Feminist! Es gibt ›Göttergatte‹, aber keine ›Göttergattin‹. Ich kann sagen: ›Mein Göttergatte schwindelt immer beim Spielen.‹ Aber du kannst nicht sagen: ›Meine Göttergattin hält sich an die Regeln.‹ Beschwer dich bei deinen verheirateten Vorfahren, dass es so ist.«

»Ich glaube, wir sollten das auf einem weniger emotionalen Level diskutieren«, parierte Jo. »Reden wir schlicht von Mythologie. Hera, die Gattin von Zeus, war eine Göttergattin.«

»Sie war eine Göttin. Die Dame wurde nicht über ihren Gatten definiert!« Super, noch tiefer ins Fettnäpfchen getreten.

»Und Lea und Europa?«

»Gespielinnen, keine Gattinnen!«

»›Göttergespielin‹ würdest du mir nie gelten lassen.«

»Passt eh nicht aufs Spielbrett.«

Jo zählte trotzig die Felder. »Doch, ganz genau noch passt das drauf.«

»Luftnummer. Du hast die Buchstaben eh nicht.«

Schweigen. Jo nahm einen großen Schluck Rotwein. Irgendwie machte ihm der Streit inzwischen nicht nur Spaß. Was war los? Er dachte kurz nach. »Meine verheirateten Vorfahren haben weder gekocht noch Wäsche gewaschen. Wenn ich ›Göttergattin‹ hinschreibe, dann meine ich ›Göttergattin‹. Wenn es das Wort in meinem Kopf gibt, dann ist es egal, was im Duden steht.«

Noch mal Schweigen. Diesmal nahm sie den großen Schluck Wein. »Gut. Von mir aus. Aber in dem Fall will ich dieses Spiel nicht weiterspielen. Es macht keinen Spaß, einem Vorsprung von x Punkten hinterherzuhecheln.«

»Ich helfe dir.«

»Pfoten weg!«

Sie schlug sich noch tapfer, aber Jos Vorsprung war tatsächlich uneinholbar.

Zufrieden ging er zum Zähneputzen. Als er nach der Zahnpastatube griff, erstarrte er. Auf dem Glasbord stand, nein, schwebte gleichsam eine zierliche rote Schale in Form eines Blütenblatts. Fürchtegott Donnerfaust, mitten in seinem Badezimmer.

Sie war bei ihm gewesen. Bei ihm, den sie einen ›wirklich interessanten Mann‹ genannt hatte. Sie hatte dieses Teil gekauft. Ganz und gar nicht billig, wie er wusste. Sie verdiente genug, sie musste ihn nicht fragen. Jo schaute in den Spiegel. Hinter ihm erschien Johnny Höllgruber, sardonisch lächelnd.

»*Zeit für eine Swinger-Party?*«

»*Du kannst gleich einen Schwinger haben!*«

»*Oder er verpasst dir einen.*« Höllgruber kicherte hämisch und verblasste, als Birgit hereinkam.

»Hast du die Schale gesehen? Hab ich mir heut gekauft. Wirklich interessante Leute, die Felleisens. Wir sollten sie mal zum Essen einladen.«

»Halt die Klappe, Johnny«, dachte Jo. Schließlich sagte er: »Und wer kocht dann?«

Birgit hatte schon den Mund voller Schaum: »Dasch Gödderpaar.«

*

›Der Bericht über den guten Aufi hat mich tief bewegt. Welche geheimnisvollen, bei uns Menschen verschütteten Ahnungen haben ihn wohl geführt und was muss das arme Tier gelitten haben, als es seinen geliebten Herrn tot fand? Auf den Fotos steht er allein und traurig. War denn niemand da, der den Hund in den Arm nahm?‹

»Aufi in den Arm nehmen«, dachte Jo. »Wahrscheinlich hatte man dann einen Arm weniger.«

Jo angelte den nächsten Leserbrief vom Stapel.

›Ohne unseren Hund wären wir heute alle tot. Ein Kurzschluss am Toaster hatte die Küche in Brand gesetzt. Wir schliefen im oberen Stockwerk. Unsere Anja, ein Golden Retriever, hat uns wachgebellt. Gerade noch rechtzeitig, sodass wir durch den Rauch ins Freie kamen.‹

Normal vernünftiges Tier. Der nächste:

›Die hochmütige Menschheit hat ihre eigenen Instinkte vergessen und glaubt sich erhaben über die Tiere. Dennoch helfen uns die Hunde mit ihren untrüglichen Sinnen. Während ich mit Menschen die schlechtesten Erfahrungen gemacht habe, hat mir mein Spitz in guten und bösen Tagen die Treue gehalten.‹

»Spitz«, dachte Jo. »Obendrein noch ein Spitz.« Ein Spitz war der erste Hund gewesen, mit dem er persönlich zu tun bekam. Eine furchtbare Töle, die aus dem Maul stank wie die Hölle und ihn als Kind ständig verbellt hatte, wenn er bei der Nachbarin etwas holen oder ausrichten sollte. Die Nachbarin beruhigte ihren Hund mit lieben Worten und einem Leckerli, woraus das Tier folgerte, dass es für die Terrorisierung eines sechsjährigen Buben eine Belohnung gab.

Er ging rüber zu Hannelore Spittler. »Kein Brief dabei,

der so außergewöhnlich ist, dass er noch rein sollte. Finde ich.«

»Okay«, nickte sie, den Telefonhörer am Ohr, und hielt die Sprechmuschel zu. »Dachte ich mir schon. Wir haben schon eine volle Seite Hundebriefe, reicht ja wirklich. Danke fürs Durchsehen.«

Jo ließ seine Kollegin zurück, die der Insolvenz einer örtlichen Bekleidungsfirma hinterhertelefonierte. Telefonrecherche, der Fluch des Journalismus. Er trat vor die Haustür und atmete tief durch. Wunderbares Wetter, der Jachensee wartete.

*

Die Straße wand sich durch Wäldchen und Weiler, querte kleine Moore, in denen die hellen Stämme der Birken vor dem dunklen Heidekraut leuchteten.

»Landschaftsbeschreibung«, hatte Lehner in der Mittagspause doziert, »Lokalkrimi immer mit Landschaftsbeschreibung. Man muss die Heimat der Leser besingen: ›Hell leuchtete der Grünten in der Abendsonne‹ und so weiter.« Er hatte sich in der Buchhandlung mit einem Stapel Krimis eingedeckt und betrieb strategische Studien.

»Wie wäre es mit: ›Im Gewerbegebiet von Werdenheim trieb der Wind eine McDonalds-Tüte über den Parkplatz‹?«, hatte der Sportredakteur gefragt.

»Falsch, ganz falsch. Nicht wiedererkennbar. Das könnte doch überall sein.«

Je mehr man überall sein konnte, desto dringender wollte man irgendwo sein. Die Säulen der Jachensee-Kapelle, eine Kindheitserinnerung, die im Gehirn von diesem seltsamen Wesen namens Jo Murmann gespeichert lag, verorteten ihn auf diesem Planeten. Ein GPS der Psyche.

Das Auto erklomm die letzte Hügelkette und der Jachensee lag vor ihm. So wie der See sich darbot, in der Sonne glitzernd, mit der Insel als grünem Edelstein in seinem Silber, hatte er wohl schon dagelegen, als das römische Imperium zerfallen war und Bonifatius durch die Gegend zog. Und doch würde er irgendwann verlandet und nur mehr ein Meer von Schilf sein, wie alle anderen großen Voralpenmoore, ein Moor, aus dem ein Hügel herausragte, der einst eine Insel gewesen war.

Und wo war Jo Murmann dann? Nun, es war ihm wurscht. Die Fühler seines Herzens reichten einfach nicht in diese Fernen.

An der Anlegestelle der alten Kuhfähre warteten etwa 20 Leute, viele im Rentenalter und ein paar Urlauber mit einigen Kindern. Der Auerochsenzüchter war auch schon da. Schmidt trug Westernstiefel, Outdoorhosen und einen großen Cowboyhut sowie einen äußerst kleidsamen Dreitagebart. Natürlich begrüßte er Jo sehr freundlich, in der Hoffnung auf gute Presse für sein Projekt.

Im letzten Moment kurvte der kleine Geländewagen des Fotografen auf den Parkplatz. Es sollte ein schönes Naturfoto geben mit den breithornigen Rindern vor der Alpenkulisse. Der Fotograf machte dem Auerochsenmann Konkurrenz mit einer Art GSG 9 Schnürstiefeln und Militärhosen. Jo hätte es nicht gewundert, wenn er eine Machete dabeigehabt hätte. Nun waren sie gerüstet für die Expedition in die Nacheiszeit, denn darum ging es, wie ihnen auf der Überfahrt zur Insel erläutert wurde.

Während die Wellen an die Metallwände der Fähre plätscherten, ergriff eine Dame das Wort, die sich als Mitarbeiterin der Unteren Naturschutzbehörde vorstellte. »Namhafte Wissenschaftler haben festgestellt, dass die natürliche Landschaft, die sich nach der Eiszeit in Mitteleuropa einstellte, keineswegs von riesigen Wäldern geprägt, sondern ein parkartiges Mosaik war, unterbrochen von den Weiden, auf denen große Pflanzenfresser die anfliegenden Baumsämlinge kurz hielten. Auf diesen, lediglich auf natürliche Weise gedüngten Flächen bildete sich eine artenreiche Blumenflora, wuchsen je nach Standort auch Orchideen. Nun haben wir auf der Jachensee-Insel die wunderbare Gelegenheit, mithilfe der Auerochsen-Rückzüchtung diese natürlichen Zustände wiederherzustellen.«

Jo notierte: ›Nacheiszeitlandschaft, Park-Mosaik, Blumenweiden‹ sowie: ›Naturschutzbehörde‹.

Neben Jo saß ein älterer Herr, der versuchte, eine Frage zu stellen, aber es war noch nicht die Zeit dafür und er wurde ignoriert. Das Wort hatte nun Schmidt: »Meine Tiere sind, wie Frau Drössler eben erläuterte, eine Rückzüchtung, die Heinz und Lutz Heck in den 30er-Jahren aus mehreren Rinderrassen in die Wege leiteten und die nun professionell fortgeführt wird. Durch gezielte Inzucht fördern wir die überlieferten Formen der Auerochsen. Die so erzeugte Rasse heißt, korrekt gesagt, Heck'sche Rinder. Diese Heck'schen Rinder sind sehr robust und brauchen keinen Stall, sind das ganze Jahr im Freien und setzen auch ihre Kälber dort.«

Die Fähre landete. Bei der Anlegestelle begann der Weg zur Kapelle, gesäumt nun von Zäunen und Warnschildern. Dicht um den furchtlosen Herrn der Auerochsen gedrängt, wagte sich die Gruppe in eine Umzäunung und wanderte eine Wiese hoch. »Die Umwandlung dieser Flächen zu artenreichem Weiderasen mit entsprechender Vegetation wird von uns aufmerksam verfolgt. Wir werden in regelmäßigen Abständen Untersuchungen anstellen. Natürlich wird die Umstellung einige Jahre in Anspruch nehmen«, nahm Frau Drössler die Erläuterungen wieder auf. Jo notierte ›artenreicher Weiderasen, Umstellung einige Jahre‹ und schaute etwas verständnislos auf die kurzen Gräser und Kräuter und auf die Büschel der Pflanzen, die die Rinder verschmäht hatten. Keiner verlangte von ihm, dass er die Pflanzen kannte, aber irgendwie kam er sich doch blöd vor.

Die Herde kam in Sicht, massive Tiere mit dunklem Fell und weit ausladenden Hörnern. Der Fotograf prüfte das Gelände und den Sonnenstand. Ein Tier, eine junge Kuh, lief neugierig auf die Besucher zu und alle Teilnehmer drängten sich hinter Schmidt zusammen, der dem Tier energisch entgegentrat. »Ksch, zurück!« Die Kuh drehte kurz ab, aber da das Kuhleben langweilig war und der Besuch interessant, kehrte sie, mutwillig hüpfend, wieder um. Furchtsame Rufe wurden laut, noch dichter scharte sich die Gruppe hinter den Züchter, der in der Rolle des Beschützers ungefähr drei Zentimeter in der Minute wuchs.

Nach dem dritten »Ksch« gesellte sich die junge Kuh endlich wieder zur Herde. 17 Tiere waren es, drei Kälbchen dabei, hochbeinig und wuschelig. Schmidt erzählte, wie die bösen Füchse letzten Winter ein Kälbchen umgebracht hätten: Hinter den Zäunen lauerten sie im Wald, schlichen sich dann nachts heran, um den Kälbchen in die Ohren und den Schwanz zu beißen, um sich dann, wenn die Mutter auf sie losging, wieder hinter die Zäune zurückzuziehen. Einige solcher Attacken – und die Kälbchen verbluteten. Mitten in die Symphonie mitleidiger und empörter ›Ohs‹, vor allem weiblicher und kindlicher Stimmen, fragte der alte Herr skeptisch: »Das ist Ihre Vermutung?« Schmidt drehte sich, wie von der Tarantel gestochen, um: »Das haben wir auf einem Video!«

Vor Jos geistigem Auge bestückten sich die Wälder mit Infrarotkameras, die bieselnde Förster und böse Füchse für die empörte Nachwelt aufzeichneten.

Schmidt stapfte schon wieder weiter und betrat ein kleines Waldstück, das den Auerochsen als Schattenplatz zur Verfügung stand. Selbst Jo konnte sehen, dass an fast allen niedrigeren Pflanzen die Enden der Zweige wie abgezwickt fehlten.

»Es ist nur natürlich, dass die Tiere den Wald betreten dürfen. Das haben sie nach der Eiszeit auch überall getan. Es geht nicht nur darum, dass sie sich gegen die Füchse zur Wehr setzen können. Sie brauchen den Rückzug, den Schatten und die andere Flora. Hier auf diesem kleinen Fleck sieht man natürlich Verbissschäden, aber wir haben Gutachten erstellen lassen, dass, wenn sich die Weide auf die gesamte Insel erstrecken würde, dieser Einfluss der Tiere auf den Wald keineswegs negativ ist.«

Der alte Herr räusperte sich. »Wie viel wiegt denn ein Auerochse so im Durchschnitt?«

Schmidt hatte keinen Grund, die Frage nicht zu beantworten: »600 Kilo die Kühe, ein Stier bis zu 1.000 Kilo.«

Der alte Mann nickte und schwieg. Man sah, dass er im Kopf rechnete.

Jo roch den Konflikt förmlich, und in dem Fall musste man immer die Machtverhältnisse ausloten: »Wer entscheidet denn, ob die Tiere in den Wald dürfen oder nicht? Der Waldbesitzer?«

»In unserem Bürokratenland die Behörden«, erklärte Schmidt süffisant.

»In unserem Rechtsstaat, Herr Schmidt, das Gesetz«, sagte der alte Mann. »Und das Waldgesetz steht aus bitterer geschichtlicher Erfahrung etwas auf der Bremse: Nicht im fremden Wald, außer es besteht ein altes Weiderecht, nicht ohne Hirten, nicht dort, wo der Wald sich verjüngen soll.«

»Herr Wagner …«, mischte sich Frau Drössler ein.

»Aha«, dachte Jo, »alte Bekannte.«

»… ob die Weide denn hier schädlich wäre oder ob es nicht im Gegenteil der Artenvielfalt nützen würde, das ist zum Glück derzeit in der Diskussion.«

»Zu wessen Glück, das ist die Frage«, murmelte der alte Herr störrisch.

In Jos Kopf hüpften ein paar Fragezeichen herum. Weide im Wald, diese INVEKOS-Geschichte, die Klaus so umgetrieben hatte, hingen doch zusammen damit. Aber die Kiste wollte er jetzt nicht aufmachen.

Die Karawane zog weiter. Sie verließen den umzäunten Bereich, kamen auf einen Weg, der Jo in nostalgische Zustände versetzte: Es war ein Feldweg aus seiner Kindheit, unbefestigt, mit einem breiten Grünstreifen in der Mitte, auf dem mehr Blumen wuchsen, als er auf der Wiese gesehen hatte. Kleine blaue Glockenblumen waren dabei und die rosa Dinger, die sie als Kinder ›Zahnbürsten‹ genannt hatten, dunkelblaue Teufelskrallen, der dramatische Name hatte sich in sein Bubengedächtnis eingegraben. Frau Drössler erläuterte, dass eines Tages auch die Weiden so aussehen sollten, wenn erst ohne Düngung der Boden magerer werden würde.

Der Weg führte sie in einem großen Halbkreis zur Kapelle, die sie einsam und vergittert vorfanden. Jo feierte Wiedersehen mit dem Drachengewürm am Eingang und warf einen Blick auf den nackten Altarstein, an den er sich nicht mehr erinnerte.

Im Gänsemarsch ging es nun den abgezäunten Weg entlang Richtung Fähre. Nach etwa 50 Metern kamen sie an einem Hang vorbei, in dem große Löcher in dunkle Tiefen führten. Es war ein Dachsbau. Dachse, erläuterte Schmidt, lebten in Familienverbänden und bauten über Generationen hinweg an ihren Burgen. In diesen Burgen ließen sie auch die Füchse wohnen, die ihnen gleichsam zur Miete das Fleisch der armen Kälbchen brachten. Ein Schaudern lief durch die Zuhörer. Das war nun wirklich eine grausige Vorstellung: Draculas Burg, in deren finsteren Verliesen Kinder gefressen wurden. Jo schaute sich nach dem alten Herrn um. Er stand mit gesenktem Kopf da und rieb sich die Nasenwurzel, genau wie Lehner das immer machte, wenn er an seinem seelischen Gehirnschmerz litt.

»Ich bin für Natur, ganz klar, aber man muss sie auch in die Schranken weisen«, sagte Schmidt. »Es sind einfach zu viele Füchse auf der Insel. Sie kommen im Winter über das Eis, während meine Tiere nicht davonlaufen können. Ich habe es dem Jäger hier schon oft genug gesagt. Man muss sie einfach regulieren.«

»Vergasen«, sagte der alte Mann. »Sie wollen, dass man sie vergast.«

In Deutschland konnte man mit dem Wort ›vergasen‹ die Sonne verfinstern und die Vögel zum Schweigen bringen. Schmidt stand überrascht und zornig vor der schockierten Gruppe. Im Fechtsport nannte man so was eine Parade-Riposte mitten in die Attacke des Gegners, der einem sozusagen mit dem eigenen Schwung in die Klinge rannte.

»Er hat Insiderwissen«, dachte Jo. »Ich muss mir den alten Herrn nachher krallen.«

Der Mann seufzte. »Ich habe auch nichts gegen die Natur und auch nichts gegen Rinderzüchter. Ich habe aber entschieden was dagegen, wenn sich Rinderzüchter als nacheiszeitliche Vegetationsgötter verkleiden. Herr Schmidt, Sie sind ein Viehhalter und wollen das, was Viehhalter schon seit Jahrtausenden wollen: mehr Weidefläche und keine Raubtiere. Mit wilder Nacheiszeit hat das nichts zu tun. Was glauben Sie denn passiert mit Ihrer Herde, wenn ein Pack Wölfe übers Eis käme?«

Ein Pack Wölfe. Jo versuchte sich vorzustellen, wie das wäre. Wenigstens durfte er dann Angst haben und das Weite suchen. Kein Mensch würde wie bei Hunden daherreden: »Der tut doch nix.«

Der alte Herr hatte keine Antwort auf seine Frage abgewartet: »Die Hetzerei gegen die Füchse, die einer Herde mit Inzuchtschwächen ein Kalb stehlen, ein Kalb, das vielleicht von selbst eingegangen wäre, ist doch der beste Beweis dafür, Frau Drössler …«, hier wandte er sich an die Dame von der unteren Naturschutzbehörde, »… dass diese Fantasie von einer nacheiszeitlichen Parklandschaft mit tierischen Rasenmähern keiner ernsthaften Prüfung standhält. In dieser ganzen Megaherbivoren-Theorie gibt es keinen Platz für Raubtiere.«

Mega-was? Jo gab es auf, Notizen zu machen.

Frau Drössler lächelte nachsichtig. »Herr Wagner, Fachleute sind sich doch darüber einig, dass Raubtiere die Populationsgröße der Beute nicht regulieren können.«

Die Kontrahenten waren voll in Fahrt, die Zuhörer standen etwas ratlos dabei.

»Aber das Verhalten und die Verteilung der Beute!«, parierte Wagner. »Die neuesten Untersuchungen aus den USA, wo die Wölfe in die Nationalparks einwandern, zeigen, dass dort die Auwälder zurückkommen!«

»Es geht hier aber nicht um Wald, es geht um die Wiesen …«

»… und den Wald, in den der Herr Schmidt immer mit seinen Ochsen hineinwill. Und behauptet, dass hier eine Pflanzenfresser-Biomasse von 100 Tonnen auf 20 Hektar keinen Einfluss auf die Verjüngung hat, wenn wir normalerweise schon mit mehr als zwei Hirschen pro 100 Hektar ein Problem kriegen. Ein Gutachten, in dem ein solcher Schmarrn steht, Herr Schmidt, ist das Papier nicht wert, auf dem es gedruckt ist.«

Wenn der Schlagabtausch ins allzu Theoretische abgeglitten war, so half der Züchter dem allgemeinen Interesse dramatisch wieder auf die Beine: »Ob ich ein Gutachten bezahle oder nicht, geht Sie nichts an. Aber mich geht es etwas an, wenn hier Leute meinen, sie müssen Wolf spielen. Waldlobbyisten wie Ihresgleichen schrecken offenbar vor nichts zurück. Letzten Winter hat jemand – und Sie wissen ganz genau, wen ich meine – meinen Stier getötet und ein Loch ins Eis gemacht, damit ich glauben soll, er sei eingebrochen. Ich habe das nie geglaubt. Die Tiere haben gesunde Instinkte, die gehen nicht auf dünnes Eis.«

Der alte Herr schnaubte. »Ammenmärchen. Es wurde nirgends auch nur ein Tropfen Blut gefunden.«

»Ammenmärchen?« Schmidt machte einen dramatischen Schritt nach vorn und deutete mit dem Zeigefinger anklagend auf den alten Herrn. »Ich habe an der Stelle tauchen lassen. Und wissen Sie, was da unten gefunden wurde? Ein mit Steinen beladener Holzrückeschlitten, jawohl! Dieser Jemand hat mit Absicht ein Loch ins Eis gemacht, um vom wahren Sachverhalt abzulenken! Es reicht mir. Ich habe Anzeige erstattet, wegen Viehdiebstahls.«

»Na, hoffentlich war das eine Anzeige gegen unbekannt«, sagte der alte Mann ruhig. »Denn der Mann, den Sie meinen, ist tot. Heute steht sein Nachruf in der Zeitung.«

Damit war die Exkursion endgültig versaut. Die Kinder blickten stumm mit tellergroßen Augen von einem zum anderen. Die sommerliche Idylle der grünen Insel, auf der die wuscheligen Kälbchen sprangen, hatte in ihren Köpfen einem sibirischen Inferno Platz gemacht, auf dem heulende Wölfe über das krachende Eis jagten, während tote Männer auf mit Steinen beladenen Schlitten gurgelnd im See versanken und Polizisten im Schnee nach Blut suchten.

Nach kurzem Schweigen sagte Schmidt knapp: »Das mag für die Angehörigen bedauerlich sein.« Er drehte sich um und ging weiter in Richtung der Fähre.

Während der Rückfahrt über den See sprach niemand. Der alte Herr wurde gemieden, als hätte er die Pest. Am Parkplatz verliefen sich die Leute schnell. Der Fotograf blieb noch kurz neben Jo stehen. »Na dann, war gar nicht so langweilig.« Ein tiefer Seufzer hob seine Brust, ein leises Glitzern trat in seine Augen. »Wölfe«, sagte er, »das wär was.« Dann ging er zu seinem SUV, noch ein wenig breitbeiniger als sonst.

Drössler und Schmidt kamen, um sich von Jo zu verabschieden und seine Stimmung auszuloten. Sie sagten genau das, was er erwartete, dass nämlich neue Ansätze immer auf Widerstand stoßen würden. Jo nickte und

113

lächelte, während er insgeheim den alten Herrn im Auge behielt. Er war zu seinem staubigen Kombi gegangen, der sorgfältig im Schatten einer Weide geparkt war, öffnete die Heckklappe und ließ einen großen Hund herausspringen. Er leinte ihn an und Jo sah, wie sie den Wanderweg rund um den See einschlugen.

Als alle anderen gefahren waren, eilte Jo dem Störenfried hinterher. »Störenfried«, dachte er noch, »was für ein schönes altes Wort.« Bald hatte er Herr und Hund eingeholt. Der Hund war groß, grau und struppig und an seinem Nasensattel schon ein klein wenig weiß. Jo traute seinen Augen nicht. »Aufi?« Der Hund drehte den Kopf etwas, sah Jo und beschloss sofort, dass mehr Entgegenkommen auf keinen Fall angebracht war. Er schaute wieder ins Schilf, unfreundlich und schlecht gelaunt wie immer.

»Sie kennen den Hund?«, fragte Wagner.

*

Sie saßen in einem kleinen Biergarten unter Apfelbäumen, hinter sich das raue Holz einer alten, etwas windschiefen Kegelbahn, neben sich ein Bienenhaus, in dem Hochbetrieb herrschte. Die Bedienung war auch schon hergeschossen, nicht ganz so schnell wie die Bienen, die wie kleine gelbe Gewehrkugeln auf die Fluglöcher zusausten. Jo schaute den Insekten fasziniert zu, für ihn war eine Biene immer etwas gewesen, was sich langsam und in nervösen Kurven fortbewegte. Vor ihm stand ein Weizenbier, ein leichtes natürlich, aber schwer genug, um ihn sofort zu einer Beute Mephistos werden zu lassen. Mit dem Panorama des Jachensees und der Berge vor sich, die Füße weit von sich gestreckt, das kühle Glas in der

Hand, sprach Jo zum Augenblick: »Verweile doch, du bist so schön.«

Aufi lag im Schatten des Tisches im warmen Kies, der Herr Wagner hatte die Leine um das Tischbein geschlungen und widmete sich einem kleinen Pils.

»Ich hab Kollegen gekannt, die haben mit Kindern und Hunden zusammen im Bett geschlafen, das reinste Wallensteinlager.« Wagner kicherte ein bisschen bei der Erinnerung. »Aber Klaus hat dem Hund nicht getraut und ich glaube, er hat recht gehabt. Das ist kein Familienhund, absolut nicht. Vor allem wegen dem Manuel hat er Angst gehabt. Der könnte sich auch sehr schlecht zur Wehr setzen.« Jo schloss die Augen. Wagner deutete da einen kleinen Albtraum an. »Jetzt, wo Klaus tot ist, hat mich die Lena gefragt, ob ich den Hund nehm. Auf den aufzupassen, ist ihr einfach zu viel, sie kann ihm auch nicht die Bewegung verschaffen, die so ein Deutsch-Drahthaar braucht. Ich selber leb allein, meine Kinder kommen selten, wenn die Enkel da sind, muss ich ihn halt immer im Auge behalten.«

Jo reichte es mit Hundegeschichten. Er wollte andere Sachen wissen: »Wie gut haben Sie denn den Klaus gekannt? Meinen Sie, er hat wirklich diesen Schlitten versenkt?«

Wagner kniff ein Auge zu und blickte durch das perlende Pils in die Sonne. Seine buschigen Augenbrauen waren so störrisch wie seine Einwände auf der Insel, seine Nase war knubbelig und sein faltiger Hals verschwand im Stehkragen eines Trachtenhemdes. »Man traut es ihm zu, gell? Aber irgendwie passt's nicht. Der Schmidt meint, weil das ein Rückeschlitten war. Wissen Sie, wie der ausschaut?« Er nahm einen genießerischen Schluck.

»Diese Hornschlitten, mit denen sie in Garmisch am Fasching ...«

»Nein, nein.« Wagner schüttelte energisch den Kopf. »Die waren fürs Heu. Die Schlitten zum Holzrücken sind ganz, ganz massive Trümmer. Da hat man die Baumstämme am dicken End draufgebunden und hinten nachgeschleift. Vorn ist eine Deichsel, wo die Ross gezogen haben. Der Schmidt denkt, dass ein Förster auf so was Zugriff hat. Aber die meisten Schlitten haben den Bauern gehört, die dann auch für den Staatsforst Holz gerückt haben. Höchstens, dass bei der BaySF noch einer in einem Schuppen steht, aber ich glaub's nicht. Erstens das. Und zweitens braucht so was Planung. Es muss Blankeis haben auf dem See, damit's keine Spuren gibt. Man muss abwarten können, den Transport organisieren. Nein, nein, wenn der Klaus Blödsinn gemacht hat, dann, weil er impulsiv war, der plant da nicht lang rum.«

Wagner blickte versonnen auf den Hund hinunter. Jo wartete. Es war die Stimmung, in der alte Geschichten auftauchen. »Wie das Forstamt noch in Jachenkirch war, vor der Reform«, es schien Wagner nicht zu kümmern, ob Jo wusste, was das hieß, die Reform, es schien für Förster so klar wie das Datum des Zweiten Weltkriegs, »da waren wir Kollegen. Es hat halt immer wieder Krach geben, weil der Klaus absolut kein Blatt vor den Mund genommen hat und der Lauterbach hat's dann ausbügeln müssen.«

So viel wusste Jo, dass Lauterbach einmal Klaus' Vorgesetzter gewesen war, bevor er ans Ministerium ging. »Das hat die Felleisen auch müssen«, sagte er. »Ich war bei ihr drin wegen dem Nachruf, aber sie hat nicht viel Zeit gehabt.«

»Naa, die ham keine Zeit mehr. Mir hat neulich ein Bauer gesagt, er will schon den Förster gar nimmer holen. Er hat gesagt, er will nicht verantwortlich sein dafür, dass er in seinem Wald einen Herzinfarkt kriegt. Bin ich froh, dass ich pensioniert bin.« Er streckte genießerisch die Beine von sich und grub die Fersen in den Kies, faltete die Hände über dem Bauch und blinzelte in die Sonne. Die nicht pensionierten Bienen schossen derweil weiterhin auf ihren Flugschneisen in die Löcher und aus den Löchern.

Jo erzählte die Geschichte vom Infrarotfoto. Wagner lachte lautlos. »Die Gschicht' schaut dem Klaus gleich. Ich weiß schon, die Felleisen hat's auch nicht leicht gehabt mit ihm. Noch dazu wollte sie ihm schon im Amt selber nix durchgehen lassen. Ich weiß, dass sie ihn einmal aus der Dienstbesprechung geschmissen hat, weil er statt ›UNB‹ immer ›Ziegenmafia‹ gesagt hat.«

»Was für ein Ding? UNB?«

»Untere Naturschutzbehörde am Landratsamt. Der Laden von der Frau Drössler.«

Natürlich die Abkürzung! Jo war politischer Anfänger in der Provinz.

»Es ist ein bisserl eine Extremsituation hier im Werdenheimer Landkreis. Die Frau Drössler hält selber Ziegen und preist sie als die größten Landschaftspfleger. Dass die Viecher den ganzen Mittelmeerraum kahl gefressen und verkarstet haben, ist ihr wurscht. Die idyllische Heidi-Weide, das ist das Ideal. Na ja, was kann man erwarten, der deutsche Naturschutz kommt schließlich aus der Schafweide. Herrmann Löns, der Heidedichter und so.« Wagner wies mit einer weiten Armbewegung auf die sonnenüberglänzten Berghänge, die ihre dunklen Waldfinger entlang der Rinnen in die Wiesen schickten. »Ein Mensch von vor 200 Jahren, der würd sich schwer wundern bei der Aussicht, der könnt nicht begreifen, warum dieser Wald da wieder wachsen kann. Sie müssen sich vorstellen: Die Leut waren früher so arm, wo es ging und auch wo es nicht ging, haben sie eine Kuh, ein Schaf oder eine Ziege stehen gehabt, selbst auf den Felsbändern haben sie noch Heu gemacht. Je näher der Wald an den Dörfern, desto dünner war er. Brennholz haben sie ja auch jede Menge gebraucht. Unsere Landschaft heut, die kann man nur verstehen, wenn man weiß, wo unsere Nahrung heut herkommt und wie Kohle und Öl das Holz ersetzt haben. Die unterirdischen Wälder haben die oberirdischen gerettet.«

Unterirdische Wälder. Sie schauten eine Weile und Jo versuchte, sich die Veränderungen vorzustellen wie in einem Trickfilm, das Wachsen der Siedlungen, der Straßen und das Wiederausbreiten der Wälder. Und diesen Film konnte nur jemand verstehen, der wusste, dass man die unterirdischen Wälder unter dem Sand der Wüsten herausholte.

Wagner spulte den Film zurück: »Die arme Zeit, das war halt diese Heidi-Landschaft, und da will die Drössler wieder hin. Was eine Ziege nicht fressen kann, ist für sie nicht schützenswert. In so ein Weltbild passt kein Wald und passen keine Raubtiere.« Der alte Mann nahm einen langen Zug Pils, ließ die Augen dann wieder über die Berghänge schweifen und seufzte: »Wir werden Großvater Wolf da niemals wieder laufen haben. Ich glaube nicht mal, dass es klug ist, das politisch durchzudrücken. Aber Luchse! Herrliche Tiere! Für den Menschen völlig ungefährlich. Wir könnten doch wenigstens Bruder Luchs da wohnen haben.«

Jo versuchte sich vorzustellen, wie das wäre, so einige überdimensionierte Leutselig-Schnurrenbergers da in der Landschaft, die vor ihm lag. Sie würden sicher nicht zu ihm kommen, um ihre Akkus zu laden, aber er bekam ein Gefühl, wie er es hatte, wenn er seinen Kater nicht sah: Irgendwo in seinem Haus und Garten trieb sich noch ein Wesen herum, hatte seine Wege und Plätze, gehörte dazu, und allein schon dieses Wissen machte alles geheimnisvoller und lebendiger zugleich.

Wagner stellte das Glas hart auf den Tisch und beendete die Überlegung: »Der Jagdverband hat die Wiederansiedlung des Luchses in den Alpen dauerhaft verhindert, weil sie ihnen ein paar Rehlein wegfressen würden. Die Schaferer schimpfen auf die Kolkraben, sagen, dass sie die Lämmer angreifen, und die Taubenzüchter schicken Tauben los mit vergiftetem Gefieder, damit die Falken verrecken. Der Mensch duldet einfach keinen Räuber neben sich. Dem Ochsen-Schmidt sind ja selbst die paar Füchslein zu viel.«

»Und deswegen«, erkundigte sich Jo, »meinten Sie auf der Insel, dass diese Mega-irgendwas-Theorie von der nacheiszeitlichen Parklandschaft nicht stimmen kann?«

»›Megaherbivor‹ heißt so viel wie ›großer Pflanzenfresser‹. Also: Große-Pflanzenfresser-Theorie. Widerspricht allen Pollenanalysen und der gute Tacitus hat von den Wäldern Germaniens auch was anderes erzählt, aber egal.« Wagner schnaubte.

»Ich versteh sowieso nicht, warum diese Theorie bewiesen werden muss, warum das wichtig ist?«, bohrte Jo nach.

Wagner warf die Arme in die Luft, als junger Mann hätte er sie wohl über seinen Kopf geworfen, jetzt reichte seine Energie ungefähr bis zur Schulterhöhe: »Ja, weil sie allen möglichen Leuten super in den Kram passt: Der Drössler mit der Heidi-Landschaft, dem Ochsenschmidt mit seiner Waldweide und den Jagdheinis, die hohe Wildbestände wollen. Und überhaupt allen Leuten, denen der Wald zu duster und unheimlich ist.«

Jo flackerte beim Stichwort ›Weide im Wald‹ die Assoziation INVEKOS durchs Hirn, aber da er eine Biene davon abhalten musste, in seinem Bierglas zu landen, konnte er den Gedanken nicht weiterverfolgen.

»Und jetzt auf der Jachensee-Insel, da ergibt das eine unheilige Allianz zwischen den Grundbesitzern, die das freie Betretungsrecht aushebeln, indem sie da Hornviecher laufen haben, vor denen viele Leute Angst haben, und der Frau Drössler, die ihre Heidi-Strategie verfolgt. Na ja, an ihrer Stelle tät ich's vielleicht auch. Da hätt ich eine Spielwiese, wenn ich nicht wirklich mitreden kann bei den echten Sauereien. Die Vogelbergbahnen zum Beispiel. Jetzt müssen die Kanaken wieder eine neue Lifttrasse reinhauen, Schneekanonen, die Wasserspeicher, die dazugehören, ein neues Bergrestaurant und das Ganze im Klimawandel. Der Landrat ist dafür, da kann die UNB Stellungnahmen schreiben, bis sie schwarz wird, er ist der Vorgesetzte und entscheidet nach Abwägung, Punkt. Und raten Sie mal, wohin er wägt.«

Die Vogelbergbahn. Der Grund, weshalb Jo hier eine schöne Auerochsengeschichte schreiben sollte. Der PR-Feldzug war voll im Gang. Es war inzwischen eine Einladung in der Redaktion eingelaufen für eine exklusive Nachtfahrt mit der Gondel und Sektempfang in der Gipfelstation.

»Und sonst widerspricht auch niemand?«, klopfte Jo vorsichtig auf den Busch. »Was ist mit den Ehrenamtlichen?«

»Der Bund Naturschutz krabbelt grad aus der Versenkung, die Kreisgruppe hier ist nicht grade die schnellste. Ich selber bin nicht dabei, bin eigentlich nicht der Vereinsmensch, aber irgendwas werd ich mir überlegen.«

Trotz der Sonne ging in Wagners Gesicht das Licht aus. Jo wartete. Dann: »Ich hab am Vogelberg ein Revier gehabt.« Die alten Jagdgründe. Schon wieder ein Försterschmerz. Hoffentlich hatte der alte Wagner keine Aussichtskanzel, von der er vor lauter Aufregung runterfallen konnte.

Für tröstliche oder verständnisvolle Worte war keine Zeit, denn in dem Moment pflügte der Tisch einen halben Meter durch den Kies. Jo schnellte vor, um sein Weißbierglas zu retten, das durchscheinend vor der Bergkulisse schwankte, Wagner war zu langsam, sein Pils tränkte die karierte Tischdecke.

Mit der einen Hand hielt Jo sein Bierglas, mit der anderen packte er den Tisch. Wagner angelte fluchend nach Aufis straff gespannter Leine. Die Katze, die nichts ahnend um das Eck der Kegelbahn spaziert war, raste den nächsten Apfelbaum hinauf und dem Hund blieb weiter nichts übrig, als höchst beleidigt hinterherzubellen. »Aus! Down!« Wagner zog unsanft an der Leine. Der Hund hörte nicht. Wagner brüllte: »Down!«, drückte ihn am Hals zu Boden; es war dieses ›Wer-schafft-hier-an!‹, was Jo absolut nicht beherrschte. Sein Herz schlug für die Katze, die, tiefschwarz und nun gelassen, über einen langen Ast auf das Dach der Kegelbahn spazierte, sich setzte, den Schwanz ordentlich einringelte und aus grünen Augen die Szene betrachtete. Wagner hatte Aufi niedergekämpft, Jo winkte nach der Bedienung.

»Der Hund«, schnaufte Wagner etwas außer Atem, »der Hund ist einfach ein Sargnagel.«

»Was sagten Sie vorher, was er für eine Rasse ist, Deutsch-Dingsbums?«

»Deutsch-Drahthaar.«

»Sind die immer so?«

»Eben nicht. Irgendwas ist mit dem Kerl«, meinte Wagner. »Vielleicht ist er depressiv.«

Jo wäre fast herausgeplatzt mit Lachen. »Ein Fall für den Hunde-Psychologen?«

»Mit Psychologie geht da nix«, erklärte der alte Mann. »Der Hund ist 100 Prozent richtig gehalten worden: klare Hierarchien, gutes Futter, genug Bewegung, Erfolgserlebnisse, Lob dafür und so weiter. Ich glaub eher, dass irgendwas mit seiner Chemie nicht stimmt. Die Hunde werden schon auch ihre Neurotransmitter haben, wo was fehlen kann. Depression kann ja auch erblich sein.«

Jo schaute ihn ein bisschen perplex an, aber Wagner bemerkte es gar nicht, wischte sich gedankenverloren über die Pilsflecken auf seiner Hose und sagte: »Und wenn das so ist, ist der Hund wirklich beschissen dran. Depression ist was Grausiges.« Er blickte auf und lächelte verlegen. »Ich hab Erfahrung damit. Jetzt, wo ich pensioniert bin, kann ich das offen sagen. Ohne Medikamente wäre ich untergegangen.« Er brach ab, weil die Bedienung mit der Rechnung kam. Als sie mit einem großzügigen Trinkgeld und dem nassen Tischtuch wieder gegangen war, grinste er plötzlich von einem Ohr zum anderen: »Ich hab noch eine Packung daheim, sauteures Zeug, ich könnt's ja mal auf sein Körpergewicht umrechnen …«

Er blickte auf Aufi hinunter, der stinkesauer im Kies lag. »Andererseits, ob so eine Hundeleber das aushält? Ich frag vielleicht besser den Tierarzt.«

»Würde ich an Ihrer Stelle auch«, stimmte ihm Jo zu. »Waren Sie im Kommunalwald tätig?«

Wagner war überrascht: »Ja. Wieso?«

»Ach, nur so, äh.« Jo konnte unmöglich fragen, wo er die letzten Jahre seine Gewehre aufbewahrt hatte. »Wegen dem Revier am Vogelberg.«

»Gehört der Gemeinde Jachenkirch, ja.«

»Die Seilbahn wird auch den Werdenheimer Boten noch beschäftigen. Lassen Sie mir Ihre Telefonnummer?«

Wagner schrieb sie ihm gern ins Notizbuch, dann machte er sich mit Aufi auf den Weg zurück zum See und dem Parkplatz, während Jo noch seinen Rest Weißbier hütete.

Die Katze streckte sich auf der Teerpappe des Daches aus, legte die Pfoten übereinander und begann einen stummen Dialog mit ihm:

»*Wissen Sie, wen die Hunde eigentlich hassen müssten? Nicht uns Katzen, sondern ihre idiotischen Ahnen, die mit dem Gehorchen angefangen haben. Wir haben uns von vornherein nie auf diesen Blödsinn eingelassen und keiner erwartet von uns, dass wir parieren*«

Sie gähnte, klappte dabei ihren halben Kopf auseinander und zeigte ihren gerippten Gaumen und die langen Fangzähne.

»*Wussten Sie, dass Hunde ganz verrückt nach Katzenfutter sind? Weil nur Fleisch drin ist, während sie Haferflocken und Karotten fressen müssen, die armen Kerle. Man macht uns Löcher in die Häuser, damit wir rein und raus können, wie wir wollen, während sie an den Türen winseln.«*

Kein Wunder, dass sie vor Neid platzen, dachte Jo.

»Erbarmungswürdig schlechte Jäger obendrein. Keine Geduld, können die Krallen nicht einziehen, machen Krach beim Laufen, stinken, müssen in der Meute jagen, bemitleidenswerte Geschöpfe. An ihrer Stelle müsste ich auch Antidepressiva einnehmen.«

Sie legte den Kopf auf die Pfoten und schloss die Augen.

Jo fing an, seine Notizen durchzusehen. Was konnte er daraus machen? Eigentlich war die Kontroverse um die Insel interessant, aber er konnte sie schwer darstellen. Wagner war ein Pensionist mit keinerlei offizieller Funktion, kein Vertreter einer Behörde oder eines Vereins, ein Einzelgänger, dem er keine Plattform bieten konnte. Natürlich könnte er nachhaken, Bauern interviewen, die bei der Vergabe der Pacht nicht zum Zug gekommen waren, die wissenschaftlichen Artikel ausgraben, die Felleisen anrufen, zumindest das. Es war die Krux des Journalistenberufes, man müsste eine Menge Ahnung von allem haben und man hatte verflixt wenig Zeit.

Auf Wagners verwaistem Stuhl materialisierte sich Johnny Höllgruber.

»Pollenanalysen. Was soll denn das sein?« Er betrachtete missmutig seine spitzen italienischen Schuhe, die nach dem Ausflug durch Weide und Wald etwas mitgenommen wirkten. Das Land war offensichtlich nicht sein Pflaster. *»DNA-Analysen, damit kann ich was anfangen, aber Pollenanalysen. Eine komische Klientel ist das, die Recherchen in der Nacheiszeit in Auftrag gibt. Nicht mein Fall.«*

»Na, ja«, meinte Jo, »es gibt ja auch etwas jüngere Fragen. Der Schlitten im See zum Beispiel.«

»*Tote Tiere, Mordkommission für verschwundene Auerochsen und vergiftete Falken. Das nenne ich einen beruflichen Quantensprung*«, nörgelte Höllgruber.

»*Viehdiebstahl, das hat doch einen gewissen Klang*«, versuchte Jo, ihn zu trösten. »*Da fliegen im Western doch die blauen Bohnen.*«

Johnny legte den Kopf schief und dachte nach. Neben ihm auf dem feuchten Tisch erschien ein Glas honigfarbener Whisky. »*Hm, der alte Mann meint, nur Rancher hätten so ein Ding im Schuppen. Und die Rancheros waren auch sauer, dass sie die Insel nicht bekommen haben. Also logisch, dass sie das Ding gedreht haben.*«

»*Und wieso ist nirgends eine Blutspur?*«

Johnny grinste breit und kippte den Whisky auf einen Zug. »*Weil es kein Blut gab! Rancher sind keine Jäger, Gringo, sie haben sich den Stier lebendig geholt.*«

Jo war zu überrascht, um sich das ›Gringo‹ zu verbitten. Natürlich. Alle starren auf das Loch im Eis und suchen Blut, aber niemand schaut nach den Reifenspuren eines Viehtransporters.

»*Und wie, bitte*«, sagte er schließlich, »*kriegen sie einen riesigen Stier über das Eis, auf dem er nicht laufen mag?*«

»*Na, frag sie doch*«, kicherte Johnny, kicherte immer mehr, bis er schließlich schallend lachte und sich mitsamt seinem leeren Whiskyglas auflöste.

*

Die Tage waren lang und auch für Birgit schien noch die Sonne, als sie auf die Terrasse kam. Jo hatte draußen gedeckt und sie saßen nebeneinander auf der wackeligen Bank, die an der Wand lehnen musste, weil sie sonst umfiel. Die Akelei, die aus den Ritzen der Terrasse spross, war verblüht und richtete nun ihre Stängel auf, um die trockenen Samenkapseln darauf zu balancieren. Jo hätte gern mehr Moos in den Ritzen gehabt, aber stattdessen kam an den meisten Stellen ein ziemlich grobes Gras, das mit fetten Wurzeln zwischen den Platten klemmte.

Birgit war schweigsam, aß langsam. Irgendwas war los, aber unter Umständen würde sie nicht drüber reden wollen, obwohl Jo bisher folgsam und konsequent alles vergessen hatte, was sie je über Patienten erzählt hatte. Ohnehin nannte sie nie einen Namen. Jo beschloss, das Gespräch zu eröffnen, indem er von Aufi erzählte und von Wagners Plan, dem Hund ein Antidepressivum zu verpassen.

»Er wird den Tierarzt fragen? Hoffentlich hält der den Deckel drauf.« Sie verdrehte die Augen. »Ich seh schon, wie alle fettsüchtigen, frustrierten Möpse mit Serotonin-Wiederaufnahme-Hemmern gefüttert werden. Der ultimative Reibach für die Pharmaindustrie. Was hat er gesagt: Das Zeug war teuer und er weiß nicht, ob die Hundeleber es aushält?« Sie überlegte. »Na ja, das meiste ist nicht billig und die Leber belasten auch viele.«

»Stell dir vor, ihr könntet eine Tierabteilung aufmachen. Wenn du von den humanoiden Problemen die Nase voll hast, gehst du zu den lieben Hunden. Da liegen sie dann, die armen Köter, und auf jedem drauf ein Kater, der negative Energie tankt.« Jo gefiel die Vorstellung.

Birgit lachte. Sie war mit den Gedanken bei ihm angekommen. Dann wurde sie wieder ernst: »Das Tragische ist, dass dieser Mann meint, er kann erst jetzt offen über seine Depression sprechen, weil er pensioniert ist. Ist aber so. Irgendwelche Promis können sich outen, aber ein Normalmensch muss schon verflucht vorsichtig sein.

Dabei war er, soweit du das erzählst, völlig sortiert und vernünftig: Gibt seine Gewehre weg und holt sich Hilfe. Und wenn er jetzt die letzte Packung an den Hund verfüttern will«, sie kicherte, »dann hat er das Medikament absetzen können, das heißt, entweder er hat eine Therapie gemacht oder seine Lebensumstände haben sich signifikant geändert.«

»Er ist ja pensioniert jetzt. Es war wahrscheinlich diese Reform, die ihn geschmissen hat.«

»Wahrscheinlich. Wir haben die halbe Klinik voll mit Leuten, die kaputtreformiert worden sind.« Sie seufzte und packte aus: »Die Supervision war heute endlos. Ein Patient entwickelt fixe Ideen eine Mitpatientin betreffend. Es ist öfter so, dass Leute sich in der Klinik verlieben, quasi als Symptom der wiedererwachenden Seelenkräfte.«

»Kurschatten?«

»So ähnlich. Aber das hier ist anders, kritisch. Mit anderen Symptomen zusammen betrachtet, glauben wir, dass er Richtung Psychose driftet. Wir würden ihn bei einer akuten Psychose gar nicht aufnehmen, aber jetzt ist er da und in unserer Verantwortung. Wenn wir ihn rauswerfen, stürzt er wahrscheinlich bodenlos ab. Er müsste Medikamente nehmen und er weigert sich. Es ist dieses eine Wort, das immer zusammen mit Psychopharmaka auftaucht: ›vollgepumpt‹. Es macht mich wahnsinnig, wenn das wieder mal in der Zeitung steht.«

Sie hatten öfter diskutiert darüber.

»Vollgepumpt mit Psychopharmaka. Der Albtraum, die Entmündigung, Brave New World. Niemand ist vollgepumpt mit Insulin, Aspirin oder sonst was, bloß mit Psychopharmaka. Dabei ist es, richtig dosiert, der Unterschied zwischen einem selbstbestimmten Leben und der Hölle.«

Natürlich war das nur die eine Seite der Geschichte. Birgit wäre die Letzte gewesen, vor den gesellschaftlichen Zuständen, die Menschen in ihre Klinik schwemmten, die Augen zu verschließen.

Quer durch die gesagten und ungesagten Worte rollte langsam ein Basketball über die Terrasse, hoppelte über die Unebenheiten und parkte schließlich unter dem Salbei, eine der wenigen Nutzpflanzen, die ungehemmt wucherten. Jo und Birgit warteten. Wenig später kam ein Junge um das Hauseck getrabt, soweit er mit den Hosen, die am Po hingen, überhaupt traben konnte. Der Schirm seiner Mütze war in den Nacken gedreht, sein Gesicht war in der Wachstumsphase, in der die Nase über dem Oberlippenflaum unverhältnismäßig groß im Gesicht steht.

»Tschulligung«, murmelte er, schnappte den Ball und verzog sich, so schnell er gekommen war.

»Ein Alien«, grinste Jo, »angekündigt von seinem Sputnik.«

»Wie heißt der gleich wieder? Ludwig?«

»Zur Tarnung heißt er so. Sein eigentlicher Name ist Luki van Dracul, das Grauen der Moped-Nächte.« Sein Motorrad hatte einen Tank mit angedeuteten Vampir-Flügeln.

Während bei Bergers wieder der Ball gegen die Garagentür rumste, begann Birgit endlich, mit Appetit zu essen, hielt aber bald wieder inne und streckte auf ihrer Gabel ein vollständiges, großes Salatblatt anklagend in die Strahlen der untergehenden Sonne. »Wer soll das essen?«

»Megaherbivoren«, sagte Jo. »Riesige, imposante, gefährliche Megaherbivoren wie ich.«

*

JURASSIC PARK IM JACHENSEE

Das war schon mal keine schlechte Überschrift. Der Fotograf hatte sehr schöne Bilder geliefert: die Silhouetten der Tiere mit dem ausladenden Gehörn vor dem glitzernden Wasser, das wollige Fell der Kälber im Gegenlicht.

```
Zu einem Ausflug in die Nacheiszeit luden
der Züchter Sigmund Schmidt und die Untere
Naturschutzbehörde auf die Jachensee-In-
sel.
```

Behauptete Nacheiszeit. Rückgezüchtete Nacheiszeit. Artikelanfang im Imperfekt, auch nicht so toll. Schon hängen geblieben. Also noch mal:

```
Seit fünf Jahren ziehen nun eindrucks-
volle Rinder über die Insel im Jachensee:
Sie ähneln den Auerochsen, die einst ganz
Europa bevölkerten und erst im 17. Jahr-
hundert ausgestorben sind.
```

Ein wenig Recherche hatte er schon im Netz betrieben. ›Pollenanalyse‹ hatte er auch nachgeschaut: ›Durch die Analyse des in Sedimenten und Torfschichten eingeschlossenen und konservierten Blütenstaubs lässt sich die Geschichte des Klimas und der Pflanzenwelt der Fundstelle rekonstruieren. Die Methode wird insbesondere auch bei Funden von Moorleichen angewandt.‹

Moorleichen, das wäre doch was für Johnny Höllgruber. Aber Schluss mit der Googelei, er könnte sich endlos verzetteln. In einer halben Stunde musste er zur

Beerdigung aufbrechen. Also weiter mit der eigenen Schreiberei:

```
Ihre Gestalt durch Rückzüchtung wieder-
herzustellen, hat sich Sigmund Schmidt
zur Aufgabe gemacht. Nun fand er sich mit
der Unteren Naturschutzbehörde zu einem
landschaftlich einmaligen Experiment auf
der Jachensee-Insel zusammen: Ohne Hir-
ten und ohne Stall beweiden die Aueroch-
sen sommers wie winters die Wiesen der
Insel, werfen ihre Kälber …
```

Hieß das jetzt ›werfen‹ oder ›gebären‹ oder ›setzen‹ wie bei den Rehen? Oder ganz anders?

Jo blätterte im Notizblock, durch die offenen Türen hörte er nebenan die Spittler telefonieren: »Und wie hoch ist der Anteil, den die Gemeinde finanzieren muss?« Sie war weiterhin hinter der Jachenkircher Schneekanonen-offensive her. Der Sportredakteur kramte in der Küche, Jo beschloss, dass es Zeit für einen Espresso war. Auf dem Weg stieß er fast mit der Bernbacherin zusammen, die offensichtlich dieselbe Idee hatte.

»So eilig?« Sie lächelte sanft und blauäugig.

»Muss zur Beerdigung.« Er lächelte ebenso sanft zurück. Gib dein Bestes für die Engel. Wer ihr die SMS geschickt hatte, hatte er nie gefragt.

»Das Foto im Nachruf übrigens«, sagte sie, »hat ihn gut getroffen, deinen Freund.«

»Woher weißt du das?«

»Als ich das Foto gesehen hab, ist mir klar geworden, dass ich ihn schon gesehen hab. Er war ab und zu im

›Offroad‹, öfter in der ›Jodelgrubn‹ in Jachenkirch. War kein Kind von Traurigkeit, der Klaus.«

Jo starrte sie an, sortierte im Kopf. »Du hast ihn doch tot gesehen. Hast' ihn da nicht erkannt?«

Sie errötete: »Ich hab nicht so genau hingeschaut … War ja auch zu viel Blut.«

*

Die Adlernase trug ein Trachtenkostüm aus Tuch von so tristem Grau, als hätte sie es extra zu Anlässen gekauft, die ebenso traurig wie offiziell waren. Es war aber gut geschnitten und zusammen mit dem weißen Stehkragen der Bluse machte es genug her, um Jo zu Träumereien anzuregen. Weil sie erstens von einem Trupp teils jüngerer und etwas wettergegerbter Leute begleitet war – ihre Förster, nahm er an – und zweitens Birgit neben ihm stand, blieben sie sehr keusch: Eine solche untröstliche Chefin auf seiner Beerdigung, das wäre mal was. Ihm wurde schlecht bei dem Gedanken an Herzog und was er bei der Gelegenheit für Sprüche absondern würde.

Das halbe Dorf war gekommen, die Blaskapelle spielte so jämmerlich und falsch, wie es sich zu einer Leich gehört. Daneben waren noch Mannen in Tracht, mit Jagdhörnern bewaffnet, aber sie hatten sie noch nicht benutzt. Unter ihnen befand sich der alte Wagner.

»Kommt zu Hilfe, ihr Heiligen Gottes, eilt herbei, ihr Engel des Herrn: Nehmt seine Seele auf; tragt sie vor das Angesicht des Allerhöchsten …« Sie hätten ein bisserl früher da sein sollen, die Engel, ihn sanft runterzutragen ins Griesbachtal. Jetzt hatten sie wohl noch ein ganzes Eck mehr zu fliegen mit dieser unruhigen Seele. Der

Pfarrer war ein Inder, Angehöriger der asiatischen Hilfstruppen des untergehenden Römischen Reiches. In dem sorgfältigen Hochdeutsch eines hochgebildeten Ausländers sprach er die Gebete: »... uns aber, die wir zurückbleiben, gib die Kraft, einander zu trösten ...« Inwieweit seine Worte Widerhall fanden in den Herzen, war nicht auszumachen.

Sie zogen zum Grab. Der Sarg rollte hinter dem Priester und den Ministranten, ein riesiges Gesteck von Blumen hing auf beiden Seiten bis zur Erde und schleifte mit. Dann kamen Lena und Traudl, Manuel schob sich im Rollstuhl mit kräftigen Schüben vorwärts; die kleine Familie war umgeben von Verwandtschaft, ein weißhaariges Paar war dabei, das sich aneinander festhielt, es schnitt Jo ins Herz auch nur hinzusehen: Klaus' Eltern.

Jo hatte den Bichl Sepp schon begrüßt, Sammy war da, der in seinem guten Anzug etwas verkleidet aussah, Pfister und der Send Hans. Jo machte den Hals lang und schaute sich nach Lauterbach um. Endlich sah er ihn ganz hinten am Ende des Zuges, er war wohl im letzten Moment eingetrudelt. Am offenen Grab war nicht genug Platz, die Gesellschaft verteilte sich zwischen Grabsteine und Kreuze. Es war Zeit für die Grabreden. Der Bürgermeister sprach, dann kam die Felleisen mit ihrer Vorgesetzenrede: Werdegang, Laufbahn in der Verwaltung, Würdigung der Verdienste bei irgendwelchen Waldgeschichten und -katastrophen, Wildverbiss, Orkane, gerade rechtzeitig, bevor es endgültig langweilig geworden wäre, kam sie zum Schluss: »Sie haben alle sein Temperament gekannt. In der Zeitung stand, dass der eine oder andere Schöllauer jetzt die Langeweile fürchtet. Nun, es hätte für mich dann und wann ein klein wenig langweiliger sein können mit ihm. Aber man musste ihn nie zum Jagen tragen und dieses Feuer, das er hatte, das wird uns auch bitter fehlen.«

Sie hatte sich an das Gespräch mit ihm erinnert. Sie hatte ihn nicht nur zitiert, sondern dabei sogar zu ihm hergeschaut. Ha!

Zu Jos Überraschung ergriff nun der Bichl Sepp das Wort. Und zwar in offizieller Funktion als Vorsitzender der Waldbesitzervereinigung. Na so was, davon hatte er keinen Ton gesagt.

»Dass i heit die Red hoitn muas, dass mir heit an seina Gruam stengan, des is furchtbar. Der Klaus Herrigl is a Schöllauer gwesn, da geborn und blieben. Mir san zamm in d'Schui ganga, wia damois no in dem kloana Schuihaus vier Klassn warn.

Oan Winter, wos no allawei vui Schnee ghabt hod, is der Schlitten vom Nikolaus vor der Wirtschaft gstandn. Der Nikolaus und die Krampuss' warn drin und ham si aufgwärmt mit am Obstler. Da san mir zwoa higschlichn und ham die Ross ausgspannt. Angst hamma ghabt wia varuckt, weil die Krampuss', die warn ned blos wuid damois, die warn brutal, die ham mit Kettn zuagschlogn, da hast aufpassn miassn. Mir ham gwusst, wenn uns die dawischn, dann samma gliefert. Aba die Idee vom Rossausspanna, die war vom Klausi und die war einfach zu valockend gwesen und die Frag aa, ob mir uns des traun.«

Das war allerdings eine Mutprobe. Krampusse waren geradezu ein archetypischer Kinderschreck und als solche auch in Jos Gedächtnis eingegraben, wie sie mit ihren zottigen Kostümen, den grausigen Masken und dem wüsten Gebaren die winterliche Finsternis bevölkerten.

»Aber zerscht ist ois guat ganga. Mir ham die Gurt aufgmacht und san zruck, hinta am Schneehaufn und ham gspecht, wias laaft. Sie san aus da Wirtschaft kemma, nauf aufn Schlitten, da Nikolaus mit seim goidena Bischofshuat in da Mittn …«

Kein schwachsinniger Weihnachtsmann damals, sondern ein echter Heiliger, umgeben von seinen düsteren Schatten.

»… und hüa! Und da sanns gstanden und die Ross san ab.«

Da und dort war ein Schmunzeln auf den Gesichtern. Man konnte es sich gut vorstellen.

»Und des hod so saukomisch ausgschaut, dass mir laut glacht ham, und des war der Fehler. Die Krampuss' ham uns gseng und ham glei gspannt, wer des gwesen is. Die warn die mehran und links und rechts von der Straß, da war tiafa Schnee, mir ham ned auskenna. Mir san grennt wia die Hasn, aber die ham die längern Fiaß ghabt und san mitsamt die Maskn und ois hinterher kemma. Gschrian hamma vor Angst. Mei Vatta hod uns gheert, is zur Dia und hod aufgmacht. Beinah z'spät wars. Mit die Kettn hams uns no hinterher gschnoizt, mi hams am Hois dawischt, des siecht man no heid …«

Er bog den Kopf zur Seite und zog mit dem Zeigefinger den Hemdkragen weg, an seinem braun gebrannten Hals war ein heller Streifen zu sehen.

»… an Klausi am Hax. Zur Dia samma neigflogn, da Vatta hod zuagschmissn und an Riegl vor und nimma aufgmacht. A Glück, dass die Lädn zua warn, sonst hättns uns no a Fenster eigschlong, so narrisch warns.«

Mit dieser Geschichte hatte der Sepp alle am Haken.

»Des war da Klaus und so isser bliebn. Mit da Schui hod er's ned ghabt, aber mitm Woid. Den Weg won er ganga is, hamma scho gheert. Er hod a guade Frau gheirat, liabe Kinder kriagt, des Haus baut. Dass er von Grund auf die Arwat im Woid glernt hod, is uns alle z'guat kemma. Dass er spater ois Ferschta von am großen Revier seiwa no Hoiz ozeichnen und aushoitn hod miassn, kalkuliern wias ausgeht, des hod uns in der WeBeVau …«

Waldbesitzervereinigung wahrscheinlich, dachte Jo.

»…vui gnutzt. Die Beratung war oiwei rund, a Vaständnis hod er ghabt für die Leit, wo vom Woid aa lebn miassn; wenn a Dochter gheirat hod und wos braucht, nacha hod er gschaut, wias nausgeht, wenn ma Probleme ghobt ham mitm Naturschutz beim Wegbau, nacha hod er a Lösung gfundn, wo sie aa grechnet hod. I denk bloß an die Furt, de wo ma statt der Bruckn baut ham. Dass er nimmer betrieblich beraten soit nach dera Reform, des hodn an Dreck gschert. Wia des geh soi, dass a Ferschta nix mehr song derf übers Hoizmacha und a gsunde Wirtschaft, des soll uns amal oana ausanandersetzn vo die Herrn, die wo si des ausdenkt ham.«

Jo schaute zur Felleisen. Sie schien sich ein Lächeln zu verbeißen.

»Wia wichtig des Jagern is, des hod er vorgmacht. In seim Revier hamma gseng, was des ausmacht und dass ma aa ohne Zäun a Verjüngung herkriagt. Ned alle hod des passt. Des wiss ma. Er hod si aa sonst ned gscheicht, wenn's um an Woid ganga is, dann hod er si mit an jedn oglegt. Des war ned allaweil oafach. A paar ham gmoant, sie miassn aa d'Familie mit neiziang.«

Sepp Bichl drehte den Kopf langsam ein klein wenig, spannte kurz das rechte untere Augenlid und fixierte für eine halbe Sekunde eine Stelle im Publikum. Das genügte. Es war klar, dass er jemanden gemeint hatte, und das ganze Dorf wusste, wen.

»Des war die foische Zeit dafia und die foische Weis. Jezat

is Zeit, dass ma d'Familie mit neiziang auf a guade Weis, dass ma auf d'Familie zuageht und heifa, woma kenna, dass zrechtkemman und dass a Hoamat ham bei uns.«

Der Bichl Sepp machte eine Pause. Und holte dann noch einmal Luft, um alles, was noch nicht gesagt worden war und nicht gesagt werden konnte, zu erledigen.

»Der Klaus war a wuider Hund und is aa a so gstorbn. Es is a Platz auf dera Welt für an wuidn Hund und im Himme aa. Des glaub i, dass eam die Kettn von de Krampuss' vielleicht um d' Haxn schnoizn, aber ins Himmitürl werda einiwitschn, des woas i gwiss.«

Jo schaute unwillkürlich zu dem indischen Pfarrer hinüber, wie die kühne theologische Konstruktion von einem Krampus-Fegefeuer gekoppelt mit Bichl Sepp'scher Heilsgewissheit für wilde Hunde bei ihm ankam. Sein Gesicht zeigte keine Regung und es war fraglich, ob er diesen lokalsprachlichen Ausführungen inhaltlich folgen konnte. Dabei gab es in Indien sicher auch Dämonen, die hießen halt nicht Krampus.

Der Sepp trat hinter den Pfarrer zurück, der nun die letzten Formalien abwickelte. »Wir übergeben den Leib der Erde. Christus, der von den Toten auferstanden ist, wird auch unseren Bruder zum Leben erwecken.«

Der Sarg wurde in die Grube gesenkt und Jo fragte sich, ob dieser Körper auch eine Narbe an den Beinen trug, ein sichtbares Mal, das nun mit der Zeit vergehen würde wie alle Erinnerungen. Lena stand wie versteinert, die Traudl weinte hemmungslos, der Bruder griff rückwärts nach ihrem Arm, zog sie neben den Rollstuhl, sie kauerte sich hin, den Kopf an seine Knie gelehnt.

»Scheiße« dachte Jo. »Scheiße, Scheiße.« Mehr fiel ihm nicht ein.

Die Männer mit den Jagdhörnern bauten sich breitbeinig an der Grube auf und bliesen ein Jagdsignal, das bei allen Ausrutschern einigermaßen noch als solches zu erkennen war.

Weihwasser in die Grube, Weihrauch darüber. »Der Herr nehme dich auf in das himmlische Jerusalem.«

Jo stellte sich an, um Erde in die Grube zu werfen mit dieser seltsamen Ritualschaufel, die außer diesem Zweck keinen anderen haben konnte: Ein winziges Blatt an einem langen, schlanken Stiel. Lena stand daneben und ließ den Beileidsmarathon über sich ergehen, vielleicht war es wichtig, nach dem, was der Bichl Sepp gesagt hatte. Auch Jo schüttelte ihr die Hand, wortlos, er hatte genug mit ihr geteilt.

Nach und nach verließen die Leute den Friedhof, seine Mauer grenzte das Schweigen drinnen von den Gesprächen draußen ab, die sich nun in Grüppchen entwickelten. Birgit wollte Sammy vorgestellt werden, sie hatte quasi ein berufliches Interesse, nach allem, was Jo erzählt hatte.

Dann winkte der Send Hans Jo zu sich her. Er stand mit Pfister zusammen und wollte ein Gedächtnistreffen aushecken, zum üblichen Schafkopftermin oben auf der Hütte. »Der Konrad hat gemeint, wir sollten mit Herrn Pfister was ausmachen wegen den Schlüsseln, falls er nicht kommen kann«, sagte Hans. »Er fährt schon wieder los nach München, irgendein Termin.« Er deutete zum Parkplatz, wo gerade eine dunkle Karosse zur Ausfahrt glitt. Sie war ein eleganter Kompromiss zwischen Gediegenheit und Geschwindigkeit und ihr Motor hörte sich an wie das Grummeln einer gelangweilten Löwin.

»Ein Dienstwagen?«, fragte Jo erstaunt. Ministerium. Konnte ja sein.

Hans winkte ab. »Für einen gewöhnlichen Mineralen? Zur privaten Beerdigung? Nie im Leben. Nee. Der ist ein Geschenk von seiner Frau, damit der Schatzi schneller heimkommt. 20 Minuten vom Autobahnanfang bis zur Jachenkirchener Ausfahrt und dann husch ins Körbchen.«

Das war typisch Send Hans'sches Gerede und Jo fragte sich, ob er mit ihm wirklich noch mal auf der Hütte sitzen wollte. Dennoch sagte er zu. Gar keinen Abschied zu nehmen von diesen Zusammenkünften, fühlte sich auch nicht richtig an.

Dass Lauterbachs Frau den Wagen finanziert hatte, konnte schon stimmen. Als die Kinder aus dem Gröbsten waren, hatte sie sich ohne Berufsausbildung, aber mit einem guten Riecher ein Maklerschild neben die Haustür genagelt und machte mit den 3,65 Prozent Courtage und weiterhin astronomischen Immobilienpreisen im Münchner Süden einen guten Schnitt. Jedenfalls hatte Lauterbach das kopfschüttelnd erzählt.

Stichwort Frau. Jo schaute sich nach Birgit um. Sie stand noch immer bei Sammy und Jo gesellte sich zu ihnen. »Heute ist der traurige Schlusspunkt von Ihrem Einsatz«, meinte Jo.

Sammy lächelte. »Traurig schon, aber nicht der schlechteste. Am schlimmsten wär, wenn wir ihn nicht gefunden hätten. Wenn wir die Suche offiziell aufgeben müssen, dann kann von uns keiner so recht Schluss machen, besonders, wenn man die Angehörigen kennt. Dann geht man doch immer wieder am Wochenend mal hier schaun und mal den Steig und manchmal auch da, wo besser keiner hingehen soll.« Er schaute auf den Saukogel hinüber und schien in Gedanken wegzudriften zu Namen und Schicksalen, die sich zwischen den Felsen für immer verloren hatten. Er wandte sich ihnen wieder zu und sagte: »Heut war ein Abschied.«

*

Birgit und Jo dehnten den Abschied ein wenig. Sie stiegen auf den Kegelberg. Birgit hatte sich den Nachmittag freigenommen. Am Wochenende sollte es regnen, dann würde sie für diese Eskapade büßen und Gutachten für die Krankenkassen schreiben. Wenn sie geglaubt hatte, dass diese Plackerei der Freiberufler in der Klinik ein Ende finden würde, hatte sie sich bitter getäuscht, im Gegenteil: Jede Woche Behandlung musste beantragt und detailliert begründet werden.

Sie hatten Feuerlilien dabei, die in ihrem Garten Ureinwohner waren, eigenständig an verschiedenen Stellen ihre breiten Halme hochschoben und lange genug dem Unkraut trotzten, bis ihnen ein säumiger Mensch zu Hilfe kam. Sie hatten die Blumen nicht in die Grube auf den Sarg geworfen, sondern wollten sie an der Absturzstelle ablegen. »Immer noch besser als grüne Teddybären«, hatte Jo selbstironisch gemeint.

Beim Aufstieg hatten sie wenig gesprochen, sie waren beide nicht trainiert genug, um sich unter der Anstrengung zu unterhalten. Schweigend passierten sie die Hütte, die mit geschlossenen Fensterläden zurückschwieg. Nur der Brunnen plapperte ungeniert vor sich hin. Sie liefen das Stück auf der Forststraße bis zur Serpentine. Linkerhand sah Jo einen mit Wellblech geschützten Holzstoß, Simmerls Computerversteck. Er fand den Anfang des Pfades, dessen Wurzeltreppen durch den Wald zur Felskanzel führten. Und als sie über eine letzte Stufe den Wald verließen und ins Freie traten, sahen sie, dass sie nicht die Ersten waren, die Blumen hierhergebracht hatten. Ein Strauß Rosen lag auf einer der Steinplatten, dahinter öffnete sich der endlose Raum.

Birgit atmete tief: »Mein Gott, was für ein Platz zum Sterben.«

Sie legten die Lilien neben die Rosen, setzten sich und blickten eine Zeit lang über das Griesbachtal. Schließlich streckte Jo sich im Gras aus und schaute in die Wolken, während Birgit wilde Erdbeeren entdeckt hatte und die nähere Umgebung danach absuchte.

»Ich hätte mich das nie getraut: den Krampussen die Pferde ausspannen.« Vor Jos geistigem Auge erstand die Szene so lebhaft, dass er schier eine Gänsehaut bekam. »Wenn ich mir vorstelle, die kettenschwingenden, zottelfelligen Dämonen jagen mich, brüllend vor Wut, eine nächtliche Straße runter, ich glaub, ich wär als Kind den Vagus-Tod gestorben. Von so was kriegt man doch ein posttraumatisches Belastungssyndrom.«

»Nö«, sagte Birgit und genoss das Aroma einer weiteren Erdbeere. »Im Gegenteil. Erstens: Wer die Mächte der Finsternis herausfordert, darf nicht ganz ungeschoren davonkommen; und vor allem zweitens: Die Geschichte hat eine perfekte Katharsis: Der Vater bietet die Zuflucht. Er hört sie, öffnet ihnen und schützt sie. Das ist eine so starke Geschichte, erlebte Geschichte, dass sie dem Bichl sozusagen ein transzendentes Urvertrauen verschafft hat. Vielleicht …« Birgit kämmte mit den Fingern durch die Kräuter, »… suchen die Jungs genau so ein Erlebnis, wenn sie sich stundenlang am Computer mit irgendwelchen Orks rumprügeln. Na, so was«, beendete sie plötzlich ihre Ausführungen, krabbelte auf allen vieren zu Jo und hielt ihm etwas vors Gesicht. »Was ist denn das?«

Es waren zwei Knöpfe, offensichtlich aus Silber und gehämmert. Ein Knopf war etwas größer als der andere, jeder hatte in der Mitte eine Öse und die beiden Ösen waren durch ein Ringlein miteinander verbunden.

Jo setzte sich auf. »Zeig mal her.« Und dann: »Das ist ein Manschettenknopf. Mein Vater hat so welche gehabt, weil die auch zu seinem Trachtenanzug gepasst haben.« Jo schaute Birgit ein wenig ratlos an. »Ein teures Stück. Handgemacht. Wer trägt so was am Berg?«

»Vielleicht der, der die Rosen raufgebracht hat.«

»Rosen von einem Mann für einen Mann?« Jo schüttelte den Kopf. »Andererseits, lang kann der Knopf nicht da liegen. Die Polizei hat doch hier alles abgesucht.«

»Die können den schon übersehen haben«, meinte Birgit. »Wenn die so zwischen den grauen Kalksteinchen liegen, schauen sie aus wie Steine.«

»Gibt es so was wie ein Fundamt in Schöllau? Vielleicht auf dem Rathaus.« Jo steckte die Silberknöpfe ein mit dem vagen Vorsatz, sie irgendwo, irgendwann abzuliefern, viel zu vage, um je umgesetzt zu werden, wie Birgit genau wusste.

»In einem Jahr kannst du mir Ohrringe draus machen lassen«, sagte sie.

*

Es ging auf Jos freien Freitag zu und die Auerochsen hatte er nicht ganz fertig. Andere Themen waren dazwischengekommen und Jo hatte sich gern ablenken lassen.

»Du bist immer noch dran«, stellte Lehner fest, als er

141

vor der Konferenz hereinschaute. Ein Riesenfoto über vier Spalten prangte schon im Layout auf dem Bildschirm, die Herde im Gegenlicht, darunter murkselte Jo vor sich hin. »Irgendwie fehlt mir was, eine Grundlage, eine Klammer, eine Perspektive. Der eine sagt dies, der andere das …«

»Dann schreib doch: ›Herr X sagt dies, Frau Y sagt das‹.« Lehner rieb sich die Nasenwurzel. »Machen wir je was anderes?«

»Eh! Ständig!«

Lehner grinste freudlos. »Ist mir noch nicht aufgefallen«, murmelte er.

Diesmal geriet die Konferenz zum Brainstorming über die neue Serie.

›Wegkreuze‹ und ›Marterln‹ war der Vorschlag von Hannelore gewesen, aber das fanden die meisten zu heimatkundlich. Als sie darauf hinwies, dass es auch moderne Marterln gab an den Straßen, Gedenkstellen, die an Verkehrsunfälle erinnerten, fanden dies wieder alle zu makaber.

›Mein grünes Heim‹ schlug jemand vor. Unter dem Titel könnte man außergewöhnliche Gärten und ihre Besitzer darstellen. Lehner, der Jos Garten kannte, bekam einen Hustenanfall, Jo presste die Lippen zusammen.

Die rot-weißen Absperrbänder flatterten, Kommissar Sauerbier beugte sich über die undeutliche Erhebung, in der der Gerichtsmediziner mit der Harke herumkratzte. »Ich kriege die Leiche kaum aus den Wicken raus. Völlig durchwurzelt schon.« Aber die Form des Schädels war unverkennbar. Sauerbier erbleichte: »Mein Erzeuger!«

»Ist halt nur interessant für Leute, die Gärten haben«, meinte Hannelore.

›Wasseradern‹ lautete die Idee des Sportredakteurs. Er war begeisterter Kanu- und Kajakfahrer. »Dann kannst du alles allein schreiben«, maulte die Bernbacher, aber schnell entspann sich eine Diskussion, die zeigte, wie vielschichtig das Thema war: Von alten Handelswegen und Mühlen war die Rede, von Stauwehren, Schleusen und Hochwassern, von Flussauen und Fischern, von alten Furten und neuen Brücken.

»Ich glaube, wir sind da fündig«, beendete Herzog den Austausch. »Wir bräuchten zum Einstieg eine Art Übersicht über den Landkreis. Und das, glaube ich, dürfte am schwierigsten sein. Das zu schreiben, ohne dass es sich wie eine Stunde Erdkunde in der Grundschule liest.«

Herzog hatte recht. Keiner war scharf darauf, diese Einleitung zu schreiben.

»Viel Feind, viel Ehr«, hörte Jo Lehner sagen. Und alle applaudierten ihm.

»Das Problem«, sagte Lehner in der Mittagspause und klaubte sich eine Peperoni von Jos Pizza, »das Problem ist doch die Abstraktion. Eine Übersicht über den Landkreis, das ist diese komische Vogelperspektive mit Buntstiften, diese sogenannten blinden Karten, die wir in der Schule ausfüllen mussten, krakelige blaue Striche, wo wir dann ›Schöllach‹ hinschreiben sollten und ›Lech‹. Was hat das schon mit dem echten Wasser zu tun, dem Plätschern und den Schifferln und allem. Ein blöder Strich und eine Schulnote.«

»So was macht man doch heute mit Google Earth«, sagte die Bernbacherin verächtlich.

»Stehen da die Namen der Flüsse drin?«, fragte Jo.

Sie zuckte die Schultern. »Weiß nicht.«

»Und wahrscheinlich ist genau das ein tief liegendes Problem, aber ich bin zu faul, danach zu suchen«, sagte Jo und haute Lehner auf die Finger, der unter dem Deckmäntelchen der Zerstreutheit nach der nächsten Peperoni angelte.

*

Jo war eigentlich nicht zu faul, nach tief liegenden Problemen zu suchen. Ganz im Gegenteil: Er hatte sich von seiner Teilzeitstelle erhofft, dass er die Muße finden würde, sich in Ruhe mit etwas zu befassen, ein Luxus, der Journalisten mehr und mehr verloren ging.

Die Auseinandersetzung auf der Jachensee-Insel, das war nicht schlicht: ›Die Drössler ist daneben‹ oder ›Die Waldlobbyisten sind böse‹. Nach seiner Erfahrung war das nur die Gestalt, in der wahrscheinlich ein tiefer liegender Konflikt auf der lokalen Ebene erschien. Die Drösslers dieser Welt mussten die Möglichkeit haben, daneben zu sein, und die Waldlobbyisten einen Grund zum Bösesein.

Jo war mitsamt seinem unerledigten Auerochsen unterwegs nach Hause, bog aber an der zentralen Ampel und Staustelle Werdenheims ab in Richtung Forstamt, wo er dann am Parkplatz ein wenig unschlüssig im Auto sitzen blieb. Die Felleisen könnte ihm vielleicht noch was über die Jachensee-Insel sagen. Er war nicht angemeldet bei ihr, vielleicht war sie gar nicht da oder sie musste ihm wieder mit dem Blick auf die Uhr eine Abfuhr erteilen. Gleich würde Höllgruber auf dem Beifahrersitz erscheinen und blöd daherreden, entweder er stieg aus oder er fuhr wieder. Aber als er eben nach dem Zündschlüssel griff, klingelte das Handy. Jo angelte es aus dem Sakko, schaute aufs Display und ließ es mit einem unterdrückten Schrei fallen, als wäre es glühend heiß.

Klaus. Klaus' Nummer. Von einem Handy, das es in der Hosentasche des Toten zerschmettert hatte. »Ich will keine Anrufe aus dem Jenseits!«, dachte Jo. »Ich bin kein Medium, verpiss dich!« Aber das Gerät vibrierte und dudelte unbeeindruckt weiter zwischen Jos Füßen. Jo starrte erbittert nach unten: Es war heller Tag, kein Räucherstäbchen brannte, kein Kapuzenmönch ging vorüber und dieses Ding machte sich über ihn lustig. Dann eben. Er langte danach, aber, behindert vom Lenkrad, konnte er es nicht erreichen. Er stieg aus, beugte sich in den Fußraum und da war es schon zu spät: Das Klingeln hörte auf, die Mobilbox hatte sich eingeschaltet.

Was würde da drauf sein? Sphärenklänge? Oder Sankt Petrus: »Bei mir sitzt ein gewisser Klaus Herrigl, der meint, dass Sie dafür bürgen würden, dass er im Himmel keinen Quatsch macht.«

»Herr Murmann? Wollten Sie zu mir?«

Die Felleisen stand hinter ihm, in der Hand einen Autoschlüssel. Offenbar gehörte ihr der etwas mitgenommene Kombi daneben.

Jo streckte ihr das Handy entgegen. »Das hat gerade geklingelt. Mit der Nummer von Klaus …« Er brach ab, fühlte sich ziemlich seltsam. Ich habe grade ein UFO gesehen. In meinem Auto sitzt ein grünes Männchen. Ausgerechnet vor ihr stand er jetzt da wie ein Eso.

Sie schaute aufs Display. »Seine Dienstnummer ist das nicht. Könnte ja sowieso nicht der Fall sein, das Handy ist beim Absturz zerstört worden.«

»Er … er … er hatte ein extra Diensthandy?«

»Ja, manche Mitarbeiter ziehen das vor. Es gibt weniger Abrechnungsprobleme.«

Jo blies erleichtert die Luft aus, die Felleisen lächelte.

»Wussten Sie das nicht? Hat Sie das Klingeln erschreckt?«

»Das hat es.«

Gut. Handy nicht kaputt, irgendjemand benutzte es, der konnte auf die Mailbox sprechen, jetzt musste er die Felleisen an den Haken bekommen.

»Ich war zu einer Führung auf der Jachensee-Insel. Und es könnte sein, dass Sie Besuch von der Polizei bekommen. Wegen einem Holzrückeschlitten.«

*

Sie waren ins Büro zurückgegangen. Während der Computer hochfuhr, erzählte Jo von der Exkursion auf die Insel und von dem Streit mit Wagner.

»Der gute Wagner, der Bruder aller Raubtiere«, sagte die Felleisen. »Hat er wieder von Großvater Wolf geträumt? Onkel Luchs, Vetter Falke?«

Jo nickte.

»Dabei übersieht er, dass der Herr Schmidt die Füchse liebt. Innig liebt er sie.« Die Felleisen lachte angesichts Jos fragender Miene und wandte sich dem Computer zu: »Die Füchse liefern ihm das Argument dafür, warum die Zäune weg sollen. Und wenn die Zäune fallen, dann könnte das nicht nur ein bisschen Schatten für seine Ochsen abgeben, sondern auch einen warmen Geldregen.«

Sie klickte durch eine Sequenz von Mausbefehlen. Jo bemerkte ihre kurz geschnittenen Fingernägel und ein paar Altersflecken auf dem schmalen Handrücken. Dann drehte sie den Bildschirm so, dass Jo das Bild gut sehen konnte. Es war ein Luftbild der Jachensee-Insel.

Die Felleisen räusperte sich. »Sie haben da einen schönen Nachruf geschrieben. Ich nehme an, ich kann mich auf Sie verlassen. Dieses Bild ist nicht auf Google, sondern auf LaFIS, ein behördeninternes Programm.«

Sehr gut. In der Pressearbeit wäscht eine Hand die andere, er hatte eine Masche im Informationsnetz gewonnen. Felleisen klickte mit der Maus, über die Wiesen der Insel im blauen See legten sich grellgrüne Schraffuren.

»Sie sehen, Schmidt bezieht Subventionen für die Weiden. Bei zehn Hektar ergibt das etwa 7.000 bis 9.000 Euro pro Jahr, Betriebsprämie, Ausgleichszulage und Flächenprämie werden sich etwa auf den Betrag summieren.«

»INVEKOS?«, fragte Jo aufs Geratewohl.

Felleisen nickte. »Die Kollegen von der Landwirtschaft würden nun auch weitere Details sehen, die gezahlten Summen und den Namen des Betriebs; wir hier sehen links nur die Betriebsnummer.« Sie deutete auf eine ziemlich lange Zahl. »Wenn Sie in der Zeitung behaupten wollen, dass Herr Schmidt Subventionen bezieht, müssen Sie ihn selbst fragen. Hier haben Sie nichts gesehen. Jetzt nehmen wir an, Schmidt setzt die Waldweide durch – ob er das kann, ist die andere Frage, aber nehmen wir das mal an.« Sie setzte den Cursor auf den Rand eines Waldstücks, umfuhr es und eine Zahl erschien in einem Fenster. Dasselbe praktizierte sie mit den beiden anderen Wäldchen auf der Insel.

»15 Hektar«, sagte sie. »Weil es keine Gebirgs-Alm ist, kriegt er zwar nichts über INVEKOS, aber Frau Drössler dürfte da mit den entsprechenden Förderungen aus dem Landschaftspflegeprogramm einspringen. Gibt auch so 700 Euro pro Hektar. Ein nettes Taschengeld, das der Herr Schmidt bekommen würde, ohne einen Finger mehr als bisher zu rühren.«

»Gibt's keine Subventionen für den Wald als Wald?«

»Für einzelne Maßnahmen schon, wenn Sie einen Mischwald pflanzen zum Beispiel oder für Jungwuchspflege. Aber das fällt selten an. Für Wiesen gibt's jedes Jahr was.«

Sie fuhr mit der Maus über das Pad und auf dem Bildschirm witschte der Blick über das Land ein Stückchen weiter, wo es noch unschuldig und unschraffiert zuging.

»Ich versteh diesen ganzen Konflikt noch nicht. Der Wagner meint, die Waldweide sei schädlich und das Waldgesetz stehe auf der Bremse. Dann wieder gibt's im Gebirge offensichtlich eine Menge Waldweide und jetzt Geld dafür, das INVEKOS-Dings. Die ganze Geschichte, die Klaus so aufgeregt hat, dass ...« Jo konzentrierte sich, um die Sache richtig zusammenzukriegen, »... dass erst die Waldweide subventioniert worden ist, damit die Bauern nicht roden, und dann die subventionierten Flächen zum Nicht-Wald erklärt worden sind ...«

Felleisen hob die Augenbrauen. »Sie haben sich schon etwas schlaugemacht?«

»Der Herr Bichl hat's mir erklärt.«

»Sie kennen Herrn Bichl? Ein guter Kopf und ein begnadeter Redner, im Gegensatz zu mir.« Sie seufzte, Jo grinste, er konnte nicht widersprechen.

Dann schaute sie auf die Uhr. Einmal wollte er erleben, dass diese Frau nicht auf die Uhr schaute. Sie bemerkte seinen Blick und lächelte verlegen. »Es ist nicht, dass mir Ihre Gesellschaft unangenehm ist, ich versuche nur abzuschätzen, wie weit ich ins Thema einsteigen kann. Also.

Zunächst mal: Woher die Waldweide überhaupt. Das sind alte Rechte. Sehen Sie, Wälder und Menschen in Deutschland, die haben eine gemeinsame Geschichte, die sehr alt ist. Und die Rechtskonstruktionen, die sie regeln, sind auch uralt. Es gibt für die Nutzung mancher Gemeindewälder mündliche Rechtstraditionen, die vermutlich aus dem Hochmittelalter stammen und bis heute gelten. Die Weiderechte im Gebirge stammen aus der Zeit vor der Säkularisation, also bevor 1803 die Kirchenbesitztümer aufgelöst wurden und die Klosterwälder in Staatsbesitz übergegangen sind.« Die Felleisen wandte sich kurz zu ihrer Kartenübersicht an der Wand und wedelte mit der Hand in Richtung der großen gelben Flächen: »Die meisten Staatswälder waren einst Kirchenbesitz.«

Während Jo die Stichworte ›Säkularisation-Staatswälder‹ notierte, hüpften in seinem Hinterkopf Woodward und Bernstein herum und schrien: »Hübscher Vortrag, aber sie hat wenig Zeit und dieses LaFIS wird sie vielleicht nie wieder hochfahren für dich. Schau, dass du sie dahin zurückbringst. Hol da alle Infos raus, die du kriegen kannst.«

»Die Bauern, die Hintersassen der Klöster waren«, fuhr die Felleisen fort, »hatten in den Klosterwäldern Weide- und Holzrechte. Und als nun die Wälder in Staatsbesitz übergingen, bekamen sie je nach dem Umfang ihrer Holzrechte eigenen Waldbesitz zugemessen. Damals entstand also auch ein Großteil des privaten Waldbesitzes der Bauern. Die Weiderechte aber blieben als solche bestehen und belasten deswegen heute noch überwiegend Staatswald und Gemeindewälder. Diese alten Weiderechte sind eine Art Besitz und können nicht einfach abgeschafft werden, ohne einen Ersatz oder eine Entschädigung zu bieten.«

Jo hatte das Gefühl, juristisch irgendwie im Wohnzimmer vom Bichl Sepp gelandet zu sein, wo uralte Schränkchen in die Wand eingemauert waren.

»Die Ausübung und die freiwillige Ablösung dieser Rechte regelt ein eigenes Forstrechtegesetz. Der erste Satz dieses Gesetzes lautet: ›Neue Forstrechte werden nicht erstellt.‹ Sie sehen, da hat man den Weg zurück in die Vergangenheit verbarrikadiert. Die Auswirkungen der Weide auf den Wald sind langfristig dokumentiert: Trittschäden an den Wurzeln und Fäulnis, Entzug der Nährstoffe und vor allem die Zerstörung der Verjüngung, eine Sache, die im Bergschutzwald ohnehin immer sehr kritisch ist. Viele Rechte sind deshalb abgelöst worden, viele existieren noch.«

»Kann man diese Rechte auf dem Computer sehen? Ich meine, sind die auch schraffiert irgendwie?«

»Nein.« Sie schaute ihn an und Jo hatte den Eindruck, dass sie sehr genau wusste, worum es ihm ging. Ein Mundwinkel zuckte fast unmerklich. Mist. Doch kein LaFIS mehr. Gleich würde sie wieder auf die Uhr schauen. Er musste sie ein bisschen mit Konflikt füttern.

»Die Frau Drössler ist aber nicht der Ansicht, dass so ein bisschen Weide dem Wald schadet.«

»So … die Frau Drössler … meint … das … nicht.« Die Felleisen schwieg und ihre Adlernase schien etwas schmaler zu werden und sich noch entschiedener zu krümmen. Das Schweigen wurde länger, in ihrem Gehirn schien eine Diplomatenfunktion aktiviert worden zu sein, die einige Worte löschte. »In bestimmten Situationen tatsächlich nicht«, sagte sie schließlich.

Jo lehnte sich zurück und würfelte die Informationen im Kopf herum. »Da ist auf der Jachensee-Insel eine Konstellation, die ich nicht verstanden hatte: der Wald, die Weide, der Naturschutz und diese Reibereien. Und jetzt ist da plötzlich INVEKOS und Geld; und Geld erklärt meistens ziemlich viel.« Jo senkte den Kopf und massierte die Nasenwurzel wie Lehner. »Also, da ist die Möglichkeit, Geld zu kriegen, Subventionen …«

»… und zwar entschieden mehr Geld, als der Wald hergeben würde«, ergänzte die Felleisen. »Das Grundproblem, auch wieder wie überall auf der Welt: Der Wald leistet ökologisch am meisten, was Klima-, Wasser- und Erosionsschutz et cetera anbelangt, aber andere Landnutzungsformen sind finanziell interessanter. Aus dem Grund braucht der Wald gesetzlichen Schutz, das Verbot, ihn ohne Erlaubnis zu roden zum Beispiel. Und deswegen wird immer wieder irgendwie versucht werden, diesen Schutz zu unterlaufen.«

»Und der Naturschutz …«

»Ist zurzeit der Rammbock. Er liefert Argumente. Das Stichwort ist Biodiversität, Artenvielfalt. Und in der Sache ist der Wald sperriger als die Blumenwiese. Weniger Pflanzenarten am Boden, die Musik spielt sozusagen oben in den Wipfeln; Moose, Flechten, Insekten, Vögel, vieles oben in den Baumkronen. Keine bunten Schmetterlinge, die dem Wanderer vor den Füßen gaukeln, sondern eher seltsame Motten; oft auch Qualität vor Quantität, nicht so viele Arten, aber welche, die es eben nur in dem Wald gibt und nirgendwo sonst. Jedenfalls, die Magerwiesen sind hübsch und haben eine hohe Biodiversität von Pflanzen und Insekten und noch mehr, wenn ein paar Bäume draufstehen. Und das ist das Argument gegen den dichten Wald. Als diese INVEKOS-Änderung des Bundeswaldgesetzes diskutiert wurde, konnten da Leute plötzlich ›Biodiversität‹ buchstabieren, die sich früher den Mund mit Seife ausgewaschen hätten, wenn sie das Wort über die Lippen gebracht hätten. Plötzlich hat sich der ganze Almwirtschaftliche Verein als naturschützerisches U-Boot geoutet.« Die Felleisen schnaubte.

»Und der zweite Grund ...«, sie seufzte. »Kompetenzgerangel, angeheizt durch immer knapper werdendes Land. Wissen Sie, was ökologische Ausgleichsmaßnahmen sind? Immer, wenn irgendwo was gebaut wird, eine Straße oder sonst ein Eingriff in die Landschaft, soll der Eingriff ausgeglichen werden. Eine Art Ablasshandel. Die Eingriffe hören nicht auf und die Flächen, die man zum Ausgleich irgendwie ökologisch verbessern kann, werden immer knapper. Eine Zeit lang hatte Frau Drössler die Idee, einer Gemeinde Waldrodung im Schutzwald, *im Schutzwald*«, die Felleisen schien noch in der Erinnerung die Fassung zu verlieren, »als Ausgleichsmaßnahme vorzuschlagen. Sie hat behauptet, dass da früher kein Wald war, und wollte wieder eine Magerwiese.«

»Wegen der Megaherbivoren«, bemerkte Jo fröhlich.

Es wirkte. Die Felleisen schob das Kinn vor, griff abrupt nach der Computermaus und auf dem Luftbild legten sich wieder die grellgrünen Schraffuren über die Wiesen. »Da! Alles Megaherbivorenland. Hochsubventioniert. Fette, artenarme Wiesen für zigtausende Methanfurzende Megaherbivoren. Soll sie doch da ihre Ausgleichsmaßnahme veranstalten, das wär mal sinnvoll! Warum geht's nicht? Weil sie weder politisch noch finanziell an diese Flächen rankommt, deshalb. Und jetzt kommt sie mit dem Bulldozer der Landwirtschaftssubventionen und will in den Wald rein. So ist das.«

Sie hatte die Maus in der Hand. Schnell!

Jo beugte sich vor: »Da sind so einzelne Baumgrüppchen in den Wiesen, die sind da mitschraffiert.«

»Werden mitsubventioniert als sogenannte Landschaftselemente, damit die Bauern sie stehen lassen. Dafür bin ich aber nicht zuständig.«

Und mit diesen Worten klickte sie das ganze Programm weg. Ende der Vorstellung.

»Nun, vielen Dank«, sagte Jo und versuchte, sich schneller zu erheben als die Felleisen. »Mit den Auerochsen werde ich jetzt schon fertig werden. Aber wegen der INVEKOS-Flächen könnte ich noch ein paar Fragen haben.«

*

Johnny Höllgruber wartete schon auf dem Beifahrersitz und grinste anzüglich.

»Na? Schon ein Date für das nächste Rendezvous ausgemacht?«

»Klappe. Ich muss ins Jenseits telefonieren.«

Das Jenseits aber war unhöflich und drückte Jos Anruf einfach weg. Nach zweimal Klingeln schaltete es auf ›Hier ist die Mobilbox von‹ und dann kam ›Klaus Herrigl‹ mit der Stimme von Klaus Herrigl, den sie gestern im Friedhof von Schöllau eingegraben hatten, ein digitaler Wiedergänger aus der Wolke von Spuren, die ein Mensch auf der Erde hinterließ. Jo musste erst diese akustische Begegnung seelisch verdauen, dann hörte er die eigene Mobilbox ab. Nichts war dort hinterlassen als das mechanische ›Ein Anruf von‹ und dann Klaus' Nummer.

Jo schmiss das Handy auf den Beifahrersitz und fuhr
los.

»Keine Zeit, was?«, sagte Johnny. »Er gibt grad sein
Bestes für die Engel.«

»Witzbold«, knurrte Jo.

Johnny ließ das Fenster herunter. Die kühler werdende
Abendluft wehte herein und Johnny hielt den Arm weit
raus: »Da ist 'ne Wiese. Fahr mal dicht am Straßenrand.
Ich will sehen, ob es meinen Arm grün schraffiert.«

»Denk mal lieber nach, warum mich da jemand anruft
und dann gar nicht mit mir sprechen will.«

»Elementary, my dear Watson. Der Jemand wollte nur
wissen, wer drangeht. Der Jemand checkt gerade alle
Nummern durch, die der gute Klaus vor seinem Ableben angerufen hat oder die ihn angerufen haben. Bei deiner Nummer ging die Mobilbox dran, da hat er deinen
Namen gehört und das reicht ihm schon.«

Jo dachte nach. Er war wohl einer der letzten Anrufer
an dem Tag, er hatte von der geschlossenen Schranke aus
telefoniert und das Handy war ausgeschaltet gewesen.

»Und wer …, ich meine, warum?«

Johnny fuhr den Beifahrersitz zurück, legte die Füße
aufs Armaturenbrett und sagte: »In meinem Metier sind
das meistens Göttergattinnen auf der Jagd nach den Puppen ihrer Gatten.«

»Ratte«, knurrte Jo, »nimm die Füße runter.«

*

Birgit schlief nicht. Neben ihr schnaufte Jo tief und langsam, seine Schnarchphase beim Einschlafen war schon
lange vorbei. Er war bei dieser Forstfrau gewesen, rein

beruflich natürlich, er hatte davon etwas zu leichthin und ausführlich erzählt, nach dem Motto: ›Du siehst, es gibt keine Heimlichkeiten‹. Nicht, dass es ihr wirklich Sorgen machte, aber sie musste ein Auge darauf behalten. Wenn das nicht aus dem Ruder lief – und bisher war noch nie etwas aus dem Ruder gelaufen –, dann hatte die Sache auch ihre Vorteile: Sie musste dann nicht mit den frischen Hemden und der Nagelbürste hinter ihm her sein; dazu hatte sie jetzt eh kaum mehr Zeit und Energie, abgesehen davon, dass er bei der jetzigen Arbeitsteilung ohnehin und ausschließlich für seine Hemden selbst verantwortlich war.

Es waren angenehme Überlegungen im Vergleich zu dem düsteren Dilemma, das sie vorher so lange wach gehalten hatte, und so glitt sie endlich in den Schlaf hinüber. Neben ihr auf dem Nachtkästchen lag die Lektüre noch aufgeschlagen, mit der sie sich hatte ablenken wollen, eine der Detektiv-Geschichten von Pater Brown, die sie liebte: ›… in seinem Traum erschien es ihm, als ob eine riesige murmelnde Maschine unter der Erde ganze Landschaften hierhin und dahin bewegte, sodass die Enden der Erde im Vorgarten eines Menschen auftauchen mochten oder sein Vorgarten bis jenseits der Meere verschoben würde …‹

Leutselig-Schnurrenberger saß auf dem Terrassentisch, von dem ihn die Menschen am Tag immer herunterschubsten, und beobachtete den Garten, ob sich irgendetwas vielleicht so bewegte, wie der Wind es nicht bewegen würde.

Im Haus 3 der Psychosomatischen Klinik Werdenheim lag der Auserwählte wach. Sie verstanden den Zusammenhang der Dinge nicht, sie sahen nicht, was er sah, sie durften nicht merken, dass er die Erlöserin beobachtete. Aber als er sie heute gesehen hatte, hatte sie eine blaue Bluse getragen, das war das Zeichen, es gab keinen Zweifel.

Auf der Jachensee-Insel kreisten die Fledermäuse um die Kapelle. Der Nachfolger des alten Stiers hatte die Rangfolge in der Herde heute klargemacht, lag nun im kühlen Gras und genehmigte sich einen großen Rülpser aus seinem Pansen, um ihn genüsslich wiederzukäuen.

Überm Treidelmoos ging der Mond auf. Doktor Hebel saß auf seinem größten Hochsitz und fluchte. Der Jackl war nicht gekommen, er war schon wochenlang nicht mehr gekommen und die Wahrscheinlichkeit verdichtete sich allmählich zur düsteren Gewissheit, dass er über die Grenze in den Staatswald gelaufen war, und dann hatte ihn der Pfister, der Sauhund, erwischt. Jackl war ein Zukunftshirsch. Hebel hatte ihn gefüttert und beobachtet, winterlang die vielversprechenden Geweihspitzen gezählt, sich ausgemalt, wie er mit dieser Traumtrophäe auf der Hegeschau erscheinen würde, noch ein Jahr, es wäre so weit gewesen, die Punktzahl hätte sich mit denen ungarischer Jagden messen können. Und jetzt, alles umsonst, der Pfister hatte ihn weggeschossen. Ein Fall für die Presse war das, fürs Fernsehen, er würde seine Beziehungen spielen lassen, unter Franz-Joseph Strauss hätte es so was nicht gegeben, gewiss nicht.

100 Meter weiter schob sich ein Maronenröhrling langsam ein kleines Stückerl weiter durch die trockenen Fichtennadeln nach oben. Er hatte grade wieder ein paar Cäsium-Atome eingebaut, die vor einigen Jahren von ziemlich weit her reingeweht waren, sie kamen ihm gerade recht, weil auf dem sauren Moorboden das Calcium selten war und das Cäsium ließ sich ganz genauso hernehmen. Die Nornen strickten gerade an dem Schick-

sal einer gewissen Elisabeth Müller und überlegten sich, ob sie den wunderschönen Pilz in zwei Tagen mitnehmen und verspeisen sollte, aber stattdessen kam eine Tochter vom Jackl vorbei und fraß das gute Stück gleich.

In München schaltete Konrad Lauterbach den Fernseher in seiner kleinen Stadtwohnung aus, ging ins Bad und schluckte eine Schlaftablette, denn anders ging's eh nicht.

Am Flughafen von Bejing scheuchte Bao Xing die aufgeregten Teilnehmer der chinesisch-deutschen Forstexkursion vor sich her. Er hatte sich sehr auf die Reise gefreut, wünschte sich jedoch, dass er die Verantwortung für die ganze Aktion nicht am Hals hätte. Frau Lui hatte hochhackige Schuhe an, wie immer. Und wie er sie kannte, hatte sie keine anderen dabei, obwohl er darauf hingewiesen hatte, dass man auch bei schlechtem Wetter im Freien unterwegs sein würde. Herr Wang hatte sich einen nagelneuen Koffer zugelegt, extradick, die Gastgeschenke waren drin, die geschnitzten und lackierten Kämme aus Holz, die kleinen Wandteppiche mit den Pandabären, die Teepäckchen. Hoffentlich gab es kein Problem mit dem Gewicht. Deutschland, das Land von Fen Tsel. Unter diesem Namen kannte er den Förster, dessen Denkmal vor seiner Forstschule in Xian stand. Ein Konsulent hatte ihm die deutsche Aussprache beibringen wollen, in englischen Buchstaben aufgeschrieben ›Finzer‹, aber das war im Grunde ja gleich. Interessante Forstwirtschaft jedenfalls, aber schlechtes Essen, barbarische Stücke Fleisch, eintönige Beilagen, na ja, man würde schon durchhalten, es gab ja auch chinesische Lokale.

In der Jodelgrubn wurde es grade erst zünftig. Der Send Hans schwenkte die Hüften im Salsa-Rhythmus, während weiter hinten an der Bar eine junge Frau an einem Spezi nippte und zwei gut aussehende Männer in ein Gespräch verwickelte. »Naa, ehrlich?«, hätte man sie sagen hören, wenn man denn nahe genug dabeigestanden wäre, denn die Musik war ziemlich laut und man hätte meinen können, dass sie errötete, aber die Beleuchtung war ohnehin rot.

Weit oben im Saukogel rieselte Wasser in einen Spalt, den es vor zehn Jahren noch nicht gegeben hatte. In diesem Winter würde es gefrieren und den Fels ein klein wenig auseinanderdrücken. In 200 Jahren würde ein großes Stück der Wand zu Tal stürzen, aber die Nornen waren mit dem Menschenstrickzeug noch nicht so weit voraus und wen es dabei erwischen würde, war ungewiss.

*

Der Ministerpräsident von Nepal war zurückgetreten, der Rettungsschirm war auf 440 Millionen Euro erhöht worden, in Tel Aviv kampierten junge Leute auf der Straße.

Niki Lehner saß beim Samstagsfrühstück und genoss es, die Zeitung als Konsument zu lesen. Auf der letzten Seite des Hauptteils des Werdenheimer Boten stand wieder der Dauerbrenner:

HEISSE SPUR IM
CHIEMGAUER MÄDCHENMORD

Polizei fahndet nach rotem Kombi mit
Rosenheimer Kennzeichen

Zwei Wochen, nachdem die vermisste
Christa Perlinger am Wanderparkplatz im

Westenheimer Ried tot aufgefunden wurde,
arbeitet die SOKO Distel weiterhin mit
Hochdruck an der Lösung des Falles. Die
Sonderkommission verdankt diesen Namen
einer Distel an der Kleidung der Ermordeten. Sie ist ein Hinweis darauf, dass
die Tat nicht am Fundort der Leiche ver-
übt wurde, an dem eine solche Pflanze
nicht vorkommt. Bei der Fahndung nach dem
Fahrzeug, in dem die Leiche zum Fundort
verbracht worden war, stieß die Polizei
nun auf eine wichtige Spur …

Et cetera pp.

Lehner fischte den Lokalteil heraus. Die Auerochsen
prangten auf der ersten Seite der Wochenendausgabe:

JURASSIC PARC AUF DER JACHENSEE-INSEL

Murmann beschrieb die Insel und die Ziele der UNB, die
Ochsen, den Züchter und seine Fuchsgeschichte. Dann
schrieb er, was eine Erweiterung der Weidefläche theoretisch an Subventionen kosten könnte, sicher nichts,
was ihm die Drössler auf die Nase gebunden hatte. Der
Artikel endete mit:

Was wie ein kleines Idyll erscheint, wirft
viele Fragen auf: Mit welchen Tieren kann
und will der Mensch zusammenleben? Wie
sieht ursprüngliche Landschaft aus und
wie Kulturlandschaft? Und wie wertvoll
sind sie uns jeweils? Das Experiment auf

der Insel verdeutlicht die Konflikte mehr, als dass es sie beantwortet.

Der Knalleffekt zum Thema war der Artikel der Bernbacherin, der passend darunter platziert war. Am Freitag hatte sie die große Show mitbekommen:

POLIZEI HEBT SCHLITTEN AUS DEM JACHEN-
KIRCHER SEE

Unter großer Anteilnahme der Bevölkerung und mit erheblichem technischen Aufwand hat die Polizei einen Holzrückeschlitten aus dem Jachenkircher See geborgen. Er dient als Beweisstück in einem bemerkenswerten Fall von Viehdiebstahl: Letzten Winter verschwand ein Stier aus der Herde von Auerochsen, die auf der Insel im See gehalten werden …

Es folgte die Geschichte vom Loch im Eis, dem Schuss, dem Verdacht des Auerochsenhalters und zuletzt noch die Details der Bergung:

Die Polizeitaucher fotografierten die Lage des Schlittens, anschließend entfernten sie die Steine, mit denen er beschwert war. Dennoch neigte sich das Boot des Technischen Hilfswerks in gefährliche Schräglage, als der mit Wasser vollgesogene Holzschlitten an die Oberfläche kam. Auch die Steine wurden noch geborgen, da sie eventuell Auskunft über seine Herkunft oder seinen Transportweg geben. Von dem Stier selbst fehlt jede Spur. »Den kann man nimmer heben«, meinte ein Anwohner verschmitzt. »Der ist wie die Liebe schon lang durch den Magen gegangen.«

Niki Lehner schüttelte den Kopf. Das hatte natürlich den ultimativen Unterhaltungswert, während Jos Artikeln der Ehrgeiz des Hauptstadtjournalisten anzumerken war. Oft hatten sie damit zu kämpfen, große Themen auf die Ebene des Landkreises herunterzubrechen, den lokalen Bezug herzustellen, aber Jo versuchte das Kunststück, das Thema auszuweiten, die großen Zusammenhänge herzustellen. Er würde sich mit der Zeit wohl müde laufen.

*

Jo konnte die Wäsche seiner Frau nicht auf der Terrasse aufhängen. Die Vorstellung, sein Nachbar würde sehen, wie er die BHs und Slips auf die Leine klippte, war ihm einfach zu unangenehm. Gerade weil der so ein Idiot war, mit seinem sterilen Rasen und seiner Gattin, die immer wie ein lispelnder Schatten hinter ihm hertrabte. Gleichzeitig ärgerte sich Jo, dass er sich überhaupt von der Möglichkeit beeindrucken ließ, dass sich in diesem Spießer-Kopf die eine oder andere Ansicht über ihn befinden könnte: Pantoffelheld. Oder: Wäschefetischist. Die jungen Männer waren da vielleicht anders drauf, in Jos Seelentiefe trieben noch patriarchale Kraken herum, empfindliche Weichtiere, die sich unversehens an alte Wrackteile anklammerten. Er bestückte den Wäscheständer im Wohnzimmer und trug ihn dann ins Freie, stellte ihn in die Sonne. Starker Mann trägt vollen Ständer. Das ging eher.

»Voller Ständer, hihi.« Johnny saß im Liegestuhl und kicherte. Jo versetzte ihm von hinten einen Tritt in die Rippen. Der Typ wurde allmählich wirklich lästig.

»Warum trittst du den Liegestuhl?« Birgit war in der Terrassentür erschienen. Sie trug ihren Morgenmantel, den sie fröstelnd und verschlafen um sich zog.

Sie setzte sich auf die Bank, Jo setzte sich neben sie. Es war offensichtlich weniger nötig, ihre Frage zu beantworten, als selbst eine zu stellen: »Warum schläfst du ewig nicht ein? Es geht schon die ganze Woche so.«

»Ich muss eine Entscheidung treffen. Dieser Patient. Ich hatte immer noch die Hoffnung, dass er uns an sich ranlässt, aber seit er weiß, was ich denke, spielt er Katz und Maus. Er ist hochintelligent, gebildet, er weiß, was er sagen kann und was nicht; ich bin überzeugt, dass er ein falsches Spiel spielt. Ich muss diese Patientin schützen. Er führt irgendeinen Scheiß im Schilde. Wenn ich nicht rechtzeitig handle, sind zwei Menschen verloren.«

Sie machte eine Pause.

»So ist es halt … bloß … einer.«

Jo stand auf, ging rein und setzte einen Kaffee auf, machte Toast, belud ein Tablett, brachte alles raus. »Unterzuckert und unterkoffeiniert kann kein Mensch Entscheidungen treffen«, sagte er. Sie lächelte, Leutselig-Schnurrenberger jagte einem Schmetterling nach.

»Meinst du denn, er könnte ihr was zuleide tun?«, fragte Jo nach einer Weile.

»Der muss ihr nichts zuleide tun. Es genügt, wenn er sie nicht in Ruhe lässt. Und zwar absolut in Ruhe. Sie hat Gewalterfahrungen hinter sich, und wenn ihr nicht mal die Klinik den Schutzraum bietet, wo in aller Welt kann sie noch Zuflucht finden. Verstehst du, es gibt Kindheiten, da hat der Vater die Tür nicht aufgemacht, und es gibt Kindheiten, da ist die Türe aufgegangen, aber der Mann drinnen nahm die Vater-Maske ab und war selber der Dämon.«

Jo ließ das auf sich wirken und es wirkte scheußlich. »Du musst ihn rausschmeißen«, meinte er schließlich. »Schmeiß ihn raus. Er lässt sich ja eh nicht helfen.«

»Du sagst es. Danke.« Sie struwwelte ihm durch den Rest seiner Haare. »Und warum hast du den Liegestuhl getreten?«

Ach je, das war wieder ihr Kurzzeitgedächtniszwischenspeicher. »Ein Persönlichkeitsanteil saß drin. Er mag nicht Wäsche aufhängen.«

»Du Armer, vor lauter Hausarbeit schizophren geworden.«

»Oh, es ist noch viel schlimmer. Ich kriege Anrufe aus dem Jenseits.«

Sie starrte ihn an: »Mach nicht solche Witze. Ich vertrag die zurzeit schlecht!«

Jo erzählte ihr den Vorfall. Ihr Gesicht hellte sich auf, sie nahm die Kaffeetasse, stellte sie neben den Liegestuhl auf eine der schiefen Terrassenplatten und ließ sich in das Sitzmöbel fallen. Johnny verblasste unter ihrem Gewicht.

»Ein Fall für Pater Brown«, konstatierte sie. »Okkulte Vorfälle pflegt er immer als natürlich zu entlarven. Seine Religion war der Hort solider, göttlicher Vernunft. Du meinst also, Klaus' Frau ist hinter seiner letzten Liebschaft her? Eine vernünftige Erklärung, aber wieso sollte sie?«

»Weil sie einen Verdacht hatte. Diese komische

Geschichte, die sie da zum Besten gegeben hat, mit der Brotzeit. Die Brotzeit auf den Berg hinterherfahren und dann wieder mitnehmen. Die wollte vielleicht nachschauen, was er treibt.«

»Aber jetzt kann's ihr doch egal sein«, widersprach Birgit. »Das ganze Dorf hat ihn mit allen Ehren begraben, wieso sollte sie von seiner tragischen Witwe zu einer betrogenen Witwe werden wollen?«

»Die Wahrheit ...«

»... nützt ihr jetzt einen feuchten Kehricht.«

Sie streckte die Füße weit von sich und wackelte mit den lackierten Zehennägeln. »Entspannung pur, Pater Brown andersrum. Heute mach ich den Psycho und andere machen sich die Sorgen. Was ist die okkulte Bedeutung des Anrufs? Was war in dem Moment, als es klingelte?«

»Ich wollte wieder wegfahren, ich hatte eigentlich keinen Termin gemacht mit der Felleisen. Aber das Handy ist mir runtergefallen und als ich es aufgehoben hatte, stand sie neben mir.«

»Klaus will dich aus dem Jenseits mit der Felleisen verkuppeln? Na, großartig. Was nützt ihm das?«

Jo schwieg. Dann sagte er: »Verdammt. INVEKOS. Die Felleisen hat INVEKOS wieder ins Spiel gebracht.«

5. KAPITEL

Das Ehepaar Müller hatte einen All-inclusive-Urlaub gebucht. Das Abendessen war hervorragend gewesen und nun wanderten sie für einen Abendspaziergang den Vogelberg hinauf. Ahnungslos näherten sie sich der Baustelle für das Schneekanonenwasserreservoir, wo der allmächtige Autor namens Lehner eine grauenhafte Entdeckung für sie bereithielt. Das Erste, was ihre Aufmerksamkeit erregte, war der Schwarm Raben, der sich kreischend über den Baumwipfeln erhob. Dann rochen sie ...

Lehner brach seine Fantasien ab: Also nein, er konnte doch nicht mit dem Sektglas in der Hand sämtliche auf der Gipfelstation der Seilbahn anwesenden Honoratioren einbetonieren und noch dazu der Fäulnis preisgeben. Motiv: Fanatische Naturschützer? Oder doch besser CIA? Mossad? Krimiautoren waren nicht zimperlich, wenn es darum ging, ein tödliches Lüftchen der weiten Welt in die enge Heimatstube wehen zu lassen. Schade, dass Murmann nicht da war. Er war auf die Jagdhütte von Klaus gefahren, zum letzten Mal, wie er behauptete.

Lehner wanderte auf die Aussichtsplattform hinaus, um Richtung Kegelberg zu schauen, aber natürlich war der viel zu weit weg, um die Hütte, geschweige denn Murmann zu sehen. Die Aussicht war mehr als grandios, sie war erhaben: Die Strahlen der untergehenden Sonne verliehen den Wiesen das Leuchten von Smaragden. Die Schlucht der Schöllach war mit dem dunklen Samt der Wälder ausgeschlagen und da und dort blitzte die weiße Wand eines Kirchturms darüber. Tief unten glänzte der

Spiegel des Jachensees, weiter im Osten stand der Fels-
kopf des Saukogel im Abendrot.

Im Inneren der Seilbahnstation fand sich die Landschaft auf einer großen Karte in dürren Linien und mat-
ten Farben wiedergegeben. Die Planungen der Vogelbergbahn waren bescheiden gestrichelt dargestellt, die
neue Lifttrasse und die Erweiterung der Piste pastellfar-
ben markiert, ebenso die Mauern für das Wasserreser-
voir, das die Schneekanonen bedienen sollte, der Ablei-
tungskanal für den Reißenbach, der es füllen sollte, und
die Zuleitungen zu den Schneekanonen.

Früher, dachte der Landrat, früher hätte man das mit
kühnen roten und schwarzen Linien umrissen, stolz auf
die planerische Potenz; heute stellte man sich unauffällig
und harmlos. Was ihn betraf, wäre das Versteckspiel nicht
nötig. Er hatte Erfahrung genug, um zu wissen, dass es
einen längeren Genehmigungsslalom geben würde und
natürlich Schwierigkeiten mit den NGOs.

Früher hätte der Landrat auch nicht ›NGO‹ gedacht,
›Non-Governmental-Organisation‹, sondern ›Vereine‹,
Naturschutzverein, Heimatverein, aber sein mentales
Vokabular ging mit der Zeit.

Er hob den Blick von der Karte und verheddertete ihn
einen Moment im Dekolleté einer jungen Frau, die sich
ebenfalls darüber gebeugt hatte. Sie schaute auf, bemerkte
seinen Blick und errötete, dann ergriff sie ihr Sektglas
und wandte sich dem riesigen Panoramafenster der Seilbahnstation zu. Während der Landrat seinerseits nach
seinem Sektglas suchte und gleichzeitig nach dem Gastgeber Ausschau hielt, rannten in den unteren Stockwer-
ken seiner Psyche ein Wikinger, ein Psychologe und ein
Zeremonienmeister im Kreis herum und sortierten den

Vorfall: VerfluchtgutgebautdiefrauWerisndieHatderherzog mitgebrachtWiesoziehtsiesonfähnchenanwennsihrdannpeinlichistAbernettwennsnochrotwernkannLassdichnednommaldabeierwischenKannidochnixdafür.

Zirngibl, der Vorsitzende der Seilbahngesellschaft, hatte seine Begrüßungsrede gehalten, der Geschäftsführer des Tourismus-Zweckverbandes hatte seinen Senf dazugegeben, gesunkene Übernachtungszahlen im Winter, die gnadenlose österreichische Konkurrenz. »Natürlich wird man uns den Klimawandel um die Ohren hauen«, dachte der Landrat und genau das sagte er auch, als Zirngibl zu ihm trat.

»Die Kälteperiode in diesem Winter, die kam von einem Hoch in Sibirien. Und dieses Hoch kommt vom Klimawandel, heißt es. Genau diese Perioden müssen wir eben an den Rändern sozusagen ausdehnen. Dem Tüchtigen hilft das Glück. Ich bin überzeugt, dass wir die Anlagen amortisieren können.«

Der Landrat nickte, er war zwar nicht ganz so überzeugt, aber etwas in die Wege leiten und durchsetzen, das war seine Art und sein politisches Profil; wer nicht wagt, der nicht gewinnt.

»Das zweite Problem«, sagte Zirngibl, »ist dieser Bergwald-Beschluss. Seit das Parlament den abgesegnet hat, kommen sie jedes Mal wieder damit, wenn man einen Baum umschneidet.«

»Na, da kann ich Sie beruhigen. Der Beschluss ist präzedenzmäßig schon so durchlöchert, der hält nichts auf, und die Alpenkonvention auch nicht. Wir deklarieren die Sache nicht als Neuanlage, sondern als Erweiterung. Eine formale Rodungsgenehmigung von der Forstverwaltung brauchen wir nicht, die kriegen wir im Rahmen der Umweltverträglichkeitsprüfung von der Bezirksregierung und auf der Ebene ist die Forstverwaltung nicht mehr direkt vertreten. Mit dem Naturschutz, da komm ich schon klar, wie Sie wissen. Es wird Ausgleichsmaßnahmen geben natürlich, Frau Drössler hat schon einige vorgeschlagen.«

Frau Drössler lehnte draußen am Terrassengeländer der Gipfelstation und schaute über die Flanken des Vogelbergs in die Tiefe. Der Abendwind strich über die Abhänge hoch und kühlte ihr Gesicht. Es gab Dinge, die waren nicht aufzuhalten, und sie wusste es. Die Umleitung des Reißenbachs, die riesige Betonwanne des Reservoirs, die Zuleitungen zu den Schneekanonen, natürlich war das bitter. Aber die Ausgleichsmaßnahmen würden ihr ein Instrument in die Hand geben, ihre Vision wieder ein Stück weiterzuverfolgen: Die Rekonstruktion der alten Hirtenlandschaft, wie sie auf den Fotografien des 19. Jahrhunderts noch zu sehen war, die weiten Weiden, in denen da und dort ein knorriger Baum dem rastenden Vieh Schatten bot. Die Menschheit entstammte doch den Savannen und fühlte sich wohl im durchlichteten Park. Vielleicht konnte sie im Zuge des Verfahrens da und dort auf den INVEKOS-Flächen die Schwendung durchsetzen. Dieser Journalist hatte im Fall der Auerochsen wirtschaftliche Interessen angedeutet. Aber die Subventionen waren nur die späte Gerechtigkeit, die den finsteren Wäldern die Stirn bot.

Die Sonne sank nun schnell hinter den Horizont, die Scheinwerfer blieben ausgeschaltet; Zirngibl hatte für Kerzenlicht gesorgt, sodass nun der Aufgang der Gestirne wunderbar am dunkelnden Himmel zu sehen war. Je mehr die Sonne an Kraft verlor, desto heller schien der Mond. Die leuchtenden Farben des Abends machten Platz für seinen bleichen Schimmer. Das Firmament wölbte sich über dem Land, in dem die Lichter der Ortschaften erwachten. Der Landrat trat ins Freie, Herzog gesellte sich zu ihm, stumm blickten sie zusammen in die nächtliche Herrlichkeit.

*

Weit drüben am Kegelberg suchte Jo in der Finsternis herum. Das Mondlicht drang kaum in den Wald, nur der Kies der Forststraße leuchtete hell durch die Stämme. Was für eine idiotische Idee, zu glauben, er könne nachts mit der Stirnlampe ein paar Scherben finden.

Das Treffen der alten Schafkopfer hatte eine unerwartete Wendung genommen. Lauterbach war nicht gekommen, war im Urlaub, Pfister hatte ihnen die Hütte geöffnet und sich zu ihnen gesetzt. Als sie anstoßen wollten, waren nur zwei Gläser im Schrank. Neuschwanstein hatte die Polizei in eine Tüte gepackt, aber nun fehlte auch Linderhof. Sie hatten sich ein bisschen gewundert, aber sich dann auf russische Art mit einer Tasse beholfen.

Sie hatten der Nostalgie halber zu dritt eine Runde Tarock gespielt, aber es fehlte der Biss und sie hatten die Karten zusammengeschoben, um Erinnerungen auszutauschen. Es dauerte nicht lange und der Send Hans fing an, auf den Busch zu klopfen, was denn wohl dran gewesen sei an den Gerüchten, der Klaus hätte nichts anbrennen lassen. Mit der sturmfreien Hütte heroben, das sei doch verlockend.

»Sturmfrei?«, hatte der Pfister geantwortet, »da geht die Fantasie wohl ein bisserl durch mit dir. Auf der Alm da gibt's koa Sünd und so. Das war früher eine Diensthüttn und direkt an der Straß. Wenn der Klaus seine Eroberungen da hergeschleppt hätt, dann hätt ihm der Lauterbach gnadenlos ein Disziplinarverfahren angehängt, Freundschaft hin oder her. ›Dienst ist Dienst und Schnaps ist Schnaps‹, hat er immer gesagt. ›Bloß wenn der Schnaps in den Dienst schwappt, dann werd ich ungemütlich.‹ Und ungemütlich worden ist er nur einmal.« Pfister hatte innegehalten, um sich zu erinnern. »Das war kurz vor der Reform, vielleicht war der Lauterbach da eh schon mit den Nerven blank. Ich hab ihn durch die Tür schreien hören, er ist total ausgerastet. Und der ist sonst nie ausgerastet. Der Klaus ist aus seinem Zimmer rauskommen, blass, die Joppen ist ihm schief drangehängt, der Hemdkragen verdrückt, der Lauterbach muss ihn geschüttelt haben. Kein' Ton hat er gesagt und der Klaus war keiner, der sich sonst duckt hat, der hätt normalerweis schon rausgeben. Und der Lauterbach hat nachher auch nichts gesagt. Auch keinen Ton. Der Klaus hat Urlaub genommen und eine Woch später hat der Lauterbach seine Abordnung durchgesetzt, er ist für ein halbes Jahr nach Berchtesgaden geschickt worden.«

Der Send Hans grinste und pfiff leise. »Hat er was mit dem Konrad seiner Frau ghabt oder was?« Jo war drauf und dran, aufzustehen und sich zu verabschieden, aber Pfister, dem es offensichtlich leidtat, dass er die Sache erzählt hatte, schlug energisch vor, man sollte sich doch, statt zu vermuten, was der Klaus vielleicht für Blödsinn gemacht hatte, lieber anschauen, was er sicher Gutes hinterlassen hatte.

So waren sie im Abendlicht zu dritt den Berghang hochgelaufen, um ein Stückchen jener Verjüngung zu sehen, die der Waldbehandlung und der schnellen Büchse von Klaus zu verdanken war, eine Hommage an sein Können und seine Leidenschaft, von der Jo und der Send Hans nicht viel verstanden. Was Jo wie gewöhnliche Löcher im Wald erschienen waren, erwies sich durch Pfisters Erklärungen als absichtlich und allmählich geöffnete Fenster für die Samen der nächsten Generation. Die verschiedenen Baumarten erfüllten je nach ihrem Temperament und ihren Fähigkeiten den durchlichteten Raum mit ihrem Gezweig: Schnell reckte sich der Ahorn in die Sonne, während im Halbschatten Buchen und Fichten wuchsen und die kleinen Tannen schon tief im Waldschatten Anlauf nahmen. Es war eine Art Architektur mit lebendigen Bausteinen, die im Spiel ihres Wachstums die Form des Gebäudes schufen. Pfister versuchte zu erklären, wie es die Struktur und künftige Dynamik veränderte, wenn einer dieser Bausteine fehlte, weil er immer und immer wieder gefressen wurde, wenn es nicht mehr möglich war, die Tanne im Schatten heranwachsen zu lassen, wenn sogar die Buche ausfiel. Er zeigte ihnen die winzigen Sämlinge, die Jo gar nicht als Bäume erkannt hätte, und zuletzt erreichten sie die dunkelgrünen Klumpen der Eiben, die selbst finsterer waren als die Schatten, in denen sie leben konnten. Alt waren sie und hohl. In den rötlichen Mulm, in den sie zerfielen, schickten sie neue Wurzeln hinein, nährten sich aus sich selbst.

Pfister hockte sich auf die Fersen und blinzelte in die Sonne, die, schon tief über dem Horizont stehend, zwischen die Stämme schien. »Yggdrasil«, sagte er, »Yggdrasil war keine Esche. Der Weltbaum der Germanen war die Eibe. Weil sie aus ihrem Tod leben kann. Aber Kinder braucht sie trotzdem.«

Behutsam drehte er die Nadeln eines kleinen grünen Sternchens um, das da am Waldboden wuchs. Sie waren weich, breit und dunkelgrün wie auch die Nadeln einiger ellen- und hüfthohen Pflanzen, die ein Stückchen weiter ihre Triebe in die Höhe geschoben hatten.

»Das da, die jungen Eiben«, sagte Pfister, »sind meine Erinnerung an den Klaus. Und die werden älter als sein Grabstein. – Wenn ich es schaff, dass ich sie durchbring. Sie sind noch nicht aus dem Äser: Das Wild kann den obersten Trieb noch erreichen, und so lang ist noch nichts gewonnen.«

Beim Abstieg schwiegen sie eine Weile. Endlich fragte Jo: »Der Klaus hat befürchtet, er müsste mit dem Wald und den Leuten nach der Reform anders umgehen. Ist es so gekommen?«

»Fragen S' mich was Leichteres«, gab Pfister zur Antwort. »In der Sach' hat jede Münze zwei Seiten. Manche Kollegen sagen dies, andere das. Es gibt größere Freiheiten und mehr Druck gleichzeitig. Was die Waldarbeiter verdienen, das weiß ich gar nimmer, das läuft über eine Zentrale. Und was den Waldbau anlangt: Man muss als Förster seinen Standpunkt vertreten, sonst kann's falsch laufen. Es liegt am Einzelnen, wie er sich einsetzt. Es gibt ein Naturschutzkonzept, das hat's vorher gar nicht geben. Aber auf der anderen Seiten werden Bäume in jüngerem Alter umgeschnitten. Ich kann Ihnen da keine einfache Antwort geben.«

»Und die INVEKOS-Flächen, die den Klaus so aufgeregt haben …«

»Sind überhaupt keine Sache der BaySF. Wir haben kein politisches Mandat, die Flächen zu verteidigen.« Auf Jos erstauntes Gesicht hin hatte er die Schultern gezuckt: »Wir haben nur den Auftrag zu bewirtschaften. Nicht, Politik zu machen.«

»Aber wer soll die Flächen dann verteidigen?«

»Die Forstverwaltung. Und der ...«, Pfister lachte kurz und freudlos, »hat man mit den Staatswäldern das Pferd unterm Hintern weggeschossen.«

Sie hatten den Tisch abgewischt, das Schachenhaus-Glas, das Herrenchiemsee-Glas und die Tasse am Brunnen gewaschen, die Fensterläden geschlossen und den schweren Riegel vor die Tür gelegt. Abschied. Es dämmerte, aber der Mond stand schon hoch. Pfister und der Send Hans stiegen ins Auto, Jo hatte seines am Wanderparkplatz stehen und tastete sich mit seiner neuesten Errungenschaft den Wanderweg hinunter: Eine Stirnlampe, an deren starkem Strahl er eine kindliche Freude hatte. Nach 50 Metern blieb er abrupt stehen. Er hatte noch einmal an die Schnapsgläser gedacht, wie sie weniger geworden waren mit dem Zerfall der Schafkopfviererschaft, und an den Symbolgehalt von Scherben und wo wohl die Scherben von Linderhof ... Der Hund! Der Suchhund war mit blutiger Pfote hereingekommen, an Scherben im Wald hinter dem Brunnen hatte er sich die Verletzung geholt.

Und wenn das so war, dann ... Jo kehrte um.

»Höllgruber«, dachte Jo. »Das ist jetzt nicht lustig.«

Aber Höllgruber sagte nichts. Er saß draußen am Brunnen, hatte den Hut in den Nacken geschoben, rauchte und wartete, seine italienischen Schuhe schonend, während Jo das blaue Licht seiner Lampe über den Waldboden wandern ließ.

»Früher«, sagte Jo, »hast du bei so was eine Hundertschaft antreten lassen. ›Suchen Sie die Scherben von Lin-

derhof‹. Jetzt hast du nur einen alten Schreiberling mit Plattfüßen.«

»Flatfoot«, sagte Johnny. »Komm raus da aus dem Wald. Nimm einen Stein. Geh zur Hüttentür. Stell dich hin und stell dir vor, du hast es brandeilig. Der Herrigl ist über den Jordan und du musst deine Spuren beseitigen. Das Glas muss weg. Erster Impuls: am Brunnen waschen. Aber die Nerven sind dir durchgegangen, keiner soll dich sehen, schnell muss es gehen. Du schmeißt es in den Wald. Wohin schmeißt du den Stein?«

Jo probierte: »In die Winkelhalbierende zwischen Forststraße und Wanderweg.«

Wieder stieg er in den Wald, zerkratzte sich die Arme an Fichtenzweigen, ließ die Lampe über die trockenen Nadeln schweifen. Und sah den dicken Boden des Glases an den scharfen Bruchkanten aufblitzen wie einen Kristall.

*

Kommissar Sauerbier kam missgelaunt in die Kantine. Und ausgerechnet heute war Vegetariertag. Obendrein. Ein Journalist hatte ihn aufgehalten, mit einer Glasscherbe aus dem Wald. Sie sei, so hatte er behauptet, der Beweis für den Mord an einem Förster, der abgestürzt und beerdigt war, abgestürzt von einer Stelle, an der seine Frau einen silbernen Manschettenknopf gefunden hatte. Der Kerl war ein notorischer Wichtigtuer. Aktenkundig, dieser Murmann. Schon wegen einem Bettüberwurf hatte er sich aufgeführt. Der dann bei der Witwe im Wäschekorb aufgetaucht war. Jetzt stieg er am Kegelberg herum, sammelte Müll und hielt jeden Scherben für ein Beweisstück. Bald würde er mit den gebrauchten Kaugummis

ankommen für eine DNA-Probe. Eine Pest. Wahrschein-
lich gehörte er zur Gilde der Heimatkrimischreiber.

Sauerbier lud sich einen Kaiserschmarrn aufs Tablett,
stellte dann fest, dass Bier absolut nicht dazu passte, und
begnügte sich zähneknirschend mit einer Cola. Als all-
mählich der Zucker und das Koffein ins Blut sickerten,
bekam sein Grimm einen sarkastischen Zug. Er sollte wohl
selbst einen Heimatkrimi schreiben. Den Heimatkrimi
aller Heimatkrimis. Ein Serienmörder, der Lokalkrimiau-
toren umbrachte, einen nach dem anderen. Und die Pro-
filer würden sich an den abartigen Hinweisen abtüfteln.

Was hatte er da neulich gelesen: Ein Bergbauernhof, der
einen Knecht beschäftigte. Einen Knecht! Und der Bauer
ging grundsätzlich mit der geladenen Flinte durch seinen
Wald. Wegen Hasen. Und schoss auf einen Mann, der noch
einmal erschossen und in einen Bach geschmissen wurde.
Jedenfalls mordeten im Allgemeinen drei Leute hinterein-
ander an jemandem herum, damit es möglichst viele Ver-
dächtige gab. Na ja. Der Serienmörder würde dem Toten
drei Schokoladen-Osterhäschen auf die Brust setzen und
in der Stereoanlage die Internationale zur Befreiung der
Knechte auf Endloswiederholung laufen lassen.

Und der Roman, wo der Kommissar, eingegossen in
eine Wanne voll Gips, seinem Ende entgegendämmerte
und seine letzten Gedanken gelten seiner Beziehungskiste
und wie er seine feinfühlige Freundin missverstanden hat.
Das war natürlich von einer Autorin geschrieben und die
würde er als Pappmaché-Mumie enden lassen, eingesargt
in Rosamunde-Pilcher-Romane.

Das nächste Mal, wenn dieser Murmann bei ihm auf-
tauchte, würde ihn der Serienmörder in einen Bettüber-
wurf wickeln und in einem Müllsack entsorgen.

Lehner ließ seine Nasenwurzel los, hob den Kopf und öffnete die Augen: »Nein«, sagte er, »ich würde damit nicht zur Polizei gehen.«

Er streckte die Füße unter das runde Marmortischchen, löffelte in seinem Latte-macchiato-Schaum herum und ließ seinen Blick auf der Mariensäule ruhen. »Und nimm mal an, Jo, sie würden tatsächlich die Ermittlungen aufnehmen. Weißt du, wie die Kerle arbeiten? Der erste Mensch, den sie zerlegen, ist die Witwe, so viel steht fest. Sie war vielleicht eifersüchtig. Sie war auf der Hütte, sie hat eine komische Erklärung dafür. Sie hat vielleicht das Leintuch beseitigt. Huch, war ja doch in der Wäsche. Wie praktisch, alle Spuren rausgewaschen. Und sie hat auf Teufel komm raus seine Obduktion verhindert.«

»Sie hat ihn da erschlagen, die Leiche den Berg hochgetragen, runtergeschmissen und ist dann zurück, um das blutige Leintuch …«

»Oh, heilige Unschuld, Jo! Doch kein Blut! Lewinski-Spuren! Sie hat ihren Mann in flagranti erwischt, das Liebchen und zwei Gläser Schnaps. – Nee, das Liebchen war schon weg, aber die Gläser noch da und die Spuren am Bett. ›Flöt, flöt, lieber Mann, gehen wir doch da auf die Kanzel, wo wir uns einst verlobt haben‹ oder so, und upps, drunten liegt er.«

»Meinst du wirklich? Ich kann's nicht glauben, nicht, wie ich die Lena erlebt hab. Die müsste so eine grandiose Schauspielerin sein …«

»Es kommt doch nicht darauf an, was ich meine, sondern was die Polizei meint. Die Polizei glaubt von jedem alles, da kannst du sicher sein. Überleg dir gut, was du da lostreten willst.«

Jo fütterte nachdenklich einige Krümel seiner Rosinensemmel an einen Spatz, der zwischen den Stuhlbeinen herumhüpfte. »Aber wie soll das denn mit rechten Dingen zugegangen sein?«, fragte er schließlich. »Wir gehen am Schafkopfabend aus der Hütte, Herrigl wäscht die Gläser aus, schmeißt eins in den Wald, geht in die Hütte, zieht den Bettbezug ab und fährt heim?«

Lehner zuckte die Schultern. »Vielleicht ist ihm der Teufel im Wald erschienen und wie weiland der Luther das Tintenfass, hat er das Schnapsglas nach ihm geschmissen. Andere Frage: Wer außer Lena hätte ein Interesse, den Herrigl ins Jenseits zu befördern?«

»Oh je. Ein weites Feld«, stöhnte Jo. »Der Mann war ja alles andere als konfliktscheu. Der Infrarotbild-Doktor? Der Auerochsensepp? Die Almbauern?«

Lehner lächelte breit, ein Mienenspiel, das bei ihm relativ ungewöhnlich war. Die Sache machte ihm Spaß. »Nun, Bernstein«, sagte er. »Die Almbauern können wir schon mal von der Liste streichen. Wenn ich dich recht verstanden habe, haben sie politisch auf ganzer Linie gewonnen. Wieso sollten sie sich in so eine fragwürdige Aktion stürzen? Der Auerochsenfreak hat sich die Mühe gemacht, einen Mann anzuzeigen, der schon tot ist. Auch kein sinnvoller Schachzug. Bleibt noch der Jägersmann, von dem wir noch nicht allzu viel wissen, der aber nicht besonders klug gehandelt hätte, wenn er einen Mann, den er umbringen will, vorher öffentlich angreift.«

»Kann ja spontan gewesen sein. Gelegenheit macht Diebe.«

»Spontan kann's schon gewesen sein. Aber dann kommen eine Menge anderer Leute auch und fast eher in Frage. Herrigl galt als Schürzenjäger, hast du gesagt.

Und glaub mir, das wird das Erste sein, wo die Polizei ansetzen wird. Ich hab mir inzwischen so ein paar Realpolizeibücher zu Gemüte geführt. Die wahren Geschichten von der Münchner Mordkommission und so weiter.«

Lehner war hartnäckig weiter am Training für den eigenen Krimi.

»Wenn eine Frau tot in der Gegend liegt, ist die erste Frage der Kriminaler: Wo ist der Ex? Und noch schlimmer: Der Ex war's meistens. Insofern erscheint mir Polizeiarbeit inzwischen ziemlich simpel. Und wenn ein Kerl das Messer im Rücken hat, dann heißt es: Wo ist die Frau? Und die war's oft nicht, aber war der Grund. Das heißt …«, Lehner löffelte den hellbraunen Rest Latte aus dem Glas, »… das heißt, die Polizei würde aus ureigener Erfahrung ganz Schöllau umbaggern nach den amourösen Eskapaden deines Freundes. Ob sie einen Mörder finden könnte, ist zweifelhaft, aber das Dorf in Aufruhr und die Lena an den Rand bringen, das wird sie sicher.«

›Mein Mann hat keine Wohnung in Wien!‹ Jo erinnerte sich lebhaft an die Szene. »Wo du recht hast, hast du recht«, sagte er. »Aber was mach ich dann? Nichts?«

»Aber, Bernstein. Wozu sind wir Journalisten? Wir ermitteln selbst: diskret, hartnäckig und kombinationsstark. Wie immer.«

»Woodward«, sagte Jo, »du sagst es.«

Sie schüttelten sich die Hand und winkten dann der Bedienung.

»Was aber ist der nächste Schritt?«, überlegte Lehner.

»Als Erstes rede ich noch mal mit der Felleisen. Ich denke, ich kann ihr reinen Wein einschenken. Sie hat kein Interesse, das Privatleben ihres Försters zu skandalisieren. Vielleicht hat sie einen Vorschlag. Und vor allem:

Sie kommt sowieso. Meine Frau hat sie und ihren Mann zum Essen eingeladen.«

»Fürchtegott? Fürchtegott Felleisen?« Lehner pfiff leise. »Den haben wir ganz vergessen. Fürchtegott mit der eisernen Faust. Glaubt nicht, dass seine Frau nur dienstlich mit dem schönen Förster unterwegs ist. Rein körperlich hätte er schon das Zeug, um ihn zu erschlagen, hochzutragen und von der Kanzel zu werfen.«

Jo lachte trocken. »Soll ich ihn fragen, ob er's war?«

»Du musst erst mal rausfinden, was damals mit diesem Heizungsbauer los war.«

Die Kellnerin kam und während sie zahlten, nutzte Jo die Gelegenheit zu einer Mikromeinungsumfrage: »Haben Sie's gestern gelesen, welche neue Sparkasse wir kriegen?«

SPARKASSENVORSTAND STIMMT FÜR DIE AVANT- GARDE war die Überschrift gewesen. Das neue Sparkassengebäude sollte der gekachelte Pseudokristall mit dem goldenen Wetterhahn werden. Das Bild prangte auf der ersten Seite.

Die Bedienung stemmte die Hand in die Hüfte. »Freilich hab i's glesen. Wie ko ma bloß so a Trumm an d'Hauptstraß setzn. Wenn i denk, dass i des jedn Tag oschaugn muas. Wissen S', wia des ausschaugt? Wia a zammgfallns Klo. A zammgfallns Klo und obn drauf der Pleitegeier.«

Jo und Lehner lachten immer noch, als sie zur Redaktion zurückliefen.

Die nächsten Stunden schaufelten sie hochkonzentriert durch, um den Zeitverlust der Pause am Marktplatz aufzuholen. Jo war wieder dran, den Runterläufer mit den Kurznachrichten zu machen, vom Fortschritt beim Bau des neuen Feuerwehrhauses von Werdenheim war zu berichten und von den Querelen in der Leitung der Musikschule.

Zur Titelkonferenz um sechs war alles rechtzeitig fertig. Der Aufmacher war die Seilbahn:

JACHENKIRCH STARTET
IM WINTERSPORT DURCH

Das war schon in der Redaktionssitzung klar gewesen und Herzog hatte sich persönlich des Themas angenommen. Der Unteraufmacher aber überraschte Jo:

STARB MILO AUS ENTTÄUSCHTER LIEBE?

Herzog hatte die Story der Bernbacherin so großartig gefunden, dass er das Thema auf die erste Seite gehievt und dafür den geplanten Beitrag über die Umgehungsstraße von Karlsdorf auf die dritte Seite verlegt hatte.

Vor drei Wochen fand Mirko Loferer, genannt Milo, Bandleader der ›Kapellenblasn‹, durch einen fallenden Ast den Tod. Die Betroffenheit war groß, an seiner Beerdigung nahmen Hunderte Fans bewegenden Abschied und viele stellten sich die Frage, warum Milo unter den sturmgepeitschten Bäumen unterwegs gewesen war. War es denn wirklich nur sportlicher Ehrgeiz gewesen, der ihn zu dieser gefährlichen Joggingrunde getrieben hatte?

Nun lüftet sich ein Geheimnis, das eine

Antwort verspricht: Milo war schwul und liiert mit seinem Saxofonisten Markus Singer. Die beiden bildeten das Herzstück der Band, deren Name ›Kapellenblasn‹, wie sich nun herausstellt, Programm war: Blaskapelle andersrum ist der verborgene Hinweis, von dem die Fans nichts ahnten. An dem verhängnisvollen Tag hatte Markus seinem Freund eröffnet, dass er nach Berlin gehen werde, um dort sein unterbrochenes Studium wieder aufzunehmen. Die Nachricht traf Milo doppelt hart, beruflich und persönlich. Nun fürchtet Markus, dass sein Freund versuchte, seine Enttäuschung beim Waldlauf in den Griff zu bekommen, und im Aufruhr der Gefühle in den aufziehenden Sturm gejoggt war. »Es hätte seinem Temperament entsprochen, dass er gerade dann die Herausforderung sucht«, sagt Markus, der nun nach Wochen sein Schweigen bricht. Erinnerungen und Selbstvorwürfe setzen ihm schwer zu. Selbst Milos Schwester Dorothea versucht, ihn zu trösten: »Das ist einfach Schicksal«, sagt sie. Ein Schicksal, das alle schwer getroffen hat.

»Blaskapelle«, meinte Lehner. »Dieses Wort in einen sexuellen Zusammenhang zu stellen, ist ziemlich heftig. Meine Güte.« Hannelore prustete los, Sabine wurde dunkelrot.

»Meine Idee war's nicht«, sagte sie dennoch ungerührt.

»So viel zu unseren diskreten Methoden der Ermittlung«, dachte Jo. »Was du beschwipst in der Disko brabbelst steht morgen bei uns auf der ersten Seite.«

*

Im Auto saß Johnny, hatte das Fenster heruntergekurbelt und rauchte.

»Nicht im Auto, hab ich dir hundertmal gesagt.«

Johnny stellte sich taub. »Die Situation gefällt mir nicht. Deine Göttergattin lädt Fürchtegott Donnerfaust zum Essen und du stehst mit der Schürze am Herd.«

»Erstens ändern sich die Zeiten und zweitens kochen wir zusammen.«

Johnny ignorierte den Einwand. »Plattfuß, kein Mann, den du nicht selber kennst, betritt dein Haus. Is Regel.«

Johnnys Büro im Münchner Westend schien etwas türkdeutsche Konsequenzen zu zeitigen.

»Erstens nenn mich nicht Plattfuß, zweitens hab ich ihn in der Kunstnacht gesehen.«

»Erstens, zweitens, erstens, zweitens«, höhnte Johnny. »Erstens ist Flatfoot eine Berufsbezeichnung für ein Private Eye, zweitens reicht die Kunstnacht nicht, und drittens – falls du bis drei zählen kannst – drittens müssen wir rausfinden, warum er den Klempner vermöbelt hat. Und das wäre in Anwesenheit der Göttergattinnen eine doch eher ungalante Frage.«

»Also?«

»Also fährst du vorher in seiner Werkstatt vorbei.«

»Was mach ich, wenn er mir den Kiefer ausrenkt?«

»Du darfst halt nicht dumm daherreden.«

»Das heißt, du darfst nicht dabei sein.«

Die Tür der alten Weberei stand offen. Es war still, erst als Jo schon halb durch die Halle gegangen war, hörte er das Kratzen des Schmirgelpapiers. Fürchtegott saß in einer Fensterlaibung der dicken Mauern und glättete eine seiner Rosenblattschalen. In schräg einfallendem Licht erschienen sein konzentriert über seine Arbeit gebeugtes Gesicht und seine holzfarben-staubigen Hände wie ein Vermeer-Gemälde. Jo trat zögernd näher. Fürchtegott sah auf und lächelte: »Herr Murmann?« Er streckte ihm die breite, rauhe Hand entgegen. »Setzen Sie sich.«

»Sie haben ein gutes Personengedächtnis.«

»Für einen so positiven Berichterstatter, ja. Außerdem hat Ihre Frau mich und die meine auch in Ihrem Namen eingeladen, das frischt schon auch das Gedächtnis auf. Setzen Sie sich doch.« Er wies auf einen Hocker gegenüber und setzte das Schmirgeln fort. Jo beobachtete eine Weile, wie kleine Wölkchen Holzstaub im Gegenlicht aufstieben, es war hypnotisch. Die Welt schien sich langsamer zu drehen und Jo fragte sich, ob er nicht besser in einer stillen Werkstatt arbeiten sollte, statt den Aufgeregtheiten der Welt nachzulaufen.

»Sie machen viele dieser Schalen?«

»Sie bringen die Butter aufs Brot. Außerdem entspannt mich diese Arbeit, wenn ich an einem großen Objekt nicht weiterkomme.« Er nickte in Richtung einer riesigen Knospe, die fast nicht mehr als solche zu erkennen war: Die Deckschuppen hatten sich schon aufgeklappt und die noch unentfalteten Blätter schoben sich wie runzelige Embryos empor. »Die Entfaltung von Form. Ich habe mich zuerst auf die Faszination des Vergehens eingelassen, Welken und Trocknen, und was am längsten hält oder was entsteht, wenn die Bildekräfte nachlassen.

Nun, meinte ich, sollte ich an das Werden gehen. Und es ist schwieriger.«

Er legte die Schale beiseite und stand auf.

»›Bildekräfte‹, sagt er«, dachte Jo. »Er ist sicher ein Anthroposoph.«

Fürchtegott winkte Jo zu einem Tisch, fegte ein paar Feilen und Holzspäne beiseite und holte ein Keyboard heran. Nun fiel Jo erst unter all dem Sammelsurium an der Wand der Flachbildschirm auf. Fürchtegott rief eine Bildsequenz auf, mit der ein Mathematikerteam die Einfaltung von Blättern in den Knospen dargestellt hatte. »Sehen Sie, der Umriss des späteren Blattes ist von der Art der Faltung in der Knospe abhängig. Der äußere Rand ist quasi das, was in gefaltetem Zustand an der Hülle anstößt. Das hat mich fasziniert.«

»Dass Sie mit Computer arbeiten, das hätte ich nicht gedacht.«

»Oh, durchaus, ich benutze die Hirnbrille.«

»Hirnbrille.« Jo lachte.

»Denken ist ein Wahrnehmungsvorgang. Also sind Computer Hirnbrillen. Sie sind durchaus nützlich, um Phänomene wahrzunehmen, die uns sonst verschlossen blieben. Denken Sie nur an die Fraktale.«

Jo erinnerte sich dumpf daran, dass der Ausdruck ›Fraktale‹ irgendwas mit Mathematik und der Form von Schneeflocken zu tun hatte. Er folgte Fürchtegott, der in seine Arbeitsnische zurückgegangen war und wieder zum Schmirgelpapier griff.

»Das Problem mit diesen Hirnbrillen ist, dass sie nicht nur die Wahrnehmung verbessern, wie Sie meinen, sondern das Gedächtnis auch unangenehm erweitern«, sagte Jo. »Ich freue mich auf Sie als Gast und deshalb möchte ich Ihnen nicht verhehlen, dass ich etwas über Sie weiß, von dem Sie vielleicht annehmen, dass ich es nicht weiß.«

Fürchtegott ließ die Arbeit ruhen und sah Jo fragend an. Jo fühlte sich unbehaglich. Hätte er halt den Mund gehalten. Aber jetzt war er schon dabei.

»Im Zeitungsarchiv ist ein Bericht über eine Gerichtsverhandlung wegen Körperverletzung.«

»Du meine Güte! Das ist zehn Jahre her!«

»Die digitalisierten Archive gehen zurück bis 1986 und umfassen mehr als ein Medium. Der Zugriff ist sehr effizient geworden. Und Ihr Vorname ist nicht gerade häufig.«

Fürchtegott seufzte. »Ich habe mich genug geschämt«, sagte er abweisend.

»Ihr Opfer aber auch«, meinte Jo. »Sonst hätte der Mann sich über den Grund der Attacke ausgelassen.«

Fürchtegott lächelte ein wenig. »Sehen Sie, damals war ich auf dem Kunstmarkt noch ein Niemand. Die Kinder waren noch klein, ich habe den Haushalt versorgt und meine Frau hat Vollzeit gearbeitet. Sie war damals stellvertretende Amtsleiterin, es war der Teufel los, zeitweise war die Stelle des Amtsleiters vakant, sie war nur noch unterwegs, jeden Abend noch zusätzliche Termine, Jagdversammlung hier, Waldbauernversammlung da. Ich war dabei, meine erste große Ausstellung vorzubereiten, es war meine Chance zu einem Durchbruch, aber gleichzeitig forderten die Kinder ihr Recht. Dann war die Heizung kaputt. Der Heizungsbauer kannte uns. Er kam abends um sieben vorbei, um zu überprüfen, was er anderntags an Gerät brauchen würde. Er fragte nach meiner Frau und als ich sagte, sie sei noch nicht daheim, sagte er spöttisch: ›Was? Deine Frau arbeitet?‹ Da habe ich die Beherrschung verloren.«

»Wie sympathisch«, sagte Jo. »Meine Frau arbeitet auch Vollzeit. Ist doch zunehmend selbstverständlich. Ich versteh nicht ganz: War der tatsächlich der Ansicht, dass Sie Ihre Rolle als Ernährer nicht ausfüllen, oder wie?«

»Oh nein. Mit der Bemerkung meinte er etwas ganz anderes. Er wusste, dass Anna Beamtin ist. Und Beamte arbeiten ja grundsätzlich nichts. Das weiß jeder Stammtischidiot.«

»Stimmt zum Glück nicht für alle Beamten«, sagte Kommissar Sauerbier. »Wir Kriminaler sind die Ausnahme. Jeder sieht uns im Fernsehen, wie wir spätnachts im Auto sitzen und das Haus des Verdächtigen observieren. Die Lichter der Großstadt zucken durch die Windschutzscheibe und unsere Ehe geht kaputt, weil wir immer nur im Dienst sind ...«

Dann bekam er einen besorgten Gesichtsausdruck, sein Gesicht transformierte sich, auf seinem Kopf erschien ein Hut: »Ey, Alter«, sagte Johnny, »der Mann schützt die Ehre seiner Frau. Vielleicht solltest du dir besser eine Sonnenbrille aufziehen, wenn sie zu Besuch kommen. Nicht, dass ihm ein falscher Blick von dir auffällt.«

*

Es gab Kässpatzen und Birgit machte den Salat. Natürlich. Es war warm und Jo rackerte mit dem Spatzenhobel über dem kochenden Wasser. Der Backofen war vorgeheizt, um die Spatzen-Käsemischung warmzuhalten, und Jo hatte sich ein Bier eingeschenkt, um sich abzukühlen. Birgit fragte ihn irritiert, ob er jetzt schon vorglühen müsse, und Jo behauptete, er würde wegen dem Kochen glühen und nicht wegen dem Bier. Was er nicht sagte, war, dass er nervös war.

Er hätte die Felleisen lieber nicht in seinem Haus gehabt, vor allem nicht im Garten. In den wenigen Beeten, die der Giersch nicht übernommen hatte, mickerten ein paar Eichblattsalate vor sich hin und die meisten Radieschen hatten beschlossen, dass sie lieber mager und holzig blühen wollten, statt fett gefressen zu werden. Unter dem Apfelbaum erstreckte sich eine Promenadenmischung zwischen einer Wiese und einem Rasen und direkt am Rand der Terrasse erhob sich ein Ameisenhaufen von inzwischen eindrücklicher Größe. Er hatte sich unter einem Steinbrechgewächs entwickelt, das nun um sein Leben wuchs, denn Sandkorn um Sandkorn waren die Ameisen dabei, es zu vergraben, und noch gelang es ihm immer wieder, eine Generation von Trieben an die Oberfläche des Hügels zu schieben.

Jo hatte durchgesetzt, dass sie im Haus aufdecken würden, er wollte die Gäste nicht auf der Terrasse auf die wackelige Holzbank setzen. Aber nach den ersten fünf Minuten, die die Gäste im Haus waren, hatte sich Jos Nervosität verflüchtigt. Die Felleisen trug Jeans, ein T-Shirt und ziemlich große silberne Indianer-Ohrringe; es war so ungewohnt, dass sie Jo irgendwie unbekannt vorkam. Einen Vornamen bekam sie nun auch: Anna. Fürchtegott hatte sich todernst in einen alten Frack geworfen und brachte als Gastgeschenk eine fast genauso alte Flasche Rotwein mit.

Die Ironie des Fracks brach das Eis sofort. Es gab ein ungezwungenes Durcheinander von Biereinschenken, Topfgucken und Konversation über das alte Haus, und schon standen sie im Garten und Birgit fragte, ob sie nicht lieber draußen essen wollten. Sie wollten, man schleppte Geschirr und Besteck und Jo fand sich mitsamt seinen Kässpatzen im Angesicht des Ameisenhaufens wieder.

»Ich kann ihn einfach nicht wegmachen, es geht nicht«, sagte er entschuldigend, obwohl niemand eine Entschuldigung erwartet hatte.

»Warum?«, fragte Birgit. »Du wolltest doch eigentlich.«

»Die Wahrheit ist …«, Jo zögerte, »die Wahrheit ist, als ich davorstand mit der Schaufel, da dachte ich, äh, vielleicht ist es ein hyperintelligentes Wesen …« Sie sahen ihn alle mit großen Augen an. »Ich meine …, ich dachte an den einen Scheibenweltroman …, kennen Sie die Scheibenweltromane? Da ist dieser hyperintelligente Ameisenhaufen …« Birgit verbarg stöhnend das Gesicht in den Händen. Anna Felleisen machte ein Pokerface, aber Fürchtegott grinste, zog die Augenbrauen hoch und nickte ermutigend und Jo fuhr fort: »Die Ameisen haben innen eine Pyramide errichtet, die Struktur bildet den Kosmos so ab, dass er verständlich ist, aber sie haben das Ganze aus Zucker gebaut und dann regnet es und alles ist einfach weg.«

»Aber das passiert doch ständig«, sagte Fürchtegott.

»Was?«

»Nun, dass eine Struktur den Kosmos abbildet und dann wird sie zum Beispiel einfach gegessen, wie das da.« Und er verspeiste die Blüte einer Kapuzinerkresse, mit der Birgit den Salat gekrönt hatte.

»Ich ahnte doch, dass die Salatesserei nicht unproblematisch ist«, sagte Jo düster.

»Sind Sie Anthroposoph?«, fragte Birgit geradeheraus.

»Möglicherweise inzwischen. Mein Vater war Anthroposoph. Ich hielt das nicht aus. Haute ab.«

»Wollzwerge?«, erkundigte sich Jo mitfühlend.

»So ähnlich.« Fürchtegott zog eine Grimasse. »Ich bin dann, wie gesagt, getürmt. Irgendwann später in meiner

Arbeit kam ich drauf, dass Formen der Natur gleichsam Standfotos von Prozessen sind. Und als es darum ging, die Prozesse zu sehen, bin ich wohl wieder zurück zu den Ahnen gegangen.«

Eine Weile widmete er sich mit Genuss den Kässpatzen, dann fuhr er fort: »Ich hab wieder Steiner gelesen. Und kam drauf – obwohl ich früher dachte, er hat einen Schlag in der Nuss –, dass er da quasi poetische Aussagen über selbstorganisierte Prozesse macht. Er nennt sie Geister.« Fürchtegott wedelte mit der Gabel in Richtung des Ameisenhaufens. »Ihr Garten, würde ich in diesem Sinne sagen, ist voller Geister. Die Seele der Ameisen, die Deva-Gottheit der Wicken ...«

»Ich wusste doch, dass sie hyperintelligent sind«, sagte Jo zufrieden.

»Wissen Sie, dass Sie mit diesen Worten den Grundstein legen für endlose eheliche Debatten?«, fragte Birgit verzweifelt. Anna Felleisen lachte lauthals. »Was machen Sie denn in Ihrem Garten?«, erkundigte sich Birgit.

»Nichts«, sagte Anna. »Wir haben keinen mehr. Seit die Kinder aus dem Haus sind, haben wir uns verkleinert. Und früher ...«, sie und Fürchtegott sahen sich an. »Na ja, das Nötigste. Ich bin Försterin, keine Gärtnerin.«

»Wie geht es Ihnen eigentlich als Vorgesetzte von so vielen Männern?«, forschte Birgit.

»Ups«, dachte Jo, »politisch höchst inkorrekte Frage. Ich hätte nicht gewagt, sie zu stellen. Wie machen Sie das als Marsmensch mit dem Atmen? Oder so ähnlich.«

Anna Felleisen hob entsprechend fragend die Augenbrauen.

Birgit setzte nach: »Haben Sie die letzte Beilage der Zeitung gelesen? Der Artikel im Wochenendmagazin.

›Arroganztraining für Führungsfrauen‹. Streng sein, kurze, prägnante Sätze, Rang, Revier, das verstehen auch Männer und so?«

Jo hob abwehrend beide Hände. »Bitte, damit hat die hiesige Redaktion nichts zu tun!« Niemand beachtete ihn.

»Wir haben das in der Klinik diskutiert. Die Männer waren ziemlich beleidigt.«

»Hab ich auch gelesen«, sagte die Felleisen. Plötzlich sah sie wieder sehr felleisig aus. »Wissen Sie, den meisten meiner Leute ist bekannt, wie man Jagdhunde dressiert. Sie wären nicht erfreut, wenn ich bei ihnen die gleichen Methoden anwenden würde. Ich finde, es ist einfach eine Frage der inneren Haltung. Ich bin überzeugt, dass meine Leute alles für mich tun würden.« Sie beugte sich vor, sah Birgit in die Augen, als ob sie zu einem ihrer Leute spräche, schaltete ihre Stimme einen Halbton tiefer und raunte: »Ich verlasse mich auf Sie.«

Mit ihrer Nase funktioniert das sicher, dachte Jo. »Sie kennen den Trick?«, wandte er sich an Fürchtegott. »Funktioniert er dann noch bei Ihnen?«

»Oh, das ist kein Trick«, erwiderte Fürchtegott, »das ist ein Archetyp – falls eine Psychologin heutzutage den Ausdruck noch gestattet.«

»Bei Kässpatzen und Bier, ja.« Birgit nickte gnädig.

»Alle Haudegen, die etwas taugen, sind im Auftrag einer Königin unterwegs. Die drei Musketiere, James Bond …«

»By appointment of her majesty. Das stimmt«, meinte Jo. »Aber was ist mit Superman, the Terminator und so?«

»Haben kein Glück mit den Frauen«, grinste Fürchtegott.

»Potz Donner, stimmt auch. Das ist eine Überlegung wert.« Jo hob das Glas und stieß mit Fürchtegott an, während die Frauen lachten.

»Wissen Sie«, Anna Felleisen nahm den Faden wieder auf. »Damals, als ich anfing, da wurde ich von Frauen ebenso infrage gestellt wie von Männern. So nach dem Motto: Hast du gar keine Angst im Wald allein?«

»Und? Hatten Sie Angst im Wald?« Wieder war es Birgit, die nachfragte.

»Im Wald nie. Nur einmal, als ich schwanger war und eine Woche lang allein auf einer Forsthütte übernachten musste. Ich hatte das Gefühl, jemand könnte ausspionieren, wo ich bin. Und wenn ich schwanger war, war ich irgendwie, hm, nervöser, schutzbedürftiger sozusagen. Ich habe dann mit dem geladenen Gewehr neben dem Bett geschlafen. Was wieder beweist, dass Schusswaffen als solche gefährlicher sind als die Gefahren, gegen die sie schützen sollen. Natürlich gefährlicher ...«, erläuterte sie auf die fragenden Blicke hin. »Ich habe eine 7x64. Mit der hätte ich durch die geschlossene Tür schießen können. Keine gute Idee, die nervös zu gebrauchen.«

»*Meine Güte*«, murmelte Johnny blass. »*Solche Artillerie benutzen sie nicht mal in Neapel.*«

»*Ich glaube, sie wird nicht mehr schwanger*«, versuchte Jo, ihn zu beruhigen.

»Apropos Hütte«, sagte er, »bevor wir zum gemütlichen Teil des Abends übergehen ...« Wieder wünschte er, er hätte das Thema nicht angefangen, aber es blieb ihm nichts anderes übrig. »Ich war neulich wieder auf der Kegelberghütte, eine Art Abschiedstreffen der alten Schafkopfrunde. Und da hab ich im Wald die Scherben von einem der Schnapsgläser der Hütte gefunden. Also, wie soll ich das erklären? Es ist so: Zwei Tage vor Herrigls Tod waren wir oben und haben mit vier Schnapsgläsern angestoßen. Am anderen Tag war der Klaus nicht oben. Am nächsten Tag fand seine Frau mittags ein Schnapsglas gebraucht auf dem Tisch vor, die Polizei hat es dann für Fingerabdrücke mitgenommen. Und als die Suchhunde kamen, da hat sich einer hinter dem Brunnen einen Scherben reingetreten. Und am Abschiedstreffen, da hat nicht nur das Glas gefehlt, das die Polizei mitgenommen hatte, sondern noch eins und da habe ich mich an den verletzten Hund erinnert und den Scherben hinter dem Brunnen gefunden.« Jo schwieg erschöpft. Alle warteten, etwas verwirrt von dem Gläserballett. »Und die Frage ist also: Wer hat das Glas hinter den Brunnen geschmissen und warum?«

»Und warum, glauben Sie?«, wollte Anna Felleisen wissen.

»Weil jemand das Glas schnell beseitigen wollte. Weil man auf dem Tisch nur eines finden sollte und nicht zwei.« Während Jo dies sagte, sah er im Geiste all die Zeitintervalle, in der das Glas sonst aus irgendeinem harmlosen Grund hinter dem Brunnen hätte landen können: Die Zeit, als Klaus die Hütte aufräumte, die lange Zeit, als er am Tag seines Todes oben war. Jo machte sich lächerlich.

Aber Anna Felleisen zog die Luft ein. Dann sagte sie: »Es gibt noch etwas Seltsames: Die Nachfolgerin von Herrigl hat den Computer übernommen. Als sie zum ersten Mal das Textverarbeitungsprogramm öffnete, war da natürlich die Liste der zuletzt gebrauchten Dateien. Und die letzte Datei war diejenige, die Herrigl an seinem Todestag zuletzt geöffnet hatte. Am Donnerstag, dem 22. Juli, um 13 Uhr. Als wir damals die Chronik der Dateienverwaltung überprüft haben, war sie nicht erschienen, weil sie auf einem externen Datenträger war, auf einem Stick.«

»Und der Stick?«

Anna Felleisen zuckte mit den Schultern. »Ich habe bei Frau Herrigl nachgefragt. Sie hat gesagt, dass sie nicht weiß, ob und welche Sticks ihr Mann hatte. Oben auf der Hütte sei ihr damals nichts aufgefallen. Sie haben noch beim Simmerl nachgefragt, diskret, damit er keine Watschen mehr einfängt. Aber der sagt, da war keiner.«

»Und was ist es für eine Datei?«

»Eine Textdatei, wie gesagt. Sie heißt ›Olaf‹.«

»Olaf. Kennen Sie einen Olaf?«, fragte Jo. Er sollte diese Frage noch öfter stellen.

»Nein. Ich kann mit dem Namen gar nichts anfangen.«

*

Anna Felleisen hatte eigentlich keine Lust, dieses Fass aufzumachen. Eigentlich überhaupt nicht. Bei Wirbel um Herrigl konnte auch posthum nichts herauskommen als eine Menge alter Feindschaften und Gerüchte um sein Liebesleben, alles Dinge, die seiner Nachfolgerin das Leben nur schwermachen konnten. Andererseits wollte sie nicht den Eindruck erwecken, dass sie mauerte. So nett Jo Murmann war, Presse war Presse, und je mehr sie zumachte, desto mehr würde er vielleicht hinterher sein. Und es war auch nicht so, dass ihr an Herrigl und der Wahrheit nichts lag.

Schließlich hatte sie an dem Abend eine pragmatische Entscheidung getroffen: Sie würde selbst zur Polizei gehen. Damit nahm sie Jo Murmann das Heft aus der Hand und behielt den Überblick.

»Wissen Sie«, hatte sie ihm gesagt, »es kommt besser, wenn ich im Kampfanzug reingehe, ich meine mit Dienstabzeichen und so.« Jo schien erleichtert, dass sie ihm die Entscheidung abnahm, und damit hatten sie das Thema wechseln können und der Abend war gerettet.

Die Polizei residierte in einem frisch gestrichenen weißen Neubau mit blauen Fensterrahmen, eine beruhigende Farbkomposition der bürgerlichen Ordnung Bayerns. Felleisen fand sich hinter der Eingangstür in einem kleinen Vorzimmer wieder. Geradeaus ging es zum Treppenhaus, versperrt durch eine Glastür, die nur per Knopfdruck einer autorisierten Person zu öffnen war. Die autorisierten Personen befanden sich rechter Hand hinter der zweiten Tür, die in die Wache führte. Links an der Wand waren ein paar hölzerne Klappsitze angeschraubt. Auf einem dieser Sitze saß ein junger Mann, der sich bemühte, den Eindruck zu erwecken, dass er freiwillig hier herumsaß. »Ma ko einfach neigeh«, versicherte er ungefragt, um seine Souveränität zu demonstrieren. Man konnte nicht, sondern musste erst klingeln.

Die Besatzung der Wache bestand aus zwei jungen Polizisten, einer davon weiblich. Der junge Mann kam zu Felleisen an den Tresen, die Frau blickte eisern geradeaus auf ihren Bildschirm und trommelte mit langen, schaufelförmigen Fingernägeln auf das Keyboard ein. Wahrscheinlich waren es Spezialwerkzeuge zum Einsammeln von DNA-Proben: keine Wattestäbchen mehr, sondern ein kurzer Hieb mit den Krallen.

Felleisen legte die Unterarme auf die makellose graublaue Kunststoffplatte, die sie von dem jungen Polizis-

194

ten trennte: »Ich bin angemeldet beim Dienststellenleiter. Felleisen, Forstverwaltung.«

Der Polizist telefonierte und bat sie schließlich, im Vorzimmer zu warten. Sie setzte sich auf einen der Klappstühle neben den jungen Mann, der sie neugierig anschaute: »Habts an Wuidara gfundn?«

»Naa, a Glasscherben«, sagte Felleisen wenig auskunftsfreudig. Wilderer. Sonst noch was.

Es war gestern Abend wirklich lustig geworden, dieser Jo Murmann hatte einen solchen Kindskopf-Teenager-Humor, sie hatten das Du getauscht und am Ende hatten sie Subventions-Scrabble gespielt. Jo hatte es erfunden und Fürchtegott war begeistert gewesen: Man durfte nach jedem Spielzug von einem Stapel Karten eine ziehen und wenn man ein Herz hatte, durfte man eine neue Regel erfinden oder eine alte ändern. Je nachdem, für welche Struktur man sich Punkte zuschanzte, entstanden dann auf dem Brett kurze, eng gepackte Worte oder lange, die zwei Worte verbanden, welche mit möglichst wenig Vokalen und so weiter. Es war laut und chaotisch geworden und unheimlich komisch und Birgit hatte gesagt, das dürften sie nie zu zweit spielen, weil sie sich dann gegenseitig umbringen würden.

Felleisen sah durch die Glastür einen hochgewachsenen grauhaarigen Polizisten die Treppe herunterkommen. Sie stand auf, er öffnete die Tür, schüttelte ihr die Hand und bat sie herein. »Engelbrecht«, stellte er sich vor. »Gehen wir in mein Zimmer.«

Es war das übliche Kunststoff- und Metallbüro, in dem Beamte hausten. Anna Felleisen dachte kurz mit Wehmut an ihr altes Forstamt, ein ehrwürdiges Haus mit knarzendem Parkett und richtigen Holzmöbeln. Jetzt klebten stattdessen Werbeplakate für den gesunden Rohstoff Holz in ihrem Büro herum, es war absurd.

Engelbrecht offerierte ihr einen Stuhl und setzte sich. »Was kann ich für Sie tun? Es geht um den Fall Herrigl, sagten Sie? Ich habe die Akte eingesehen.«

»Es sind zwei Hinweise aufgetaucht, dass sich Herrigl nicht allein auf der Hütte aufgehalten hat, von der er dann aufgebrochen ist.« Anna Felleisen erläuterte die Sache mit dem Stick. Dann schob sie die Glasscherbe über den Tisch. »Das Neuschwanstein-Glas liegt bei Ihnen in der Asservatenkammer oder wie das heißt. Hier ist ein Stückchen Linderhof.« Sie erzählte von Jos Vermutung und legte zuletzt noch den Manschettenknopf daneben, den Birgit an der Felskanzel gefunden hatte.

Engelbrecht schaute mit sehr gedämpfter Begeisterung auf den Knopf und die Scherbe, ohne sie anzurühren. »Und jetzt möchten Sie, dass der Fall wieder aufgerollt wird.«

»Ich möchte gar nichts. Ich wollte Sie nur über die Fakten in Kenntnis setzen.«

»Sie wissen, dass die Entscheidung nicht bei mir liegt. Die Herrin des Verfahrens ist immer die Staatsanwaltschaft.«

»Und wie glauben Sie, wird sie entscheiden? Ich denke, Sie verfügen da über eine gewisse Erfahrung«, sagte sie. »Wenn nicht sogar Einfluss«, dachte sie.

Engelbrecht seufzte. Die äußeren Augenwinkel schienen plötzlich ein bisschen nach unten zu kippen, er sah müde aus. Vielleicht war er eine Art Wallander: Sobald er zur Tür rausging, würde es regnen und er würde mit rot geränderten Augen, gedopt von unzähligen Litern Kaf-

196

fee, die Scherben der zusammenbrechenden Gesellschaft auf seinen gebeugten Schultern tragen.

»Ich sehe da ziemliche Schwierigkeiten. Das Glas und den Stick kann Herrigl selbst aus irgendeinem Grund zerbrochen beziehungsweise entfernt haben. Oder der Bub, der den Computer entwendet hat, hat den Stick rausgezogen. Und selbst angenommen, wir finden eine Person, die sich auf der Hütte aufgehalten hat. Dann müssen wir ihr erst noch einen Zusammenhang mit dem Absturz nachweisen, der sich in erheblicher Entfernung von der Hütte ereignet hat. Und der Manschettenknopf: Ihr Zeuge sagt ja selbst, dass er schwer zu finden war und vielleicht schon sehr lange da herumlag. Und selbst wenn wir eine Person finden, die zum Zeitpunkt des Absturzes mit ihm auf der Kanzel war: Eine vorsätzliche Tat wäre ihr so gut wie überhaupt nicht mehr nachzuweisen. Ohne einen Augenzeugen ist das nahezu unmöglich. Aber wie gesagt, die Entscheidung liegt bei der Staatsanwaltschaft.«

»Natürlich. Ich erinnere mich: Sie sind Hilfsbeamte der Staatsanwaltschaft. Die Förster ja auch. Manchmal.« Ein Schimmer von Interesse erschien im Engelbrecht'schen Auge und Felleisen fuhr fort: »Man hat uns in der Ausbildung mit dem Polizeiaufgabengesetz traktiert. Und gleichzeitig wurden wir verdonnert, tunlichst nicht die Rolle zu übernehmen, sondern bei seltsamen Vorgängen im Wald den Rückzug anzutreten, die Polizei zu informieren und ihr alles Weitere zu überlassen. Was ich hiermit getan haben wollte.«

Engelbrecht lächelte leicht, stand auf und trat ans Fenster, schaute hinaus und sprach, mit dem Rücken zu ihr: »Von der Kriminalpolizei haben sie uns zehn Mann abgezogen für die Soko Distel im Chiemgau. In München ist derzeit Sicherheitskonferenz. Wissen Sie, wie viele Streifenwagen wir hier noch im Landkreis haben?« Er hob die Hand mit zwei gestreckten Fingern, aber nicht zum Victory-Zeichen. Es hieß zwei.

»Sie haben auch eine Reform hinter sich?«, fragte Felleisen teilnahmsvoll.

Engelbrecht drehte sich um. »So ist es.« Mehr gab's da nicht zu sagen.

Sie erhob sich. »Nun, ich wollte nur nichts verschwiegen haben. Das ist alles.«

Engelbrecht nickte. »Ich schätze das ebenso wie Ihr Verständnis.«

In dem Moment stach Felleisen der Hafer. Ganz so einfach sollte er nicht davonkommen: »Übrigens hat mich überrascht, mit welchem Aufwand Sie einen Viehdiebstahl verfolgen. Diese Bergung des Schlittens aus dem Jachensee war sicher keine billige Aktion.«

Engelbrechts Kiefermuskeln bewegten sich kurz. Dann entgegnete er: »Auch das eine Entscheidung der Staatsanwaltschaft. Auf die ich keinen Einfluss hatte.«

Felleisen sah ihm direkt in die Augen und nickte. »Ich verstehe.« Es war von ganz oben gekommen. Auch da gab's nichts mehr zu sagen.

Er öffnete die Tür, um sie hinunterzubegleiten. Felleisen zögerte einen Moment und nahm dann den Manschettenknopf vom Tisch. Engelbrecht widersprach nicht. Dann ging sie hinaus.

*

Johnny rannte aufgeregt im Kreis. »Ich wusste doch, dass die Bullen nichts unternehmen. Ich wusste es. Und die

Queen ist auch nicht scharf drauf. Sie müsste ihren Dienst-unfallbericht wieder aufmachen und dazu hat sie null Bock. Es bleibt an uns hängen.«

»Die Frage ist: Was machen wir jetzt? Ich kann und will doch nicht in Schöllau rumlaufen und nach Klaus' Verflossenen fragen.«

»Warum sollte eine Verflossene eine Datei klauen, die Olaf heißt? Wenn sie Sabine hieße oder Monika oder sweet love. Aber Olaf?«

»Vielleicht ihr Ehemann. Olaf war ein Mordkomplott, um ihn aus dem Weg zu schaffen.«

»Was man brav in den Computer tippt?« Johnny setzte sich und legte die Füße auf den nächsterreichbaren Tisch. »Weil Lehner uns den Floh mit den Puppen ins Ohr gesetzt hat, suchen wir jetzt nach einer. Aber wenn du die Indizien anschaust: Schnapsglas, Stick, Manschettenknopf, dann ist es ein Kerl.«

»Olaf?«

Jo seufzte.

»Was ist los?« Birgit schaute von den Gutachten auf, die sie auf dem Terrassentisch ausgebreitet hatte.

»Anna hat mich angerufen. Die Polizei unternimmt nichts. Sie sagt, auch wenn jemand auf der Hütte war, einen Zusammenhang mit dem Absturz kann man nicht nachweisen.«

»Dann krieg ich den Manschettenknopf zurück«, meinte Birgit zufrieden. »Sie hat es mir versprochen.«

»Du bist eine eiskalte Materialistin. Mich lässt einfach das verdammte Gefühl nicht los, dass was faul war da oben und an dem Tag. Andererseits weiß ich einfach nicht, wie ich noch irgendwas rausfinden kann.«

Birgit schwieg. Schließlich sagte sie: »In dem Fall musst

du einfach in Verbindung bleiben. Wenn du's nicht weißt, musst du warten und in Verbindung bleiben.«

»Womit?«

»Na, mit dem Thema, mit dem Umfeld. Er wird dich schon wieder anklingeln, der Klaus.«

»Wer ist jetzt der Psycho?«, nörgelte Jo.

»Na, ich natürlich. In der Psychologie nennt man das ›Übertragung‹.« Sie lachte.

»Ich dachte, ihr habt den Psychotiker rausgeschmissen?«

Ihr Lächeln erlosch. »Das haben wir. War nicht lustig.« Und sie beugte sich wieder über ihren Laptop.

Jo schaute einem Schmetterling nach, der am Sommerflieder herumtaumelte. »Gut«, dachte er. »Das wäre dann die INVEKOS-Geschichte.«

6. KAPITEL

Das Gras war lang und glänzend, und die Halme bogen sich zu Tal wie dünnes, grünes Haar, das hangabwärts gebürstet lag. Die Schatten der Fichten, die tief beastet und zerzaust über den Hang verteilt standen, waren kurz und reichten nur manchmal über den Steig, die Wurzeln krallten sich ins Gestein und hielten die wenige Erde. Es roch nach Harz und das weiße Geröll, das den Weg säumte, schien die Hitze zu reflektieren.

»Ein Scheißlicht«, hörte Jo den Fotografen murmeln.

Auch Wagner hatte es gehört: »Am Rückweg ist es dann Abend«, munterte er sie auf. Er hatte nur Schweißflecken unter den Achseln, aber Jo war schweißgebadet und dem Fotografen, wie immer mit Springerstiefeln und Khaki eher für den Kosovo gerüstet als für eine Bergtour, klebte das Hemd am Leib. Sie standen still und man hörte einen Moment nur das laute Hecheln Aufis, dem die Zunge weit aus dem Maul hing. Wagner warf einen prüfenden Blick voraus: »Da oben kommt ein Schattenplatz unterm Fels. Mach ma Pause.« Unter dem Überhang war es nicht nur schattig, sondern auch ein klein wenig erdig und feucht. Aufi legte sich lang in die Kühle. Sie holten die Trinkflaschen aus den Rucksäcken und setzten sich. Wagner schüttete etwas Wasser in einen Plastiknapf und gab Aufi zu trinken. Eine Zeit lang hörte man nur das Schlabbern der Hundezunge.

Wagner wartete, bis sich eine gewisse Entspannung breitgemacht hatte. »Schneeschub«, erklärte er dann und zeigte auf eine kleine Fichte, die krumm wie ein Säbel erst hangabwärts und dann in die Höhe wuchs. »Der Schnee rutscht, drückt das Baumerl immer wieder nach unten und schlimmstenfalls reißt er's ganz raus. Der Jungwuchs hat hier bloß unter Wurzelstöcken oder unter einem Felsen eine Chance. Ihr seht's ja, wie das Gras liegt, da rutscht alles. Ist der Gemeindewald von Schöllau. Der Griesler hat da ein Weiderecht und hat das angeben als INVEKOS. Ich weiß auch nicht, wann da eine Kuh lauft, aber ...« Wagner zuckte die Achseln.

Griesler war der Hausname des Besitzers der Griesalm, zu der sie unterwegs waren.

Wagner spann seine Gedanken fort: »Da heroben kommt's einem vor, als ob es wurscht ist, ob da irgendwo im Tal unten ein Gesetz gemacht wird. Als ob eh nie ein Mensch heroben wär und alles bleibt, wie's ist. Vielleicht bleibt's lang auch so. Aber irgendwann, wenn die alten Bäum sterben, dann kommt's auch hier oben an.«

*

§2 (2) kein Wald im Sinne des Gesetzes sind ...

4. bestockte Flächen, die am 6. August 2010 im Flächenidentifizierungssystem gemäß §3 Satz1 der InVeKoS-Verordnung vom 3. Dezember 2004 (BGBl. I S.3194), die zuletzt durch Artikel 2 der Verordnung vom 7. Mai 2010 (eBAnz AT 51 2010 V1) geändert worden ist, als landwirtschaftliche Flächen erfasst sind, solange deren landwirtschaftliche Nutzung anhält.

Es war diese unverständliche, aber machtvolle Ansammlung von Worten im Bundeswaldgesetz, die Wagner meinte und die Klaus Herrigl so aufgeregt hatte.

»Ich muss das Thema anschaulich machen«, hatte Jo zu Anna Felleisen gesagt. »Ich muss über die Beispiele vor Ort schreiben. Wo und wie ist Wald zu Nicht-Wald geworden und was heißt das?«

Jo hatte das Thema bei Herzog durchgesetzt, was einfach gewesen war, im Sommerloch war jede Initiative für einen Artikel willkommen. Dann hatte er Anna angerufen, war zu ihr ins Büro gefahren und hatte die Ausgabe von ›Der Almbauer‹ mitgebracht, die ihm der Bichl Sepp gegeben hatte.

Und da hatte sie doch das LaFIS-Programm erneut für ihn aufgemacht: »Ich kann dir in diesem Programm keine Waldweideflächen als solche zeigen, sie sind nicht kartiert, aber was du hier sehen kannst, sind die schraffierten INVEKOS-Flächen, die sich am Luftbild mit Wald überlagern, wo also für Waldweide Subventionen beantragt wurden.«

Sie wischte ein paarmal energisch mit der Maus und schwenkte die Ansicht auf dem Bildschirm ins Gebirge.

Jo schaute einen Moment nicht auf den Computer, sondern auf Anna. Sie war eine schöne Frau und er saß gern bei ihr und ließ sich was erklären, aber die Prise Aufregung war weg. Birgit, diese Schlange. Sie hatte Anna erfolgreich das Etikett ›Unsere gute Freundin‹ draufgeklebt. Und dazu kam: Sie hatte im Gegensatz zu Fürchtegott nicht denselben Humor wie er. Ob Jo nun nicht der Typ dafür war oder einfach zu alt: Eine verhängnisvolle Affäre, die seine ganzen Sozialbeziehungen über den Haufen werfen würde, lag ihm überhaupt nicht. Zumindest solange Anna es nicht darauf anlegte.

Und die war offensichtlich auf anderes konzentriert: Das Luftbild zeigte einen Talkessel, in den eine Straße hineinführte und an einigen Gebäuden endete. Ringsum erstreckte sich Wiese, dann kamen Bäume, die wie mit dem Pfefferstreuer verteilt waren, schließlich nach außen zu immer dichter standen.

»Weißt du, wo das ist?«

Jo war kein altgedienter Bergwanderer. »Keine Ahnung«, gab er ehrlich zu.

»Na fein, wunderbar für den Datenschutz«, grinste sie. Dann klickte sie die INVEKOS-Schraffuren her. Sie bedeckten den ganzen Talkessel außer den Gebäuden. Ein weiterer Klick und weiße Höhenschichtlinien legten sich über das Bild.

»Kannst du die Linien lesen?«

Jo nickte. Wo sie enger beieinander waren, da war es steiler.

»Du siehst hier, wo es weniger steil ist, da sind auch die Bäume spärlicher. Da gehen sie bei Besichtigungen mit den Politikern hin. Die Bäume bedecken weniger als 40 Prozent der Fläche, das war eine Voraussetzung für die Subvention.« Jo nickte, das wusste er noch vom Bichl Sepp. »Es ist nicht so steil, alles scheint zu passen. Das Problem ist bloß: Wenn die wenigen Bäume ausfallen, dann kriegst du keine neuen mehr hin.«

Jo hakte nach: »Die Almbauern schreiben da von einem Zielkonflikt. Dass der Forst teilweise alles aufforsten wollte, wo sie schon seit ewig ihre Weide haben. Sie hätten gar nichts gegen die Bäume, die dort schon stehen, im Gegenteil.«

»Das ist immer das Argument. Aber die paar Bäume, genau die brauchen das Waldgesetz. Wenn die Fläche laut Gesetz kein Wald mehr ist, fehlt die gesetzliche Grundlage dafür, dass diese Bäume bleiben oder ersetzt werden, wenn sie alt sind. Und es kommt die Zeit, wo die ausfallen, und dann müsste man verjüngen, manchmal auch für einige Jahre das Vieh aussperren. Dasselbe Problem haben wir mit dem Wild: Wenn die Flächen nicht mehr als Wald gelten, werden sie nicht mehr vom Vegetationsgutachten erfasst, wie viel Jungwuchs verbissen wird, weiß dann keiner mehr. Infolgedessen wird auch nicht mehr gejagt werden, um die Verjüngung zu schützen. Das wird alles wegfallen.« Anna holte Luft und konzentrierte sich auf die Formulierung: »Der grundsätzliche Denkfehler an der ganzen Sache schaut so aus: Diese lichte Parklandschaft ist tatsächlich sehr artenreich, aber du kannst sie in der Form nur erhalten, solange das Waldgesetz die Bäume schützt. Ohne Waldgesetz hast du irgendwann aber gar keine Bäume mehr. Und ohne Bäume ist dann wieder die Biodiversität geringer.«

»Du meinst, es nutzt dem Naturschutz nichts?«

Anna schnaubte: »Steht in dem ganzen Gesetz- und Verordnungstext irgendwo ein Wort von Naturschutz? Oder steht da nur was von Subventionen? Jede Fläche ist anders. Man hätte das von Fall zu Fall vernünftig diskutieren müssen. Aber so geht es nur um Geld.« Sie wandte sich wieder dem Computer zu, ließ die Maus über das Bild wandern: »Weiter hinten wird es wesentlich steiler, wie du siehst, da stehen auch die Bäume dichter, enger als die 40 Prozent. Die Fläche ist auch schraffiert, INVEKOS, jetzt also laut Gesetz kein Wald mehr, aber so weit gehen die Politiker nicht den Berg rauf.«

»Die Fläche hätte also gar nicht erst subventioniert werden dürfen.«

Anna nickte.

»Also Subventionsbetrug.« Jo verwendete das hässliche Wort, das Klaus gebraucht hatte.

»So ist es. Mit langfristigen, weitreichenden Folgen.« Anna schob den Mauspfeil weiter. An einer Stelle war es offensichtlich sehr steil, die Höhenschichtlinien standen dicht. Dort waren auch keine Bäume, sondern kleine Pünktchen.

Ein Klick mit der Maus. Über diese Fläche legte sich eine rote Schraffur, die sich nun mit der grünen der Subventionen überlagerte.

»Schutzwaldsanierung«, hatte Anna gesagt. »Die Punkte da sind Dreiecksböcke zum Schutz vor Schneeschub, darunter ist gepflanzt.

»Das gibt's doch gar nicht!« Jo suchte mit dem Finger nach der Stelle im ›Almbauer‹. »Da stehts: ›Ebenso sind und bleiben Flächen, auf denen der Freistaat Bayern Schutzwaldsanierungsmaßnahmen durchgeführt hat, von einer Beweidung und Agrarförderung ausgeschlossen.‹ «

»Tja«, sagte Anna Felleisen, »dann hab ich da wohl eine Fata Morgana auf dem Computer.«

»Ist das die Saukogelverbauung?«

Anna lächelte und wischte das Bild weg: »Wo subventioniert wird, darf ich dir ja nicht sagen. Aber wenn du solche Flächen sehen willst – du bist doch großartig vernetzt inzwischen: An deiner Stelle würde ich zu Wagner gehen, der alte Hase kennt sich aus. Und mit Lauterbach hast du doch geschafkopft. Der kann dir vielleicht auch noch mehr über die politischen Hintergründe erzählen. Und bevor ich's vergess: der Manschettenknopf. Ich hab ihn Birgit versprochen.«

*

Und nun lag der Manschettenknopf im Handschuhfach seines Autos 800 Höhenmeter weiter unten. Dort im Tal wand sich das glitzernde Band der Schöllach, breitete sich das Mosaik der Wiesen, Wälder, Hecken, Dörfer und Straßen im Mittagsdunst aus. Ringsum strömte der Faltenwurf der Berge in die Tiefe. Und dieses Gesetz kroch die Hänge hoch und würde irgendwann hier oben sichtbar werden. Und Jo schien plötzlich, als ob da an der Oberfläche der Erde zwei Reiche aufeinanderstießen: Aus der Erde jenes Reich der Devas, der selbstorganisierenden Prozesse von Pflanzen und Tieren, die ein Potenzial von Formen mitbrachten, von Revieren und Lebensräumen. Und von oben senkte sich das Netz herab, das in Annas Hirnbrille sichtbar geworden war: Eine Matrix von Kategorien und Ökonomien, ein Netz menschlicher Absichten und Unterteilungen, von Geld und Gesetzen, das jenes der Devas überlagerte. Und das, was dabei herauskam, war etwas, das Jo Landschaft und Heimat nannte.

Sie schwiegen und die Hitze selbst schwieg. Schließlich stemmte Wagner sich hoch, packte Aufis Wassernapf und die Flasche wieder ein. »Schau ma weiter«, sagte er.

Als sie den Grat erreichten, war die Hitze gebrochen. Der erste Hauch des Abendwindes war zu spüren, ein willkommenes Lüftchen. Auf der anderen Bergseite lag das Hochtal der Griesalm. Unten im Kessel stand das lang gezogene Almgebäude, hinten der Stall, vorn der Wohnteil, dessen Umgriff mit einem Holzgeländer vor dem Vieh geschützt war. Im zunehmend frischen Wind durchquerten sie abwärts die Hänge durch den lichten Wald. Wagner leinte den Hund an, weil er damit rechnete, auf Rinder zu treffen. »Der Griesler hat bloß Jungvieh heroben. Wenn Kälber da wären, wär das mit dem Hund zu gefährlich.«

»Reißt der Kälber?«, fragte der Fotograf entsetzt.

Wagner lachte. »Naa, naa, die Küh täten den Hund reißen!« Jetzt waren auch mehr und mehr Viehspuren zu sehen, an feuchteren Stellen waren sie tief in die Erde eingesunken wie schmale Schlammtrichter, dazwischen wuchsen fetter Huflattich und Disteln. »Alles wertvolle Orchideenwiesen«, sagte Wagner ironisch.

Der Weg stieß auf einen Wasserlauf, dem sie abwärts folgten. Er mündete in einen kleinen See, dessen Ufer zur Hälfte zertrampelt und von Kuhfladen verziert war. Auf der rechten Hangseite sah man graue Wurzelstöcke auf einer Fläche, die der Hanglinie folgte wie ein Halbmond. Am Hang darüber schloss sich ein weiterer Halbmond gerodeten Waldes an, helle Stöcke, die Bäume mussten erst neulich geschnitten worden sein, Erde und Gestein waren noch aufgerissen vom Abtransport der Stämme. »Das erste Stück, das der Griesler weggeschnitten hat, das war, wie sie die Subventionen umgestellt haben auf reine Weidefläche. Die Rodung war illegal und der Herrigl hat das abgestellt. Und das zweite, drüber, das hat er jetzt weggemacht.«

»Warum?«, wunderte sich Jo. »Er kriegt doch die Subventionen jetzt auch im Wald?«

Wagner zuckte die Schultern. »Sicher ist sicher, hat er sich wohl denkt. Weg is weg. Jetzt darf er ja. War ja nach dem Gesetz kein Wald mehr.« Er sah prüfend auf die Stöcke. »Stehn a bisserl eng. Waren wohl auch mehr als die 40 Prozent Bestockung. Hat er sich vielleicht denkt, wenn die das noch mal prüfen, bin ich auf der sicheren Seite, wenn alles weg ist.«

Der Fotograf war am Arbeiten: Das Bild der Wasserfläche vor dem gerodeten Hang. Er pirschte herum, um eine Kuh mit ins Bild zu bekommen. Aufi schlabberte durstig im See.

Als der Fotograf zufrieden war, marschierten sie den Rest des Weges bis zur Almhütte. Die Stalltür an der Rückseite des Hauses stand offen, rundum wuchsen dunkelgrün die Brennnesseln. Die Fensterläden des Wohnteils waren geöffnet, aber niemand antwortete auf ihr Klopfen. Wagner und Jo setzten sich auf die Bank vor die Hütte, der Fotograf schaute prüfend auf die Wolken, die vereinzelt über den westlichen Grat gezogen kamen. »Ich mach besser noch ein paar Aufnahmen«, beschloss er, »bevor es zuzieht.« Das Licht strömte schräger und klarer in den Talkessel, belebt von der Beleuchtung trieb der Fotograf sich herum, während Jo und Wagner ihr Proviant auspackten.

»Schon schön«, sagte Jo und lehnte sich zurück. Die Wiesen vor der Hütte taten das, was in alten Büchern ›erglänzen‹ hieß, kleine Blumen, deren Namen Jo nicht kannte, nickten mit den Köpfen.

»Freilich schön«, sagte Wagner, »wo's passt.«

»Ja Sacklzement, schaugst glei, dass d' weida kimmst, Stadtfrack verreckta!« Hinten im Stall war der Aufstand ausgebrochen.

»Pfoten weg von der Kamera!«, brüllte der Fotograf.

Das konnte Mord und Totschlag geben. Was seine Kamera betraf, konnte der Fotograf zur Furie werden. Brotzeitdosen und Taschenmesser kullerten von der Bank, als Jo aufsprang und um die Almhütte rannte. Die Stalltür kam in seinen Blick und der Fotograf, der seine Kamera umklammerte und rückwärts gehend bei jedem zweiten Schritt einen wütenden Tritt gegen den Mann zielte, der ihn mit einer Mistgabel vor sich hertrieb. Als dieser Jo erblickte, hielt er inne und schwenkte die Gabel prophylaktisch zwischen beiden Zielgruppen hin und her.

»Einfach in Heisa neilaufa und fotografiern. Ja, gheert si des?«

»Das ist doch kein Haus, sondern ein Stall!«

»A Stoi is a Haus, du Depp!«

Jo legte dem Fotografen begütigend die Hand auf den Arm und sagte gleichzeitig ebenso begütigend zu dem Gabelkrieger: »Sie haben recht. Er hätte um Erlaubnis fragen sollen.«

»Die Tür war sperrangelweit offen!«, protestierte der Fotograf.

»Lasst du dahoam nia de Dia offn?«

»Ja, ja. Is ja gut.«

Als der Mann merkte, dass man ihm im Prinzip recht gab, beruhigte er sich so weit, dass er die Gabel senkrecht stellte und sich an den Türrahmen lehnte.

»Servus, Griesler«, sagte Wagner jetzt, der, Aufi eng am Bein führend, inzwischen dazugekommen war.

Der Mann wandte ihm sein hageres Gesicht zu, zog die Augenbrauen über der scharfen Nase noch weiter zusammen: »Ah, du. Des hätt i ma ja denkn kenna. Oiwei, wenn's an Krach gibt, is a Ferschta ned weit.«

Wagner lachte gutmütig. »I bin jetzt pensioniert. Mit mir konnst bloß no an pensionierten Krach ham.«

Der Griesler setzte eine verschmitzte Miene auf. »Und wia schaugt nacha der aus, so a pensionierter Krach?«

»Der schaugt so aus, dass i dir sag, dass des ned schlau war, da obn des Stück owaschneidn. Der Hang kimmt dir. Du host scho die erste Reißn drin.«

»Schmarrn. Mei Familie hod de Alm scho seit zwoa-hundert Jahr. Brauchst ma nix verzähln, wia ma was macht.« Und mit diesen Worten trat der Griesler in den Stall zurück und schloss die Tür.

Wagner zuckte die Schultern. »Die Bäum warn auch zweihundert.« Sie gingen zur Bank zurück und klaubten die Brotzeit zusammen. Drinnen im Haus hörten sie den Griesler rumoren, aber raus kam er nicht mehr. Sie marschierten los und stießen am Rand des Talkessels an einen großen Holzpolter, die Stämme, die der Griesler oben geschnitten hatte. Ab hier verlief auch eine Forststraße und in ihrem Verlauf kam ihnen ein gewaltiger Traktor mit einem Kran und einem Radlader für Holztransporte entgegen. Sie drückten sich an den Rand des Weges und ließen ihn passieren, während sie die Luft anhielten und der Staub sich weiß über die Stauden am Straßenrand legte.

Der Fotograf schaute besorgt nach seiner Tasche, ob sie auch wohl geschlossen war.

»Nervig heute für dich?«, fragte Jo.

»Mei, wild ist der Westen, schwer ist der Beruf«, sagte der Fotograf. »Aber so einen Spinner wie den hab ich noch nie erlebt. Ich versteh, dass die Leute nervös werden, wenn man ihr Hühner-KZ fotografiert. Aber ein Almstall, wo ist das Problem? Romantisch und so. Der hat ein super-riesiges Gehörn da hängen, an der Giebelwand, wo die Tür ist. Das sieht man von außen nicht.« Und er breitete die Arme aus bis auf fast einen Meter. »Wie von einem Auer…« Das Wort blieb ihm im Halse stecken. Er stand da mit ausgebreiteten Armen und die Männer starrten sich sprachlos an.

*

»Er ist nimmer dazu gekommen, ein Foto zu machen, der Griesler war schneller.«

»Dann hod er's scho weg, da host recht«, sagte der Bichl Sepp und nickte Wagner zu. »Irgendwo werd er's an Berg naufham oder glei abitransportiert, vasteckt zwischn am Hoiz. Der Siach, der elendige.«

»Vergesst die Polizei«, hatte Wagner gesagt und Jo war diesem Rat gern gefolgt. Als Journalist Leute anzuzeigen, erhöhte das Mitteilungsbedürfnis späterer Informanten nicht. Und es war auch Wagners Rat gewesen, dass man am besten mit dem Bichl Sepp reden müsse.

Die Bichlin hatte sie auf die Wiese geschickt, wo der Sepp beim Mähen war. Sie standen im Geruch des geschnittenen Grases, das ihre Schuhe grün färbte. Der Traktor tuckerte im Leerlauf.

»D'Polizei war wenga dem Auerochsn nauf und nunter umanand, hod natierle die Lena ausgfragt. Wo der Schlittn her is, hod koana gwusst oder woit koana wissen. Jetzt moan i, dass'n der Griesler auf der Alm ghabt hod. Flaggt a Haufn Glump da obn in seim Schupfn.« Der Sepp schob die Augenbrauen zusammen im Nachdenken und im Zorn. »I hob ma glei denkt, der oanzige Plotz, wo ma so a Viech zerlengn ko, is unser kloans Schlachthaus vom Notschlachtverein. Des hob i aa die Polizistn gsagt. Aber die ham allaweil nach am Gwahr gsuacht und d'Lena gnervt, weil der Griesler immer vazählt hod, er hätt an Schuss gheert.«

Sepp drehte den Zündschlüssel und machte den Motor aus, saß da und dachte nach.

»Und wie hat der den Stier zum Schlachthaus gekriegt übers Eis?«

»Oh mei«, sagte Sepp. »Mit ana brunftigen Kuah bringst an Stier zum Nordpol und zruck.«

»Und alles der Griesler allein?«

»Naa, der hod no zwoa Buam. Und de ham zwoa Fliang mit oana Klappn gschlong, ham am Ochsen-Schmidt oane neizundn und woitn's am Klaus ohenga. Der Ruach, der hinterfotzige.« Sepp starrte in die Ferne und ein Unterlid spannte sich. Es gab für Jo keinen Zweifel, wen er an der Beerdigung gemeint hatte.

»Leit«, sagte der Bichl und seine riesige Pranke griff nach dem Zündschlüssel, »i kümmer mi drum.«

»Was ist ein Ruach?«, fragte der Fotograf, als sie zu den Autos zurückgingen, während hinter ihnen der Traktor wieder seine Kreise zog.

»Ein Geizhals, ein Gierhals«, erklärte Wagner.

»Boah«, sagte der Fotograf. »Wenn sich diese zierliche Statur um den Griesler kümmert, hilft ihm seine Mistgabel wahrscheinlich wenig.«

»Es gibt eine körperliche Statur und eine soziale Statur und der Sepp hat beide«, sagte Wagner. »Irgendwas wird passieren.«

*

Aber zunächst passierte nichts.

Dafür nahmen die Auseinandersetzungen um die Seilbahn und Pistenplanungen am Vogelberg Fahrt auf. Die Gegner hatten sich formiert: Der Bund Naturschutz war auf dem Plan und ein gewisser Wagner hatte eine Aktionsgemeinschaft zur Erhaltung der Werdenheimer Berglandschaft gegründet. Sie hatten eine Versammlung geplant, aber der Wirt, der sich von den Ausbauplänen eine Belebung des Tourismus versprach, hatte ihnen die Benutzung seines Saales in letzter Minute verweigert.

Die Spittler Hannelore war dabei gewesen, als die Menge vor verschlossenen Türen drängelte und schrie. Man war dann in eine andere Wirtschaft ausgewichen, der Raum war beengt, die Stimmung aufgeladen gewesen. Jetzt lag auf dem Konferenztisch der Redaktion das Flugblatt der Aktionsgemeinschaft: ›Bergwald oder Piste; Jachenkircher Größenwahn, wer zahlt am Ende?‹ Ein Foto des Vogelbergs war darauf zu sehen und rot umrandet die Bereiche, die gerodet werden sollten, sowie dreidimensional gezeichnete Darstellungen der neuen Lift-, Beschneiungs- und Flutlichtanlagen.

»Stimmen die Zeichnungen?«, fragte Herzog überrascht.

Hannelore nickte. »Ich hab sie verglichen mit den Plänen.«

»Dann machen wir das Bild nur zweispaltig im Querformat«, entschied Herzog. Der Bericht war ohnehin nur für die Seite vier eingeplant im Teil ›Aus den Gemeinden‹.

Und dann stellte sich heraus, dass Dr. Hebel wieder zugeschlagen hatte. Diesmal hatte er zur E-Mail gegriffen: ›Als gestern im Gasthof »Zum Bären« die Gegner der Jachenkircher Bergbahn lautstark und chaotisch protestierten, war auch der Revierförster Pfister mit von der Partie. Als sich der Vorsitzende der Gemeindefraktion der Opposition zu einem höchst unstatthaften persönlichen Angriff auf unseren Landrat, Herrn König, hinreißen ließ und ihn einen Kasperl und Hans-Dampf des Deutschen Skiverbandes bezeichnete, applaudierte Pfister begeistert. Es spricht nicht für die Qualität unserer staatlichen Verwaltung, wenn vereidigte Beamte in der Öffentlichkeit der Beleidigung gewählter Volksvertreter Vorschub leisten. Es liegt die Vermutung nahe, dass Herr Pfister nicht nur hier seine persönlichen Interessen höher stellt als seinen gesetzlichen Auftrag, wenn er in seinem Revier rücksichtslos die besten Zukunftsträger der Hirschpopulation abknallt, sobald sie ihm vor die Büchse laufen.‹

Na bravo. Am Mittwoch war Jagdgenossenschaftsversammlung in Schöllau, wo Dr. Hebel Pächter war. Langweilig würde es nicht werden.

»Unser Waldspezialist ...«, keinem entging die leise Ironie der Bezeichnung, »... wollte Mittwoch auf Großstadturlaub«, sagte Herzog. »Wer macht's?« Zur Überraschung seiner Kollegen wedelte Lehner mit dem Kugelschreiber seine Bereitschaft, den Abendtermin zu übernehmen. Woodward alias Lehner würde sich diesen Dr. Hebel mal ansehen.

*

Der Almartikel war für die Wochenendausgabe vorgesehen, Jo hatte seinen freien Freitag gegen den Mittwoch getauscht und war nach München gefahren. »Hintergrundrecherchen«, hatte er gesagt, aber Lehner war sich sicher, dass auch ein gerüttelt Maß an Großstadtheimweh eine Rolle spielte und das Bedürfnis, Freunde zu besuchen und alte Netzwerke zu pflegen. Werdenheim musste ohne Murmann auskommen.

Lehner ging den Polizeibericht durch: Ein Betrunkener war mit dem Auto eine Treppe hinuntergefahren. Ein Mensch hatte sich auf der Bahnstrecke München-Werdenheim vor den Zug geworfen. Letzteres wurde nicht mehr berichtet, damit es keine Nachahmer gab, sogar der

Boulevard hielt sich an diese Regel. Weiter im Polizei-bericht: Eine eheliche Auseinandersetzung, in der eine Bratpfanne eine hässliche Rolle spielte. Eine falsche Ver-sicherung an Eides statt. Eine Frau war mit Fieber Auto gefahren und an einem Baum gelandet. Die Airbags hat-ten das Schlimmste verhindert. Wahrscheinlich ist sie von der Arbeit heim und musste noch das Kind vom Kinder-garten abholen, dachte Lehner. Der Polizeibericht war also die übliche Ansammlung menschlichen Unglücks. Allenfalls konnte man ein Foto von der Treppe reinset-zen, über die der Depp gerauscht war, das war vielleicht ein klein wenig unterhaltsam, ein Treppenwitz sozusagen.

Aber was die Polizei nicht hergab, hatte die Bergwacht geliefert. Besonders wenn man es schaffte, wieder zeit-nah vor Ort zu sein wie Sabine Bernbacher.

VERIRRTER BUB ÜBERLEBT UNTERKÜHLT
Schwierige Rettung unter der Gersteiner
Wand

Sie hatte in der Eile keinen Fotografen mehr dazube-kommen, also hatte sie selbst die Fotos geschossen vom Bergwachtmann, der sich mit dem Kind auf dem Rücken abseilte, und von den Eltern, die das Kind überglücklich in die Arme schlossen.

Der Einsatzleiter hatte wohl wieder seine helle Freude an der Presse gehabt. Allmählich muss er doch merken, dass einer seiner Leute nicht dichthält, dachte Lehner. Nun, das Sein bestimmt das Bewusstsein und die Bern-bacherin wuchs an Herzogs Lob.

*

So schnell war das nicht gegangen mit dem Ausflug nach München. Jo schüttelte erst mühsam eine Nacht ab, in der er ununterbrochen nicht von Gehörnen, sondern seltsamerweise von Holztransportern geträumt hatte, die ihn mit weißem Staub bedeckten. Dann musste er noch ein Minimum an Hausarbeit in den sogenannten freien Tag hineinpacken. Er räumte die Küche gründlicher auf als sonst und begab sich dann in den Waschkeller, wo die Waschmaschine grantig und kalt auf Futter wartete. Wäsche sortieren war Jos Angstgegner. Irgendetwas gab es immer, was den Rest der Ladung rosa färbte, oder jene verirrten Socken, die sich aus pingeligem Unbehagen an der Waschtemperatur so beleidigt zusammenzogen, dass sie zu keinem Partner mehr passten.

Lustlos begann er, die Wäsche in drei Haufen zu unterteilen. »By appointment of her majesty ...«, murmelte er vor sich hin, »ich verlasse mich auf Sie.« Da bekam er das, was Birgit eine Furzidee zu nennen pflegte. In der Abstellkammer neben der Waschküche verstaubte seine Fechtausrüstung. Der Degen stand aufrecht, aber einsam in eine Ecke geklemmt. Jo holte ihn hervor und sein Griff lag gleich eigentümlich vertraut in seiner Hand. Er eilte zurück, stellte sich in Positur und versuchte einen kleinen Ausfall auf eine Unterhose. Er traf knapp daneben ein T-Shirt, wippte die Beute kurz auf der Spitze der Waffe und schlenzte sie dann auf den Haufen für 40-Grad-Wäsche. Die Eleganz dieser Aktion befriedigte ihn sehr. Der nächste Ausfall traf schon sicherer, die Unterhose flog zur Kochwäsche. Bis alles sortiert war, hatte Jo alle Varianten durchgespielt, sogar den Doppelsprung mit anschließendem Ausfall, der ihn allerdings nicht nur vom Gang aus durch die Tür katapultiert hatte, sondern gleich weiter bis an die gegenüberliegende Wand, wo er schmerzhaft mit der Schulter aufkam. Die Vorstellung aber, wie dieser dynamische Angriff auf einen ahnungslosen Bewohner einer bürgerlichen Waschküche gewirkt haben musste, entschädigte ihn für die erlittene Unbill. Zuletzt setzte er vorsichtig die Degenspitze auf den Startknopf der Maschine. »Wasch oder stirb.« Die Maschine wusch.

»München, ich komme«, sagte Jo und stieg die Kellertreppe hoch.

*

Das Wetter war dermaßen schön, sonnig und nicht zu heiß, mit einem angenehmen Lüftchen, dass Jo vom Hauptbahnhof aus zu Fuß lief, um mit München Wiedersehen zu feiern. Er hatte Zeit, war mit Lauterbach erst mittags am Ministerium verabredet und später mit dem Abgeordneten Seibert im Landtag. Das Ministerium lag am Anfang der Ludwigstraße, ein Bau mit düsterer Vergangenheit. Es war das Hauptquartier der Gestapo gewesen, und wahrscheinlich war es am unverfänglichsten, eine Behörde hineinzusetzen, die sich mit Kühen und Bäumen beschäftigte. Jo durchquerte den alten Botanischen Garten, den Lenbachplatz mit seinem Brunnen, in den einige schöne Münchnerinnen ihre nackten Beine hingen, promenierte den Promenadenplatz entlang und bog in die Kardinal-Faulhaber-Straße ein. Dann verhielt er den Schritt. Du meine Güte. Vor ihm auf dem schmalen Gehsteig waren die Umrisse des ermordeten Kurt Eisner in geriffeltem Messing gearbeitet. »Sauerbier«, dachte Jo, »diese Umrisse sind nichts für die Kripo, sie sind ein völkerkundliches Phänomen.«

Jo stellte sich einen dürren, zerstreuten Gelehrten vor, der mit einer riesigen Kamera auf einem Stativ dieses sogenannte Denkmal fotografierte: *Dr. Siebenrüb nahm seine Brille ab, putzte sie umständlich und dozierte seinen eifrig mitschreibenden Studenten: »Sie sehen hier ein weltweit einmaliges Phänomen: Ein Staat tritt das Gedächtnis seines Gründers buchstäblich mit Füßen. Beachten Sie, dass jeder Passant, der hier vorbeikommt, auf die Silhouette des Ermordeten treten muss, beachten Sie ferner, dass die Stadt München das Einsetzen sogenannter Stolpersteine, von Messingplaketten, die an ermordete jüdische Bürger erinnern sollen, mit genau dem Argument abgelehnt hat, man könne kein Andenken mit Füßen treten. Notieren Sie des Weiteren, dass in der geriffelten Struktur des Denkmals aller Schmutz hängenbleibt, es ist sozusagen ein Fußabstreifer.« Dr. Siebenrüb setzte seine Brille wieder auf und stieß einen knochigen Zeigefinger in die Luft: »Nicht einmal die Auslöschung des Namens des Amun Rah in den Tempeln Ägyptens war von vergleichbarem Hass und einer derartigen Verachtung geprägt.«*

Jo wechselte auf die andere Straßenseite, um seinen Weg fortzusetzen. Kein Rost, kein Dreck und kein eingetretener Kaugummi konnten je die Schmach tilgen, dass der Freistaat von einem Berliner Juden und glühenden Sozialisten ausgerufen worden war. Wie sollte man so einen Hass gegen den Vater nennen? Pubertät. Vielleicht war der Freistaat Bayern nie aus der Pubertät rausgekommen.

Unter solchen Überlegungen erreichte Jo die Ludwigstraße. Im steten Rinnsal der Lodenanzugträger kam auch Lauterbach aus dem Inneren des Ministeriums. Er trug ein leichtes Sommerjackett und keine Krawatte. Es war die Mittagspause. Er winkte Jo zu und steckte seine Karte in die Stechuhr. Dann trat er heraus und schüttelte ihm die Hand. Sie durchquerten den Innenhof mit dem Brunnen. Eine Treppe führte hoch zur Kantine, aber Lauterbach drängte zu einem Spaziergang. Sitzen könne er noch genug. Er wirkte angespannt, Jo hatte den Eindruck, dass er abgenommen hatte.

»Gemma in' Englischen Garten«, schlug er vor.

Jo musste sich anstrengen, um Schritt zu halten. Er warf einen Blick auf Lauterbachs Schuhe. Sie waren, ähnlich wie Lauterbachs Auto, ein Bastard zwischen Sportlichkeit und Eleganz. »Sie lassen dich ohne Krawatte rumlaufen da drin?«, fragte er.

»Ich hab eine Notkrawatte griffbereit«, sagte Lauterbach. »Die Aufbrezelei liegt mir gar ned.«

Sie liefen durch die Unterführung am Haus der Kunst und dann quer über die Wiese, die die Münchner ›Eierwiese‹ getauft hatten wegen der vielen Nackten, die sich hier sonnten. Jo erzählte von seinem Abenteuer auf der Griesalm.

»Heiliges Kanonenrohr!«, staunte Lauterbach. »Auf der Alm, da gibt's koa Sünd.« Einige Nackte blickten irritiert auf, weil sie dachten, der Spruch gelte ihnen, aber Lauterbach merkte es nicht. »Jetzt recherchierst du also wegen der INVEKOS-Flächen. Warum denn das? Da kräht doch kein Hahn mehr danach.«

»Wirklich?«, fragte Jo. »Ist bei euch schon der Schwamm drüber?«

Lauterbach schüttelte den Kopf. »Nein, natürlich nicht. Man wurschtelt so rum, die zwölfte Fee soll der dreizehnten hinterher, die Staatskanzlei drückt das Zeug durch, die Ministerien sollen den Mist ausbaden und irgendwie mit nachträglichen Kontrollen da was retten.«

Sie waren in Hörweite der Trommeln gekommen, die unterhalb des Monopteros afrikanische Südsee-Stimmung erzeugten. Unter den großen Bäumen hatte sich eine Truppe zusammengefunden und eine Frau im langen orangefarbenen Rock demonstrierte tanzend befreite Körperlichkeit. Doch Lauterbach hatte keinen Blick für sie. Er hielt zwar inne, drehte sich aber um und schaute zurück auf die Kuppel der Staatskanzlei, die über alle Bäume ragte. Jo dachte unwillkürlich an den Umriss des Ermordeten in der Kardinal-Faulhaber-Straße und was der wohl gesagt hätte zu dieser architektonischen Demonstration von Macht.

»Von da weg ist noch nie was Gutes für uns gekommen«, sagte Lauterbach. »Die Forstreform haben sie von dort aus durchgerissen. Und jetzt diese Waldgesetzänderung.« Er drehte sich um und nahm den Marsch wieder auf. »Das war so. Diese Brüsseler Umstellung der Subvention auf die Fläche. Da ging überall die Streiterei um die Weideflächen los, und wo der Wald aufhört und die Wiesen anfangen.«

Jo nickte. ›Ich weiß‹ durfte er jetzt nicht einwerfen, es unterbrach das Mitteilungsbedürfnis.

»400 Streitfälle konnten unsere Leute vor Ort beilegen. Übrig waren 39 ungelöste Konflikte. Und diese 39 haben dann beim Almwirtschaftlichen Verein den Ton angegeben und haben so permanent den Ministerpräsidenten genervt, bis der dann der Landwirtschaftsministerin nach Berlin die Parole ausgegeben hat, wie das laufen soll.«

›I hob fei die Händinumma vom Ministapräsenten.‹ Jo erinnerte sich an Klaus' Wutausbruch.

»Die Almbauern sind hervorragend sozial vernetzt und

politisch aufgestellt. Einmal im Jahr ist die sogenannte Hauptalmbegehung. Da eingeladen zu werden, ist für einen Politiker eine größere Ehre als die Erwähnung beim Starkbieranstich. Das ist die heimliche, heilige Gebirgs-Blut- und Bodenweihe und jedes Mal kommen die Politiker mit einem kleinen Gastgeschenk in der Tasche: Eine Förderung hier, eine Behirtungsprämie da und 2010 war es die Änderung des Bundeswaldgesetzes.« Sie umrundeten den Hügel des Monopteros und wandten sich links dem Chinesischen Turm zu. »Im Grunde ist das Ganze eine verfassungswidrige, entschädigungslose Enteignung zugunsten der Weideberechtigten.«

»Kann man so sehen«, meinte Jo nachdenklich.

»Ist so!« Lauterbach blieb stehen und rang kurz um einen Vergleich. »Stell dir vor, dir gehört ein Auto und du lässt deinen Nachbarn den Hund hinten reinsetzen. Und dann setzt der Tierschutzverein eine Verfügung durch, dass dein Auto eine Hundehütte ist, solange der Hund am Leben bleibt. Du kannst die Kilometer nicht mehr steuerlich geltend machen, die KFZ-Versicherung zahlt nicht und so weiter. Das ist eine Enteignung.«

Er lief wieder los und Jo hatte weiterhin Mühe, Schritt zu halten.

»Ja, warum klagt dann keiner dagegen?«, wollte er wissen.

»Die staatlichen Forstverwaltungen logischerweise sowieso nicht, wir haben einen Maulkorb bekommen; der Bund Naturschutz, der sehr genau weiß, wie wenig das der Biodiversität nützt und wie viel es den Bergwäldern schadet, hat laut geschrien, aber der hat kein Klagerecht; die Gemeindewälder, ha, den Bürgermeister möchte ich sehen, der gegen die Bauern vorgeht, der kann seine Wiederwahl vergessen. Und es gibt zwar einige ganz wenige Privatwälder im Gebirge, die INVEKOS-Flächen haben. Aber die gehören in der Regel Großgrundbesitzern, die mehr an der Jagd interessiert sind als an einem Mischwald. Und denen kommt gerade recht, dass keine Verbissgutachten mehr auf den Flächen gemacht werden und sie weniger Druck kriegen, den Abschuss zu erhöhen.«

Sie hatten die Brotzeitstanderln am Chinaturm erreicht. Jo schaute auf die diversen Radi, Radieserln, Käse, Brote und Brezen. Eine sehr verworrene Interessenlage.

»Der Wald hat in diesem Land keine Lobby mehr«, schloss Lauterbach seine Erläuterungen ab und griff sich einen Obatzten. Dann holte er sich ein alkoholfreies Bier, während Jo sich feiertagsmäßig den Luxus eines normalen Hellen gönnte. Sie setzten sich und kurze Zeit verdrängte die Münchner Sommerlaune Lauterbachs Untergangsstimmung. Er blinzelte den Chinesischen Turm hoch: »Wir haben neulich Besuch von einer chinesischen Forst-Delegation gehabt. Und der Delegationsführer hat die Schnapsidee gehabt, die Chinesen hierherzubringen.« Er lachte. »Sie waren sehr höflich, die Chinesen. Sie haben gesagt, so ungefähr schaut er schon ein bisserl chinesisch aus, der Turm.« Er gabelte etwas Obatzten auf seine Breze und schüttelte den Kopf. »Anstrengend ist das mit den Kerlen manchmal. Kein Kas, essen die nicht. Und dann darfst du nie sagen, dass irgendwas alt ist. Zum Beispiel: ›Das ist eine sehr alte Kirche aus dem Mittelalter.‹ Wenn du das sagst, dann schauen sie dich mit ihren 3.000 Jahre alten Schlitzaugen an und ziehen die Augenbrauen hoch.«

»Was interessiert die hier sonst?«, fragte Jo.

»Naturnaher Waldbau und das, was von unserer Forstpolitik übrig ist«, erwiderte Lauterbach. Jo hätte gern
mehr über die Chinesen gewusst, aber Lauterbach war
schon wieder dabei, in die Tiefen trauriger Reminiszenzen zu versinken. All das, was er auf der Hütte und beim
Schafkopfen nicht hatte reden wollen, wohl um die Frei-
zeit unbeschwert zu halten, brach sich jetzt Bahn: »Wir
waren auf einem guten Weg. Wir haben in den 70er-Jah-
ren endlich diese Jagdverblödung hinter uns gelassen,
die uns so viel gekostet hat: weggebissene Laubbäume,
geschälte Fichten, teure Zäune kilometerlang und dabei
immer brav Rehe zählen und Hirsche füttern und das
liebe Wild hegen.«

»Ich weiß noch«, sagte Jo, »in meinem Lesebuch von
der Volksschule, da war so eine Geschichte vom Besuch
beim Förster. Da ist dann der treue Waldi und der Förster lobt die Kinder, weil sie so viele Kastanien gesammelt
haben für die Fütterung.«

»Genau, so war das Image. Und dann kam ein Journalist, Horst Stern.« Lauterbach deutete mit dem Brezen-
rest in der Hand auf Jo, als sei er der Prototyp.

»Ich erinnere mich«, sagte Jo nicht ohne beruflichen
Stolz.

»Der hat ausgerechnet an Weihnachten eine riesige
Fernsehdoku über die Hirschzüchterei gelandet. Und
da fing die Sache an zu kippen.«

»Das war vor dem Privatfernsehen«, meinte Jo. »Heute
mit 20 Kanälen kannst du kaum noch mit einer Doku
Politik machen.«

Oh je, da saßen sie, die zwei alten, narbenbedeckten
Kämpfer, und jammerten über verlorene Schlachten. Hinter Lauterbach sah Jo das antike Karussell, das sich an

dieser Stelle schon gedreht hatte, als er in der Kindheit auf einem Ausflug mit seinen Eltern hier gewesen war. Er hatte nicht fahren wollen damals, er hatte sich vor seiner Düsternis gefürchtet.

Lauterbach nahm den Faden seiner Erzählung wieder auf: »An der Uni waren ganz neue Sachen unterwegs. Ausgerechnet von den Amerikanern kam der frische Wind. Kein Deutscher lässt sich von einem Amerikaner irgendwas über Waldbau sagen. Aber in der theoretischen Ökologie und in der Wildbiologie, da waren sie uns Meilen voraus. Und das kam damals rein an die Uni und hat diese ganze Hegeschau-Erbsenzählerei über den Haufen geschmissen wie nichts. Populationsdynamik, Räuber-Beute-Beziehungen, neue Methoden wie Telemetrie und so weiter, dazu eine Jagdausbildung, in der auf das ganze Ökosystem geschaut wurde und nicht auf Geweihspitzen.«

Was Telemetrie war, wusste Jo nicht, doch er wollte Lauterbach jetzt nicht unterbrechen, dessen Augen in die Ferne einer studentischen Vergangenheit gerichtet waren, von der sein schütterer Pferdeschwanz noch zeugte.

»Eine ganze Generation junger Leute ist in die Verwaltung eingerückt, die völlig anders dachten. Und wir haben viel bewegt, das haben wir. Wir haben gejagt, wir haben die Anfeindungen durchgestanden in den Hegeringen und Jagdgenossenschaften, wir haben den Waldbesitzern ein Beispiel gegeben. Wir konnten ihnen zeigen, wie die Verjüngung kommt, wie ein Waldbau möglich wird, der den Namen verdient. Im Grunde haben wir endlich unseren gesetzlichen Auftrag erfüllt.« Lauterbachs Blick kehrte aus der Ferne zurück. »Und dann kam die Forstreform.«

Und dann kam der Zweite Weltkrieg. Es war immer dasselbe mit diesen Förstern.

»Vielleicht deswegen«, kommentierte Jo trocken.

Lauterbach lächelte. »Ich sehe, als Journalist kannst du politisch denken. Ja, sicher auch deswegen. Der Jagdverband war der einzige, der sich von Anfang an für diese Reform ausgesprochen hat. Weißt du, früher haben wir immer gestöhnt, dass der Ministerpräsident ein Jäger war, und ein großer Teil der alten Försterriege hat diese Hirschzucht mitgemacht und dann die Herren zur Jagd geladen. Aber dadurch hatte sie auch die Protektion von oben. Warst du mal auf einer Jagd dabei?«

Jo schüttelte nicht nur den Kopf: »Um Gottes willen.«

»Du solltest aber mal. Abgesehen vom gemeinsamen Essen gibt es kaum eine archaischere Sozialbindung. Die jagende Meute.«

»Ich hasse Hunde«, sagte Jo. Ein fetter, alter Schäferhund, der unter dem Nachbartisch lag, beäugte ihn bei diesen Worten misstrauisch.

Lauterbach grinste: »Egal. Probier's.«

»Lieber nicht.« Jo verdrängte den Gedanken an Hunde. Eine Erinnerung flatterte in seinem Gehirn herum und er versuchte, sie einzufangen: »Da gab's doch noch ein Volksbegehren damals gegen die Reform?«

Lauterbach nickte. »Der Bund Naturschutz hat eine Menge anderer Verbände zusammengetrommelt dafür. Nachdem das Volksbegehren nur ganz knapp gescheitert war, wurde als Zugeständnis an den Naturschutz wenigstens der Grundsatz ›Wald vor Wild‹ im Waldgesetz verankert. Das passt dem Jagdverband bis heute nicht.«

»Der Pfister hat gemeint, sie hätten mit der Reform der Forstverwaltung das Pferd unterm Hintern weggeschossen.«

»Ha! Kein schlechter Vergleich. Ohne die Staatswälder, ohne die Autorität der Praxis, was sind wir noch? Die alte Forstpolizey mit Ypsilon. Die Subventionsverteilungsdeppen.« Lauterbach atmete durch, grinste und sagte: »Die Aussage jetzt war grad nicht sonderlich ministrabel. Ich sag's mal vorsichtiger: Mit den Förstern und den Landwirten hat man mit dieser Forstreform zwei sehr unterschiedliche Kulturen ins gleiche Boot gesetzt. Die einen versuchen durch Subventionen zu steuern, die anderen sollten im Wald ein Beispiel geben, wie eine Lok, die die anderen Waldbesitzer mitzieht. Als sie den Staatswald ausgelagert haben, da haben wir den Grund verloren, auf dem wir standen. Verstehst du: Im alten Jachenkircher Forstamt, da standen die Türen immer offen, da hat einer gehört, was der andere macht, da wusste ich jeden Tag, was in der Holzbranche los ist, was meine eigenen Arbeiter können, welche Rückeunternehmer schlecht arbeiten und so weiter. Und alle anderen wussten, was wir im Kreuz haben, kein Mensch konnte uns ein X für ein U vormachen.«

Die Türen hatten nicht immer offen gestanden. Pfister hatte Lauterbach durch die geschlossene Tür schreien hören. Wenn er damals niemandem gesagt hatte, was da los war, würde es auch heute schwierig werden. Jo räusperte sich und nahm einen Umweg: »Kennst du einen Olaf?«

Lauterbach starrte ihn sprachlos an. Der Themenwechsel war wohl etwas zu abrupt gewesen.

»Wieso?«

Jo erzählte von dem Stick, der fehlte, vom Linderhof-Glas, das zerbrochen hinter dem Brunnen gelegen hatte, von dem Manschettenknopf an der Felskanzel.

»Die Polizei meint, es lohnt sich nicht zu ermitteln, aber ich glaube, dass etwas faul ist. Vielleicht hat der Manschettenknopf schon lang da gelegen, aber der Stick und das Glas … Da war jemand auf der Hütte an dem Tag. Und dann hat mich jemand nach der Beerdigung mit Klaus' Handy angerufen. Jemand, der nicht drangegangen ist, als ich zurückgerufen hab. Der wohl bloß checken wollte, mit wem der Klaus an dem Tag Kontakt hatte.«

Lauterbach schaute in sein Glas. Er schien plötzlich um Jahre gealtert. Dann lächelte er schwach und blickte auf. »Falls du jetzt einen Mörder suchst: Ich hatte an dem Tag Termin beim Minister.«

Jo kam sich wieder ein bisschen blöd vor: »Ich weiß doch noch gar nicht, ob ich einen Mörder suche oder jemand anderen.«

»Wenn selbst die Polizei sich nichts davon verspricht, dann lass doch gut sein«, sagte Lauterbach. »Es ist nichts als Unglück, was du damit anrichten kannst.«

»Du meinst, wegen seinen Frauengeschichten?«

Lauterbach nickte: »Das auch.«

»Du bist selber wohl schwer mit ihm zusammengerumpelt deswegen. Hat jedenfalls der Pfister gemeint.«

Lauterbach schaute ihn an und Jo sah hinter seiner Betroffenheit nun auch gleichzeitig das geübte Abwägen eines Ministerialbeamten, der wissen musste, was er wie sagte: »Der Pfister war neugierig und andere auch. Aber glaub mir, wenn ich ihm nichts gesagt hab, dann hatte ich gute Gründe, die auch heute noch gut sind. Die

Geschichte damals hat nichts mit dem Absturz vom Klaus zu tun. Rühr da nicht rein. Es bringt nur Unglück.«

»Wärmt alte Feindschaften auf, macht Ehen kaputt?«

»So ungefähr. Aber außerdem …«, Lauterbach beugte sich vor, »… wenn da bei dem Absturz tatsächlich was vorgefallen wäre, was nicht koscher ist, und du bringst es fertig, dass da nachgebohrt wird, würde Lena das Haus verlieren.«

»Wieso denn das?«

»Wie die Sache jetzt zum Abschluss gekommen ist, war es ein Dienstunfall. Und deshalb bekommt Lena nicht die kleine Witwenrente, sondern weiterhin das volle Gehalt. Und das braucht sie, um das Haus zu behalten. Der Klaus hat nicht nur großzügig gebaut, der hat noch mal einen Kredit aufnehmen müssen wegen den behindertengerechten Umbauten für den Manuel.«

»Au wei«, sagte Jo.

»Ja, au wei. So ist es. Und deshalb: Weck die schlafenden Hunde nicht. Sie würden den ersten Vorwand nehmen, um da wieder ein bisserl einzusparen, das Finanzministerium, da kannst' sicher sein.«

Mit den letzten Sätzen hatte Lauterbach wieder zu seiner alten Form gefunden. Er trank sein Glas leer und streckte den Rücken durch. »Ich muss zurück. Für den Ausflug zahl ich eh mit Überstunden.«

»Fährst du dann so spät noch nach Jachenkirch?«

»Woher denn. Ich arbeite meistens bis sieben, manchmal bis acht oder noch später. Dann bleib ich in meinem Kochklo in Sendling.«

»Zweitwohnung?«

»Hauptwohnsitz. Seit sie in München die Zweitwohnungssteuer eingeführt haben, ist meine Ehe völlig zerrüttet.« Lauterbach zwinkerte ihm zu und gab ihm zum Abschied die Hand. »Servus, wenn du noch was wissen willst wegen INVEKOS, ruf mich an.«

Lauterbach stach wieder im Geschwindschritt davon, Jo wanderte auf den Monopteros, zog die Schuhe aus und wackelte mit den Zehen in der Sonne.

*

Neben ihm streckte Johnny seine käsigen Füße auf den Stufen aus. »Na, Plattfuß?«

»Was ›Na‹?«

»Ja, klingelt's nicht? Meine Güte! Was für ein Motiv! Das volle Gehalt lebenslänglich. Ich versteh überhaupt nicht, wie Beamte ihre Hochzeit um Jahre überleben, warum sie nicht massenhaft von Dienstunfällen dahingerafft werden, warum Lehrer nicht an giftiger roter Tinte sterben und Polizisten nicht ständig beim Reinigen ihrer Dienstwaffe danebenlangen. Ups – ein Schuss hat sich gelöst, tja, schwarzes Schleierchen steht ihr aber hervorragend …«

»Du warst ja nicht verheiratet, Johnny alias Kommissar Höllgruber.«

»Wohlweislich nicht, der Mensch ist schwach, man sollte ihn nicht in Versuchung führen.«

Johnny schob den Hut weit in den Nacken und blickte melancholisch über die Wiesen, die Trommler und die Nackten sowie die japanischen Touristen, die dieselben von den Wegen aus besichtigten.

»Jo, du bist ein Gentleman, aber in meinem Job darf man sich einfach keine Illusionen über die menschliche Natur machen, sonst hat man schnell ein Klümpchen Blei

da, wo es nicht sein soll. Die Witwe ist schwarz, glaub mir. Sie hat ein Bombenmotiv, sie fährt auf die Hütte, hat nichts gesehen und gehört, aber der Stick ist weg, ein Glas ist weg, der Bettbezug ist weg und hinterher kontrolliert sie die Kontakte durch, falls sie noch einen Zeugen aus dem Weg schaffen muss. Nimm dich in Acht.«

*

Der Abgeordnete Seibert erwartete ihn beim Pförtner. Seit Jo ihn zum letzten Mal gesehen hatte, war sein Schnurrbart noch eisgrauer geworden, aber seine braunen Augen glänzten immer noch lebhaft in seinem kugelrunden Kopf.

»Servus«, sagte er begeistert und drückte Jo die Hand, als wäre er im Wahlkampf, doch Jo wusste, dass der Mann tatsächlich eine herzliche Natur hatte. »Schad, dass man Sie bloß noch so selten sieht. Wenn ich aber bedenk, dass Sie bald gar nimmer herumlaufen würden auf der schönen Welt, dann muss ich halt mit dem wenigen zufrieden sein.«

Er wusste also von seinem Herzinfarkt und erinnerte sich daran. Sein Personengedächtnis gehörte wohl zu seiner politischen Naturbegabung.

Aus den Augenwinkeln sah Jo einen jungen Mann mit Dreadlocks und ausgefransten Jeans auf einem Rennrad auf die Schranke zufahren. Er drehte einen Kreis, bis der Pförtner die Schranke geöffnet hatte, dann stieg er kräftig in die Pedale und verschwand hangaufwärts in einem der Innenhöfe des Maximilianeums. Das musste einer der Studenten sein, die immer noch in der Stiftung des König Maximilian hausten. Es war vor 200 Jahren eine sehr progressive Idee gewesen, Hochbegabten ohne Ansehen von Herkunft und Stand eine akademische Bildung zu ermöglichen. Nun aber waren die Studenten in einem der zahlreichen modernen Anbauten untergebracht, die auf der Rückseite des königlichen Prachtbaues wucherten und sich hinter die ausladenden Wandelgalerien duckten, so dass man sie von der Innenstadt aus nicht sehen konnte. Jo hatte dem Studenten hinterhergeschaut und den Blick über die Anbauten gleiten lassen. Seibert legte ihm die Hand auf den Rücken und schob ihn herzlich und entschieden in Richtung der Aufzüge.

»Sie haben an das Maximilianeum denkt, ned wahr? Wissen Sie, was ich da neulich für eine Geschichte gehört hab?«

Seibert steckte voller Geschichten. Deshalb war er auch bei Journalisten ziemlich beliebt.

»Nach dem Zweiten Weltkrieg wollt' der Landtag da in das Gebäude rein. Und sie haben ein Gesetz zur Enteignung des Maximilianeums geplant. Bloß, der Beamte im Innenministerium, der das Gesetz schreiben sollt', war ein ehemaliger Maximilianeer. Und der hat dann einen anderen Maximilianeer angerufen, der beim Verfassungsgericht gesessen ist, und hat gesagt: ›Wie machen wir das, dass es verfassungswidrig ist und keiner merkt es?‹ Und genau so haben sie es gemacht. Und wie das Gesetz verabschiedet war, hat das Maximilianeum am Verfassungsgericht geklagt und aus war's mit dem Enteignen. Und seitdem muss der Landtag Miete an das Maximilianeum zahlen.« Seibert lachte und lachte immer noch, als sich die Aufzugstür öffnete.

»Eine sehr bayerische Geschichte«, dachte Jo. »Und dass man sich drüber so amüsiert ist auch sehr bayerisch.«

Sie entstiegen dem Aufzug neben der riesigen alten Eingangshalle, die sich auf die westlichen Freitreppen öffnete, und gingen seitlich in das Restaurant des Landtags. Seibert, wieder der energische Gastgeber, schob Jo durch den öffentlichen Teil mit den abwischbaren Tischen und bugsierte ihn in die Räume, die für die Abgeordneten und ihre persönlichen Gäste reserviert waren. Jo kannte das Restaurant und freute sich wieder an der Zeitreise, auf die es ihn schickte. Es entfaltete sich dort eine altmodische Sorte Pracht, mit Vertäfelungen, Gemälden, schweren roten Portieren und sorgfältig eingedeckten Tischen. Jedes seiner riesig-hohen Fenster war zu einer runden Nische erweitert worden, einem verglasten Separee, sodass man dort, gleichsam in einer gläsernen Säule sitzend, von anderen nicht gehört, wohl aber gesehen werden konnte. Man wusste also, wer mit wem in diesem Separee tafelte, nicht aber, was gesprochen wurde, eine ungemein sinnige politische Einrichtung, wie Jo fand.

Seibert aber hatte kein Separee reserviert, sondern einen Tisch draußen im Wandelgang zwischen zwei der gewaltigen Säulen. Sie setzten sich und blickten über die breiten Kronen der Bäume, die die Isar säumten. Trotz des Verkehrs schien ein frischer Duft vom Fluss heraufzusteigen. Unter ihnen schlug die Maximilianstraße eine prachtvolle Schneise in das Häusermeer. Die Sonne stand schon tiefer und der Himmel über den Türmen und Dächern Münchens färbte sich in Erwartung des Abends rosig.

Jo atmete durch, lächelte Seibert breit an und sagte: »Ich gönn's Ihnen.«

Seibert lächelte zurück: »Was gönnen Sie mir?«

»Na, das alles«, erklärte Jo und wies mit ausladender Gebärde auf die Szenerie. »Zahlen Sie ruhig die Miete für das Teil. Ich habe Sie gewählt und ich möchte nicht, dass die Leute, die mich repräsentieren, in grauen Löchern residieren.«

Seibert lachte wieder ansteckend und winkte dem Kellner. »Das ist ein schöner Zug von Ihnen. Darauf trinken wir einen und wenn's bloß ein Kaffee ist. Mein persönliches Büro, da können S' sicher sein, schaut aber nicht so aus.«

Er verhandelte mit dem Kellner. Jo fiel auf, dass nicht nur der einen schwarzen Anzug trug, sondern auch Seibert, außerdem ein blütenweißes Einstecktuch, Krawatte und – tatsächlich – silberne Manschettenknöpfe. Jo bat um einen Kaffee und einen Apfelstrudel, seit seinem Infarkt ohne Schlagrahm.

Als sie bestellt hatten, beugte sich Seibert vor: »Also. Sie interessieren sich für die INVEKOS-Geschichten. Hat mich gewundert, dass Sie da noch was schreiben. Vor der Waldgesetzänderung hat der Blätterwald ein bisserl gerauscht.«

»Zu der Zeit war ich wohl noch ausschließlich mit meiner Gesundheit beschäftigt«, erklärte Jo. »Das ist aktuell an mir vorbeigegangen. Jetzt wohn ich ja am Land draußen, wie Sie wissen, und bekomme eher mit den Nachwehen zu tun.«

Eine Frau kam vorbei, grüßte Seibert. »Hast es no wichtig?«, fragte sie lächelnd.

»A halbs Stünderl hamma schon no Zeit, Maria«, antwortete er. Sie schaute Jo an mit einer selbstbewussten Neugier, die die Abgeordnete in ihrem Revier verriet. Jo fiel auf, wie festlich auch sie gekleidet war: schwarzes Kostüm, Bluse mit Spitzenkragen und eine große Brosche am Revers.

»Sind Sie immer so schön angezogen, da herinnen«, fragte Jo überrascht.

»Naa«, sagte sie. »Heut is namentliche Abstimmung. Wegen dem Atomausstieg.«

»Eine historische Stunde? Und da bin ich Landjournalist zufällig da und will über Wald reden.« Er war wirklich nicht mehr im Geschäft. Werdenheim war am Rande der Galaxis.

Die Abgeordnete zog die Augenbrauen hoch: »Wieso ned. Gehört auf a Weis zamm.« Sie nickte ihnen zu und ging. Natürlich gehörten Wald und Energie zusammen. Jo dachte an den unterirdischen Wald, von dem Wagner auf dem Weg zur Griesleralm erzählt hatte.

»Wir haben als Opposition eine Anfrage wegen den INVEKOS-Flächen gemacht«, nahm Seibert den Faden wieder auf. »Die Antwort des Ministeriums war lückenhaft bis abwiegelnd. Sie haben gesagt, dass die Schutzwälder nicht digital erfasst sind, also können sie nicht sagen, wie viele den Waldstatus verloren haben. Aber alles sei korrekt, nur Flächen betroffen, die zu 40 Prozent bestockt sind, und Schutzwaldsanierungsflächen sind gar keine dabei.«

»Ich hab da andere Informationen«, widersprach Jo. »Und ich versteh nicht: Wieso wiegeln die denn Ihnen gegenüber so ab? Ich hab eher den Eindruck, dass da ziemliche Panik unterwegs ist.«

»Ach, Murmann«, seufzte Seibert. »Kaum sind Sie am Land draußen, vergessen Sie die Grundlagen des Geschäfts. Erstens: Liefere als bayerischer Beamter der Opposition keine Munition, es sei denn, man kann dich nicht dabei erwischen. Und dann: Die Bundeslandwirtschaftsministerin ist der aufsteigende Stern am weißblauen

Polit-Himmel, die Hoffnungsträgerin der staatstragenden Partei. Der Verwaltungshengst, der antritt, das Ansehen dieser Lichtgestalt zu trüben, treibt mit dem Messer im Rücken die Isar runter. Und drittens …« Seibert zögerte auf eine Art, die Jo vermuten ließ, dass jetzt etwas Kompliziertes folgte: »Und drittens wäre eine Überprüfung der Subventionsflächen für das gesamte bayerische Landwirtschaftsministerium am jetzigen Punkt der Geschichte ein Kamikaze-Unternehmen. Sie würden sich selber in die Luft sprengen.

Wenn sie wirklich gezwungen werden, die Alm-Subventionen in diesem Zusammenhang zu überprüfen, und wenn sie dann mehr als etwa fünf Prozent zurückfordern müssten, dann wird das EU-Budget für das nächste Jahr heruntergefahren und die jährlichen Kontrollen werden verschärft. Schlimmstenfalls verlieren sie das Recht, EU-Subventionen abzurechnen. Das ist dem Umweltministerium schon passiert, weil sie drei Jahre hintereinander die Abrechnungen nicht rechtzeitig zustande gebracht haben, die mussten diese Kompetenz abgeben. Und das wäre für das Landwirtschaftsministerium, deren Hauptgeschäft die Subventionen sind, die absolute Katastrophe. Und deshalb muss die Forstverwaltung jetzt die Klappe halten, weil sie sonst schuld ist, wenn das eigene Schiff leckschlägt.«

Der Kellner kam und servierte. Seibert rührte im Kaffee, zog die Augenbrauen hoch und grinste absichtlich wie Stan Laurel. »Die Karre steckt im Dreck.«

Jo trommelte neben dem Apfelstrudel mit den Fingern auf der weißen Tischdecke, seufzte und schaute der Straßenbahn zu, die über die Maximiliansbrücke summte. »Aber an welchem Punkt ist das schiefgegangen?«, fragte er und wusste gleichzeitig, dass es keine Antwort gab.

Seibert zuckte die Schultern. »Das können S' an zig Punkten ansetzen. Brauchen wir einen Ministerpräsidenten mit Waldverstand? Einen Forstmenschen, der aus Protest aus dem Fenster springt? Was vermutlich nicht viel geholfen hätte. Ein Verbandsklagerecht? Eine bessere Waldlobby in Brüssel? Wäre das ohne Forstreform passiert? Sehr wahrscheinlich nicht.«

»Die Reform. Sie halten sie für einen Fehler?«

»Das war der reine Aktionismus. Stoiber hatte die absolute Mehrheit. Und Ehrgeiz auf Berlin. ›Stoiber kann Kanzler‹, war die Devise. Jetzt zeigen wir, was eine Reformharke ist. Die allerkleinste Verwaltung haben sie sich schon mal zum Warmlaufen rausgesucht, das war die Forstverwaltung. Die galt als zu selbstbewusst und als grün. Das hat denen schon lang nicht mehr gepasst. Und der Huber hat getönt: ›Wer den Sumpf trockenlegen will, darf nicht die Frösche fragen.‹ Weiß das noch jemand?« Seibert lachte trocken. »Dieselben Knaller, die mit der Landesbank Milliarden in die zwielichtigsten Finanzgestalten versenkt haben, die haben die Ärmel hochgekrempelt und den Förstersumpf ausgetrocknet. Es ist eine solche Satire.«

»Meistens überholt die Realität das Kabarett«, meinte Jo und stocherte sich eine Rosine aus dem Strudel.

Seibert wippte mit dem Kaffeelöffel und schaute über die Baumwipfel in die Ferne: »Wissen Sie, Manöverkritik ist eine ziemlich frustrierende Sache. Manchmal mach ich es lieber andersrum. Ich versuche, diesem Gewurschtel zu entkommen, wenigstens im Kopf, indem ich eine Vision entwickle. Ich frage mich, was wir in Zukunft brauchen.«

»Und? Haben Sie eine?«

»Ein Waldherz. Ich hätte gerne ein Waldherz Bayern. Machen Sie sich doch einmal klar: Das bayerische Volk hat mit seinen Staatswäldern den größten Waldbesitz Mitteleuropas, ein in jeder Hinsicht unglaublich kostbares Erbe. Und diese Kostbarkeit haben wir jetzt vom Parlament und der Verwaltung abgekoppelt, einem externen Betrieb und seinem Aufsichtsrat überantwortet und kriegen nur noch eine Bilanz und ab und zu eine Hochglanzbroschüre. Und wenn dann die Milliardenschulden über uns zusammenbrechen, dann kommt der IWF und fragt, warum dieser Betrieb noch in Staatsbesitz ist. Nein, nein. Ich stelle mir eine Stiftung vor. Das bayerische Volk stiftet sich und seinen Nachkommen diesen Wald auf ewige Zeiten. Und dann muss man diese Stiftung zum Herz einer Politik machen, in der es immer darum geht, Ökonomie und Ökologie gleichzeitig zu praktizieren. Zum Herzen, dass keiner im Parlament vergisst, dass wir nicht von Bits und Bytes leben, sondern von Luft und Erde. So, wie es jetzt ist ...«, Seibert zuckte die Schultern. »Ich habe den Eindruck, dass gerade das Gegenteil der Synthese passiert. Auf der einen Seite zerrt die Ökonomie, auf der anderen schreit der Naturschutz. Und alle Krähen hüpfen über das Schlachtfeld der Forstreform und versuchen, sich einen Brocken zu schnappen.«

Der Wind trug eine trockene Lindenblüte auf das Tischtuch und Jo zog nachdenklich mit dem Finger einen Kreis darum. Ein Waldherz. Ein grünes, lebendiges Herz, das schlug. Kein Mensch würde das verkaufen.

*

Lehner hatte noch keine Idee, wie er diese Schlacht zu Papier bringen sollte.

In der Tagesordnung der Jagdgenossenschaftsversammlung stand der simple Punkt: ›Abstimmung zur Art der

Jagdvergabe‹. Dahinter verbarg sich eine Palastrevolution. Es ging darum, ob die Genossenschaft weiter an Dr. Hebel verpachten würde oder ob sie die Jagd mithilfe eines eigenen Jagdleiters selbst in die Hand nehmen wollte.

Die Hüte mit den Gamsbärten hingen dicht an dicht an der Garderobe, ebenso dicht an dicht saßen die Mannsbilder und einige Frauen an den Tischen mit den karierten Tischdecken und der neuesten Deko: Schalen, in denen Teelichter zwischen dem klemmten, was man früher Schusser genannt hatte. Natürlich hatten beide Parteien Vorarbeit geleistet: Dr. Hebel hatte dem Fußballverein Trikots gestiftet und dem Trachtenverein eine Fahne. Das Jagdessen, das er finanzierte, fiel ausgesprochen üppig aus: Hirschgulasch mit Serviettenknödeln und Blaukraut. Man musste schon ziemlich viele soziale Reflexe unterdrücken, um dieses Mahl zu verzehren und gleichzeitig Dr. Hebel sein Revier streitig zu machen.

Wohl aus diesem Grund hatte sich der Bichl Sepp einen Schweinsbraten bestellt. Er war der Ansicht, dass Schöllau langfristig seine Trikots und seine Fahnen anders finanzieren musste: »Was nutzt mir denn der Wildschadensersatz, den der Herr Hebel zoit, i ko mir davo koan Mischwoid kaffa. Mir ham den Jagdbegang gmacht beim Pfister im Staatswoid, mir ham gseng, wias eigentlich ausschaug kannt. Mir woin des Geid nimmer, mir woin a Tanna wachsn seng. Zweif Jahr ham mir verhandelt und dischkriert, der Abschuss is ned herganga. Und der muas jetzt hergeh. De Zeit lafft uns davo.«

Beim Stichwort ›Pfister‹ flogen die Fetzen. Dr. Hebel rief, damit sei wohl klar, welche unwaidmännische Fleischjägerei hier zum Vorbild erhoben werde. Pfister war anwesend, weil ein Stückchen Staatswald im Bereich des Hebel'schen Reviers lag. Er konterte, dass er auf den Leserbrief von Herrn Hebel hin eine Anzeige wegen Verleumdung erstattet hatte. Kurz: Es war recht gemütlich.

Es wurden dann hitzig Personalien und Argumente hin- und hergeschoben, bis der Bichl Sepp noch einmal das Wort ergriff und die Streiterei auf den einfachen Punkt brachte: »Wenn Sie recht ham, Herr Hebel, und mir rotten des Wuid aus und kriang aa koane Tanna und koan Ahorn her, weil bei uns im Revier angeblich alles anders ist« – hier zitierte der Bichl Dr. Hebels Hochdeutsch – »als beim Pfister obn, wenn Sie mit dera Meinung recht ham, dann kenna Sie in paar Jahr die Pacht wieder ham. Und dann werd in kurzer Zeit ois wieder sei wia heit, weil die Viecher nämlich vier Haxn ham und einwandern und Junge setzn wia nix. Aba wenn i recht hob und ois lafft trotzdem so weida, wie's bisher glaffa is, nacha is gfeit, weil die Baam koane Fiaß ham und ewig langsam wandern, und des was jetzt vasammt werd, nimmer zum Guatmacha is. Deswegn miassn mir heit amoi an andern Weg prowiern.« Das war auch für einen Laien wie Lehner ein nachvollziehbares Argument und in dem Moment, wo er dieses dachte, bemerkte er den kurzen Blick, den der Bichl Sepp zu ihm hinüberschickte. Das hatte er nicht zuletzt für die Presse gesagt, der Mann beherrschte Politik.

Letztlich aber, so hatte Lehner den Eindruck, fiel die Entscheidung nicht wegen Argumenten, sondern wie so oft gemäß sozialer Loyalitäten. Einen wütenden Dr. Hebel konnte sich diese Genossenschaft eher leisten als saure Waldbesitzer.

Das nun waren verflucht schlechte Aussichten für Woodward, aus einem Dr. Hebel, der seinen Augenstern verloren hatte, irgendeine Aussage zum Ableben von Klaus Herrigl herauszubringen. Hebel hatte den Saal enttäuscht und wutentbrannt verlassen, aber Lehner konnte ihn vor der Herrentoilette abfangen. Und da er ein teilnahmsvolles Gesicht machte und quasi das Angebot in den Raum stellte, dass Dr. Hebel sich ad hoc seinen Frust von der Seele diktieren könne, zogen sie sich in einen kleinen Nebenraum zurück, der sinnigerweise ›Jägerstüberl‹ hieß.

Eine Zeit lang schrieb er eifrig mit über die Prinzipien und die Kosten einer konsequenten und fachmännischen Hege, über den staatlich verordneten Zwang zum Vegetationsgutachten, der einem freiheitlichen Gemeinwesen völlig zuwiderlaufe, bis er schließlich zu fragen anfing: Ob denn der Herr Dr. Hebel bei dem Jagdbegang dabei gewesen sei, den der Herr Bichl erwähnt hatte? Und ob ihm bekannt sei, dass dieser Jagdbegang von Klaus Herrigl vorbereitet werden sollte, der dann so tragisch ums Leben kam?

Nein. Hebel war nicht dabei gewesen. Es sei ja nicht sein Revier. Was der Herr Herrigl da getan oder nicht getan habe, interessiere ihn nicht.

Lehner nickte: »Aber ansonsten hatten Sie ja durchaus Kontakt zu Herrn Herrigl. Ich erinnere mich an Ihren vorletzten Leserbrief, den wir aufgrund der Intervention der Forstverwaltung leider nicht veröffentlichen konnten.«

»Da gilt dann plötzlich der Datenschutz, was? Die Beamten dürfen in meinem Revier ungefragt Verbissgutachten erstellen, aber ein Bild, das ungesetzliches Verhalten beweist, das unterliegt dem Datenschutz!«

Lehner wollte nicht auf die Feinheiten des Datenschutzes eingehen, er versuchte, weiter beim Thema Herrigl zu bleiben: »Es gab vielleicht eine Gemeinsamkeit zwischen Ihnen und Herrigl: Sie sind beide nicht konflikt-scheu gewesen.« Jetzt der Sprung ins kalte Wasser, auf die Gefahr hin, dass Dr. Hebel ihm den Tischschmuck aus kratzigen Trockenblumen ins Gesicht warf: »Recherchen der Redaktion haben ergeben, dass Klaus Herrigl vor seinem Absturz auf dem Kegelberg nicht allein gewesen war. Haben Sie sich vielleicht doch mit ihm über den anstehenden Jagdbegang unterhalten?«

Dr. Hebel starrte ihn an, eine Sekunde, zwei, drei, vier. Dann erschien ein seltsames kleines Lächeln in seinem Mundwinkel. Er beugte sich vor und sagte: »Wissen Sie, dass Schmerz einer der wichtigsten memotechnischen Faktoren überhaupt ist? In vielen Initiationsriten der Völker werden Probanden Schmerzen zugefügt, damit sich die damit einhergehenden Belehrungen umso unauslöschlicher eingraben.«

Lehner rückte auf der Bank unwillkürlich ein Stückchen ab und schaute aus den Augenwinkeln, ob die Tür des Jägerstüberls offen stand. War Hebel verrückt geworden? Was hatte er vor?

»Ich bin Zahnarzt«, fuhr Hebel fort. »An dem Tag, als Herrigl abstürzte, habe ich in meiner Praxis den ganzen Tag Leute mit Spritzen gestochen und im Mund herumgebohrt. Falls Sie mir also einen Mord in die Schuhe schieben wollen: Ich habe absolut verlässliche Zeugen für ein bombenfestes Alibi. Guten Abend.«

Und mit diesen Worten erhob er sich und ging. Lehner alias Woodward lehnte sich zurück, rekapitulierte die Lage und seine Notizen. Eigentlich ein schöner Erfolg: Sie konnten einen Verdächtigen mit Sicherheit ausschließen.

*

Jo hatte einen Zug später als die meisten Pendler erwischt und hatte schon auf der Heimfahrt angefangen, auf seinem Notebook zu schreiben:

BAUMSTÜMPFE AUF DER GRIESLERALM
Was ein Gesetz in unseren
Bergen bewirkt

»Klaus«, dachte er zufrieden. »Mehr kannst' nimmer verlangen von mir.«

Er war noch früh genug nach Hause gekommen, um die Wäsche aufzuhängen. Birgit war seltsamerweise noch nicht da, also beschloss er, weiter an seinem Artikel zu hämmern:

Der Vertreter der Aktionsgemeinschaft zur Erhaltung der Werdenheimer Berglandschaft, Vinzenz Wagner, fasste seine Meinung so zusammen: »Almwirtschaft kann wunderbare Landschaften formen, artenreiche Wiesen, auch mit herrlichen alten Bäumen bestanden.«

Er hörte die Tür gehen und erwartete, dass Birgit wenigstens kurz nach ihm rufen würde. Immerhin stand ja sein Fahrrad neben der Haustür. Aber nichts geschah. Schließlich rief er: »Birgit?«

Keine Antwort.

Wer nicht will, der hat schon.

»Die Bauern, die sie ermöglichen und dabei wertvolle Nahrungsmittel erzeugen, verdienen unsere Unterstützung. Doch bewährte Gesetze durchlöchern, um Subventionen zu sichern, ist keine zukunftsweisende Strategie. Wer hier im Dunkeln pfeift, kann böse Überraschungen erleben.«

Weiter schrieb er nicht, er fand es zu seltsam, dass sie nicht antwortete. Einbrecher gab's hier aber auch keine. Er ging die Treppe runter und fand Birgit draußen in der Dämmerung auf der Terrassenbank. Sie saß ganz still und die Tränen liefen ihr schier unaufhaltsam die Wangen herunter.

»Birgit! Was ist passiert?«

Sie sagte tonlos: »Er ist tot. Vor den Zug.«

»Wer er?«

Keine Antwort.

Jo zählte zwei und zwei zusammen: »Euer Psychotiker? Den ihr rausgeschmissen habt?«

»Ja.«

Jo wurde wütend. »Der blöde Hund. Jetzt hat er's euch gezeigt, oder? Arschloch.«

Er ging in die Küche und mixte zwei Gläser Wodka mit einem Schuss Zitronensaft, trug sie hinaus und stellte sie auf den Terrassentisch. Dann schnappte er sich Leutselig-Schnurrenberger, der sich im Liegestuhl breitgemacht hatte, und beförderte ihn unsanft neben Birgit auf die Bank: »Los, auftanken, Monsieur.« Der Kater schlitterte die Bank entlang und bremste mit ausgefahrenen Krallen an Birgits Oberschenkeln.

»Au! Spinnst du?«

Ihre Empörung ließ die Tränen augenblicklich versiegen, Leutselig-Schnurrenberger verzog sich fauchend unter den Salbei.

»Entschuldige bitte. War ein blöder Witz.« Jo setzte sich neben sie: »Schlimm?«

Sie schob den Rock hoch und begutachtete die Kratzer. »Fürs Frauenhaus langt's noch nicht«, stellte sie fest.

»Magst' reden?«, fragte er.

Sie schaute abwägend vom Wodka zu Jo und wieder zurück. Dann kippte sie das Glas in einem Zug. »Da gibt's nicht viel zu reden. Kein Abschiedsbrief, soweit wir wissen. Die Polizei hat bei uns nachgefragt, weil sie ein Foto von der Klinik bei ihm gefunden hat. Mit einem Pfeil auf das Fenster von der Patientin, auf die er fixiert war. Das ehemalige Fenster. Wir haben sie unter einem Vorwand in ein anderes Zimmer verlegt. Das Foto ist ja vielleicht eine Art Abschiedsbrief. Oder auch nicht. Im Grunde kann keiner sagen, was in seinem Kopf vorging. Vielleicht ist es nicht mal Suizid. Vielleicht hat er geglaubt, er ist allmächtig und kann den Zug aufhalten.«

Jo nahm auch einen Schluck Wodka, ließ die Hitze die Kehle hinunterrinnen und schaute auf den Kater, der sich die Ohren putzte. »Und? Machst du dir jetzt Vorwürfe?«

Sie schüttelte den Kopf. »Nein. Es ist einfach nur scheißtraurig. Und ich hoffe, dass die Patientin nie davon erfährt.«

»Warum?«

»Warum! Weil sie sich schuldig fühlen würde.«

»Was? Sie kann doch am allerwenigsten dafür.«

»Ach je, Jo. Hast du eine Ahnung. Die meisten Frauen sind dazu erzogen, Schuld zu übernehmen. Hat deine Mutter nie gesagt: ›Ist schon gut, es ist meine Schuld‹, wenn irgendwas schiefging? ›*Ich* habe die Kaffeekanne an den Tischrand gestellt. *Ich* habe die Schuhcreme nicht auf den Einkaufszettel geschrieben. Seid friedlich, *ich* bin ja schuld.‹«

»Meine Frau jedenfalls ist nicht so erzogen worden. Sie hat nicht gesagt: ›Ich saß an der falschen Stelle, als dieser Kater geflogen kam.‹«

»Depp«, sagte Birgit und legte den Kopf an seine Schulter. Jo fing an zu schnurren.

*

Der Mond ging riesig über dem Saukogel auf und färbte seine Felsen silbrig. Niki Lehner sah ihn noch, als er von der Versammlung nach Hause kam und auf Strumpfsocken sein Haus betrat, um die Kinder nicht zu wecken.

Das bleiche Mondlicht lag auf dem Blechdach der Griesleralm, darunter lärmten die Marder im Gebälk und fegten einige Spinnweben herunter, die langsam herabsegelten. Im Wald schrie ein Kauz. Unten in Schöllau wartete ein Pickup mit ausgeschalteten Scheinwerfern vor der finsteren Öffnung eines Scheunentores. Zwei Gestalten luden etwas Sperriges auf die Ladefläche. Als sie fertig waren, startete der Fahrer den Motor und fuhr los, erst auf der Hauptstraße blendete er auf.

100 Kilometer nördlich überspielte Bao Xing im Hotel die letzten Audiodateien in den Laptop. Er musste sie nach Aufnahmeort und Zeit ordnen, auch die Videos und die Fotos, und dies jeden Tag, sonst kam alles hoffnungslos durcheinander. Im Grunde verfertigte er mithilfe seiner Geräte so etwas wie ein externes Gedächtnis: Gewaltig und trügerisch präzise. Es würde allmählich die Eindrücke seines eigenen Gehirns überschreiben. Licht fiel bleich durch die Stores, ob vom Mond oder von den Straßenlampen, war nicht auszumachen. Morgen würden sie ins Hofbräuhaus gehen und wie die Mongolen mit Messern von

Schweinsknochen Stücke heruntersäbeln. Kein Wunder, dass man bei der Sorte Essen so viel Bier trinken musste.

Es war 2 Uhr geworden. Birgit saß im Lehnstuhl im Schein einer Stehlampe und las. Der Lehnstuhl war alt, mit Leder bezogen und an den Armlehnen abgewetzt. Im Licht der Lampe schimmerten seine Polsternägel aus Messing. Birgit hatte die Füße unter das Nachthemd gezogen und las die Pater-Brown-Geschichte vom ›Unsichtbaren Mann‹: ›Als diese vier ehrlichen Männer sagten, dass keiner das Mietshaus betreten habe, meinten sie nicht wirklich, dass keiner es betreten hätte. Sie meinten keinen, von dem sie annehmen konnten, dass er der ist, den sie suchen. Ein Mann ging ins Haus, und er kam heraus, aber sie haben ihn nicht wahrgenommen.‹

*

Jo hatte erneut vom Holztransporter geträumt. Er war wieder auf der Forststraße, wieder am Straßenrand. Das riesige Fahrzeug donnerte an ihm vorbei, wieder kam der Staub, der sich auf alles legte, wie ein weißes Tuch, das alles bedeckte.

Gedankenverloren schaltete Jo die Kaffeemühle ein. Das kleine Teil röhrte los, aber diesmal war das Geräusch anders als sonst, denn Jo hatte vergessen, den Behälter für das Pulver einzusetzen. Der Effekt war beeindruckend: Die Mühle spie das Pulver in die Luft und in Nullkommanichts war die ganze Anrichte mit feinem braunen Sand überstreut. Jo fluchte laut.

»Was ist passiert?« Birgit hatte ihr Yoga-Programm beendet und stand nun trotz Schlafmangels ziemlich wach in der Tür.

»Ist das jetzt ein Freud'scher Fehler oder was?«

»Wieso Freud? Sieht eher aus wie Mister Bean.« Birgit amüsierte sich.

Während Jo mit dem Spültuch gegen die braune Düne kämpfte, erzählte er Birgit von seinem Traum, vom Holzlaster und dem Staub. Und als er fertig erzählt hatte, war ihm so sonnenklar, was der Traum bedeutete, dass er sich mit der Hand samt Spültuch an die Stirn griff. »Natürlich! Die Schranke am Kegelberg ist damals den ganzen Tag offen gewesen wegen der Holzlaster. Vielleicht hat ein Lasterfahrer was beobachtet.«

Jo hetzte auf dem Fahrrad in die Redaktion und überlegte: Pfister anrufen, Spedition anrufen, Fahrer anrufen. War das in seinem Tagesablauf heute unterzubringen? Es sollte gehen, der Artikel für Samstag war schon fast fertig.

Er war früh im Büro, warf den Computer an und öffnete die E-Mails, checkte den Kalender auf seine Aufgaben. Am Freitagnachmittag musste er zur Jubiläumsfeier des Obst- und Gartenbauvereins. Das hatten sie ihm mit Vergnügen hineingewürgt, wenn er einmal am Freitag Dienst hatte. Der Landrat war Schirmherr der Veranstaltung und jede Veranstaltung, auf der der Landrat Schirmherr war, wurde mit mindestens 80, wenn nicht 120 Zeilen geehrt.

Er hörte das Telefon klingeln, das heute die Spittlerin abnahm. Eine Minute später kam sie zu ihm ins Zimmer: »Jo, ein anonymer Anruf aus Schöllau! Auf dem Grab vom Herrigl ist was, was wir fotografieren sollen, bevor die Polizei es holt.«

Jo erhob sich, war einen Moment lang unschlüssig. Das war ein Auftrag eher von der Kragenweite der Bernbacherin. Aber dann begriff er: »Irgendwas wird passieren«, hatte der Wagner gesagt. Der Bichl Sepp hatte zugeschlagen.

*

Als die Mesnerin von Schöllau heute früh durch den Friedhof ging, um die Kirche aufzuschließen, erblickte sie am Grab des tragisch verunglückten Försters Klaus Herrigl das gewaltige Gehörn eines Auerochsen sowie folgende Inschrift:

Das Hörnerpaar am Grabe spricht,
der Herrigl, der war es nicht.
Das Fleisch, das lang gefroren war,
erquickte nun der Armen Schar.
Es schütze Gott die Seelen
vor Lügen und vor Stehlen.

Das in Schönschrift geschriebene und sorgsam befestigte Gedicht lässt keinen Zweifel daran, dass es sich um das Gehörn des letzten Winter von der Jachensee-Insel verschwundenen Stieres handelt. Da ein großes Loch im Eis nahelegte, dass das Tier eingebrochen und ertrunken war, hatte der Besitzer zunächst keine Anzeige erstattet. Erst als Anwohner von einem Schuss berichteten und im See an der Stelle des angeblichen Unglücksfalles ein mit Steinen beschwerter Holzrückeschlitten gefunden wurde, wandte er sich an die Polizei. Diese begann die Ermittlungen, stellte sie jedoch wieder ein, weil der Hauptverdächtige, Klaus Herrigl, inzwischen verstorben war. Nun wird der Fall wohl neu aufgerollt werden.

Erste Nachforschungen haben ergeben, dass tatsächlich bei der ›Werdenheimer Tafel‹, die Lebensmittel an bedürftige Bürger verteilt, anonym eine große Menge Gefrierfleisch gespendet wurde. Ob die Ermittlungen noch weitere Ergebnisse erzielen werden, bezweifeln Kenner der Szene. »Da ist was intern geregelt worden«, sagte ein erfahrener Kripobeamter. »Wenn das so ist, stoßen wir auf eine Mauer des Schweigens.«

Der Fotograf war begeistert gewesen: Das riesige Gehörn, umgeben von schmiedeeisernen Kreuzen, Rosen und Grablichtern, das Gedicht unter der Grabinschrift. »Klasse«, sagte er, »sieht viel besser aus als in der dusteren Alm drin.« Nicht zuletzt wegen des Bildes hatte es die Geschichte auf die erste Seite des Lokalteils geschafft.

Es war schon 5 Uhr Nachmittag, als Jo zum Hörer griff, um seinem Traum nachzuforschen. Aber Pfister war nicht in seinem Büro, Jo musste sich in Geduld üben und hinterließ seine Handynummer auf dem AB.

Lehner kam herein, setzte sich: »Du musst aufpassen«, murmelte er düster. »Bei dem Sinn für dramatische Ästhetik, die die Schöllauer Mafia zweifellos an den Tag legt, könnte irgendwann dein gebleichter Schädel im Beinhaus der Schöllauer Kirche liegen, mit einer schönen Inschrift auf der Stirn:

›Der Schädel hier im Beinhaus spricht …‹«,

Lehner zögerte. Jo spann weiter:

»Die schwarze Witwe war es nicht.

Der Mann, der einst ein Schreiber war,

Ergänzet nun der Engel Schar.«

Lehner brachte den obligatorischen Schluss:

»Er gibt Ihnen das Beste.

Hier seht ihr seine Reste.«

Er lachte auf seine lautlose Art und fuhr fort: »Sauerbier hat einen Verdächtigen ausgeschlossen. Dr. Hebel hat ein Alibi, weil er ein Zahnarzt ist und an dem Tag seinen unbestechlichen Zeugen unvergessliche Schmerzen zugefügt hat.«

»Kompliment an Woodward.«

»Übrigens hat mich auf der Versammlung ein Mann gefragt, ob ich eine Sabine kenne. Eine fesche Reporterin. Die müsse doch bei uns arbeiten.«

Jo konnte sich absolut keinen Reim machen auf die Bemerkung. Lehner delektierte sich an seinem ratlosen Gesicht. »Sein Sohn ist bei der Bergwacht. Unterreiter heißt er.«

»Vorname?«

»Keine Ahnung.«

»Romeo vermutlich.« Sie lachten.

Es war die Reihe an Jo: »Höllgruber ist Privatdetektiv geworden und hat eine neue Spur.«

»Ah! Und wer bezahlt ihn?«

»Johnny Höllgruber arbeitet im Auftrag Ihrer Majestät.«

»Angeber.«

*

Am Freitagvormittag rief Pfister zurück. Das Holz war an ein österreichisches Sägewerk gegangen. Die Speditionen waren eingespielte Firmen, die mit den Forststraßen vertraut waren. Die Dame der Sägerei-Buchhaltung hatte einen wunderbaren österreichischen Akzent und eine effiziente Datenverwaltung, der Spediteur ebenso. Jo bekam die Handynummer des Fahrers, aber er beschloss, erst alle Aufträge abzuarbeiten, bevor er ihn anrief. Die Sache würde ihn vielleicht sonst zu sehr beschäftigen.

Der Alm-Artikel war fertig. Jo setzte noch zwei Zwischenüberschriften und schliff die letzten Sätze so zurecht, dass sie perfekt in die Maske passten. Voilà, er war mit sich zufrieden.

Vor dem Obst- und Gartenbauverein fürchtete er sich ein bisschen: Er würde ihn mit seiner eigenen gärtnerischen Unfähigkeit konfrontieren und mit fleißigen Wundergärtnern, die fünf grüne Daumen an einer Hand hatten. Im Stadtpark hatten sie eine ehrgeizige Bepflanzung der Beete vorgenommen, eine Tribüne, Schautafeln und einen Pflanzenflohmarkt aufgebaut. Nachdem die Reden vorbei waren, fand Jo die Sache nachgerade interessant, besonders die Informationen über die alten Obst- und Gemüsesorten. Er stellte fest, dass es Wundermittel gegen Schnecken immer noch nicht gab, und schließlich gewann er bei der Tombola einen Hibiskus, ein Bäumchen, das üppig mit riesigen roten Kelchen blühte. Den Topf konnte man einfach auf die Terrasse stellen und gießen und fertig. Sehr gut. Weniger leicht war der Transport. Es gelang ihm, den Topf auf dem Fahrradgepäckträger zu befestigen, und so fuhr er dahin wie weiland Münchhausen auf seinem Lorbeerpferd.

Es war schon spät und in der Redaktion war alles ruhig, die Titelkonferenz war vorbei. Jo fuhr den Computer hoch und öffnete die Maske für die Montagsausgabe. Dann saß er da und merkte, dass es aus war. Der Dampf war raus. Er würde seinen Artikel zu Hause schreiben und an den Sonntagsdienst schicken. Jetzt war etwas anderes dran. Jo griff zum Telefon und rief den Fahrer an, der an jenem Donnerstag den Kegelberg hochgefahren war. Er sprach Hochdeutsch, aber mit den kehligen ›K‹ und ›R‹, die den Tiroler verrieten.

»Nein, von dem Unglück hab ich nichts gehört«, sagte er. Es war ja auch weit außerhalb des Verbreitungsbereichs der Werdenheimer Zeitung.

»Ob ich jemandem begegnet bin?« Er überlegte. »Komisch, ja, ich erinner mich.« Jos Herz begann schneller zu schlagen. »Ich war am Vormittag dort. Einer ist fast in mich reingefahren. Ich war am Holzaufladen. Er ist ziemlich schnell den Berg hochgekommen um die Kurve.«

»Was war es für ein Auto?«, fragte Jo und versuchte selbst, sich an Herrigls Auto zu erinnern.

»Irgend so ein hochbeiniger Vierradantrieb. Vielleicht ein Yeti. Blau oder grün.« Das könnte hinkommen, dachte Jo. »An das Auto erinnere ich mich nicht so, mehr an die Leute drin.«

Leute. Mehrzahl. Jo setzte fast das Hirn aus vor Spannung.

»Eine Frau ist ausgestiegen. Am Steuer hat ein Mann gesessen, den hab ich nicht so genau gesehen, aber die Frau. Sie hat sich irgendwie mit dem Mann gestritten, ich glaub, er wollte, dass sie drin sitzen bleibt. Er hat bis zur nächsten Ausweiche rückwärtsfahren müssen, damit ich dann an ihm vorbeikomm. Aber sie wollte nicht warten. Sie ist ausgestiegen und zu Fuß an mir vorbei den Berg hoch.«

»Wie hat sie ausgeschaut?«

Eine Pause. »Groß, schwarze Haare, grüne Augen. Sie hat mich direkt angeschaut. Deswegen erinnere ich mich. Sie ist vorbeigegangen und hat mich direkt angeschaut.« Wieder eine Pause. »Eine schöne Frau.«

Er sagte nicht ›Ein steiler Zahn‹ oder so etwas. Er sagte: ›Eine schöne Frau‹. Und er erinnerte sich noch nach Wochen an die Begebenheit, weil diese Frau ihn direkt angeschaut hatte. Sie musste umwerfend gewesen sein. Jedenfalls: Lena war das nicht gewesen.

Jo bedankte sich und legte langsam auf. Er saß in Gedanken versunken und schrak zusammen, als hinter ihm die Bernbacherin sagte: »Ein hübsches Bäumerl hast du da.«

Jo drehte sich irritiert um. »Ja, ja«, gab er zerstreut zurück.

»Da war eine Frau am Kegelberg, wie der Herrigl abgestürzt ist?« Sie hatte mitgehört.

»Ja«, bestätigte Jo knapp. Es war ihm nicht geheuer. Die Antworten konnte sie ja nicht gehört haben, doch er wusste nicht mehr genau, wie er die Fragen formuliert hatte. »Es war am Vormittag. Herrigl ist aber erst am Nachmittag abgestürzt. Das weiß man wegen dem Hund im Auto.«

»Warum? Was war mit dem Hund?«

»Herrigls Frau ist mittags raufgekommen und der Hund war weg, mit Herrigl unterwegs. Als ich später raufkam, war der Hund dann im Auto, also hat er ihn in der Zwischenzeit zurückgebracht.«

Die Bernbacherin glitt in einen Stuhl. »Und warum recherchierst du überhaupt?«

»Weil ein Stick mit einer Datei fehlt. Er hatte seinen Computer dabei und dieser Stick fehlt.« Jo fühlte sich wie eine Art Hänsel, der mit seinen Kieselsteinen vor der Hexe herrannte, um eine möglichst verwirrende Spur zu legen.

»Und jetzt suchst du den, der ihn mitgenommen hat?«

»Genau. Wahrscheinlich bloß eine Marotte von mir.«

»Aber die Frau im Auto war jedenfalls nicht seine Frau.«

Jo fand es an der Zeit, in die Offensive zu gehen. Er drehte den Stuhl ganz herum und schaute sie voll an: »Sie war vielleicht nicht seine Frau, aber ich hab auch öfter Frauen im Auto, die nicht meine Frau sind.«

»Hübsch?«

Das Miststück. Jetzt war er zornig genug, um zu lügen. Er zuckte die Schultern. »Blond, stämmig. Mehr hat der Lasterfahrer nicht gesehen. Vielleicht war's ja doch seine Frau. Am besten, du fragst sie selber.«

»Na«, sagte die Bernbacherin und erhob sich lächelnd. »Wenn du sie nicht fragst, wird sie's nicht gewesen sein.«

*

Es war Nacht geworden, halb eins. Birgit hatte noch nicht in den Schlaf gefunden, saß im Lehnstuhl, kraulte den Kater und las Pater Brown: ›Das Verhängnis der Darnaways‹.

›Während der Mann der Wissenschaft sprach, sprang Payne plötzlich und mit aufschreckender Deutlichkeit das Gesicht der Tochter des Hauses Darnaway ins Gedächtnis, eine tragische Maske, blass vor unergründlicher Tragik, aber selbst von blendender und sterbliches Maß überstrahlender Schönheit …‹

7. KAPITEL

Dabei blieb es zunächst. Alles schien irgendwie vorbei zu sein. Es regnete, die Sonne schien wieder, die Käfer krabbelten und die Würmer fraßen. Vergangenheit machte sich breit.

»Jetzt weiß ich viel und steh trotzdem an einer Mauer. Ich kann doch schlecht in Schöllau einen Steckbrief aufhängen: ›Gesucht wird wunderschöne Frau, die an Herrigls Todestag mit in seinem Auto saß. Groß, schwarzhaarig, der Traum aller Tiroler.‹«

Jo saß mit Birgit auf der Holzbank am Terrassentisch, neben ihnen blühte hartnäckig und grandios der Hibiskus in seinem Topf, eine exotische Pflanzengöttin auf Besuch bei ihrer proletarischen Werdenheimer Verwandtschaft. Lehner saß auf Besuch im Liegestuhl und hielt sein Bier fest.

»Na ja, warum weiter suchen. Sie hat mit ihm gestritten, die Schönheit verlässt ihn und er springt vom Felsen.«

»Und was ist mit dem kaputten Glas? Was ist mit Olaf?«

Birgit mischte sich ein: »Vielleicht solltet ihr es einfach gut sein lassen. Manche Leute nehmen ein Geheimnis mit ins Grab. Wenn es Lena schadet, dann solltet ihr es lassen.«

»Hm.« Jo dachte nach. ›Rühr da nicht rein‹, hatte Lauterbach gesagt, ›es bringt nur Unglück.‹ Nun, vielleicht war der Einzige, der nun unglücklich war, dieser Johannes Murmann mit seiner unchristlichen Neugier. War es nur Neugier? War er nur ein Journalist auf der Suche nach einer Story? »Weißt du, was mich eigentlich nicht loslässt, ist, dass ich mit ihm verabredet war. Ich war verabredet und er wollte mit mir reden. Und dann war er tot.«

»Du bist nicht der einzige Mensch, der vergebens gewartet hat«, meinte Birgit. »Und außerdem: Er wollte mit dir über diese Wald-Geschichte reden. Und die hast du ja jetzt abgearbeitet.«

Jo schnaubte. »Schaumgebremst abgearbeitet.«

Herzog hatte den Titel BAUMSTÜMPFE AUF DER GRIESLERALM abgeändert, weil diese Überschrift, so hatte er später gesagt, einen einzelnen Almbesitzer an den Pranger stelle. Stattdessen hieß es nun: ERWEITE-RUNG DER ALMWEIDE und Naturschützer beklagen Waldverluste. Statt des Fotos mit den Baumstümpfen hatte er eines mit See und Kuh eingesetzt. Jo war am fraglichen Freitag nicht bei der Titelkonferenz gewesen und Herzog konnte Titel und Bild ändern, wenn er wollte. ›Naturschützer beklagen‹ konnte genauso gut heißen, dass die Bauern sich gegen die ewigen Traumtänzer durchgesetzt hatten. Jo hatte hinterher mit Herzog gestritten, aber der Schuss war draußen.

»Im Krimi«, sagte Lehner, »kommt an einem solchen toten Punkt in der Regel die zweite oder dritte Leiche. Die Spannungskurve flacht ab, langweilige Ermittlungsroutine wäre angesagt und dann liegt wieder jemand tot im Moor und Sauerbier hat Feuer am Dach.«

Die rot-weißen Absperrbänder flatterten im Sturm. Kommissar Sauerbier beugte sich über den toten Hund. Leise pfiff er durch die Zähne: »Der Mörder spielt Katz und Maus mit uns«, sagte er zu seinem Assistenten. »Ist Ihnen nichts aufgefallen? Der Hund trägt einen silbernen Manschettenknopf im Ohr!«

»Stimmt«, sagte Jo. »Mit einem Serienmörder hat man's leicht.«

»Die nächste Leiche«, schlug Lehner vor, »müsste die

schöne Unbekannte sein. Tote Männer sind auf die Dauer langweilig.«

»Du hast ja nicht alle Tassen im Schrank«, tadelte Birgit.

»Wenn du das sagst, muss es ja stimmen«, meinte Lehner freundlich und nahm einen tiefen Schluck Werdenheimer Dunkel. »Eine Wasserleiche«, sagte er dann, »eine Wasserleiche würde meinem Wasserartikel erst die rechte Würze geben.« Er kämpfte zurzeit mit der Einleitung zur Wasserader-Serie.

»Pfui Teufel«, kommentierte Birgit, aber Lehners Ruf war eh schon ruiniert und er fantasierte ungeniert: »Wenn's den Toten den Vogelberg runterschwemmt, landet er in der Schöllach, und die DNA kann man noch in der Donau feststellen. So kann man den Lesern die Wassereinzugsgebiete nahebringen.«

Birgit bleckte vor Ekel die Zunge raus und Jo erkundigte sich: »Hast du Schwierigkeiten, das zu veranschaulichen?«

»Ja, obwohl es einen Haufen Bilder gibt. Ich war ja im Wasserwirtschaftsamt. Die haben alles. Von uralt bis hochmodern. Alte Zeichnungen von Flüssen und Flussbetten, handkolorierte Kostbarkeiten und andererseits Luftbilder mit laservermessenem Geländeprofil, wo sie die Überschwemmungsgebiete einblenden können.«

»Schraffiert?«, fragte Jo.

»Blau schraffiert, ja«, antwortete Lehner.

Wahrscheinlich war alles irgendwo in einem Computer schraffiert. Verwilderter Garten, gelb schraffiert, hyperintelligenter Ameisenhaufen, rosa schraffiert.

»Das Problem ist, dass sich die Bilder nicht bewegen«, fuhr Lehner fort. »Das Wasser, das steht ja nur im See still, und da auch nicht wirklich. Es bewegt sich dauernd. Ich hätte gern diese Bewegung im Kopf und im Artikel, und diese Strömungen krieg ich mit den Karten nicht hin.«

»Hört sich an wie das, hinter dem Fürchtegott her ist, der Bildhauer, weißt du. Die Form von Prozessen. Er sagt, der poetische Name dafür sei Geister oder Devas oder so.«

»Flussgötter?« Lehner überlegte.

»Gefällt mir allemal besser als Wasserleichen«, meinte Birgit.

›Unsere Art, über die Welt zu reden, tötet die Dinge‹, hatte Fürchtegott gesagt. Vielleicht waren die Wasserleichen ein Symbol für genau das: Man ließ was Totes rumschwimmen, weil man die lebendige Bewegung nicht sehen konnte.

»Und«, fragte Jo, »wenn ich an der Reihe bin, welchen Nöck empfiehlst du mir, Niki? Über welchen Fluss soll ich schreiben?«

»Keinen Fluss. Jo, du bist doch im Herzen noch ein Münchner. Schreib doch über die Trinkwasserfassungen der Stadt bei uns. Sie haben im nördlichen Landkreis ganze Wälder gekauft, um die Wasserqualität sicherzustellen, und dann gibt's unter der Erde Stollen und Hochbehälter, wie riesige unterirdische Kathedralen voll klarem Wasser. Ich hab die Fotos gesehen, sieht irr aus, wie Herr der Ringe oder so was. Nicht mal in Gedanken bringe ich übers Herz, da eine Wasserleiche rumdümpeln zu lassen.«

Sie schwiegen und schauten in den dämmernden Garten.

»Es heißt«, sagte Lehner nach einer Weile, »dass man den Giersch essen kann. Wie Spinat.« Und er deutete auf den dichten Saum hoher Blätter, der die Hecke entlang wucherte, wo Jo mit dem Rasenmäher nicht hingekommen war.

»Niki«, sagte Jo mitten in Birgits Gelächter, »du bist ein echter Schatz.«

Lehner war lange geblieben und es war fast schon dunkel, als sie die Gläser und Sitzkissen ins Haus räumten.

»Ich hätte da noch einen zeitnahen, lebenspraktischen Auftrag für einen Herrn Kommissar«, sagte Birgit. »Ich finde in der Wäsche überall kleine Löcher.« Sie zog ihr T-Shirt etwas glatt und ein Loch am Saum wurde sichtbar. »Es ist Baumwolle. So was fressen Motten doch nicht.«

»Meine Güte«, sagte Jo und machte große Augen. »Ein Fall für den Kammerjäger.« Obwohl es nichts mehr zum Hineintragen gab, ging er zurück auf die Terrasse, damit er nicht länger ein unschuldiges Gesicht machen musste. Der Kater saß auf der Bank, bereit, den Tisch zu entern, sobald die Menschen im Bett waren.

»Wenn sie da draufkommt, bringt sie mich um«, sagte Jo leise zu ihm. »Versprich, dass du mich nicht verrätst.« Leutselig-Schnurrenberger sah ihn aus goldgelben, unergründlichen Augen an. ›Wir Katzen haben sieben Leben voller Geheimnisse‹, schien er zu sagen, ›und nehmen unendlich viele mit in unsere sieben Gräber.‹

*

Um 3 Uhr früh heulte die Sirene der Feuerwehr. Jo wachte auf, stieg vorsichtig aus dem Bett, um Birgit nicht zu wecken, und trat auf den Balkon. Eine blasse Mondsichel hing im Westen, ein kühler Wind ging und rauschte in den dunklen Kronen der Bäume. Über den Hausdächern sah Jo den lang gestreckten Hügelzug, der Werdenheim säumte. Er wartete. Er wartete nicht auf eine Rauchsäule in der Ferne, nicht auf Funkenflug und nicht auf zuckende Blaulichter. Er wartete auf ein Schauspiel, das er immer wieder als menschlich und tröstlich empfand: Die Scheinwerfer der Autos, in denen die Mitglieder der Freiwilligen Feuerwehr aus den benachbarten Dörfern nach Werdenheim eilten. Es war jedes Mal eine kleine Lichterprozession des Bürgersinns, die im Zickzack durch die Nacht flackerte. Jo hatte sich überlegt, ob er nicht beitreten sollte, jetzt, da er dauerhaft hier wohnte, aber er fürchtete, dass er schon zu alt dafür war.

Die Sirene erstarb. Jo wartete. Aber noch bevor ein Licht am Horizont erschien, ging bei den Nachbarn das Licht an und Jo hörte einen furchtbaren Schrei, der so verständlich war, als ätzte das Entsetzen den Sinn der Worte in die Nacht: »Der Luki is ned dahoam!«

Hören und Verstehen war eins: Dies war der gewöhnliche Tod, wie er hier zuschlug. Keine geheimnisvolle Leiche, keine finstere Intrige, keine Schatten der Vergangenheit. Es war Wochenende, es war gegen Morgen, es war ein junger Mann auf dem Motorrad, er war nicht zu Hause und die Sirene der Feuerwehr heulte. Seine Eltern rissen die Haustür auf, hasteten den Lichtstreifen entlang zur Garage, warfen das Tor hoch, aber was konnten sie anderes erwarten als den leeren Platz, an dem das Moped stehen sollte, und wieder schrie Frau Berger, aber diesmal hatte sie keine Worte.

*

Es war keine große Meldung:

›In der Nacht zum Sonntag ist ein 18-jähriger Werdenheimer auf der Heimfahrt von der Disco in Jachenkirch verunglückt. Kurz vor Werdenheim touchierte er in einer lang gezogenen Linkskurve die Fahrbahnkante aus Beton. Das Motorrad überschlug sich und geriet in Brand, der Fahrer landete an einem Siloballen und überlebte schwer verletzt. Er war nicht alkoholisiert gewesen, aber wahrscheinlich übermüdet. Die Polizei überprüft derzeit, ob die Entzündung des Tanks durch eine unerlaubte Manipulation des Motorrads ermöglicht wurde. In diesem Zusammenhang warnt sie ausdrücklich vor dem Einbau von Tanks, die keine TÜV-Zulassung haben.‹

»Wie kann man bloß so blöd sein«, dachte Jo. »Vampir-Tank. Wie kann man bloß so blöd sein.« Man konnte, das wusste Jo nur allzu gut. Er war selbst hier aufgewachsen und blöd genug gewesen. Sogar heute noch blöd genug, die Wäsche mit dem Degen zu sortieren, das musste er zugeben.

*

Eigentlich hatte er nicht vorgehabt, Luki im Krankenhaus zu besuchen. Birgit und er hatten sich in der Nacht um die Eltern gekümmert, so gut es ging. Mit dem maulfaulen Luki verband sie jedoch weiter nichts als gemurmelte »Servus« und »Tschulligung«. Aber am Mittwoch fuhr Jo ohnehin ins Krankenhaus, weil ein Abgeordneter anreiste, um sich dort über multiresistente Bakterien zu informieren. Und nachdem Jo im Tagungsraum allerhand kritische Fragen und staatstragende Bemerkungen zum Thema notiert hatte, ging er zur Information, wo er nach dem Zimmer von Ludwig Berger fragte.

Als er im oberen Stockwerk den spiegelnden Gang entlanglief, kurvte weit hinten ein Rollstuhlfahrer um die Essensausgabe und bewegte sich mit energischen Armschüben in Richtung der Aufzüge. Luki konnte das nicht sein. Der war erstens noch nicht so fit und zweitens Gottseidank nicht querschnittsgelähmt, wie Jo schon von den Eltern gehört hatte. Luki hatte den Kiefer und zwei Rippen gebrochen und das Becken angeknackst; das Feuer hatte ihn nicht erwischt, das Motorrad war auf einer anderen Flugkurve unterwegs gewesen als er selbst. Vermutlich hatte nach dieser Nacht ein schwer atmender Schutzengel mit versengten Flügeln um einen Monat Sonderurlaub gebeten.

Jo klopfte und trat ins Zimmer. Es waren drei Betten, eines war leer, im anderen unterhielt sich der Patient mit einem Gameboy. In dem Bett am Fenster war Lukis wirrer Haarschopf zu sehen.

»Hallo«, sagte Jo.

Luki sagte naturgemäß nichts, denn man hatte ihm den Kiefer verdrahtet. Jo stand am Fußende des Bettes und hatte den Eindruck, dass er ihn zum ersten Mal sah. Wahrscheinlich lag es daran, dass Luki ihm gerade in die Augen schaute, ohne sich Haarsträhnen vors Gesicht gleiten zu lassen, das heute noch etwas geschwollen war.

»Meiomei«, sagte Jo und holte sich einen Stuhl. »Hätt noch blöder laufen können. Gratulation zum Überleben.« Eine Bemerkung zum Vampir-Tank verbiss er sich. Dazu hatte Luki gewiss schon genug Standpauken gehört. »Ich hab eine CD dabei, ich nehm an, du hast was zum Abspielen.«

Luki nickte und wies auf seinen Laptop, der auf dem Nachttisch halb aufgeklappt lag.

»Ist halt Bildungskram«, sagte Jo und holte ein Hörbuch von der Odyssee als Nacherzählung heraus. »Sie haben das für den Bayerischen Rundfunk produziert und ich fand's spannend. Vielleicht hörst du mal aus blanker Verzweiflung rein. Ich hab mir gedacht, deinen Geschmack treff ich eh nicht, dann ist's schon wurscht.«

Luki lächelte etwas krumm wegen der Schwellung.

»Das ist mal eine nette Unterhaltung«, meinte Jo. »Kaum einsilbiger als sonst.« Er grinste, Luki wurde rot und verzog gleich darauf schmerzhaft das Gesicht. Er hatte gelacht und die Rippen schmerzten.

»Oh, Tschuldigung«, sagte Jo. Die Rollen vertauschten sich ein bisschen. »Tut's arg weh?«

Luki angelte sich den Laptop her und tippte: ›Geht schon. Sie geben mir immer was gegen die Schmerzen.‹

Er hatte die Beine angewinkelt, um den Laptop aufzustützen, dabei zog er die Bettdecke etwas vom Fußende weg und ein Handy kam dort zum Vorschein.

Jo schaute es an, nahm es und fragte Luki: »Ist das deins?« Aber er kannte die Antwort schon: Es war nicht Lukis. Es war schwarz, mit einem rosa-silbernen Einhorn.

»Nein, es gehört einem aus meiner Klasse, der mich besucht hat. Er hat es vergessen.«

»Manuel Herrigl?«

»Kennen Sie den?«

»Ja.« Und bevor irgendeine moralische Instanz in seinem Inneren auch nur eine Silbe Kommentar abgeben konnte, sagte Jo: »Ich kann's ihm zurückbringen.«

»In die Höhle der schwarzen Witwe«, knurrte Johnny. »Warum fragst du nicht sie nach der Puppe mit den grünen Augen. Wenn jemand weiß, wer das ist, dann sie.«

*

Lena begrüßte ihn herzlich.

»Wie geht's?«, erkundigte sich Jo und aller Verdacht war wie weggefegt angesichts der Erinnerung an das gemeinsame Warten und die gemeinsame Ungewissheit. Er würde einen lausigen, gutgläubigen Kommissar abgeben, da war sich Jo sicher.

»Muss ja gehen«, sagte sie. »Es braucht halt seine Zeit.« Manuel war im Garten und schob einen langen Grashalm in das Karnickelgehege.

»Die Hasen sind neu, oder?«, fragte Jo.

»Meine Schwester hat sich immer welche gewünscht, aber solang der Aufi da war, war's ned möglich.«

»Ich hab gemeint, die fressen gern Löwenzahn, nicht so hartes Gras«, sagte Jo.

Manuel lachte kurz. »Stimmt. Aber den Grashalm räumt der Has weg. Es ist ein Spiel. Ich hab zuerst gedacht, die Hasen sind stinklangweilig, weil sie nicht spielen wie Hunde oder Katzen. Die sind keine Raubtiere, die reagieren nicht auf Bewegung. Aber der Has macht was anderes: Der bastelt am Heim. Unter dem Stall hat er sich eine Höhle gegraben. Und da am Zaun entlang, da hat er einen Weg, den hält er sich frei. Und wenn da ein langer Grashalm drin ist, dann räumt er ihn weg.«

»Ich war beim Luki. Du hast da was vergessen.« Jo holte das Handy aus der Hosentasche.

Er hatte es nicht mal aufgeklappt. Das silberrosa Einhorn bewachte die Geheimnisse der Familie so sicher wie ein grausiger, schädelbehängter Dämon den Eingang eines tibetischen Tempels. »Du bist kein Polizist«, hatte es gesagt, »du hast kein Recht dazu, niemand hat ein Recht dazu.« Nicht der Schatten von Sauerbier oder Höllgruber konnten sich in der Matrix von Jos Fantasie zusammenballen, solange das kitschige Pferdchen dort sein Horn erhob.

Und außerdem: Selbst wenn das Handy eingeschaltet sein sollte und keine PIN nötig war, wie lange wurden Kontaktdaten gespeichert? Wozu den Schurken machen und sich dann für eine Aktion schämen, die noch dazu erfolglos sein würde?

Was für eine Schnapsidee.

Jetzt stand er da, nach 15 Kilometern Fahrt, vor einem Kaninchenstall.

»Oh, danke.« Manuel nahm ihm das Handy hastig aus der Hand. Es war ein Ding, so intim wie ein Tagebuch, und es war schon grenzwertig, dass es in eines anderen Mannes Hosentasche gewesen war.

Jo wandte sich ab und schaute über die Büsche weg auf den Kirchturm von Schöllau. »Du hast mich damit angerufen«, sagte er. »Zwei Tage nach der Beerdigung. Es hat mich ganz schön erschreckt. Man hatte mir gesagt, sein Handy wär kaputt.«

Manuel sagte nichts. Jo sah ihn an. »Ich nehme an, du hast die letzten Kontakte gecheckt.«

Manuels Gesicht war so abweisend wie irgend möglich. Jo wandte sich wieder dem Kirchturm zu. Es war das Minimum an Diskretion, das er Manuel bieten konnte.

»Frau Felleisen hat deine Mutter nach einem Stick gefragt, weißt du davon?«

»Olaf«, sagte Manuel jetzt mit rauer Stimme. »Ich weiß. Aber was das für eine Datei sein soll, haben wir keine Ahnung.« Das Eis auf seinem Gesicht taute, er fühlte sich offenbar auf sicherem Grund. ›Olaf‹ hatte also nichts zu tun mit dem Verdacht, dem er mit dem Handy nachgegangen war.

»Mein Vater war am Tag vorher ...«, er stockte, setzte wieder an, »am Tag vor seinem Absturz auf der Messe in München. Er ist irgendwie ganz aufgedreht zurückgekommen und ist noch nachts Stunden am Computer gesessen. Da hat er vielleicht die Datei geschrieben. Eine Text-Datei, hat die Felleisen gesagt. Aber ›Olaf‹ sagt uns nichts. Wir kennen keinen.«

Jo nickte. »Ich hab den Artikel noch geschrieben, über das INVEKOS-Zeugs. Es hat deinem Vater so am Herzen gelegen«, sagte er. »Mehr kann ich nicht machen. Ich fürchte, im Leben bleiben manche Sachen einfach unerledigt.«

Das Karnickel patrouillierte seinen Weg entlang und schob tatsächlich ordentlich den langen Grashalm zur Seite.

»Wenigstens die Sache mit dem Auerochsen ist aus der Welt.«

Manuel lächelte. »Ihr habt die Hörner gefunden. Ich weiß.«

Von wem er das wohl erfahren hatte?

Dann sagte Manuel: »Am Handy war nix. Bloß das Übliche, die ganze letzte Woch. Die Nummern von daheim, die Autowerkstatt, Sie, der Bichl von der WBV, nix Komisches.«

»Gut«, sagte Jo. Und: »Danke.«

Er schaute noch am Friedhof vorbei. Das Grab zeigte keine Spur mehr von der Aufregung der letzten Woche, die Kieswege waren auch frisch gerecht worden. Er stellte sich davor, einen Hut hatte er nicht zum Abnehmen.

»Das Leben geht weiter, Klaus«, sprach er in Gedanken. »Es geht weiter und ohne dich anders. Sie sind traurig, aber sie haben sich Karnickel angeschafft. Ich hab Manuel natürlich nichts von der Frau gesagt. Aber ich wett, er hat den Braten gerochen. Er hat gemerkt, dass Lena dir hinterhergefahren ist auf die Hütte, Misstrauen war in der Luft, wahrscheinlich nicht zum ersten Mal. Er wollte wissen, was los war, und hat die Nummern im Handy kontrolliert. Lena hat ihm also nichts erzählt.« Jo seufzte. »Was du mit der Frau ghabt hast, es geht mich nix an. Ob ›Olaf‹ mich was angeht und was du in der Nacht noch geschrieben hast, weiß ich nicht. Aber mit meinem Latein bin ich am Ende. Was du ins Grab nimmst, nimmst' ins Grab. Wenn noch irgendwas rauskommen soll, dann bist du am Zug.«

Er bückte sich, nahm den Tannenzweig im Weihwasserkessel und sprengte ein wenig Wasser aufs Grab. Und dann beschloss er, die Schöllauer Runde zu vollenden und noch beim Bichl Sepp vorbeizuschauen.

Der Sepp war am Melken. Jo stand im warmen Stalldunst hinter den Kuhschwänzen, während der Sepp auf dem Melkschemel zwischen den Tieren klemmte und mit routinierten Griffen die Euter prüfte.

»Ich hab gar nicht gewusst, dass du so gut dichten kannst«, sagte Jo.

»Des war mei Frau«, sagte der Sepp. »A schöns Foto habts gmacht in der Zeidung. So hab i ma des vorgstellt.« Er war schon ein PR-Spezialist, der Herr Bichl. »Und der …, Lehner hat er ghoassn, oder? Der hod aa ganz guat gschriem über d'Jagdversammlung.«

»Da kann man dir ja auch gratulieren«, meinte Jo. »Dass ihr den Hebel rausgehebelt habt.«

Der Sepp zog das Melkgeschirr vom Euter ab und stand auf. »Jetzt werd des erst spannend«, sagte er. Er schloss den Drucklufthahn, zog die Schläuche von den Leitungen und ging zwei Kühe weiter, Jo tappte hinterher.

»Jetzt miass ma erst no zoang, dass mas kenna, de Jagerei. Mit'm Wagner ois Jagdleiter hamma guade Schasn.« Er schob die Schläuche an ihren Platz und tauchte auf seinen Schemel ab. »Den Herbst machma die erste Drückjagd. Mogst mitgeh?«

»Äh, ehrlich? Ich weiß ned ...«, stotterte Jo.

Die Melkbecher saugten sich schmatzend fest und Sepp wandte Jo das Gesicht zu. Nicht spöttisch, wie Jo das erwartet hatte, sondern ernsthaft. »I frog ned an jedn«, sagte er. »Scho gar ned an jedn von der Zeidung.«

Es war also eine Art Ehre. Sepp hatte sich schon wieder der Kuh zugewandt und massierte das Euter. »Woasst scho, Viecher dodschiassn, da ko ma so drüber schreim oder so.«

»Ich weiß ja ned, ob ich da was schreiben kann, aber wenn du meinst, dann komm ich«, sagte Jo. »Bist' heut ganz allein im Stall?«, fragte er nach einer Weile.

»Der Bua is beim Bschüttn«, sagte Sepp. »Und mei Frau is zur Theres nauf.«

»Auf die Alm?«

Der Sepp schwieg. Man hörte nur das Brummen des Druckluftgenerators, das leise Zischen der Melkbecher und das Kauen des Viehs. Schließlich zog er das Melkgeschirr ab und erhob sich. Er stand zwischen den Kühen und über seine ganze massige Gestalt hatte sich ein Schatten der Sorge gelegt. »Es geht ihra ned guad.«

»Deiner Frau?«

»Naa, der Theres.« Ein abgrundtiefer Seufzer hob seine Brust, die reichlich Platz dafür bot. Dann drehte er sich um und tauchte wieder ab, um die nächste Kuh anzuhängen. »Es war scho moi aso. Sie is uns scho moi so durchghängt«, hörte Jo von unten her. »Des war, wias mit der Schui fertig war. Aufamoi is sie umanandaghängt. Sie hod dann gsagt, sie braucht an Tapetnwexl. Und sie woit a Freindin bsuacha, in Minga. Wias nach oana Woch zruckkemma is, wars no schlimmer. Sie is nimmer ausm Zimmer ganga, oder wenn, hod sie si aloa verdruckt. Zerscht wars die gresste Umtreiberin gwesen und imma üweroi dabei, und aufamal is bloß no umanadagschlicha. Zum Pfarrer woits ned, zum Psichologen woits aa ned, sie hod gsagt, sie wui furt. Nacha hod sie si ins Hotel beworbn, nach Oberstdorf hinten, spater is no ind'Schweiz numm. Des war scheint's as richtige gwesen, es is ihra mit der Zeit wieder guad ganga. Den Sommer is hoamkemma, für länger, woit si überlegn, ob sie seiwa wos ofangt in der Gastronomie.«

Jo hörte zu, obwohl es angefangen hatte, in seinen Ohren zu brausen und eine Geisterbahn von Fragen in seinem Kopf herumheulte. Schule fertig? Wann war das? Hotellehre, also wahrscheinlich mittlere Reife oder was? Wie alt war sie? Damals, als Lauterbach noch Klaus' Chef war?

»Und jetzt aufamal geht's wieder los. Hockt's auf der Oim obn und wui nimma owa. An Handyempfang hods aa ned da obn. Es is a Kreiz.«

Seit wann auf der Alm? Seit Klaus tot war?

Als der Sepp das nächste Mal aufstand, schaute sich Jo seine Augen zum ersten Mal bewusst an. Sie waren grün.

Wie er sich verabschiedet hatte, wusste Jo nicht mehr. Er hatte sich furchtbar zusammengerissen, um einen einigermaßen normalen Eindruck zu hinterlassen. »Meinst, es tut der Theres gut, wenn ich sie amal besuch' da oben?«, sagte er noch. »Sie kennt mich ja gar ned.«

Und der Sepp hatte ihn dankbar angeschaut und gesagt: »Prowiers halt.«

*

Er saß im Auto und hämmerte auf das Steuerrad. »Klaus, du Idiot. Klaus, du elender Idiot. Eine Minderjährige. Wieso hast du die Finger nicht von ihr gelassen, du Arsch.« Sie war wahrscheinlich erst 16 gewesen.

Nach einiger Zeit saß Johnny auf dem Beifahrersitz. Er hatte das Fenster heruntergekurbelt und rauchte, wie meistens. »16. *Strafbar hat er sich also nicht gemacht*«, *meinte er.*

»Ja und!«, *schrie Jo.* »Er war verheiratet, zwei Kinder!«

»Klar, ganz große Generalscheiße.« *Johnny zuckte die Schultern.* »Die Tochter vom wichtigsten politischen Ansprechpartner vor Ort. Wenn ich sein Chef gewesen wäre, ich hätte ihn erschossen. Der Lauterbach hätt es ja nicht selber machen müssen. Es gibt inzwischen ganz preiswerte Russen.« *Er schnippte mit den Fingern.* »Aber Vorsicht«, *sagte er dann.* »Es ist ein Verdacht, wir wissen es noch nicht sicher.«

»Es ist logisch! Es ist die Erklärung, warum Lauterbach die Sache vertuscht hat.«

Johnny blies einen Rauchring. »Und es würde erklären, warum seine Göttergattin auf die Hütte gefahren ist.«

»Wie das?«

»Weil Klaus das Handy daheim vergessen hat und Lena die Nummer vom Bichl in den Kontakten gefunden hat. Auf dem Privathandy, wohlgemerkt. Den WBV-Vorsitzenden hätte er dienstlich anrufen können. Und der Sepp war aber in der Woche auf der Alm das Dach decken und gar nicht erreichbar.«

Jo dachte nach. »Lauterbach hätte mit den Eltern reden sollen.«

»Vielleicht wär's ja dann für die Lena und die Kinder hier unerträglich geworden. Er hat Klaus einfach unter einem Vorwand ein halbes Jahr in die Prärie geschickt und gehofft, dass Gras drüber wächst.«

Jo ließ den Motor an, er fuhr langsam. Hinter ihm verglühte der Sonnenuntergang auf den Hängen des Kegelbergs. »Wieso aber hockt sie jetzt auf der Alm? Was ist da passiert?«

»So oder so. Du musst mit der Puppe reden.«

»Selber Puppe«, sagte Jo patzig.

*

»Gewiss, du musst mit ihr reden«, war auch Birgits Meinung. »Aber wie? Das ist die Frage. Sie sitzt dort oben und schweigt. Warum sagte sie ihren Eltern damals nichts, warum nicht jetzt nach seinem Tod? Erzähl noch mal genau: Was hat der Bichl dir erzählt?«

Sie hörte mit geschlossenen Augen zu, ihr Gesicht wurde grau und es war Jo, als ob ihre Seele ein Stück aus dem Körper wegwandere auf fremden Pfaden, die nicht die ihren waren, auf Wegen, die andere gingen und die sie nur dadurch begreifen konnte, indem sie sie selbst erfuhr. Dann öffnete sie die Augen und sagte nur ein Wort: »Schuld.«

»Schuld? Hat sie ihn runtergeworfen?«

Birgit schüttelte den Kopf. »Erst mal eine viel ältere Schuld. Eine Abtreibung. Sie ist eine Woche weggefahren und nachher war alles noch schlimmer, sagt ihr Vater. Also ist in der Woche was passiert, was alles noch viel schlimmer gemacht hat. Dass sie ein Verhältnis mit einem verheirateten Mann hatte, das hätte sie ihren Eltern vielleicht irgendwann erzählen können. Aber die Abtreibung war ihre eigene, verzweifelte Entscheidung und in dem katholischen Umfeld, in dem sie aufgewachsen ist, eine schwere Sünde, für die sie die Verantwortung trug. Das hat sie völlig vereinsamt.«

Jo schaute zum Fenster raus, eine dumpfe Wut auf Klaus im Herzen. Eine schmale Mondsichel ging über der Hecke auf. »Und jetzt?«, fragte er. »Noch mehr Schuld? Neue Schuld?«

Birgit zuckte die Schultern. »Wahrscheinlich. Er hat sie offensichtlich angerufen. Sie war an seinem Todestag mit ihm auf dem Berg. Entweder ist es wieder losgegangen mit den beiden oder sie hatte eine Rechnung offen, was sich unter Umständen nicht ganz auseinanderhalten lässt. Und dann war er tot. Falls es keine Verbindung zwischen seinem Tod und ihr gibt, kann sie trotzdem leicht eine konstruieren.«

»Wenn's am Samstag nicht in Strömen schüttet, geh ich rauf zu ihr«, beschloss Jo.

»Meinst du, sie bindet dir die Sachen auf die Nase? Einem wildfremden Mann? Noch dazu einem Journalisten?« Birgit schüttelte den Kopf. »Ich komme mit.«

»Meinst du, sie bindet's dir auf die Nase?« Jo war skeptisch.

Seine Frau lächelte. »Mein Job ist andersrum: Ich helfe Leuten, was aus ihrer eigenen Nase rauszuholen.«

»Iiiiih«, machte Jo und zog seinerseits die Nase kraus.

*

Ein winziger Hauch von Herbst hing in der Luft, eine gewisse Klarheit des Lichts, die eher erschien als das erste Gelb der Blätter. Bald musste sie mit den Tieren ins Tal. Was sie dort anfangen sollte, wusste sie nicht.

Das Leben hier oben war so einfach, dass sie es irgendwie durchhalten konnte. Da das Milchvieh im Tal blieb, brauchte sie nur die Jungrinder zu zählen und darauf zu achten, dass sie sich nicht verliefen oder verstiegen. So musste sie einerseits mit niemandem sprechen und konnte doch irgendwie noch das Gefühl haben, zu etwas nütze zu sein, ein dünner Faden, der sie noch am Leben hielt. Es war ein Grund zu atmen, in der Frühe aufzustehen, zu essen, zu trinken und einen Fuß vor den anderen zu setzen. Die Beine trugen sie gut, als wüssten sie nicht, dass der Kopf fast keinen Sinn mehr zustande brachte, diese Beine, von denen der verzweifelte Kopf wusste, dass sie lang und schön und stark waren, trainiert auf den Touren, die sie sich zur Gewohnheit gemacht hatte. Sie hatten eine Art Eigenleben, so wie die Sonne, die immer noch schien, aber ihr Herz nicht mehr erreichen konnte.

Es war Mittag geworden und sie saß vor dem Haus, das ihr Vater und der Bruder erst neu gedeckt hatten. Sie wollten alle, dass sie am Leben blieb, so, wie sie dieses Haus erhielten, sie sollte mit ihnen am Tisch sitzen und reden und normal sein, aber da war eine Wand aus Glas.

Am Talende tauchten zwei Gestalten auf dem Weg auf. Sie fürchtete zuerst, es könnten ihre Eltern sein, deren Sorge ihr zusätzlich das Herz abdrückte. Doch die eine war klein und rund und die andere größer, aber auch nicht ganz dünn und nicht so groß wie ihr Vater. Touristen wahrscheinlich. Mit denen musste sie wenigstens nicht reden.

Als sie näher kamen, stand sie auf, um sich in das Haus zu verziehen, aber die beiden winkten und sie hörte: »Frau Bichl!« und »Theres, warten Sie!«, und da blieb sie doch stehen, widerwillig und gezwungen, sich mit irgendetwas auseinanderzusetzen, was sie wahrscheinlich nicht interessierte.

»Grüß Gott«, sagte die Frau und streckte die Hand

aus. »Ich bin Birgit Murmann und das ist mein Mann, der
Johannes. Wir sollen Ihnen einen Gruß von den Eltern
ausrichten und wir haben etwas für Sie dabei.« Sie waren
sichtlich müde und mühten sich, den Rucksack auszupa-
cken, um an das Mitbringsel zu kommen. Eine Wolke zog
vor die Sonne und man fühlte plötzlich, dass die Luft so
sommerlich gar nicht mehr war. So bat Theres sie doch
herein.

Die Almhütte war relativ geräumig ausgelegt, beher-
bergte auch noch die alte Käserei, verfügte über einen großen Kamin mit Haken für den Kupferkessel, einen separaten Arbeitstisch, Regale für die Holzringe, Deckel und
Gewichte, um die Laibe zu formen, einen großen Herd
mit drei Kochstellen und eine separate Schlafkammer.
Die Fenster waren geputzt, Licht fiel auf den alten Ess-
tisch, der vom Scheuern Rillen zwischen den Jahrringen
bekommen hatte.

Sie sahen sich kaum um, sagten nicht »Schön haben
Sie's hier« oder dergleichen, was Fremde sonst so sagten. Der Mann hatte ein Gesicht, das wohl ziemlich lustig sein konnte mit seinen vollen Lippen und der Knol-
lennase; aber er hatte einen wachen, prüfenden Blick, in
dem nicht nur die Bewunderung stand, die sie sonst in
den Augen der Männer kannte. Er stellte den Rucksack
auf die Bank und zog eine grüne Flasche heraus. »Chartreuse«, sagte er. »Ein äußerst heilkräftiges Getränk, des-
tilliert von den Karthäusern. Kennen S' die Karthäuser-
mönche?«

Sie nickte. »Das sind doch die, wo jeder in seinem eigenen Häusl sitzt.« Sie stockte, die Anspielung war klar und
sie wusste nicht, ob sie diesen Leuten das Recht einräu-
men wollte, Anspielungen zu machen.

Der Mann fuhr fort: »Es ist nicht ganz uneigennützig. Ich habe eine Bitte. Sie könnten mir helfen.« Sie schwieg. »Dürfen wir uns setzen?« Sie nickte.

Sie schoben sich auf die Bank. Die Frau hatte einen teuren Haarschnitt und lackierte Fingernägel, aber sie war dennoch keine vom Typ der Villa-Gattin, eine Spezies, die Theres aus den Hotels wohlbekannt war. Einige Linien in ihrem Gesicht passten nicht dazu.

»Kennen Sie einen Olaf?«

Das war Jos Eröffnungstaktik. Es war der Beginn des Duells, wenn man auf der Planche mit dem Gegner die Abstände auslotete. Und Jo versuchte, den größtmöglichen zu gewinnen, um zu vermeiden, dass sie floh. »Sagt Ihnen der Name was?«

Ihr Gesicht blieb völlig blank. Sie schüttelte den Kopf.

Er seufzte erleichtert. »Das macht es zwar für mich nicht einfacher, aber für Sie vielleicht schon. Dieser Olaf hat wahrscheinlich mit dem Absturz von Klaus Herrigl zu tun.«

Alles Blut wich aus ihrem Gesicht. Sie öffnete den Mund, schloss ihn wieder, versuchte offensichtlich zu taxieren, wie sie sich platzieren sollte, und sagte schließlich: »Und was hat des mit mir zu tun?«

»Sie waren einer der letzten Menschen, die ihn lebend gesehen haben.« Er faltete die Hände auf dem Tisch ineinander und sah sie geduldig an.

»Wer sagt des?«

»Der Holzlasterfahrer.«

Sie schnaubte ein-, zweimal wütend durch die Nase und schüttelte den Kopf ganz langsam wie im Unglauben über die Absurdität der Welt. Dann sagte sie: »Mein Gott, war ich blöd.«

»Warum?«

»Weil ich wollt, dass er mich sieht. Ich bin ausgstiegen, weil ich wollt, dass er mich sieht.«

Sie waren im Inneren der Zitadelle. Sie hatte sie eingelassen in den Ring aus Schmerz und Schweigen.

Während die äußere Welt nur noch gedämpft zu ihr durchdrang, war hier drinnen jedes Detail in endlos wiederkehrenden Gedankenschleifen poliert und geschärft, jede Erinnerung, jedes Wort, jede Entscheidung und Fehlentscheidung tausende Male betrachtet, rekonstruiert und kombiniert. Und weil sie drinnen waren, war das Glas zwischen ihr und diesen Fremden an ihrem Tisch verschwunden, hatten sie eine Realität gewonnen, die dem Rest der Welt verloren gegangen war.

»Es war nicht blöd«, sagte Birgit jetzt. »Sich nicht länger zu verstecken, war das absolut Vernünftigste, was Sie tun konnten.«

»Vernünftig«, wiederholte Theres mit einer Mischung aus Überraschung und Unglauben. Dass irgendetwas vernünftig sein konnte im Zusammenhang mit diesen zwei Leben, die sie zerstört hatte, dem einen, das sie hätte lieben können oder sollen oder was auch immer, und dem anderen, das sie geliebt hatte. »Klaus is tot und ich war vernünftig?«

»Wenn er wegen Ihnen gestorben wäre, dann wäre doch er der Unvernünftige«, sagte Birgit.

Und Jo setzte hinzu: »Aber das ist ja sowieso nicht der Fall. Das sind zwei Dinge, zwei völlig verschiedene Dinge: Da sind die Sachen, die Sie wohl jahrelang mit sich herumgeschleppt haben und nach denen zu fragen wir kein Recht haben. Und da ist der Tod von Klaus. Und soweit ich es überblicke, ist das eine Angelegenheit, in der ein gewisser Olaf eine Rolle spielt, den Sie offensichtlich gar nicht kennen. Und in der Sache brauche ich Ihre Hilfe.«

Und Jo erzählte: Von Lena auf der Hütte und dem Hund im Auto, von Schnapsgläsern, dem gestohlenen Computer und dem USB-Stick und zuletzt legte er einen Manschettenknopf auf den Tisch, den sie noch nie gesehen hatte. Und jedes Wort schlug eine Bresche in die Mauern ihrer Schuld, ließ einen Strahl der Sonne ein, die wochenlang auf alle anderen Menschen geschienen hatte, nur nicht auf sie.

»Sind Sie denn auf der Hütte gewesen? Wann sind Sie denn gegangen?«

Bei dieser direkten Frage schien Theres endgültig aufzuwachen wie aus einem Traum. Und in dieser neuen Wachheit schaute sie die beiden Leute an ihrem Tisch an, die als sinnlose Figuren in einem bösen Traum das Tal heraufgekommen waren und jetzt einen Platz in einer realen Welt bekommen mussten: »Aber warum fragen denn Sie? Warum ned die Polizei?«

»So wie die Chefin von Klaus meint, hat die Polizei zu wenig Leute und keine Lust, sich um einen wenig aussichtsreichen Fall zu kümmern, der schon bei den Akten liegt.«

»Und Sie?«

»Das frag ich mich manchmal auch.« Jetzt wurde es brenzlig. »Ich bin in erster Linie Klaus' Freund. In zweiter Linie Journalist, deswegen war ich ja auf der Hütte, weil er mir was erzählen wollte. Ich habe seinen Nachruf geschrieben und etwas über eine Sache, die ihm politisch am Herzen lag. Und dann ... Ich kann es nur poetisch ausdrücken: Jedes Mal, wenn ich meine, ich sollte

278

die Angelegenheit ruhen lassen, kommt es mir vor, als ob Klaus mich weiterschickt.« Er schüttelte wie verwundert den Kopf. »Als hätte er zum Beispiel wollen, dass ich Sie finde. Und das scheint ja auch wirklich nötig gewesen zu sein.« Jo lächelte und fragte sich gleichzeitig, ob er jetzt ein Vollidiot gewesen war, denn Theres Bichl fing an zu weinen, wie er noch nie einen Menschen weinen gesehen hatte. Die Tränen stürzten ihr buchstäblich aus den Augen, die Hände hatten keine Chance, sie aufzuhalten, sie liefen zwischen ihren Fingern durch, machten ihre Ärmel nass und tropften auf den Tisch. Birgit stand auf, holte ein kariertes Leinenhandtuch, das am Herd hing, setzte sich neben Theres und schickte Jo mit einer Kopfbewegung raus, die so herrisch war, dass Jo sich fragte, was er jetzt verbrochen hatte und ob er dafür im Gegenzug mindestens fünfmal Vorwärtstätscheln gut hatte.

Zum Glück hatte sich die Wolkenbank nach Osten hin verzogen. Jo setzte sich auf die Bank vor dem Haus und streckte die Beine von sich. Wenn er etwas falsch gemacht hatte, bog es Birgit hoffentlich wieder hin. Vielleicht hielt sie es aber einfach für besser, wenn jetzt eine Frau mit ihr allein war. Er wünschte sich nur, dass es noch möglich war, die offenen Fragen zu klären.

»So was nennt man ›nicht mehr vernehmungsfähig‹«, knurrte Johnny.

»Und? Was hättest du anders angestellt?«

Johnny zuckte die Schultern. »Keine Ahnung. Ein Minenfeld. Weiberkram.« Missgelaunt kratzte er sich einen Kuhfladen von der Sohle.

Er hatte sein Jackett an einen Nagel der Hauswand gehängt. Sein bügelfreies Hemd sah mitgenommen aus. Um das Schulterhalfter seiner Pistole hatte sich ein Schweißfleck ausgebreitet.

»Nicht so ganz dein Biotop, was?«, fragte Jo spöttisch.

»Deins vielleicht?«, keifte Johnny zurück.

»Na ja, ich lerne.«

Sie saßen eine Weile stumm. Dann sagte Johnny: »Für so eine Puppe kann man sich schon mal ein durchgeschwitztes Hemd holen. Hast du gesehen, wie sie sich bewegt? Meine Fresse, was für eine Amazonenprinzessin.«

Mit ›Amazonenprinzessin‹ hatte er sich wahrscheinlich an den äußersten Rand seiner Westend-Poesie gewagt.

»Ich hab's gesehen, Johnny. Und kannst du dir vorstellen, wir, mit 17, 18 Jahren, und dieses Mädchen?«

Johnny nickte: »Wir wären mit unseren Vampirtanks nächtelang um sie herumgeheult, in der wahnsinnigen Hoffnung, dass sie uns ein einziges Mal anlächelt.«

»Und wenn sie's getan hätte«, fuhr Jo fort, »wären wir in höchster Verwirrung geradeaus in einen Siloballen gerauscht und in Flammen aufgegangen, so wäre das gewesen. Aber, Johnny, wir hätten nie eine Chance gehabt. Denn da kam dieser verfluchte Kerl, mit seinem blauen Schatten um das Kinn und den Silberfäden an der Schläfe, der Herr des Waldes, der schon ganz anders roch als wir, nicht nach Zweitaktgemisch und Achselschweiß, sondern nach Harz und Hund und in Eichenfässern gereiftem Testosteron. Und er hat sie uns weggenommen. Und das war gemein, nicht nur für die Jungs, auch für die Prinzessin. Sie konnte nicht zusammen mit ihnen erwachsen werden, sie musste es ganz allein.«

Wieder kam eine Wolke über den Grat gekrochen und darunter glitt ihr grauer Schatten den Hang hinab. Jo fröstelte. Er stand auf, ging über die buckelige Wiese zu dem

Bächlein, das den Talkessel querte, und wanderte sein Ufer entlang. Einige Rinder standen herum, als wüssten sie nicht, was sie mit sich anfangen sollten, und wandten die Köpfe nach ihm mehr aus Gewohnheit als aus Neugier. »Na? Alles abgefressen?«, fragte Jo. Ob er sich, ein momentan überflüssiger Ehemann, dazustellen und stoisch auf einem Maulvoll Gras herumkauen sollte?

Noch eine Sonnenphase kam und wieder eine Wolke und gerade, als seine Geduld riss und er umkehrte, um sein Recht auf einen Platz in einem winddichten Haus geltend zu machen, ertönte ein gellender Pfiff. Die beiden Frauen standen vor der Tür und winkten ihm.

»Entschuldigen S', bittschön«, sagte Theres, als er sie erreichte. »Es hat mich ein bisserl zerlegt. Aber jetzt geht's schon wieder. Mach ma den Karthäuserschnaps auf.«

Das nun war ein ausgezeichneter Vorschlag.

Sie holte drei Stamperln und goss die Chartreuse hinein, grün und ölig. »Auf die einsamen Häusln und die Engel, die hoffentlich manchmal auf Bsuch kommen«, sprach sie lächelnd und kippte das Glas auf einen Zug. Es schüttelte sie entsprechend.

»Herr Murmann, ich hab mit Ihrer Frau ausgmacht, dass des vertraulich is, was ich Ihnen erzähl. Ich hätt ja auch nix sagen können. Ich hätt auch sagen können, dass ich bloß zufällig im Klaus seinem Auto war, als Anhalterin.«

Da hatte sie recht. Jo nickte. »Ehrenwort«, sagte er, mit einem kleinen mulmigen Gefühl, weil er nicht wusste, auf was er sich einließ, aber es ging nicht anders.

»Also. An dem Tag hab ich den Klaus in der Früh angrufen. Weil ich gwusst hab, dass meine Eltern zrückkommen von der Alm und ich vorher noch mit ihm reden wollt und ihm erklären, warum die Sach endgültig vorbei is.« Sie zögerte einen Moment, schaute zu Birgit, beschloss, dass sie das Warum nicht mehr erläutern musste, und fuhr fort: »Weil des is ihm scheints ned klar gwesn, weil er immer wieder bei uns angrufn hat, obwohl er doch gwusst hat, dass mei Vater ned da is.«

Je mehr sie Vertrauen fasste und gleichsam ans Eingemachte ging, umso mehr Bayerisch sprach sie.

»Er hat gsagt, er hat aufm Kegelberg z'toa und mir ham uns an der Schrankn troffn. Es war auf a blöde Art wia früher. I wollt des ned. Da war koa Segn ned drauf. Beim Rauffahrn hat er telefoniert und dabei is er fast in den Holzlaster neigrauscht. Er is nervös wordn, i hab scho gmerkt, es is ihm ned recht, wenn uns oana siecht. Da bin i grad mit Fleiß ausgstiegn und hob eam gsagt, dass i nix mehr hoamlich dua. I hob dann a ganze Zeit wartn miassn, wei des mit'm Hoizaufladn braucht hod. Nacha is er kemma und i hob eam gsagt«, wieder ein Blick zu Birgit, »dass des nix war mit uns, damois ned und heid ned. Dass er sei Familie ned aloa lassen ko und i mei Leben leben muas. Es war ned oafach«, sie stockte ein wenig, versuchte, ihre Stimme im Griff zu behalten. »Gwoant hamma alle zwoa. Es war ja aa für eam ned oafach gwesn. Fast hamma zvui mitanander gredt. I hob gsagt, jetz is fertig. I muas geh. Da hod des Handy wieder gleit. Des war wia a Wecker. Da bin i aufgstandn und ganga. Und wia i die Dia aufmach, hods aufgheert. Als wia des wirklich a Wecker gwesn waar.«

Sie schwieg.

Jo kramte im Angesicht der Tragik mühsam nach seinen Polizeifragen. »Wann sind Sie denn gegangen?«

»So um zwöife, hoib oans.«

»Haben Sie einen Schnaps getrunken mit ihm?«

Sie schüttelte den Kopf.

»Den Hund hat er schon dabeigehabt, oder?«

Theres nickte, sprach wieder mehr Hochdeutsch, je mehr es ans Beantworten von Fragen ging: »Der Aufi war die ganze Zeit im Auto.«

Jo räusperte sich. »Entschuldigung. Jetzt eine ganz blöde Frage. Aber ich muss es wissen. Wissen Sie, ob ein Bezug auf dem Bett war?«

Sie schaute ihn geradeaus an, er versuchte, ebenso geradeaus zurückzuschauen. »Ja«, sagte sie dann. »Ein blauer. Warum?«

»Weil ihn jemand mitgenommen hat. Entweder die Lena oder derselbe, der das Schnapsglas zerschmissen hat. Die Frage ist, warum.«

Sie errötete ein klein wenig, es war mehr Zorn als Verlegenheit. »Wegen meiner ned. Von mir war da nix drauf. Ich hab Schluss gmacht.«

»Das glaub ich Ihnen voll und ganz«, versicherte Jo. »Trotzdem war das Teil weg.« Er seufzte.

»Hat er irgendwas erzählt über den Tag vorher? Manuel sagt, er hätte bis spät in der Nacht noch am Computer was geschrieben, vielleicht an der Datei, die verschwunden ist.«

Theres schüttelte den Kopf.

»Wissen Sie, wer da angerufen hat beziehungsweise mit wem er telefoniert hat?«

»In der Hüttn, wie gsagt, da hat des Telefon ja läutn aufghört. Und im Auto, da hat er kein Namen gsagt. Aber gstrittn hat er mit dem. Dass er ned mit ihm redn muss, weil er jetzt schon selber weiß, was er macht, wenn alle zu feig sind. Und dass es sein gutes Recht ist und dass er sich davon ned abhaltn lasst.«

»Jemand wollte ihn von was abhalten?«, fragte Jo.

Sie dachte nach und nickte. »Genau. Von irgendwas, wo die andern zu feig sind.«

»Welche anderen?«

Theres zog die Schultern hoch. »Keine Ahnung. Nachher war des Gespräch eh aus. I hab gschrien, wie der Laster hinter der Kurvn auftaucht ist, und er hat a Vollbremsung machen müssen.«

Sie schwiegen. Jo schaute durch das wellige alte Glas der Fenster hinaus in den wolkendurchzogenen Himmel. »Jemand hat ihn von was abhalten wollen. Vielleicht hat dieser Jemand das noch mal versucht und dann endgültig. Vielleicht heißt der Jemand Olaf. Jetzt fangen die Fragen von vorn an.«

Er trank sein Glas aus und erhob sich. »Vielen Dank, dass Sie uns geholfen haben. Ich glaub, wir müssen los. Wir zwei sind keine Bergläufer.«

Theres lächelte. »Sonst müssen S' halt hier oben übernachten.«

»Ein andermal gern«, sagte Birgit.

Sie gingen vors Haus, gaben sich die Hand und Birgit umarmte Theresa: »Ich glaube, Sie müssen Ihren Eltern gegenüber nichts verbergen. Ich kenne Ihre Frau Mutter nicht, aber Ihren Vater habe ich bei Klaus' Beerdigung erlebt. Er hat eine enorme Fähigkeit ...«, sie suchte nach Worten und Jo wusste, dass sie jetzt psychologische Fachausdrücke vermeiden wollte, »eine enorme Fähigkeit, den Dingen einen guten Ort zu geben.«

Sie gingen talaus, drehten sich noch einmal um, als der Weg den Wald erreichte. Theres stand vor der Hütte und schaute ihnen nach.

»Es war eine amour fou«, begann Birgit, wandte sich wieder bergab und schritt aus. »Eine aussichtslose Leidenschaft, auch für den Klaus keine oberflächliche Affäre. Natürlich hätte er die Finger von ihr lassen müssen, unbedingt. Und er hat das selber sehr genau gewusst. Vielleicht hat er sich anfangs eingeredet, er könnte mit ihr unverfänglichen Umgang haben. Sie wollte lernen, mit der Motorsäge umzugehen. Ihr Vater wollte sie da nicht dranlassen und da hat Klaus gesagt, er zeigt es ihr.«

»*Meine Güte*«, murmelte Johnny. »*Komm nach Haus zu mir, ich zeig dir meine Motorsägensammlung.*«

Jo überlegte: »Wenn das so ist und er liebt sie aussichtslos, sieht sie wieder und sie macht Schluss: Vielleicht ist Klaus doch wegen ihr vom Fels gesprungen.«

»Blödsinn«, kommentierte Birgit. »Das hat von seiner Warte aus garantiert nicht wie Schluss ausgeschaut. Berühmte, sinnlose, sogenannte letzte Aussprachen. Sie hat ihn angerufen, sie lässt sich mit ihm sehen, sie teilt mit ihm ihr bitterstes Geheimnis. Nie im Leben hat der Klaus seine Hoffnung auf sie begraben.«

»Das bitterste Geheimnis? Es hat also eine Abtreibung gegeben?«

»Aber sicher«, sagte Birgit kurz.

Sie liefen eine Weile nebeneinander her.

Schließlich sagte Jo: »Ich hab mich gar nicht mehr fragen trauen, ob die Rosen auf der Felskanzel von ihr waren. Was war denn auf einmal los, vorher? Wieso hat sie so geweint?«

»Oh je. Du hattest schon dieses ganze Netz von Schuld aufgeweicht, ihr gezeigt, dass da Fäden von Klaus' Leben noch in ganz andere Richtungen gespannt waren als nur zu ihr. Und dann hast du dieses Dings gebracht von wegen, dass Klaus möchte, dass du sie findest. Und damit hat sie alles wieder eingeholt. Das war der Vorschlag von

Liebe über den Tod hinaus, gefährlich und kontrapro-
duktiv. Sie muss ja dringend von all dem loskommen.«

»Ich hab aber wirklich den Eindruck gehabt, dass er
das wollte«, sagte Jo leise.

Birgit griff im Gehen nach seiner Hand. »Das ist auch
die einzige Entschuldigung.«

»Und?«, fragte er. »Hast du's ausgebügelt?«

»Wohl oder übel in dem Rahmen, den du gesteckt hast.
Ich hab ihr gesagt, dass auch die Toten Dinge abschließen
müssen. Dringender noch als die Lebenden.«

*

Ein Teil war abgeschlossen und ob der Rest jenes letzten
Tages von Klaus je seine Geheimnisse preisgeben würde,
war ungewisser denn je. Jo begann, seinen Frieden damit
zu machen. Es gab anderes zu lernen und zu begreifen.

Er machte sich an seinen Beitrag zur Serie über das
Wasser. Und fand sich nicht in den unterirdischen Kathedralen wieder, von denen Lehner geschwärmt hatte, sondern in einem Bus voller Chinesen, der über gesperrte
Straßen in die Wasserschutzwälder Münchens schwankte.
Der städtische Betriebsleiter hatte ihn und den Fotografen auf dem Parkplatz am Rande des Schutzgebietes kur-
zerhand aus den eigenen Fahrzeugen beordert und mit
in den Bus gepackt. Es war laut, Jo war überrascht, dass
Chinesisch so laut sein konnte, denn die Truppe diskutierte heftig untereinander.

Sie hielten am ersten Punkt der Exkursion. Vor Jo stakte
eine hübsche Frau aus dem Bus. Ihre hochhackigen Schuhe
hatten deutlich schon bessere Zeiten gesehen und würden es weiterhin schwer haben, denn die unbefestigten

Wege waren nass. Der Förster der Stadtwälder begann, die Grundlagen der Forstwirtschaft in Wasserschutzgebieten zu erläutern, und blickte immer wieder mit Skepsis auf den Übersetzer, der jeweils zwei deutsche Sätze in eine Art chinesische Erzählung verwandelte. »Lost in Translation«, dachte Jo. »Wer weiß, was da rüberkommt.« Der Fotograf lief auf der Suche nach einer Perspektive unruhig auf dem Weg auf und ab und erklärte Jo: »Einen solchen Wald dreidimensional ins Bild zu kriegen, das ist verflixt schwierig.« Soweit Jo seinem Schönheitssinn trauen konnte und seinen Erinnerungen an das, was ihm Pfister damals am Kegelberg gezeigt hatte, war der Wald ein Meisterwerk von Göttern und Menschen: Mächtige alte Bäume schützten die jungen, traten auch hie und da auseinander zu Lichtungen, in denen schon der neue Wald sein Dach erhob. Die Blätter glänzten nach dem Regen und erfüllten den Raum mit flirrendem Grün.

Doch der Höhepunkt der Exkursion stand noch aus. Sie stiegen wieder in den Bus. Der Fahrer hatte an der Tür zwei Fußmatten ausgelegt und beobachtete unglücklich die verdreckten Schuhe seiner Passagiere. Im Sitz vor Jo saß ein Chinese, den Jo für den Leiter der Delegation hielt: Er scheuchte die anderen herum und sprach Englisch am Übersetzer vorbei. Nun hielt er einen Laptop auf dem Schoß und verglich mit seinem Nachbarn irgendwelche Bilder.

Nach einer weiteren Schaukelfahrt durch die Wälder erreichte der Bus schließlich eine große Lichtung, auf der mehrere Straßen sternförmig zusammenliefen. In der Mitte der Rasenflächen, als Zentrum des Sterns, stand ein runder Kuppelbau, zu dem ringsum Stufen emporführten. Als sie zu seinen großen zweiflügligen Bronzetüren hinaufstiegen, kam sich Jo vor wie in einem magischen Computerspiel: Welchen Code musste man kennen, wohin drücken mit dem Mauspfeil, dass diese Türen aufsprangen und das Geheimnis des Pavillons preisgaben, der so offensichtlich das heimliche Herz dieses ganzen Waldes war? Es war das Brunnenhaus, erbaut noch mit dem Stolz und der technischen Ästhetik des 19. Jahrhunderts, und es enthielt nichts anderes als den Brunnenschacht, aber was für einen! Er war etwa sieben Meter breit und in seiner Tiefe schossen die Wasser von allen Seiten aus den Schächten, die unter die bewaldeten Hügel führten und die Quellen sammelten. Das Tosen erfüllte die ganze Kuppel. Begeistert hielten die Besucher ihre Kameras über das Glas, das die weißschäumende Tiefe schützte, und nur zögernd verließen sie den Raum, wie ein Heiligtum, zu dem man nur einmal im Leben Zutritt hatte.

Der Delegationsleiter drängte. »Tight schedule«, sagte er und pfiff seine Schäfchen energisch zur Ordnung. Er sammelte sie vor dem Bus zur offiziellen Verabschiedung des Försters und des Wassertechnikers. Die Dankesrede hielt ein älterer Herr auf Chinesisch. Es war der Chef der Wasserversorgung von Chongqing, einer dieser Millionenstädte, deren Lage Jo nur vage kannte. Und dieser Mann war gerührt: »In China, wenn wir an Wasser denken, denken wir an etwas, was wir aus der schlammigen Erde holen müssen. Diese Anlage hier ist schon über 100 Jahre alt, das ist wunderbar. Millionen Menschen können Ihnen dankbar sein.« Die Worte klangen in der Übersetzung pathetisch, aber man spürte, dass der Mann es ernst meinte und dass eine solche Wasserversorgung sein eigener, unerreichbarer Traum war. Jo war überrascht. 100 mickrige Jahre, das konnte doch einem Chinesen nicht imponieren. Tat es aber offensichtlich doch. Ein Päckchen exquisiter Tee wurde zum Dank überreicht, dann stapelten sich alle wieder in den Bus.

Jo nutzte die Rückfahrt zum Parkplatz, um sich mit dem Delegationsleiter zu unterhalten. Sie hätten doch so alte Kaiserstädte gehabt, fragte er, ob es da nicht auch eine Wasserversorgung gegeben hätte, früher. Der schüttelte den Kopf: Sicher gab es Kanäle, aber so etwas wie hier sei nicht bekannt. In Jo regte sich kindlicher Stolz. Ha! Die hatten Pulver erfunden und Papier und Seide, aber Münchner Leitungswasser, das hatten sie nicht. Wie um sich selbst für diese Überheblichkeit zu kasteien, fragte er dann: »You saw the Chinese Tower in Munich, didn't you? In the English Garden.«

»Oh yes.« Der Delegationsleiter lächelte vielsagend und mit drei Wischern auf seinem Touchscreen holte er aus den Eingeweiden seiner offensichtlich penibel geordneten Computerdateien ein Bild vom Chinesischen Turm. Da standen sie alle, in die Kamera lächelnd, rechts stand Lauterbach, vorschriftsmäßig mit Sakko und Krawatte. Links flankierte das Arrangement ein anderer Europäer, sehr lang, dünn und rothaarig und die Sonne schien durch seine abstehenden Ohren.

»You liked the tower?«, fragte Jo und er und der Chinese lachten in der völkerverbindenden Annahme, dass jetzt keiner wusste, was der andere genau dachte.

*

Am Abend stand der Bichl Sepp vor der Haustür.

Jo brauchte einen Moment, bis er es innerlich begreifen konnte. Der Sepp war für ihn so verwurzelt und verwoben mit Schöllau und seinem Hof, dass ihm die Idee nie gekommen war, der Mann könne woanders herumlaufen. Und als er Sepp nun hereinbat und der an ihm vorbei ins Wohnzimmer ging, da schien es Jo, als müssten hinter dem Mann mit gewaltigem Gerumpel Stall, Apfelbäume, Wiesen und Traktoren nachpoltern, die ohne ihn nicht sein konnten.

»Is dei Frau aa do?«, fragte der Sepp, aber Birgit kam schon die Treppe herunter und schüttelte ihm die Hand. Weil es ein kühler Abend war, setzten sie sich ins Wohnzimmer, und diesmal war es der Sepp, der das leichte Weizen trinken musste.

»I hoit enk ned lang auf«, sagte er, in der Annahme, dass andere Leute im Gegensatz zu ihm immer in Eile waren. »I woit mi bei enk bedanken. Dass es mit der Theres gredt habts. Des waar sonst ... I woass ned, wia des sonst hätt weidergeh kenna ...« Die Düsternis einer hoffnungslosen Zukunft schien ihn noch im Nachhinein zu bedrücken.

Birgits Augen begannen zu leuchten. »Hat sie mit Ihnen gesprochen?« Es war mehr eine Feststellung als eine Frage.

Der Sepp schaute Birgit unter schweren Brauen hervor an und nickte: »Sie hod am andern Dog ogruafa, is nauf zum Sattel, wos an Empfang hod, und hod ogruafa. Hod gsagt, der Bua soid aufakemma und aufs Vieh passn, wei sie owakimmt und mit uns redn muass. Nachad is kemma.«

Dann eine Pause, die alles besagte.

Sepp nickte für sich selbst in Gedanken und sagte: »Sie hod endlich gredt.« Noch eine Pause. Dann ein tiefer Seufzer: »Der Herrigl, der Hundskrüppl, der varreckte.«

290

Es war mehr eine Feststellung als eine Beschimpfung. Dennoch schien Jo in dem Moment der sicherste Platz für Klaus unter der Erde. Sepp nahm einen tiefen Zug aus dem Weißbierglas, setzte es ab und sagte: »Fünf Jahr hod er mei Dochter gstoin.« Es war nicht ganz klar, ob er Sepp die Tochter gestohlen hatte oder seiner Tochter fünf Jahre, wahrscheinlich beides.

»Sind Sie sehr zornig?«, wollte Birgit wissen.

Sepp überlegte. »Naa«, antwortete er schließlich. »I bin bloß froh, dass des vorbei is. Und wos an Klaus ogeht: Der hod zoit dafia. Muri, es is ma wurscht, wos du da no aussafindst, wenga dem Olaf und wos da los war aufm Berg.« Natürlich hatte ihm Theres auch davon erzählt. »I moan, dass'n der Krampus da obn eighoit hod und am Hax dawischt. Jetzt koner mit'm Himmivatta dischkriern über sein Schmarrn, des is nimmer mei Sach.«

»Sie haben das der Theres hoffentlich nicht so gesagt«, fragte Birgit entsetzt.

Sepp lächelte leicht. »Naa, des sog i bloß enk.«

Birgit lächelte ebenfalls. »Wenn man über die Gewalt der Worte verfügt wie Sie, ist es gut zu wissen, wann man sie braucht und wann nicht.« Sepp schwieg und schaute Birgit an. In seinen Augen schien so etwas auf wie Respekt. Jo war fast eifersüchtig.

»Mir ham lang koane Wort mehr ghabt. Dass d'Theres wieder redn ko mit uns, des verdank ma enk.«

»Jetzt sind Sie schon so lange mit meinem Mann per Du. Es wäre mir schon sehr recht, wenn Sie mich auch so anreden. Ich heiße Birgit.«

»Des waar ma aa recht. Sepp«, sagte er und stieß mit ihr an.

»Du weißt also auch nicht, um was es da gegangen sein könnte«, fragte Jo noch mal nach, »bei dem Anruf, den die Theres gehört hat. Dass der Klaus irgendwas vorgehabt hat, zu dem irgendwelche anderen zu feig sind oder so?«

Sepp schüttelte entschieden den Kopf: »Naa, überhaupt ned. Und wia gsagt, um den Klaus sei Sach kümmer i mi nimmer. Da ko sei, was mag.«

Das war verständlich und das sagte Jo auch.

Sepp erhob sich, sie gingen zusammen in die Diele. Er gab erst Jo die Hand, dann Birgit und hielt die ihre fest. »In'n Kamin«, sagte er mit rauer Stimme, »hamma a Kerzn gstellt, koa Taufkerzn und koa Grablichtl. Theres woit a rode Kerzn und hod an Stern draufgmacht. Die brennt jetzt runter und dann is die Seel bei uns dahoam.«

Der gute Ort war gefunden.

Sepp wandte sich um und ging hinaus. Sie schauten ihm nach. Das Bild war in ihnen lebendig, der rußige Kienspankamin, in dem die rote Kerze brannte, niederbrannte wie so viele Leben zuvor in diesem alten Haus, bis die Flamme verlöschte, Erinnerung wurde und Teil aller Ahnen. Das war vielleicht nicht korrekt katholisch, aber wenn es um seine Familie ging, da war sich Jo sicher, konnte der Vatikan den Bichl Sepp kreuzweis.

8. KAPITEL

Es war Titelkonferenz. Herzog paradierte seinen Sixpack im schwarzen Rolli vor der Pinnwand. Jo nahm an, dass Herzog einen Folterkeller mit Fitnessgeräten daheim hatte und die halbe Nacht in den Maschinen stöhnte, während in seiner Seele eine Domina mit der Peitsche herumknallte und kreischte: »Dein Puls ist schon wieder unter 160!«

Jo verließ seine respektlosen Fantasien und konzentrierte sich auf die Seiten:

AUF LAUTLOSEN FLÜGELN
Tag der offenen Tür am Segelflugplatz

»Die Flügel sind gar nicht lautlos«, sagte die Bernbacherin. »Es pfeift furchtbar, wenn man drinsitzt.« Alle waren sich einig, dass es dennoch ein schöner Titel war.

RAMMADAMMA AM SCHÖLLACHUFER

Ein Foto von den Müllsammlern, wie sie mit Gummistiefeln und Säcken das Ufer entlangmarschierten. Der Fotograf hatte eine paar Enten mit aufs Bild gebracht. Hübsch. Das Umweltzuckerl war strategisch platziert, um die folgende Nachricht zu versüßen:

GRÜNES LICHT FÜR
JACHENKIRCHER PLÄNE
Ausschreibung der Wintersportanlagen
spruchreif

Weil Hannelore im Urlaub war, hatte Lehner das Thema übernommen.

Der Ausbau der Wintersportanlagen am Vogelberg ist einen weiteren Schritt gediehen: Die Umweltverträglichkeitsprüfung ist abgeschlossen, die Erweiterung der Pisten und der Beschneiung sowie die Erhöhung der Seilbahnkapazität sind genehmigt. Mit großer Erleichterung nahmen der Vorsitzende des Tourismuszweckverbandes Ernst Gruber und der Vorsitzende der Seilbahngesellschaft Alois Zirngibl die Nachricht auf. Der Bürgermeister von Jachenkirch Hans Maier teilte ihre Freude: »Nun müssen wir die Arbeiten zügig auf den Weg bringen. Je eher die Sache steht, desto eher kommen wir in den Genuss der Vorteile.« Wenn die Gemeinde erst von den Anlagen profitiert, so glaubt er, wird über die Auseinandersetzungen mit den Gegnern sicher bald Gras wachsen.

Das sieht Vinzenz Wagner, der Sprecher der Aktionsgemeinschaft zur Erhaltung der Werdenheimer Berglandschaft, noch anders: »Wenn die Bauarbeiten losgehen, wird es erst klar werden, worauf sich die Jachenkircher eingelassen haben«, meinte er. »Das Beispiel Brauneck zeigt doch schon, was bei uns an Landschaftsverschandelung passieren wird.« Vor allem erbittert ihn die zusätzliche Planung von zwei Kühltürmen, die das Wasser nach warmen Tagen für die Beschneiung vorkühlen sollen. Er möchte notfalls gerichtlich klären lassen, ob bei der nachträglichen Genehmigung korrekt vorgegangen wurde. Zirngibl sieht das gelassen: »Diese Kühltürme sind inzwischen internationaler Standard. Wir können es uns nicht leisten, halbe Sachen zu machen.«

Die Betreibergesellschaft hat nun die Ausschreibung in Auftrag gegeben. Die Kosten werden auf ein Gesamtvolumen von 25 Mio. Euro veranschlagt. Zirngibl hofft, dass die Bauarbeiten im Laufe des nächsten Jahres in Angriff genommen werden können.

Ein Foto zeigte das übliche Arrangement von Herren, die sich über eine Landkarte beugen. Meistens ermunterte der Fotograf die Leute, auf dieser Karte irgendwohin zu zeigen, damit es wie eine fachliche Diskussion ausschaute. Laut Bildunterschrift handelte es sich um Herrn Zirngibl sowie den Bürgermeister von Jachenkirch, einen Gemeinderat und den Herrn vom Tourismuszweckverband. Dahinter standen ein paar offensichtlich unbedeutende Leute an der Wand herum.

Jo war schon wieder in seinem Zimmer, als ihm einfiel, wo er den einen schon mal gesehen hatte: In einem Regen fallender Symbole, projiziert auf eine weiße Wand in der alten Weberei. Der Mann mit dem Präzisionsbartschnitt. Im Gespräch mit dem Sparkassendirektor und dem Landrat.

Er ging zu Lehner hinüber und lehnte sich in den Türrahmen. Als dieser aufblickte, sagte Jo düster: »Kunstnacht.«

»Schon wieder?«, fragte Lehner entsetzt.

»Das Grauen der Kunstnacht ist überall«, erklärte Jo noch düsterer. »Und wir entkommen ihr nicht. Was haben zwei Kühltürme und eine Sparkasse in der Form einer eingestürzten Bedürfnisanstalt gemeinsam?«

Lehner lehnte sich zurück und wippte im Stuhl. »Hm. Beide beleidigen das Auge?«

»Beide kosten eine Menge. Und beide Male taucht ein junger Mann auf, dessen Name niemand kennt. Woodward, es gibt Arbeit.«

*

Wieder fiel der Regen der Symbole über den Marktplatz von Werdenheim. Sie saßen in der alten Weberei und schauten zu, wie der Sparkassendirektor in Begleitung des Präzisionsbarts zwischen den Cafétischen erschien, wie die beiden sich setzten, ihre Bestellung aufgaben. Lehner und Jo warteten auf das Erscheinen des Landrats und Fürchtegott hatte seinen Teil der Werkstatt verlassen und wartete auch. Die Hüterin der Vergangenheit und Schöpferin des Regens, die Videokünstlerin, saß mit Piercings und Irokesenhaarschnitt neben dem Beamer. Es regnete weiter, Totenköpfe, Zahlen, Rosen und Münzen. Der Landrat erschien und die Männer begrüßten sich. Sie setzten sich und fingen an, miteinander zu sprechen.

»Wir bräuchten einen Lippenleser«, jammerte Jo. »Die Polizei hat so Leute. Die könnten uns sagen, was die jetzt reden.«

Unter dem Geriesel von Knochen, Geldscheinen, Herzen und Pistolen wandte sich der Landrat um und ließ seinen Blick die Hauptstraße hinunterschweifen, dorthin, wo das neue Gebäude der Sparkasse entstehen sollte.

»Na, das Thema zumindest ist klar, da braucht es keinen Lippenleser«, sagte Lehner. »Wann, sagten Sie, haben Sie die Aufnahmen gemacht?«

»Anfang Mai. Sie haben grad erst die Tische ins Freie stellen können.«

»Und wer ist noch mal der junge Mann?«, fragte Fürchtegott.

Das wusste Lehner inzwischen: »Wilfried Jäger, Schwiegersohn des Landrats und Chef einer Firma namens ›Enterprise & Event Counseling Oberland‹. Dieselbe Firma, die die Ausschreibung für die Vogelbergbahnen macht. Bei 25 Millionen Gesamtvolumen ein lukrativer Auftrag. Ursprünglich war Jäger Angestellter bei einer Baufirma, die Beatrix König, die Frau des Landrats, geerbt hat. Die ist in Insolvenz gegangen und nachher hat er die Konkursmasse übernommen und dieses Geschäft aufgezogen.«

»Da fehlen ein Paar Symbole in dem Regen«, meinte Jo. »Sie hätten so Dürer-Hände reinmachen sollen, die einander waschen.«

Die Künstlerin lachte. Sie saßen weiter und schauten zu, schauten, ob noch jemand zur Runde am Cafétisch stieß. Aber das war's. Der Beamer erlosch.

»Puh«, schnaufte Lehner. »Bin froh, dass ich nicht meine Frau mit Tom Cruise im Café gesehen habe. Hätt ja auch sein können. Das ist schon zweischneidig, dieses Video-Zeugs.«

»Das ist wenigstens bloß Kunst«, sagte die Irokesin.

»Und das Gesicht hat Ihr Kollege rein zufällig erkannt. Da gibt's ja inzwischen auch schon Programme, die das systematisch machen.«

»Hören S' auf«, sagte Lehner, »da wird mir ganz schwummrig. Können Sie mir ein Standfoto da rausdrucken? Am besten eins, wo der König grad in Richtung von dem Bauplatz schaut?«

»Gern.« Leute, die einen rot gefärbten Kamm auf dem Kopf trugen, kooperierten meist, wenn es darum ging, Unruhe zu stiften.

»Tausend Dank.« Lehner strahlte.

»Hoffentlich wird's was mit dem Artikel«, sagte sie.

»Das ist eine andere Frage. Unser Chef spielt mit dem Landrat Golf.«

Sie gingen mit Fürchtegott hinüber in seine Werkstatt, weil Lehner neugierig auf ihn war und Jo noch gern ein Bier mit ihm getrunken hätte.

Die halb entfaltete riesige Knospe war präzise geworden, aber Fürchtegott war noch nicht zufrieden. Es standen kleine Modelle herum, an denen er mit Farbe experimentiert hatte. Er überlegte sich, die Blattkanten, auf die es ihm ankam, zu akzentuieren, vielleicht sogar mit Blattgold.

Fürchtegott hatte kein Fassbier diesmal, aber die Schnappverschlussflaschen mit dem frischen Werdenheimer Hellen. Sie saßen mit den offenen Flaschen auf den Holzklötzen, es war schon fast Nacht draußen und die Straßenlampen blinzelten durchs Gezweig der Bäume.

»Seltsam«, sagte Jo. »Es kommt mir plötzlich so seltsam vor, diese Bilder, die konserviert werden und da und dort auftauchen. Neulich erst habe ich ein Foto eines Bekannten im Laptop eines Chinesen gesehen. Es ist, als ob da draußen Fetzen von Gedächtnis herumtreiben, die sich wieder im Netz eines Gehirns verfangen können.«

»Nebelfetzen aus dem Denkarium«, sagte Lehner. »Ich muss ja mit meinem Sohn alle Harry-Potter-Filme anschauen. Die Magier können ihre Erinnerungen mit den Zauberstäben als Nebelstreifen aus dem Kopf ziehen und in Schalen aufbewahren, in einem Denkarium. Warum ist das poetisch und ein Computer nicht?«

Sie schwiegen. Es gab wahrscheinlich ungefähr 20 Antworten.

»Ihr Artikel über die Flüsse hat mir gefallen«, sagte Fürchtegott schließlich. »Er war sehr lebendig.«

Lehner hatte versucht, die WASSERADERN nicht nur rauschen zu lassen, sondern ihre Einzugsgebiete als Geflecht über die Berge zu ziehen, als Gewebe, in dem das Lebenselixier sich bewegte.

»Danke«, sagte Lehner. »Soweit ich weiß, kam die Inspiration indirekt von Ihnen. Die Form von Prozessen. Jo hat mir davon erzählt.«

Fürchtegott begann fast von innen heraus zu leuchten: »Ich kann Ihnen gar nicht sagen, wie mich das freut.« Jo fiel ein, dass er wahrscheinlich auf seine Weise ein ziemlich einsamer Mensch war.

»Ich wollte dich schon lange was fragen. Warum hast du gesagt, bildet ... äh ...« Was hatte er eigentlich damals gesagt, der Salat, der Ameisenhaufen oder was? »... bildet irgendwas den Kosmos ab?«

Fürchtegott stellte sein Bier auf den Boden, stützte die Ellbogen auf die Knie, verschränkte die Hände und dachte nach. »Das Beste ist, ich erkläre es vom Großen her«, begann er schließlich. »Der Wald, der die Erde bedeckt, ist eine Schicht von unendlich vielen Formen, die sich bilden und wieder vergehen. Das ist die Netzhaut, mit der die Erde den Himmel sieht.«

Das Bild von der Netzhaut sprach Jo instinktiv an, aber das konnte ja auch nur eine Art sentimentale Regung sein, eine Freude an der Metapher.

»Bloß sieht die Erde andersherum wie wir«, fuhr Fürchtegott fort. »Wir vergeistigen, wenn wir sehen, die Erde verkörpert. Die Pflanzen verwandeln mit der Fotosynthese die Konstellationen der Gestirne zu materieller Form. Und wir lösen mit unseren Augen die Formen wieder auf zu den Konstellationen unserer Gehirnzellen. Die leuchten da elektrisch im Dunklen unseres Schädels wie die Sterne am Himmel. Der Himmel ist die Hirnschale des Weltriesen, sagt die Edda.«

Das Gehirn von Jo versuchte, das Universum in sich hineinzufalten. Es wollte nicht, es wollte noch einen Schluck Bier. Das äußerte Jo lauthals und Fürchtegott lachte, dass er fast vom Holzklotz fiel.

»Aber ...«, sagte er und wischte sich die Lachtränen aus den Augen, »die Welt rein- und rausfalten, das macht dein Hirn doch sowieso den ganzen Tag.«

*

Als er heimkam, saß Birgit im Lehnstuhl. Neben ihr lag aufgeschlagen ein Buch, aber sie las nicht, sondern schwenkte mit der Rechten gedankenverloren ein Glas Rotwein. Der Wein kreiste und sie schaute ins Leere, wahrscheinlich faltete sie die Welt gerade innen im Hirn herum.

Jo holte sich noch ein Bier als Betthupferl und setzte sich neben sie.

»Was denkst'?«

»An die Bichl-Geschichte. An die Theres. Ich stell mir vor, ich wäre Psychologin bei den Sioux oder in China. Andere Moral, andere Regeln, andere Probleme. Das Entscheidende bleibt wohl, dass man an den Konflikten wachsen und nicht daran zerbrechen soll.«

Jo faltete auch etwas in seinem Hirn herum, obwohl das Bier schon ein bisschen hinderlich dabei war: »Wenn wir jetzt eine ganz und gar säkulare Gesellschaft wären, so DDR-mäßig – wenn denn die DDR so war – oder so antibürgerlich: ›Wer zweimal mit der Gleichen pennt‹ und so weiter, Abtreibung ist wie Blinddarm raus, alles wär kein Problem.«

»Dann?«, fragte Birgit.

»Dann – das ist ja das Verrückte – dann, fürchte ich, gibt es keine Bilder mehr, keine Krampusse, keine Kerze im Kamin. Das wär dann wie in Brave New World, wo der Dichter am Schluss gern in die Verbannung geht auf eine sturmumtoste Insel, weil es in der Spaßgesellschaft keine wirklich starke Poesie mehr gibt.«

Birgit kniff ein Auge zu und schaute durch den kreisenden Wein in das Licht der Lampe. »Die Bilder sind dazu da, was anzufassen, greifbar zu machen. Wenn du behauptest, es gibt nichts anzufassen, keine Spannungen, keine Kontraste, dann gibt's auch keine Bilder. Und dann kann es sein, dass man kein Gefühl mehr für sich selbst hat, weil man sich ohne Widerstand nicht selbst spürt.«

»Und dann geht man Bungee-Jumpen?«

»So ungefähr.«

*

Lehner musste nicht Bungee-Jumpen. Er bekam den vollen Widerstand von Herzog.

Es war Donnerstag, Redaktionssitzung, und Lehner legte die Karten auf den Tisch. Er war nervös, was dazu führte, dass er noch mehr nuschelte als sonst schon und insgesamt den Eindruck erweckte, als müsse er sich zum Reden zwingen.

»Es ist Jo aufgefallen, dass auf dem Foto von der Ausschreibung vom Vogelberg im Hintergrund ein junger Mann steht, den er schon mal woanders gesehen hat, und zwar zusammen mit dem Landrat und dem Sparkassendirektor. Der da!« Lehner legte das Foto auf den Tisch und tippte auf den Präzisionsbart: »Nun hab ich Folgendes herausgefunden: Der Mann heißt Wilfried Jäger und ist der Chef von einem Büro namens ›Enterprise und Event Counseling Oberland, E&E‹. Außerdem ist er der Schwiegersohn des Landrats. Dieses E&E ging aus der Konkursmasse der Baufirma hervor, die Frau König geerbt hatte.«

In dem Moment wurden alle Gesichter am Redaktionstisch einen Tick undurchsichtig. Keiner bewegte sich außer Lehner und einer Fliege, die ans Fenster rumste, ohne dass jemand ihr Beachtung geschenkt hätte. Lehner betrat vermintes Gelände.

»Was macht der Jäger auf dem Jachenkircher Foto? Dieses E&E macht die Ausschreibung für das ganze Vogelberg-Projekt und seit dieses Büro im Spiel ist, sind durch die Planung von den Kühltürmen die Kosten noch mal gestiegen. Und nach diesen Gesamtkosten richtet sich auch das Honorar der Ausschreiber.«

Dann legte Lehner das Standfoto aus dem Video der Irokesin vor. Alle machten nun lange Hälse, nur Herzog blieb unbewegt sitzen.

»Hier ist der Sparkassendirektor im Gespräch mit dem Landrat und Herrn Jäger, auf einem Video, das im Mai am Marktplatz aufgenommen wurde. Jäger war zu der Zeit als Unternehmensberater für die Architekten Windsheim und Partner tätig, die später mit ihrem Entwurf das Rennen um den Neubau gemacht haben. Ganz offensichtlich drehte sich das Gespräch um das Bauprojekt.«

Herzog zog die Augenbrauen hoch: »Das Bild ist ohne Wissen der Dargestellten aufgenommen.«

»Das ist hier belanglos.« Lehner massierte seine Nasenwurzel. »Er hat sich als Person des öffentlichen Interesses in der Öffentlichkeit bewegt, dann ist das Foto verwendbar. Aber wir müssen es ja nicht hernehmen. Es genügt die Aussage, dass der Schwiegersohn des Landrats als Unternehmensberater der Architekten Windsheim und Partner tätig war, als die Ausschreibung für das Sparkassengebäude lief, und dass ein Treffen von Landrat, Sparkassendirektor und Schwiegersohn in der Zeit belegt ist.«

»Daran ist doch nichts verboten«, sagte Herzog. Alle schwiegen betreten.

Lehner baggerte weiter: »Es ist davon alles nicht ausdrücklich verboten. Sonst wäre es ein Fall für den Staatsanwalt. Aber es stinkt und deswegen ist es ein Fall für die Presse.« Lehner verteidigte nicht nur seine Story, er verteidigte seine ganze Berufsauffassung. »Jäger verkauft seine Beziehungen. Der Landrat sitzt im Aufsichtsrat der Sparkasse, ist Genehmigungsinstanz bei dem Skiprojekt und sorgt nebenher dafür, dass sein Töchterlein was zu beißen hat. Und das Problem dabei ist, dass die Projekte seltsamerweise immer besonders toll und teuer werden, wenn das Schwiegersöhnchen auftaucht.«

»Das sind Unterstellungen.«

»Das sind die Fakten.«

»Jetzt hör mal zu, Niki«, sagte Herzog. »Alle diese Projekte sind in ordentlich besetzten Gremien entschieden worden. Der Landrat ist kein König, auch wenn er so heißt. Wir machen hier nicht auf Enthüllungsjournalismus. Wir schmieren nicht Leuten Sachen ans Bein. Das ist mein letztes Wort.«

Lehner und Herzog starrten sich an. Dann sagte Lehner nur kurz: »Na dann.« Und sammelte die Fotos wieder ein. Er lehnte sich im Stuhl zurück und presste die Lippen aufeinander.

Jo lachte ungläubig. Herzog schaute ihn an und schnappte: »Und vertut eure Zeit nicht mit Recherchen, die mit mir nicht abgesprochen sind.«

Der Rest der Sitzung verlief in scheinbarer Routine. Lehner verließ die Redaktion nach der Sitzung sofort: »Außentermin.« Jo war froh, ihn um 14 Uhr wieder in seinem Zimmer zu sehen. Er ging zu ihm hinein und setzte sich. Nach einer Weile murmelte Lehner, ohne den Kopf zu heben: »War vorherzusehen. Absolut vorherzusehen.«

»Stimmt. Aber du hast es probiert. Guter Versuch.«

»Danke für den moralischen Blumentopf. Morgen halt ich noch durch, dann ist Urlaub.« Der Zoolöwe hob sein müdes Haupt und schaute in die Ferne, wo in Tunesien der Strand war und seine Löwenkinder im Sand buddeln würden.

»Am Montag ist die Hannelore wieder da. Dann wird's wieder harmonisch«, sagte Jo.

»Du hast Sonntagsdienst, oder?«

»Ausnahmsweise, weil alle Ratten das Schiff verlassen haben«, bestätigte Jo. »Und morgen geh ich auf die Jagd.«

»Was?«

»Dringende Einladung vom Bichl Sepp. Ich kann nicht abschlagen. Hunde und fliegendes Blei. Fast wäre mir eine Redaktionssitzung lieber.«

»Sauerbier kommt dich dann suchen, wenn sie deine Überreste irgendwo verscharrt haben«, murmelte Lehner und Jo war dankbar, dass er ein leises Lächeln zustande brachte.

*

Das war eine dramatische Übertreibung gewesen. Er war froh um seinen freien Freitag, räumte am Vormittag im Haus herum, sortierte die Wäsche ohne Degen und sammelte in allen Zimmern die gebrauchten Gläser ein, die neben den bevorzugten Schreib- und Leseplätzen abends stehen geblieben waren. Und lief in die übliche Falle: Ein aufgeschlagenes Buch, in dem er – er würde ja gleich weiterarbeiten – im Stehen einige Sätze überflog. Dann setzte er sich in Zeitlupe, ohne seine Lektüre zu unterbrechen:

›»Der Hund hat alles damit zu tun«, sagte Pater Brown, »wie Sie selbst herausgefunden hätten, wenn Sie den Hund nur als Hund gesehen hätten und nicht als Gott den Allmächtigen, wie er die Seelen der Menschen richtet.«

Er hielt für einen Augenblick verwirrt inne und sagte dann mit einem pathetischen Ausdruck der Entschuldigung: »Die Wahrheit ist, dass ich Hunde zufällig furchtbar gern habe. Und dass bei diesem furchtbaren Nimbus von Aberglauben um den Hund niemand wirklich an den Hund selbst gedacht hat.«‹

Es war die Geschichte ›Das Orakel des Hundes‹. Und Jo las sie wieder von vorn und bis ganz nach hinten und saß dann gedankenverloren da. In dieser Geschichte hatte der Hund kurz nach dem Tod seines Herrn furchtbar geheult, obwohl er außerhalb des Gartens war, in dem der Mord geschah. Alle nahmen an, der Hund habe den Tod seines Herrn gespürt. Aber Pater Brown löste den Fall, indem er den Hund nicht als übernatürliches Wesen, sondern als Hund auffasste. Und der hatte einen Hundegrund zum Heulen gehabt: Der Mörder hatte seinen Herrn von außen durch die Hecke hindurch mit seinem Stockdegen ermordet und die Tatwaffe scheinbar als Apportierstock weit ins Meer hinausgeworfen. Aber der Hund, der den Stecken apportieren wollte, konnte ihn nicht finden, da er aus Metall gefertigt und untergegangen war.

Wenn Aufi keine übernatürlichen Fähigkeiten hatte, sondern nur eine gute Nase, und wenn er seinen Herrn auf Anhieb fand, dann gab es eine natürliche Erklärung: Er wusste, wo er lag. Und er konnte nur wissen, wo er lag, weil er vorher schon einmal dort gewesen war.

Jo wurde schwindlig.

Aufi war nicht im Auto gewesen, als Lena am frühen Nachmittag auf die Hütte gekommen war. Er konnte mit dem Mörder unterwegs gewesen sein, mit dem Mörder, der wusste, wo etwa der Abgestürzte zu finden war.

Jo schloss die Augen und sah wieder die Szene vor sich, als Pfister den Hund ermuntert hatte: »Such's Herrle, such verlorn!« und Aufi winselnd ins Auto wollte. Hatte der Hund nicht heimgewollt, sondern versuchte er tatsächlich, dem Befehl nachzukommen? Wusste er, dass er dazu ins Auto und ins Griesbachtal gefahren werden musste, so, wie es vielleicht wenige Stunden zuvor geschehen war? Und warum hatte der Mörder Klaus gesucht? Es gab nur eine scheußliche Antwort: Um sicherzugehen, dass er tot war. Jos ziviler Verstand setzte an diesem Punkt aus.

Nach einiger Zeit saß Johnny Höllgruber auf dem Sofa und musterte ihn mitleidig. »Du bist einfach nicht hart genug für den Job«, sagte er. »Homo homini lupus. Der Mensch ist dem Menschen ein Wolf. Die alten Römer wussten das. Die Frage ist also: Wer kann mit diesem Hundevieh Fährten suchen? Kann das jeder oder muss er den Hund kennen?«

»Aufi? Den Griesgram? Den muss man wahrscheinlich kennen. Ich weiß nicht viel über Hunde, aber ich nehm's mal an.«

»Gut. Der Hund kennt Pfister und Lauterbach, die mit ihm am anderen Morgen unterwegs waren. Beide haben kein Motiv und Lauterbach ein Alibi. Und dann Lena Herrigl. Jede Menge Motiv und in der Tatzeit am Berg oben.«

»Warum hat sie dann gesagt, der Hund war nicht im Auto, als sie auf der Hütte war?«

»Weil sie damit das Zeitfenster für seinen Tod nach hinten schiebt. Jeder denkt, der Hund sei mit Klaus unterwegs gewesen!«

»Du traust Lena alles zu, oder? Schauspielerei auf hohem Niveau und eiskaltes Kalkül.«

»Junge«, seufzte Johnny, »wenn du die Göttergattinnen weiter so unterschätzt, seh ich schwarz für dich.«

*

Mittags kam Anna, um ihn zur Jagd abzuholen. Sie schmiss einen Aktenordner und zwei Landkarten vom Beifahrersitz auf die Rückbank, um ihm Platz zu machen.

Jo bemerkte beim Einsteigen, dass die Fußmatte fast unter Steinen und trockener Erde verschwand.

»Lohnt meistens nicht, die Putzerei«, sagte sie entschuldigend.

Der alte Kombi rüttelte Richtung Schöllau. Der Herbst hatte die Luft leicht gemacht und das Laub gefärbt. Buchen und Ahorn verabschiedeten sich vom Sommer, über die Hügel zogen die gelb-roten Heerscharen dem Winter entgegen. Wie goldene Flammen standen die Lärchen in den dunklen Fichtenwäldern der Hochlagen. Es könnte ja trotz Jagd noch ein sehr schöner Tag werden.

»Du hast keinen Hund?«, fragte Jo.

»Nicht mehr. Ich komme ja nur noch selten auf die Jagd, nur, wenn ich wie heute eingeladen werde. Und so ein Hund, der braucht Arbeit und Zuwendung.«

»Ich hab's gar nicht mit den Hunden«, gestand Jo. »Schlechte Erfahrungen.« Das war nicht nur der Spitz gewesen. Jo hatte schlechtes Hunde-Karma. »Da war ein Schäferhund. Der hat mich gebissen, nicht bloß so ins Bein, umgeschmissen hat er mich und dann ins Gesicht gebissen. Drei Zentimeter tiefer und ich hätte heute nur noch ein Auge. Seitdem hab ich ein ziemlich unentspanntes Verhältnis zu den Viechern. Die Aussicht, heute durch einen Wald zu laufen, in dem zig Hunde rumtigern, finde ich gar nicht so prickelnd.«

Anna lachte leise. »Dann ist das heute aber genau das Richtige für dich.«

»Wieso? Schocktherapie?«

»Im Gegenteil. Aber das kann ich dir jetzt nicht erklären. Es gibt Sachen, die kann man nicht verstehen, wenn man nicht auf einer Jagd dabei war.«

»Was kann man nicht verstehen?«

Anna schwieg eine Zeit lang. Der alte Motor war lauter, als er sein sollte. Schließlich sagte sie scheinbar unzusammenhängend: »Es heißt immer, dass unsere Gesellschaft das Sterben verdrängt. Dabei steht in jeder zweiten Zeitung irgendwas über Patientenverfügung, Hospize, Palliativmedizin und so weiter. Was eigentlich total verdrängt wird, ist das Töten. Das ist das innerste Tabu.«

»Gewiss«, dachte Jo. »Alle Tatort-Sendungen, alle Sauerbiere und Höllgrubers sind Hüter dieses Tabus.«

»Jäger machen Reklame für sich mit der Hege«, sagte Anna. »›Wir hegen das Wild.‹ Vom Totschießen ist vorzugsweise nie die Rede. Wenn die Förster sich ehrlich hinstellen und sagen, dass sie töten müssen, dann werden sie dafür selbst von den Jagdlobbyisten angegriffen: Wir würden die Rehe hassen und solcher Blödsinn. Wenn gezeigt wird, wie es in einem Schlachthof zugeht, wollen alle Leute Vegetarier werden. Aber warum geht es da so zu? Weil das Töten der Tiere in den Schlachthof verdrängt wird. Weil keiner hinschauen will. Weil's keiner gewesen sein will. Wenn man ein Müsli isst mit Haselnüssen aus der Türkei und Bananen aus Südamerika, hat das – im Gegensatz zum Abschuss von einem Reh – einen ökologischen Fußabdruck, dass es nur so raucht. Da steckt der Tod auch drin, aber man sieht ihn nicht. Aber auf der Jagd, da begegnest du deinem Töten direkt. Du merkst erstens, dass du es kannst, und zweitens, dass es deine verdammte Verantwortung ist. Da bleibt es an dir hängen, du kannst sie niemandem weitergeben.«

Sie wusste, dass sie töten konnte, er wusste es theoretisch, aber er hatte kein Verhältnis dazu. »Ist es das, was man nicht verstehen kann, wenn man noch nicht auf einer Jagd war? Die Erkenntnis, dass man auch als zivilisierter Mensch töten kann?«

Sie fuhren durch eine Allee, Licht und Schatten wechselten im Stakkato: »Der Ausdruck ›Zivilisation‹, was bedeutet der? Dass Leute duschen und mit Besteck essen? Es gibt Völker, die mit den Fingern essen, nach ranziger Butter stinken und ziemlich restriktive Regeln haben, was das Töten anlangt. Aber töten müssen sie auch. Wer lebt, tötet. Selbst ein Heiliger hat ein Immunsystem. Die Frage ist, welche Regeln man aufstellt. Und diese Regeln sind nicht unbedingt abhängig von technischen und hygienischen Standards. Diese Standards führen eher dazu, dass man das Töten an Spezialisten delegiert, dass man es mechanisiert und verdrängt. Ist dir mal aufgefallen, dass die Amokläufer fast alle Sportschützen sind und Computerspieler, keine Jäger? Als Jäger kennst du das wirkliche Töten. Du hast auf lebende Warmblüter geschossen, du weißt, was die Kugeln anrichten, weil du nachher dein eigener Gerichtsmediziner bist. Und jeder Jäger kennt das Gefühl, wenn die Kugel aus dem Lauf ist: Du kannst sie nicht zurückholen. Es ist endgültig und wenn du Mist gebaut hast, dann hast du fürs Leben Mist gebaut.«

Der Jäger als Pazifist? Na, na, na. »Aber was ist mit den Wildererkriegen? Die haben ja damals nicht schlecht aufeinander geschossen, die Jäger und die Jennerweins.«

Anna wandte ihm kurz das Gesicht zu und hob die Brauen: »Das waren ja auch fast Kriege. Kriege um ein Landnutzungsrecht. Was das für ein heißes Eisen ist, weißt du ja inzwischen.«

»Und was ist mit den ständigen Streitereien jetzt mit Dr. Hebel und Co?«

»Da sind dann und wann schon recht bescheuerte Drohungen gekommen«, sagte sie. »Aber bisher ist noch nie was passiert. Jagdrevierinhaber sind meistens bessere Leute. Die hätten zu viel zu verlieren, wenn sie gewalttätig werden.«

»Im Fernsehkrimi, da gibt es immer mindestens eine Villa, wo die bösen Reichen wohnen.« Johnny saß auf der Rückbank und hatte die Beine quer über Annas Aktenverhau gelegt. »Aber die bösen Reichen, die haben keine Knarre in der Schublade, sondern die Telefonnummer vom Anwalt im Handy oder die vom leitenden Redakteur.« Er kicherte hämisch.

Als ahnte Anna Jos Fantasien, fuhr sie fort: »Nein, die besseren Leute gehen anders vor. Sie verbreiten jetzt, der Grundsatz ›Wald vor Wild‹ hieße so viel wie ›Ökonomie vor Tierschutz‹ und wäre dazu da, einer gierigen BaySF zu mehr Profit zu verhelfen.«

»Äh?«, Jo klappte überrascht die Kinnlade ein wenig herunter. »Ich dachte, der Jagdverband hätte die Forstreform samt der BaySF befürwortet. Und dieses ›Wald vor Wild‹ hätten die Naturschutzverbände durchgesetzt. Und überhaupt: Profit. Was hat denn jemand für Profit von den Eiben beim Pfister?«

»Jo«, sagte Anna, »ich hab gedacht, du weißt, wie es in der Politik zugeht.«

Jo lachte. »Meistens. Aber das ist schon ein wirklich heftiges Stück Chuzpe.«

Anna schwieg und ihre Mundwinkel zuckten bitter. Jo wartete. Nach einer Weile rückte sie heraus: »Es wäre ja gut, wenn sie es bei dieser politischen Chuzpe bewenden ließen. Aber es bleibt nicht auf der Sachebene. Einige Funktionäre versuchen, Leute ganz persönlich fertigzumachen. Ich bin jetzt 30 Jahre im Geschäft. Ich selber habe nie erlebt, dass ein Förster einen Jagdfunktionär bedroht, beleidigt, bespitzelt oder diffamiert hätte. Aber andersherum gehört es in manchen Gegenden leider zum Geschäft. Die Leserbriefe, die du kriegst, sind da noch harmlos. Ich habe da intern Schreiben zu Gesicht bekommen, die sind jenseits. Ich habe engagierte Forstleute unter solchen Dingen leiden sehen. Die wenigsten sind Raufbolde mit einem dicken Fell, wie der Herrigl einer gewesen ist.«

Draußen zogen die Herbstwälder an der Windschutzscheibe vorbei und jeder der beiden verlor sich kurz in eigene Erinnerungen an den Toten.

Anna brach schließlich das Schweigen: »Nicht, dass du einen falschen Eindruck bekommst: Viele Jäger haben verstanden, worum es geht und welche Verantwortung sie haben. Du wirst heute einige von denen sehen, der Wagner hat so viele wie möglich eingeladen. Aber wie du weißt, haben wir im Landkreis auch einige von der anderen Sorte.« Anna drückte den Blinkerhebel nach unten, um einen Traktor zu überholen. Als sie wieder eingeschert war, erklärte sie: »Diese erste Drückjagd heute ist extra auf einen Termin gelegt worden, an dem der Abschuss auf Reh und Hirsch in allen Altersstufen frei ist, damit nur ja, ja kein Fehler passiert. Der Spezl und Jagdnachbar vom Hebel, der wartet doch auf einen Fehlschuss, damit er dann rumposaunen kann, was wir für verantwortungslose Tierquäler sind. Und wenn er nach drei Monaten ein verludertes Stück Fallwild findet, wird er behaupten, dass es natürlich die Bauern mit ihrer Drückjagd waren.«

»Und militante Jagdgegner? Hast du schon mal mit denen zu tun gehabt?«, fragte Jo.

»Nein. Die sind für mich die Vorhut gesellschaftlicher Heuchelei. Aber von mir aus: Wenn die hier durchsetzen, dass es Wölfe, Luchse und Bären gibt, können sie mir mein Gewehr wegnehmen.«

»*Die 7x64?*«, *mischte sich Johnny von der Rückbank ein.* »*Die Knarre liegt wohl hinten im Laderaum. Bist du absolut sicher, dass die Queen nicht schwanger ist?*«

»Der Wald ist voller Leben, also muss er auch voller Tod sein«, sagte Anna abschließend. »Das Raubtier bin jetzt ich und ich muss meine Sache ordentlich machen, schnell und sicher.« Sie bog in einen Waldweg ein, gelbes Laub wirbelte um die Reifen. Nach 100 Metern erreichten sie eine Wiese mit einer Hütte am Rand. Männer in Grün, Braun und Grau standen herum, alle trugen rote Warnwesten und rote Leuchtstreifen als Hutbänder. Dazwischen saßen und liefen Hunde mit breiten Halsbändern in Warnfarben.

Jo stieg etwas zögernd aus, Anna war schon hinten an der Ladeklappe und holte ihre Schuhe, einen Rucksack und das Gewehr. Sie reichte Jo eine Warnweste. Das Band legte er sich mangels Hut direkt um den Kopf. Alles, um seine Überlebenschancen zu erhöhen. Ein Hund lief vorbei, hatte jedoch keinen Blick für Jo, aber nicht aus Verachtung, sondern weil im Moment die anderen Hunde das Allerwichtigste waren. Irgendwo hinten gerieten zwei Rüden aneinander, ihre Besitzer schnappten Befehle, etablierten die menschliche Ordnung. Auf Kniehöhe organisierte sich die Hundegesellschaft, darüber die der Leute. In beiden herrschten Geselligkeit und eine gewisse gespannte Erwartung.

»Bist' heit unter de Indianer ganga?« Der Bichl Sepp kam auf ihn zu, wies lachend auf Jos Stirnband und drückte ihm so herzlich die Hand, dass sie blutleer wurde. Bichl junior stieß dazu. »Der Bua macht sein Jagdschein«, verkündete sein Vater stolz. »Der werd gscheiter wiar i.«

»Wie geht's der Theres?«, erkundigte sich Jo.

»Die! Hockt scho wieder auf der Alm.« Der Sepp lachte verschmitzt im Angesicht von Jos erschrockenem Blick. »Die is jetzat nach dem Sommer so gern da drobn, dass über an kloana Gastronomiebetrieb in der Hüttn nachdenkt.«

Dann sei die schwere Zeit ja vielleicht nicht ganz umsonst gewesen, meinte Jo erleichtert.

Er sah Pfister im Gespräch mit Leuten, die er nicht kannte. Anna begrüßte eine junge Frau, die Försterin, die Klaus' Revier übernommen hatte.

Wagner kam über die Wiese. Aufi lief an der Leine neben ihm her auf Jo zu – und bewegte seinen Schwanz leicht hin und her! Jo schaute völlig perplex auf den alten Hund, dann auf Wagner. Der lächelte und legte den Finger auf die Lippen. Meine Güte. Das musste er Birgit erzählen. Jo sah auf das Tier hinunter und legte ihm vorsichtig die Hand auf den Kopf. Und für einen Moment schien es ihm, als ob der alte Hund ihm etwas zu erzählen hätte, als ob er ihn anschaute, dieses Mal endlich anschaute, damit er in seinen Augen die Geschichte vom Kegelberg lesen könnte. Aber schon hatte Aufi den Kopf weggedreht, um eine Hündin zu beobachten, die entschieden interessanter war als die Hirngespinste eines romantischen Journalisten.

Wagner begrüßte Anna, dann ging er zur Hütte, stellte sich auf die Bank davor und klopfte mit einem Stecken an den Tisch um Aufmerksamkeit.

*

Jo fand sich eine halbe Stunde später an der Seite und unter den Fittichen von Pfister wieder. Der war ein Schützentreiber, hatte sein Gewehr dabei, während er durch den Wald stieg. »Ich kenn das Revier. Ich weiß, wohin ich schieß, wo die anderen stehen und wo ein Kugelfang ist.« Unter den Füßen raschelte das Laub, lautlos fiel es von den Bäumen. Ab und zu standen sie still, um den leisen Wind zu hören, selbst redeten sie unbekümmert laut und Pfister schlug noch manchmal mit dem Stecken gegen einen Baum. Zwei Stunden hatten sie Zeit, dann mussten sie zurück. Vor ihnen stöberten die Hunde: Pfisters kleine schwarze Bracke mit den braunen Punkten über den Augen und Aufi, dessen Herr als Jagdleiter auf einem zentralen Hochsitz Platz genommen hatte.

»Der Hund geht ned mit einem jeden«, hatte es geheißen, und damit war klar, dass ihn Pfister übernehmen würde. Und damit war auch für Jo klar, dass, wenn Pater Brown recht hatte, der Kreis der möglichen Täter klein ausfiel. Aber das Leben war schön, die silbernen Stämme der Buchen ragten hoch, die Herbstsonne fiel schräg durch die Spinnfäden auf Nadeln, Laub und vertrocknete Pilzhüte. Und Jo wischte alle düsteren Gedanken zur Seite. Eine Mischung aus Lebensfreude und Anspannung hatte Besitz von ihm ergriffen, sie schien sich von den Hunden auf ihn zu übertragen. Die Tiere zogen mit der Nase am Boden und manchmal im Wind unglaublich geschäftig ihre Kreise. Ihre ganze Haltung drückte aus, wie wichtig sie es hatten. Ab und zu rief Pfister einen zurück, wenn er sich zu weit entfernt hatte, oder schickte ihn in eine Dickung.

Ein Schuss fiel weit entfernt, dann noch einer, näher. »Bei dem überhegten Wildstand, da fallt heut noch einiges«, meinte Pfister. Irgendwo passierte etwas, mit dem sie hier vielleicht zu tun hatten, aber sie selbst hatten noch kein Stück Wild gesehen.

Ab und zu gab einer der Hunde Spurlaut, wie Pfister es nannte, ein Bellen in hoher Tonlage. Dann verschwand er für eine Weile auf einer Fährte, kehrte aber zurück, sobald er sie verloren hatte. »Die Hund erwischen die sowieso nie«, sagte Pfister. »Aber die sollen ja auch ned auf Sicht hetzen. Die sollen das Wild bloß aus die Einständ rausdrücken.«

»Und dann rennen die Reh nicht, sondern laufen eher langsam?«

»So soll's gehn. Es verlangt trotzdem mehr Können als so eine Ansitzjagd. Und natürlich warten der Hebel und seine Spezln bloß drauf, dass was danebengeht. Dann habts wieder einen Leserbrief.«

Sie erreichten eine größere Dickung. Pfister schickte die Hunde auf die andere Seite und pirschte mit Jo windabwärts am Rand entlang. Plötzlich blieb er stehen. »Riachst'n?«, flüsterte er. Jo roch absolut nichts und schüttelte den Kopf. Sie schlichen weiter. »Riachst'n ned?«, flüsterte Pfister. Jo roch nichts, wusste auch nicht, was er riechen sollte und kam sich vor wie ein doofer Tourist im Dschungel, der nicht verstand, von was sein halb nackter Guide redete. Kurz hörten sie die Hunde, dann war Schweigen. Sie erreichten eine schmale Schneise, blickten entlang. An ihrem Ende sahen sie Aufi, hinter ihm die Bracke und vor ihm, tief gesenkt, ein veritables Geweih. Pfister brachte sein Gewehr in Anschlag. Jo sah, wie er entsicherte, das Herz schlug ihm bis zum Hals und er ertappte sich dabei, wie er dachte: »Schieß doch! Warum schießt du nicht!« Doch das Tier, zu dem das Geweih gehörte, wandte sich um und verschwand krachend in der Tiefe der Dickung. Die Hunde folgten ihm nicht, sondern machten kehrt und verschwanden auf der anderen Seite der Gasse.

Pfister senkte das Gewehr. »Der is spitz gstanden und halb über die Hund weg schieß i ned«, sagte er in der Aufregung bayerischer als sonst. »Des war der Hirsch, wo der Hebel denkt hat, ich hätt den gschossen. I hab da nix dazu gsagt. Soll er sich doch in Arsch beißen, der Neidhammel.« Die Hunde kamen gelaufen, umkreisten sie gschaftlhubrig wie eh und je.

»Aufi? Vroni? Habts ihr was gsehn da drin?«

Aber Aufi und Vroni taten vollkommen unbeteiligt.

Pfister lachte »So, so. Nix war da drin, gell. Nix, wo ihr euch fürchten täts. Nix, wo ein vernünftiger Hund blöd wär, wenn er sich derrennen tät.« Und immer noch lachend, hängte er sich sein Gewehr um.

Die Hunde drängten schon wieder vorwärts, die Jagd ging weiter. Jo hatte alle Nervosität verloren, wenn sie auf ihn zuliefen, freute er sich; und spätestens als ein großer, unbekannter Hund linkerhand zwischen den Bäumen sichtbar wurde und er und das Tier sich nur mit einem gelassenen Blick streiften, begriff Jo, dass er und die Hunde eine Meute geworden waren.

*

Zwei Stunden später stand er wieder auf der Wiese vor der Hütte. Im Gras lagen aufgereiht 20 Rehe und ein jüngerer Hirsch sowie drei Hirschkühe. Davon hatte Jo ein Reh höchstpersönlich hergeschleppt. Am Ende des Treibens waren sie auf das Tier gestoßen. Es lag still da, hell und rotbraun in Moos und Nadeln, und Jo schien, als trete er an ein Geheimnis, das der Wald bislang gehütet hatte. An seiner Seite sah er das dunkle Loch, das die Kugel geschlagen hatte. Gleich darauf kam der Schütze dazu. »Waidmannsheil«, hatte Pfister gesagt, und Jo fragte sich, wo er diesen Menschen schon einmal gesehen hatte.

Aber er vergaß die Frage, weil Heidemann, so hieß er, sich niederkauerte und begann, mit seinem Jagdmesser den Hals des Rehs längs aufzuschneiden. Die gerippte Luftröhre erschien, daneben ein dünner Schlauch, die Speiseröhre. Heidemann schnitt sie los und verknotete sie. Dann öffnete er den Bauch des Tieres, brach das Becken auf und hob Mägen und Därme heraus. Systematisch arbeitete er weiter. Natürlich hatte Jo schon Magen und Darm, Leber und Nieren, Lunge und Herz gesehen und auch Bilder davon, wie alles zusammenhing. Aber jetzt war alles wirklich, noch warm, und roch nach Blut und Eingeweide. Die Mücken kamen sofort und die Hunde warteten, streng zurechtgewiesen, hinter den Männern auf ihren Anteil. Herz und Leber behielt der Schütze, es war, wie sie Jo sagten, das kleine Jägerrecht. Heidemann begutachtete den Schusskanal, schnitt die zerfetzten Teile heraus und warf sie den Hunden hin.

Jo kam die ganze Szene nicht barbarisch vor, es schien normal. Irgendwo hinten in seinem Hirn war eine Tür aufgegangen und ein fellbehangener Mensch war herausgekommen, der sich mit der größten Selbstverständlichkeit in den Stehempfang seiner Persönlichkeitsanteile mischte, kein aggressiver, gewalttätiger Krieger, sondern einer, der mit den Kumpels die Nahrung jagte. Er verstand, was Anna gemeint hatte.

In einer Anwandlung bot er an, das Tier zu tragen, um wenigstens so Anteil an der Jagd zu haben. Als er sich bückte, um den Rucksack aufzuladen, sah er den Darm des Tieres im Laub. Gleichmäßige Wellen liefen an seiner Oberfläche entlang, seine Bewegung lief unbeeindruckt vom Tod einfach weiter. Es war eine Deva, ein selbstorganisierter Prozess. Und Jo fühlte einen schwindelerregenden Augenblick lang, wie diese ganze Wirklichkeit, der Wald, das Tier und er selbst, entstanden war aus Wesenheiten und Beziehungen, die ihm meistens völlig verborgen waren.

Und nun stand die Gesellschaft auf der Wiese versammelt. Rituale waren angesagt, natürlich gab es im Anblick des Todes welche, man musste der Beute Respekt erweisen. Sie bliesen Signale auf den Jagdhörnern, ›Reh tot‹ und ›Hirsch tot‹ und ›Jagd vorbei‹, das Letzte war dasselbe, was sie am Grab von Klaus geblasen hatten. Und einige Hunde heulten dazu, nicht weil so falsch geblasen wurde, sondern weil sie es als Geheul des Rudels auffassten und natürlich dabei waren.

Und als Jo Heidemann da stehen sah, etwas seitlich an einer Gruppe, mit seiner Länge, den roten Haaren und den abstehenden Ohren, verdichtete sich der Nebelfetzen in seinem Denkarium. Er ging zu ihm hinüber und fragte: »Waren Sie vor einiger Zeit mit einer Gruppe Chinesen am Chinesischen Turm?«

»Wie kommen Sie darauf?« Heidemann riss es schier vor Überraschung.

»Ich hab Sie auf dem Foto gesehen, das ein Chinese davon gemacht hat. Und der Herr Lauterbach hat mir von dem seltsamen Ausflug erzählt.«

»Sie kennen den Lauterbach? Schad, dass er heute nicht da war. Ich hab eigentlich damit gerechnet.«

»Und Sie sind auch aus der Schöllauer Gegend?«

»Ich war stellvertretender Forstamtsleiter in Jachen-kirch.«

»Als Lauterbach da Chef war?«

»Genau.«

»Dann haben Sie auch den Herrigl gekannt?«

»Sicher. Eine furchtbare Gschicht. Der Lauterbach hat's mir erzählt. Einen Tag vor seinem Tod hab ich ihn zufällig getroffen. Das geht mir heut noch nach.«

Jo schoss die Aufregung in die Adern. »Auf der Forstmesse?«

»Ja.« Heidemann bedachte ihn mit einem ebenso überraschten wie vorsichtigen Blick. »Sie wissen offensichtlich recht viel.«

»Herrigl war mein Freund«, sagte Jo. »Ich hatte an dem Abend eine Verabredung mit ihm, die dann nie zustande gekommen ist.«

In der unausgesprochenen Erkenntnis, dass sie sich mehr zu sagen hatten, lehnten sich die beiden nebeneinander an eine Kühlerhaube. Ein Streifen Herbstsonne schien durch die Bäume und wärmte sie.

»Worüber haben Sie denn miteinander gesprochen, dort auf der Messe?«, fragte Jo. Er war jetzt auf einer anderen Jagd.

»Über eine Waldgesetzänderung.« Heidemann seufzte.

»INVEKOS.«

»Das wissen Sie?«

»Darüber hat er auch mit mir geredet.«

»Er wollte von mir wissen, wie es abgelaufen ist, auf Bundesebene. Ich arbeite jetzt im Bundeslandwirtschaftsministerium«, setzte Heidemann hinzu.

»Und? Wie ist es abgelaufen?«

»Es war halt die übliche Taktik. Der Antrag wurde im Ausschuss erst in der letzten Minute eingebracht. Der Jagdverband saß drin und freut sich, die Naturschutzverbände haben gemotzt, die Schleswig-Holsteiner machten ein bisschen Schwierigkeiten, warum jetzt da ein lokales Problem ins Bundesgesetz soll, Subsidiaritätsprinzip und so, aber die Zeit drängt und schon ist es durchgepeitscht. Bevor die Wahl in Nordrhein-Westfalen die Mehrheitsverhältnisse im Bundesrat geändert hat, haben sie vorher noch zack zack alles rausgefetzt. Der Coup war super getimt. Wir wussten alle, dass es Mist ist, aber es war Chefsache.«

Das war im Prinzip alles nicht so neu. Es erklärte nicht Klaus' Nachtschicht am Computer.

»Haben Sie irgendwie über einen Olaf geredet?«

»Warum?«

Es war dieselbe Gegenfrage, die Lauterbach gestellt hatte, aber Heidemann riss die Augen weit auf und es war offensichtlich, dass das Wort einen Nerv getroffen hatte.

»Die letzte Textdatei, an der Klaus gearbeitet hat, hieß ›Olaf‹«, sagte Jo.

»Die letzte Datei?« Heidemann wiederholte es entsetzt.

»Was ist damit?«

Heidemann wandte den Blick ab. Er schien zu überlegen und dann den Entschluss zu fassen, dass es keinen Sinn hatte, etwas zu verschweigen. Er hatte schon zu offensichtlich reagiert: »OLAF ist eine Abkürzung. ›Office Européen de Lutte Anti-Fraude‹. Das Europäische Amt zur Verfolgung von Subventionsbetrug. Ich habe auf der Messe im Gespräch mit ihm erwähnt, diese INVEKOS-Ausweisungen wären eigentlich ein Fall für OLAF, aber ich habe das nicht ernst gemeint. Dann hat er nachgebohrt. Was das ist und wie das geht. Jeder kann da eine Anzeige machen, auch anonym. Es gibt da eine Seite im Internet.«

Heiliger Gott im Himmel. Jo verstand, dass dies der Schlüssel zu allem war, aber er konnte es noch nicht zu Ende denken.

»Ich habe ihm gesagt, er soll das bloß bleiben lassen, er richtet mehr Schaden an, als es nutzen kann.«

Jo nickte. »Das Ministerium könnte die Zahlungskompetenz verlieren.«

Heidemann schien ein wenig erleichtert. »Sie verstehen sehr gut, worum es geht. Na ja. Ich war nicht sicher, ob Herrigl das auch eingesehen hat. Wenn Sie jetzt sagen, OLAF war seine letzte Datei, dann ist er stur geblieben.«

Wagner und Bichl hatten begonnen, die erlegten Tiere auf einen Hänger zu laden, um sie in die Kühlkammer zu bringen. Anna kam den Weg entlang auf Jo zu. Sie wollte wohl aufbrechen.

Jo knüpfte die letzte Masche im Netz: »Haben Sie Lauterbach Bescheid gegeben, damit er ein Auge auf ihn hat?«

Heidemann schaute Jo an, als sei er sich nicht sicher, mit was oder wem er da zu tun hatte. Aber er nickte: »Lauterbach war näher an ihm dran und hat ihn gut gekannt. Ich dachte, wenn ihn jemand im Zaum halten kann, dann er.«

Anna winkte ihm. Jo verabschiedete sich, drehte sich aber noch einmal um: »Gibt es in Ministerien besondere Anlässe, an denen Beamte Manschettenknöpfe tragen müssen?«

»Wenn man Termin beim Minister hat. Warum?«

Und obwohl Jos Hirn aufgeregt im Kreis schwamm, gelang ihm es ihm, leichthin abzuwinken: »Ach, nur so.«

*

Er setzte sich zu Anna ins Auto. Und als sie wieder auf die Teerstraße hinausbog, sagte er: »OLAF. Wir hätten es wahrscheinlich nur googeln müssen.«

Er erzählte ihr, was Heidemann gesagt hatte.

Anna pustete die Luft raus: »Ich hätte nie gedacht, dass die Internetsuche einen Sinn macht. Treffe eine Million Olafse auf Facebook. Meine Güte, der Herrigl hat das definitiv vorgehabt? Man sollte als Choleriker keine Forstpolitik machen. So eine Aktion hätte für uns böse ausgehen können.«

»Und Lauterbach hat das gewusst. Heidemann hat ihm Bescheid gegeben und er hat ihn am Vormittag angerufen und versucht, ihn davon abzubringen. Umsonst.«

»Woher weißt du das?«

»Von jemandem, der bei ihm im Auto saß, als der Anruf kam.«

»Wer?«

»Ich musste der Person versprechen, nichts zu sagen.«

»Was? Warum?«

»Eine Frau.«

»Also jetzt ... Also das geht jetzt nicht beim Fahren.« Sie erreichten einen Weiler und Anna hielt an einer Scheunenauffahrt eines Hofes. Sie stellte den Motor ab, wandte sich ihm zu und sagte: »Was zum Teufel weißt du?«

»Er hatte eine Frau dabei. Die hat ihn eigentlich aufgesucht, um die Affäre zu beenden. Sie war im Auto, als der Anruf von Lauterbach kam, mehr kann ich dir über sie nicht sagen, weil ich es ihr versprochen hab. Ich bin kein Polizist. Ich muss Kompromisse machen. Lauterbach hat davon gewusst, von der Affäre. Er hat Klaus damals in Jachenkirch deswegen ein halbes Jahr weggeschickt nach Berchtesgaden.«

Anna runzelte die Stirn. »In der Personalakte war nichts. Eine Strafversetzung wäre über den Personalrat gegangen.«

»Klaus hat seinen Mund wohlweislich gehalten und Lauterbach hat's vertuscht.«

»Aber wieso, zum Teufel.«

»Die Sache hätte enorm viel böses Blut gemacht.«

Anna schwieg und Jo sah förmlich, wie sie in ihrem Kopf herumraste und alle Karteikästen aufriss, um eine Frau zu finden, mit der Herrigl nichts zu tun haben durfte.

»Frau Bichl«, sagte sie schließlich. Nicht schlecht. Aber bis zu einer Minderjährigen hatte ihre Fantasie nicht gereicht.

»Nein«, sagte Jo einfach. »Vergiss es, es ist nicht mehr wichtig.«

»Sie hat nichts mit dem Absturz zu tun?«

»Nein. Sie ist mittags gegangen. Aber sie hat diesen Anruf mitgehört. Nicht den Namen vom Lauterbach, aber es ging eindeutig um diese OLAF-Sache. Das ist das eine. Dann ist der Stick weg. Eine Zeit lang ist der Hund weg, mit dem Lauterbach am anderen Tag Klaus' Leiche gefunden hat. Wenn Aufi da so zielstrebig hingelaufen ist, könnte er schon vorher dort gewesen sein. Lauterbach könnte ihn mit dem Hund schon gleich nach dem Absturz gesucht haben.«

Anna starrte ihn an und Jo kam sich vor, als hätte er eine besonders schmutzige Fantasie.

»Du traust ihm das zu?«

Jo zuckte die Schultern. »Nein, eigentlich nicht. Aber der Ablauf des Telefongesprächs war ziemlich eindeutig. Ich versuch ja nur, die Teile zusammenzusetzen. Eine

Theorie. Kann ja falsch sein. Doch sie ist die einzige, die alles zusammenhält.«

»Aber er war doch im Ministerium an dem Tag, oder?«

»Das sagt er. Er hatte Termin beim Minister, hat er mir gesagt. Und bei der Gelegenheit tragen Beamte Hemden mit Manschettenknöpfen. Und du weißt, wie schnell sein Auto ist.«

Anna starrte ihn weiter an: »Das ist eine ungeheure Anschuldigung, die du da fabrizierst.«

Jo schaute trotzig geradeaus, dorthin, wo ein rostiger alter Heuwender an der Scheunenwand stand. »Ich weiß. Ich geh ja nicht zur Polizei damit und schreib's nicht in die Zeitung. Ich werde mit ihm selber reden.« Indem er das sagte, wusste er, dass er es tun musste. »Noch heut Abend.«

»Dann schaun wir, dass wir heimkommen.« Anna startete den Motor. »Ich versteh nicht«, murmelte sie im Fahren. »Ich kann's nicht glauben. Wenn er das gemacht hätte, warum er den Dienstweg nicht eingehalten hat.«

»Den Dienstweg?« Das war wohl das Absurdeste, was er je gehört hatte. »Den Dienstweg? Hätte er beantragen müssen, ihn runterzuschmeißen?«

»Nein, verdammt. Wenn er Herrigl von einer Dummheit hätte abhalten wollen, wär ich dafür zuständig gewesen. Warum hat er mich nicht angerufen?«

Beamte. Er würde sie nie verstehen.

*

Birgit war noch nicht daheim, sie hatten ein Seminar in der Klinik. Leutselig-Schnurrenberger schlang gierig seine späte Abendmahlzeit herunter. Durch die offene Tür wehten die winzigen Geräusche des abendlichen Gartens. Jo stand im dämmrigen Wohnzimmer und starrte auf das Telefon. Was sollte er sagen? Er wollte Lauterbach schlicht um eine Unterredung bitten.

Endlich wählte er. Aber Lauterbach war nicht in Jachenkirch. Seine Frau gab Jo die Handynummer und Jo erreichte ihn im Ministerium.

»Das wird heut spät«, sagte die vertraute und gar nicht mörderische Stimme von Lauterbach. »Wir haben am Montag Ministervorlage.«

»Dann komm ich rein zu dir«, sagte Jo. »Es ist dringend.«

»Was ist los? Magst' mir das nicht am Telefon sagen?«

»Nein.«

Ein längeres Schweigen. »Wenn's sein muss.«

*

An dieses Schweigen dachte Jo, als er über die Autobahn jagte, soweit man mit seiner Kiste jagen konnte. Er brauchte mindestens doppelt so lange wie das Rennsofa von Lauterbach.

Auf dem Beifahrersitz, über den das Licht der entgegenkommenden Fahrzeuge wanderte, erschien Johnny. Jo erschuf sich seine Gegenwart zur Beruhigung, aber Johnny kaute nervös an einem Zahnstocher und war besorgt: »Du besuchst einen Mörder. Und hast keine Knarre dabei, Freund.«

»In dubio pro reo, im Zweifel für den Angeklagten. Es steht ja noch gar nicht fest.«

Johnny begutachtete das zerkaute Ende des Zahn-

stochers: »*Es steht ziemlich fest, so wie er am Telefon geschwiegen hat, weiß er, um was es gehen wird. Aber da sind noch ein paar lose Enden.*«

»*Du meinst das Betttuch?*«

»*Zum Beispiel das Betttuch. Wie kommt es in den verdammten Wäschekorb der Witwe, wenn es noch dort war, als die Indianerprinzessin in der Hütte war? Und wenn die schwarze Witwe es an sich genommen hätte, warum hat sie dann nichts davon gesagt?*« Johnny hatte beschlossen, dass der Zahnstocher noch nicht zerkaut genug war, und setzte das Werk der Zerstörung fort. »*Und dann: Warum hat er den Dienstweg nicht eingehalten?*«, mümmelte er.

»*Hä? Der Klaus war dabei, das Landwirtschaftsministerium sturmreif zu schießen, und der Lauterbach sollte den Dienstweg einhalten? Man merkt, dass du auch mal Beamter warst, mein lieber Herr Exkommissar.*«

»*Eben! Hier ist der Insider-Blick von entscheidendem Vorteil, Plattfuß. Du musst denken wie die Beute beziehungsweise in dem Fall wie die Meute: Klaus war Beamter, Lauterbach auch. Also gibt es Regeln und Gründe, warum man sie nicht einhält.*«

»*Klaus hat sich oft nicht dran gehalten.*«

»*Aber dann hatte er auch irgendeinen Furzgrund dafür und sei's sein Temperament. Und Lauterbach wird irgendeinen supersoliden, kühlen Grund haben, das kannst du mir glauben.*«

Als Jo die Autobahnausfahrt erreichte, hatte er den supersoliden, kühlen Grund gefunden.

*

Die Straßen in München waren ziemlich leer und er kam schnell in die Innenstadt. Er bekam sogar einen Parkplatz in der Galeriestraße. Es war 22 Uhr und einige Lichter brannten noch in dem massigen Bau des Ministeriums. Jo ging zur Pforte, die ihm mit seinem Bronzeschild in der nächtlichen Stadt vorkam wie der Eingang in die Unterwelt. Er zögerte.

Ein kleiner Johnny, der wie ein Pumuckl auf seiner Schulter saß, flüsterte: »*Man merkt es im Krimi an der Filmmusik, wenn es gefährlich wird …*«

»*Was soll gefährlich sein? Es ist ein Pförtner unten. Lauterbach kann meine Leiche nicht im Sack raustragen.*«

»*Oh doch. Pater Brown weiß es: In einem Postsack kann man die Leichen raustragen. Und die haben viel Post da im Ministerium.*«

»*Mein lieber Höllgruber, reiß dich zusammen, was sein muss, muss sein.*«

Und damit drückte Jo die Tür auf.

*

Das Zimmer war schmal, hoch und spartanisch eingerichtet. Es hatte gerade noch Platz für einen Besucherstuhl gegenüber dem Schreibtisch, auf dem sich Akten um einen Bildschirm drängten. Jo setzte sich und öffnete die Hand. Der silberne Manschettenknopf rollte auf den Tisch. »Du hast Ministervorlage. Bist du sicher, dass du den nicht brauchst?«

Lauterbachs Kiefermuskeln zuckten. Er schwieg.

»OLAF, du weißt, was OLAF ist. Warum hast du gelogen? Ich habe Heidemann getroffen, auf der Drückjagd. Er hat dich angerufen, er hat dich gewarnt, dir gesagt, was Klaus vorhat.«

»Ich habe nicht gelogen. Ich habe gefragt, warum. Das Eisen ist zu heiß. Wieso sollte ich dich drauf aufmerksam machen? Jeder könnte die Anzeige machen, auch du. Und die Folgen? Meinst du, irgendwas Gutes kommt dabei raus?«

»Erstens: Ich könnte die Anzeige nicht machen beziehungsweise kaum belegen. Die Informationen sind meist behördenintern. Zweitens: Die Folgen kenne ich: Jede Menge Probleme für das Ministerium.«

»Für das Ministerium? Für die Forstverwaltung. Sie könnten sich an zwei Fingern abzählen, dass es ein Nestbeschmutzer ist und wo der sitzt. Sie würden uns liquidieren. In der Politik gibt es so was wie Rache. Muss ich dir das sagen, Herr Journalist? Und was nützte das dann den Wäldern, hm? Was nützte das unserem Auftrag?«

Sie starrten sich an und schwiegen. Das ganze Haus war totenstill, nur der Verkehr auf der Ludwigstraße war schwach zu hören. Schließlich begann Lauterbach wieder zu sprechen: »Ich hab ihm das gesagt, ich hab ihn angerufen. Er war stur, eingenagelt in seine Rechthaberei. Hat mich einen Feigling genannt. Ich kannte ihn ja, wusste, wozu er fähig war, er hätte alles kaputt gemacht.«

»Da bist du mitsamt deinem Manschettenknopf ins Auto.«

»Er hatte mir ja das Telefon aufgelegt. Ich musste mit ihm reden. Er hätte die Sache schon am selben Tag im Netz abschicken können, per Mausklick. Ich musste ihm einfach klarmachen, wie ernst das ist.«

»Rabiat klarmachen?«

»Unsinn. Klaus war mir körperlich total überlegen.« Das stimmte. »Ich bin mittags auf die Hütte gekom-

329

men, wollte in aller Freundschaft mit ihm reden. Ein Schnapserl zusammen und so. Er hat mir gezeigt, was er geschrieben hat. Ich hab ihm gesagt, dass das genau die Katastrophe ist, dass er die Betriebsnummern verwenden muss und jeder dann weiß, wo der Verräter sitzt.«

»Die Nummern aus dem LaFIS?«

»Genau. Dann hat er das große Drama abgezogen. Der Klaus war ein Dramatiker, das weißt du ja. Er hat gesagt, ich soll mitkommen, ist rauf auf die Felskanzel. Ich bin mit, das war wohl der Fehler, dass ich mich auf dieses Freilufttheater eingelassen hab. Er wollte mir quasi vor der Kulisse demonstrieren, worum es ihm ging. Ich hab ihm gesagt, es hilft nichts, wenn er darauf besteht, die Sache durchzuziehen, dann werde ich offenlegen, dass er es war. Da ist er auf mich losgegangen. Ich schwör's dir, ich hab ihn nicht geschubst oder was. Er ist auf mich los, ich wollte weg, er hat mich am Ärmel erwischt, ich hab mich losgerissen und er hat das Gleichgewicht verloren.« Lauterbach schaute durchs Fenster hinaus in die Nacht der Münchner Laternen. »Ich sehe ihn jede Nacht fallen, glaub mir. Ich hab das nicht gewollt.«

»Ich glaub dir, dass du's nicht gewollt hast. Die Geschichte stimmt wahrscheinlich – fast. Zwei Sachen aber fehlen: Der Bettüberwurf und der Dienstweg.«

Lauterbach wandte ihm das Gesicht zu. Es war totenblass. Er sagte nichts und wartete.

»Warum hast du nicht die Felleisen angerufen und ihr den Job überlassen, statt in vollem Ornat über die Autobahn zu hetzen?«

»Ich kannte Klaus besser als die Felleisen. Und er war mir im Leben einiges schuldig.«

»Und der Bettüberwurf?«

»Was soll damit sein? Der war bei Lena im Wasch-korb.«

»Richtig. Aber wie ist er da hingekommen?

»Der Klaus wird ihn halt mit runtergenommen haben.«

»Kaum. Der Überwurf war mittags um halb eins noch auf dem Bett.«

»Woher willst du das wissen?«

»Theres Bichl hat es mir gesagt.«

Aus Lauterbachs Gesicht wich die letzte Farbe. Für einen Moment befürchtete Jo, dass er umkippen würde. Schließlich sagte er mühsam: »Warum tust du das? Ich hab dir gesagt, dass du nicht in den alten Geschichten herumstochern sollst.«

»Es ist eher so, dass die alten Geschichten in mir her-umgestochert haben. Zum Glück, Konrad. Der Bichl Theres ging es beschissen. Sie dachte, dass Klaus wegen ihr von der Kanzel gesprungen ist.«

»Wieso das?«

»Weil sie ihm gesagt hat, dass es mit ihnen beiden nichts wird.«

Unglauben malte sich auf Lauterbachs Gesicht: »Aber wieso? Auf dem Bett …« Er brach ab.

»Waren Flecken? Keine Ahnung, was für Flecken, Konrad. Jedenfalls nicht die Flecken, die du gemeint hast. Sagt die Theres. Und ich glaub ihr. Vielleicht waren es Tränen, die Theres hat davon eine Menge. Sie wollte an dem Tag die Sache ein für alle Mal aus der Welt schaf-fen. Sie hat ihn am Kegelberg getroffen, saß im Auto, als du telefoniert hast, und dann musste Klaus eine Voll-bremsung hinlegen wegen einem Holzlaster. Die Theres hat geschrien, vielleicht noch was zu Klaus gesagt. Viel-leicht hat er ja zunächst die Verbindung nicht unterbrochen, du hast den Streit zwischen Theres und Klaus mitgekriegt, jedenfalls: Du hast begriffen, da ist eine Frau im Auto, wahrscheinlich Theres. Das war die Gelegenheit. Du bist in deine Kiste rein. In einer Stunde warst du oben. Du hast dich in den Wald auf die andere Wegseite vor die Hütte gesetzt und noch mal angerufen. Als die Theres die Tür von der Hütte aufgemacht hat, hörte das Klingeln auf. Weil du das Handy zum Fotografieren gebraucht hast. Warum sollte Klaus durchdrehen, wenn du drohst, seine Identität bei OLAF offenzulegen? So wie der Klaus gestrickt war, war ihm das vielleicht egal. Aber ein Foto, wie die Theres aus der Hütte kommt, damit hast du seinen Nerv getroffen. Hat er dich deshalb am Ärmel gepackt? Weil du in der Hand das Handy gehalten hast, als du ihm das Bild gezeigt hast?«

Es war hässlich. So, wie es jetzt laut ausgesprochen wurde, war es sehr hässlich und Lauterbach wusste es. »Er hat mich verarscht«, sagte er heftig. »Ich hab ihn immer unterstützt, ihm die Stange gehalten und das eine Mal, wenn ich sage: ›Mach das nicht, du schadest uns allen‹, dann lässt er mich auflaufen. Damals, die Sache mit der Theres, das war schon fast das Ende von der Fahnenstange. Auch das hab ich noch ohne Disziplinarverfahren geregelt. Und jetzt sitzt er mit ihr im Auto und heißt mich einen Feigling!«

»Das mit der Theres hast du schlichtweg vertuscht.«

»Was heißt hier vertuscht? Er hat's geleugnet, wie hätt ich's den beiden nachweisen sollen? Ich war auf dem Ansitz unten im Schöllacher Auwald. Da seh ich ihn mit der Theres auf dem Beifahrersitz vom Kegelberg kommen. Ich hab ihn ins Amt zitiert. Er hat's geleugnet, hat gesagt, er hätte ihr nur das Motorsägen beigebracht.

Motorsägen! Einer 16-Jährigen ohne Wissen der Eltern und ohne Unfallversicherung das Motorsägen beibringen! Schon das war unter aller Kanone. Er hat das genau gewusst.«

»Du hättest mit den Eltern reden müssen.«

Lauterbach zuckte die Schultern. »Es hätte so oder so einen Skandal gegeben. Man hätte ihn versetzen müssen. Und was wär dann mit Lena und den Kindern?«

»Du wolltest damals keinen Skandal, du wolltest diesmal keinen Skandal. Der Klaus ist runtergefallen und auch da hast du nichts als vertuscht.«

Lauterbach sah Jo an und in seinen Augen glitzerte es: »Wenn er noch am Leben gewesen wäre nach dem Sturz, wenn er nur verletzt gewesen wäre, ich hätte auf nichts mehr Rücksicht genommen, ich hätte Hilfe geholt. Aber da er tot war, was hätte es gebracht?«

»Und weil du das wissen musstest, ob er tot ist oder noch lebt, bist du ihn suchen gefahren.«

Lauterbach nickte. »Ich bin zur Hütte gerannt, hab den Aufi aus Klaus' Auto raus und in meins rein.«

»Und in all der angeblich menschenfreundlichen Aufregung noch das Schnapsglas zerschmissen, damit keiner merkt, dass da noch jemand war?«

»Nein, das war ich nicht. Das hat der Klaus selber, wütend wie er war, in die Dickung gefeuert, als er aus der Hütte raus ist. Ich bin nach seinem Absturz direkt mit dem Hund ins Auto rein und losgebrettert wie die Hölle.«

»Und im Griesbachtal fast in den Traktor vom Bichl Sepp reingerauscht.« Kein spät aufstehender Münchner, der noch zum Saukogelanstieg hetzt, sondern ein Jachenkircher mit Hauptwohnsitz im Münchner Kochklo und entsprechender Autonummer.

Lauterbach nickte. »Ja. Hat er's dir erzählt, der Bichl? Mit dem Aufi hab ich den Klaus dann schnell gefunden. Ich hab ja gewusst, wo er ungefähr sein muss. Aber es war natürlich alles zu spät.«

»Und dann der Plan B, oder?«

»Wenn du so willst, Plan B, ja. Ich bin zurückgefahren. Niemand ist mir begegnet.« Er musste Lena haarscharf verpasst haben. »Ich hab den Hund zurückgebracht, den Stick geholt und das Betttuch. Ich wollte auf keinen Fall, dass in seinen Weibergeschichten rumgestochert wird.«

»Und wieso hatte Lena das Betttuch?« Jo war verwirrt. Das Problem hatte er nicht lösen können.

»Ja, Himmel. Hältst du mich wirklich für einen kaltblütigen Mörder? Ich kann ja kaum leben damit. Ich bin abends noch zur Lena. Hab gewartet, bis die anderen alle weg waren. Dann hab ich ihr alles erzählt. Ihr den Bettüberwurf gegeben. Ich hab gesagt, wenn sie mich anzeigen will, dann kann sie das, ich werde nichts abstreiten. Ich hab mein Schicksal in ihre Hände gelegt. Und sie hat dann entschieden, dass sie es so lassen will. Wegen den Kindern, wegen dem Haus. Sie hat gesagt, der Klaus hat ihr so viel Kummer gemacht, jetzt muss er das aushalten, dass sie nicht zur Polizei rennt wegen ihm. Ich soll dafür sorgen, dass sie nicht mehr lange rumsuchen. Und alles andere soll ich selber mit dem Herrgott ausmachen.«

Das war die große Rochade, die Jo mattsetzte. Wer war er, den Entschluss der Witwe zu unterlaufen? Jo saß eine Weile still und verdaute das. Lena war es nicht gewesen. Aber sie hatte alles gewusst, schon an dem Tag, als er bei ihr in der Küche gewesen war. Wenn die Poli-

zei sie in die Mangel genommen hätte, wäre wahrscheinlich alles aufgeflogen.

Schließlich stand Jo auf: »Und, was hast du mit dem
Herrgott ausgemacht?«

Auch Lauterbach stand auf: »Nichts Besonderes. Nur,
dass ich weiterleben muss. Schwer genug. Und was hat
der Herr Journalist jetzt vor?«

»Mach dir keine Sorgen, ich werde schweigen. Aber
nicht wegen dir, Konrad. Nicht wegen dir.«

*

Lauterbach hatte ihn zur Pforte gebracht, er musste es.
Jo ging grußlos. Dann saß er noch im Dunkeln im Auto,
während der Verkehr auf der Ludwigstraße vorbeiströmte
und die Laternen der Galeriestraße einem späten Fußgänger leuchteten.

Die jagende Meute. Man verriet sie nicht ungestraft.

Und plötzlich wollte er raus aus der Stadt, zurück in
eine Welt, die genauso wenig heil war, aber stiller, in der
Leutselig-Schnurrenberger das Herbstlaub im Wind jagte
und Birgit nun sicher zu Hause war, vielleicht las oder
schon schlief.

Er ließ den Motor an und fädelte sich auf die Brien-
ner Straße.

Die Wahrheit. Lena kannte sie. Vielleicht würde sie es
Manuel und Traudl eines Tages erzählen. Vielleicht hatte
Birgit irgendeine Psychologen-Begründung, warum sie
es wissen mussten.

Aber Theres würde daran zugrunde gehen.

Es gab keinen Einzigen, dem die Wahrheit im Moment
nützen würde. Und in dieser Sache gab er Konrad recht:

Sie würde langfristig auch den Wäldern nichts nützen.
Nichts.

*

Der Flug nach Bejing wurde aufgerufen. Bao Xing blieb
noch sitzen und streckte die Beine weit von sich, etwas,
was er die nächsten zehn Stunden nicht mehr würde tun
können. Wang war natürlich wieder der Erste am Boar-
ding, und das, nachdem er mit seinem übergewichtigen
Koffer voller Mitbringsel vorher beim Einchecken alle
aufgehalten hatte: Masskrüge, Teile der Berliner Mauer
oder sonstiger Krempel. Bao Xing seufzte und schaute
aus der Glaswand des Flughafens. Am Horizont hinter dem Flugfeld sah er einen dunklen Streifen: Wald.
Er schloss die Augen und versuchte sich vorzustellen,
wie es dort innen zwischen den Bäumen aussah, wie sich
der Wald anfühlte und roch, Rinde und Harz, Erde und
Wind, Vogelstimmen. Bald würde er diese Wälder nur
mehr von oben sehen, aus dem Flugzeug und später auf
Tianditu, dem chinesischen Google Earth. Er würde die
Satellitenbilder hereinzoomen, bis er die großen Kronen der Bäume unterscheiden konnte, über 200 Jahre
alt waren manche, die Eichen auf den Sandsteinhügeln,
die Fichten oben im Gebirge. Bis sie in China wieder so
alte Wälder hatten, würde er schon lange tot sein, wenn
es ihnen denn überhaupt gelang. Die Deutschen hatten
ihm ihre Gesetze erläutert und ihre Pläne gezeigt, aber
China hatte unendlich viele Gesetze und Pläne kommen
und gehen sehen und es gab keine Garantie. Man konnte
immer nur hoffen.

9. KAPITEL

Als Jo am Samstag aufwachte, war es spät am Morgen. Die Sonne schien schräg ins Zimmer und Birgit saß mit einer Tasse Kaffee neben ihm im Bett und löste das Kreuzworträtsel der Wochenendausgabe.

Als sie sah, dass er wach war, sagte sie: »Willkommen daheim. Was war denn so dringend in München, dass du noch in der Nacht da rumrauschst?«

Jo drehte sich so, dass sein Kopf auf ihrem Schoß lag: »Die Lösung eines grausamen Rätsels«, sagte er. »Ich weiß jetzt, wie Klaus zu Tode gekommen ist. Ich wollte es dir noch in der Nacht erzählen, aber du hast ausnahmsweise so fest geschlafen, da wollte ich dich nicht aufwecken.«

Birgit legte die Zeitung weg. »Erzähl.«

Und er erzählte.

Nach langem Schweigen sagte sie: »Und alles, weil da ein Holzlaster stand. Theres würde daran zugrunde gehen, du hast recht.«

»Ein letztes Ding weiß ich noch nicht«, murmelte Jo. »Warum hat Lena das Betttuch nicht mitgenommen, um es ihrem Mann später unter die Nase zu halten? Ich meine, sie sucht einen Beweis seiner Untreue, und da sind diese Flecken ...«

Birgit seufzte: »Weil sie eine kluge Frau ist. Und eine kluge Frau wird ihren Mann auf keinen Fall mit falschen Verdächtigungen herumjagen. Sie hat sich wohl eh geschämt, dass sie ihm nachspioniert. Da war nur ein Schnapsglas, dann ein Computer, also Arbeit. Und dass die Flecken harmlos waren, konnte sie wissen.«

»Woher?«

»Hausfrauen riechen, mein Lieber.«

Jo drehte sein Gesicht gegen Birgits weichen Bauch, schloss die Augen und stellte sich Lena vor, wie sie auf die Hütte fuhr, die Stube mit ihrem Blick überflog, wie sie die Nase an die Flecken drückte, hinausging mit einer Mischung von Erleichterung und Unruhe im Herzen, wie sie am Abend nicht wusste, was sie sagen sollte, als dieses Tuch weg war. Weil sie nicht wusste, ob nicht ihr Mann noch am Leben war, und nicht wollte, dass irgendwas aufflog ... Mein Mann hat keine Wohnung in Wien.

Es war vorbei.

»Ich habe den Manschettenknopf in München gelassen. Keine Ohrringe, Birgit.«

»Ich hätte um alles in der Welt auch solche Ohrringe nicht haben wollen«, sagte sie.

*

VERHAFTUNG IM MORDFALL PERLINGER

Das war auf der Titelseite des Hauptteils natürlich. Jo goss sich einen Kaffee ein, schmierte sich Honig auf die Semmel und überflog den Inhalt.

```
Endlich ist ein mutmaßlicher Täter
gefasst. Zeugenaussagen zufolge war die
Leiche von Christa Perlinger in einem
dunklen Lieferwagen mit Rosenheimer
Kennzeichen zum Fundort transportiert
worden. Deshalb führte die SOKO einen
```

groß angelegten Gentest durch, bei dem alle Halter und Fahrer solcher Fahrzeuge überprüft wurden. Doch die Suche blieb zunächst ergebnislos. Das Blatt wendete sich erst, als der Inhaber eines Lieferwagens auf der Polizei erschien und angab, dass er bei Reinigungsarbeiten in seinem Auto unter der Rückbank eine ihm unbekannte Sandale gefunden habe. Sein Wagen war in der fraglichen Tatzeit in der Werkstatt gewesen. Als nun die Polizei die Mechaniker der Werkstatt unter die Lupe nahm …

Na, dann war das auch erledigt.

Er schlug den Lokalteil auf und erstarrte.

LIEBESDRAMA AM KEGELBERG?

Was kann einen erfahrenen Berggänger dazu bringen, sich unnötig einer tödlichen Gefahr auszusetzen? Als diesen Sommer der Förster Herrigl bei einem entsetzlichen Unwetter am Kegelberg von einer Felskanzel stürzte, ging die Polizei von einem Unfall aus. Doch nun stellt sich heraus, dass der Familienvater möglicherweise nicht allein dort oben war. Einheimische munkelten schon länger, dass er die Jagdhütte am Kegelberg als Liebesnest nutzte.

Hatte er mit seinem unglückseligen Telefonanruf bei der Spedition diese Hyäne namens Bernbacher auf die Spur gesetzt?

Er soll schon vor einigen Jahren wegen seines Liebeslebens Probleme mit seinem Vorgesetzten bekommen haben.

Das hatte sie nicht von Pfister. Das konnte nur der Send Hans gewesen sein.

Manche Sommerfrischlerin hatte offenbar dem gut aussehenden Waldmann nicht widerstehen können. Elke S. aus Sindelfingen gibt das offen zu: »Es war der romantischste Urlaub meines Lebens«, schwärmt sie noch heute.

Da hatte sie doch tatsächlich eine frustrierte Schickse dazu gebracht, mit ihrer Eroberung anzugeben.

Sie ist eine üppige Blondine, für die der Förster offensichtlich eine Vorliebe hatte: Auch am Tag seines Todes wurde er vom Fahrer eines Holzlasters mit einer solchen Frau am Kegelberg gesehen …

Jo zerknüllte das Blatt und fetzte es auf den Boden.

»Was ist los?«, fragte Birgit. Jo rannte einmal im Wohnzimmer im Kreis herum und antwortete nicht. Dann packte er das Telefon und rief den Send Hans an: »Hast du die Zeitung glesn?«, zischte er.

»Äh, warum?«

»Weißt', was du bist?«, brüllte Jo. »A Ratschkathl mit am Schwanz, des bist du!«

Er knallte den Hörer auf die Gabel, lief noch eine Runde im Zimmer und packte das Telefon wieder.

»Maier?«, meldete sich der Einsatzleiter der Bergwacht.

»Hier ist Murmann. Herr Maier, haben Sie einen Bergwachtmann namens Unterreiter?«

Maier antwortete zögernd und misstrauisch: »Ja.«

»Ich gebe Ihnen einen guten Rat: Passen S' mal auf, wem der gute Mann bei einem Einsatz SMS schickt.«

Jo legte auf.

»Was war jetzt das?«, fragte Birgit. Sie hatte die Zeitung aufgehoben, geglättet und den Artikel überflogen.

Jo setzte sich schwer atmend: »Ich hab der Bernbacherin einen Informanten verbrannt.«

»Eine ziemlich kindische Rache.«

»Richtig. Bei dieser Zeitung wird man kindisch.« Jo schaute Birgit todunglücklich an. »Ich kann in dem Laden nicht mehr arbeiten. Sie bringen das am Freitag rein, wenn ich nicht da bin, weil sie wissen, dass ich dagegen bin. Sie bringen mich dazu, dass ich froh bin, dass ich lüge, froh bin, dass ich die Bernbacherin angelogen hab von wegen der üppigen Blondine. Es verdirbt meinen Charakter, ich mag nicht mehr.«

Birgit seufzte. »Was willst du sonst machen? Erzähl mir nicht, dass du Bohnen pflanzen wirst und Marmelade einkochen. Du wirst es nicht.«

Jo schaute zum Fenster hinaus in den Garten, wo die Falläpfel im Gras herumlagen, umsummt von den Wespen, die orgiastische Höhlen hineinfraßen.

341

»Ich weiß. Aber es geht nicht mehr.«

Birgit schwieg eine Weile. »Du musst dir was Neues einfallen lassen«, sagte sie schließlich.

Jo nahm ihre Hand: »Traust du mir das zu? Mir altem Kerl?«

Birgit lächelte: »Die Klinik ist voll mit alten Kerlen, die sich was Neues einfallen lassen müssen. Ich trau es dir zu.«

Jo gab ihr einen Kuss, atmete tief durch und verkündete: »Jetzt kracht's.«

Dann rief er Lehner an.

»Was ist los? Ich bin auf dem Weg zum Flughafen!« Jo hörte im Hintergrund Kinder quengeln.

»Ja, flieg nur. Möglichst weit weg. Ich will den Laden hier in die Luft sprengen.«

»Was?«

Jo brauchte fünf Minuten, um alles einigermaßen zu erklären. Dann sagte er: »Der Herzog. Weißt' noch, was er dir gesagt hat: Er macht keinen auf Enthüllungsjournalismus, er schmiert niemandem was ans Bein. Gewiss nicht, solang das kein Toter ist, der sich nicht wehren kann. Mir langt's. Ich hab morgen Nachmittag allein Sonntagsdienst. Ich will dem Herzog meine Kündigung auf den Schreibtisch legen und dann den Artikel auf die Titelseite setzen, den du schreiben wolltest: ›DER KÖNIG UND SEIN PRINZ‹.«

Jo hörte Lehner die Luft einziehen. Dann antwortete er: »Gut. Aber bitte versenk meinen Arbeitsplatz nicht. Wenn du die Sparkasse attackierst, dann kündigt sie zwar die Anzeigen, aber der König würde seine Jubeltruppe im Aufsichtsrat schon wieder raushauen. Aber wenn du den König angreifst und gleichzeitig schreibst, die Sparkasse schaut aus wie ein Klo, dann sind wir geliefert.«

»Das weiß ich. Mach dir keine Sorgen.«

»Ich werde dich vermissen«, sagte Lehner.

Jo war gerührt. »Ich muss mir was Neues einfallen lassen. Vielleicht kannst du mir dabei helfen.«

»Ich suche uns in Tunesien einen schönen Wasserpfeifenladen. Den kaufen wir und dann sitzen wir drin, trinken Tee und erzählen jedem, der sie hören will, Geschichten.«

»Gute Idee. Erhol dich gut.« Jo beendete das Gespräch.

»Na?«, fragte Birgit. »Welche gute Idee hatte er?«

»Keine. Nur einen Trost.«

»Dann schreib doch endlich einen Krimi«, sagte sie.

E N D E

HINWEISE UND DANKSAGUNGEN

Der Landkreis Werdenheim ist frei erfunden, die Personen, die ihn bevölkern, ebenfalls. Ähnlichkeiten mit lebenden Personen sind zufällig. Die Forstreform in Bayern und die Änderung des Bundeswaldgesetzes sowie die politischen Vorgänge in ihrem Umfeld sind jedoch leider sehr real. Zu den Holzbildwerken des Fürchtegott Felleisen sind mir die wunderbaren Arbeiten von Hermann Biglmair Inspiration gewesen.

Claudia Senghaas danke ich für die Ermutigung und das sorgfältige Lektorat.

Besonderen Dank schulde ich ferner der Lokalredaktion der Süddeutschen Zeitung Ebersberg, die mich als Gast wochenlang an ihrer Arbeit teilnehmen ließ. Es ist für alle und besonders den leitenden Redakteur Christian Hufnagel unglaublich ungerecht, dass ich sie zu einem teilweise weniger sympathischen Haufen des Werdenheimer Boten mutieren musste.

Für eine erste Einführung in die journalistische Arbeit und einige Korrekturen des Manuskripts danke ich Andrea Mayerhöfer, ebenso für konstruktive Kritik Herrn Heribert Riesenhuber vom Murnauer Tagblatt. Außerdem gab mir die Redaktion des Ebersberger Merkur netterweise die Gelegenheit, an einer Redaktionssitzung teilzunehmen.

Stephan Dörfler, dem Leiter der Bergwacht Oberammergau, danke ich für die ausführliche Information zum Ablauf der Rettungseinsätze sowie dem Bergwachtler Stephan Wagner für die vertrauensvolle Darstellung seiner Arbeit der Krisenintervention.

Herr Franz Bräu von der Polizei in Rosenheim hat mir geduldig geholfen, dass ich keinen Unsinn über die Polizei und ihre Arbeit schreibe. Auch Herr Michael Bayerlein von der Polizeiinspektion Weilheim ist mir mit einem Gespräch behilflich gewesen.

Meine Schwester Anna, ihres Zeichens Psychotherapeutin, hat darauf geschaut, dass meine Behauptungen über Psychologen und Psychologie sich einigermaßen mit der Realität decken.

Und nicht zuletzt danke ich allen Landwirten und Förstern, die ihre Sorgen mit mir geteilt haben.

Marco Sonnleitner
Kinderland
978-3-8392-1539-5

»Beklemmend und erschreckend realitätsnah!«

Grausiger Fund im Hotel Alpenblick: Im Magen eines Hechtes entdeckt der Koch den Finger eines kleinen Jungen. Scheint zunächst noch ein Unfall denkbar, erkennt Bartholomäus Kammerlander nach dem Fund der Kinderleiche, was wirklich passiert ist: Die Wahrheit ist viel schrecklicher, sie ist nahezu unvorstellbar. Und der kleine Junge ist nicht das einzige Kind, das in letzter Zeit verschwunden ist. Doch als Bartholomäus Kammerlander die Zusammenhänge versteht, ist er zur falschen Zeit am falschen Ort.

Wir machen's spannend

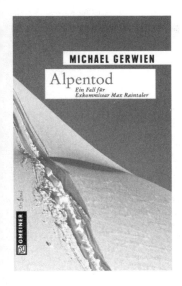

Michael Gerwien
Alpentod
978-3-8392-1522-7

»Kann Sport tödlich sein?«

Exkommissar Max Raintaler und sein Freund Josef Stirner finden im Mittenwalder Dammkar zwei tote junge Männer vom Mittenwalder Skiklub unter einer Lawine, die sie selbst gerade fast das Leben gekostet hätte. Ein Anschlag? Wenn ja, wem hat er gegolten? Wo steckt die vermisste Sylvie Maurer? Und warum wird Max' Freundin Monika daheim in München von einem Unbekannten bedroht? Gemeinsam mit Josef und dem aufrechten Polizeichef Rudi Klotz macht sich Max auf die Suche nach Antworten.

Wir machen's spannend

Unser Lesermagazin
2 x jährlich das Neueste aus der Gmeiner-Bibliothek

24 x 35 cm, 40 S., farbig; inkl. Büchermagazin »nicht nur« für Frauen und HistoJournal

Das KrimiJournal erhalten Sie in Ihrer Buchhandlung oder unter www.gmeiner-verlag.de

GmeinerNewsletter
Neues aus der Welt der Gmeiner-Romane

Haben Sie schon unsere GmeinerNewsletter abonniert?

Monatlich erhalten Sie per E-Mail aktuelle Informationen aus der Welt der Krimis, der historischen Romane und der Frauenromane: Buchtipps, Berichte über Autoren und ihre Arbeit, Veranstaltungshinweise, neue Literaturseiten im Internet und interessante Neuigkeiten.

Die Anmeldung zu den GmeinerNewslettern ist ganz einfach. Direkt auf der Homepage des Gmeiner-Verlags (www.gmeiner-verlag.de) finden Sie das entsprechende Anmeldeformular.

Ihre Meinung ist gefragt!
Mitmachen und gewinnen

Wir möchten Ihnen mit unseren Romanen immer beste Unterhaltung bieten. Sie können uns dabei unterstützen, indem Sie uns Ihre Meinung zu den Gmeiner-Romanen sagen! Senden Sie eine E-Mail an gewinnspiel@gmeiner-verlag.de und teilen Sie uns mit, welches Buch Sie gelesen haben und wie es Ihnen gefallen hat. Alle Einsendungen nehmen automatisch am großen Jahresgewinnspiel mit attraktiven Buchpreisen teil.

Wir machen's spannend